中国当代文学选本

Collection of Modern Chinese Literature

（第 3 辑）

王昕朋　主编

中国言实出版社

图书在版编目（CIP）数据

中国当代文学选本.第3辑/王昕朋主编.-- 北京：
中国言实出版社,2020.9

ISBN 978-7-5171-3537-1

Ⅰ.①中… Ⅱ.①王… Ⅲ.①中国文学—当代文学—
作品综合集 Ⅳ.① I217.1

中国版本图书馆 CIP 数据核字（2020）第 153847 号

出 版 人	王昕朋
责任编辑	宫媛媛
	李昌鹏
责任校对	代青霞
封面设计	刘　云

出版发行　中国言实出版社

地　址：北京市朝阳区北苑路 180 号加利大厦 5 号楼 105 室
邮　编：100101
编辑部：北京市海淀区花园路 6 号院 B 座 6 层
邮　编：100088
电　话：64924853（总编室）　64924716（发行部）
网　址：www.zgyscbs.cn
E-mail：zgyscbs@263.net

经　　销　新华书店
印　　刷　北京温林源印刷有限公司
版　　次　2020 年 9 月第 1 版　　2020 年 9 月第 1 次印刷
规　　格　710 毫米 ×1000 毫米　1/16　24.625 印张
字　　数　350 千字
定　　价　58.00 元　　ISBN 978-7-5171-3537-1

目　录

中　篇

003　韩　东　　兔死狐悲

047　老　藤　　猎猞

098　王昕朋　　黄河岸边是家乡

124　大　解　　他人史

短　篇

171　徐怀中　　万里长城万里长

185　徐则臣　　虞公山

201　陈楸帆　　剧本人生

223　周洁茹　　51 区

246　李　浩　　四个飞翔的故事

微小说

261　符浩勇　　打井记

264　邢庆杰　　借款记

267　万　芊　　门里门外

271　袁炳发　　励志课

274　芦芙荭　　站　岗

277　田洪波　　逆　战

280　戴　希　　柳暗花明

283　刘正权　　闹　人

287　何君华　　吃玻璃的少女

290　麦　麦　　兽医瘸木

散文

297 阎晶明 故乡绍兴的影迹
306 吴学昭 一封无法投递的信
312 贾平凹 蛙事（外二篇）
318 李修文 偷路入故乡
326 刘 琼 采菊东篱下
336 王雪茜 去远方

诗歌

349 雷平阳 胡 杨
351 沈 苇 为橡树而作
353 龚学敏 蒙古马
355 侯 马 转 山
356 西 娃 高原上的客车司机
358 汤养宗 报恩寺那口古钟
359 徐俊国 最古老的座钟
361 蒲小林 绝 顶
363 杨清茨 奔跑吧，武汉
366 赵之逵 入村访贫
368 王计兵 赶时间的人
370 安 琪 邮差柿
372 祝立根 兰坪县掠影
374 谈 骁 夜 路
376 李 唐 下雪已成定局……
378 加主布哈 石 磨
380 刘雪风 于无声处

长篇

383 2020 年 3 季度优秀长篇小说选目

Contents

Novellas

003	Han Dong	Hare Dead, Fox Sad
047	Lao Teng	Lynx Hunting
098	Wang Xinpeng	When My Heart Goes to the Yellow River, I Myself Go Home
124	Da Xie	History of Others

Short Stories

171	Xu Huaizhong	Ten-Thousand Li Great Wall
185	Xu Zechen	Yugong Mountain
201	Chen Qiufan	Life in Script
223	Zhou Jieru	Area 51
246	Li Hao	Four Stories about Flying

Mini Stories

261	Fu Haoyong	The Story of Digging a Well
264	Xing Qingjie	Loan
267	Wan Qian	The Door
271	Yuan Bingfa	Motivational Lesson
274	Lu Fuhong	On Guard
277	Tian Hongbo	Opponent
280	Dai Xi	Dawn of New Hopes
283	Liu Zhengquan	Gratitude and Reward
287	He Junhua	The Girl Who Eats Glass
290	Mai Mai	The Limp Veterinarian

Proses

297	Yan Jingming	Shaoxing: the Traces Left by Time
306	Wu Xuezhao	An Undeliverable Letter
312	Jia Pingwa	Frog (With Two Additional Ones)
318	Li Xiuwen	Sneak Back Home
326	Liu Qiong	On Chrysanthemum
336	Wang Xueqian	Go to a Faraway Land

Poems

349	Lei Pingyang	Populus
351	Shen Wei	For the Oak Tree
353	Gong Xuemin	Mongolian Horse
355	Hou Ma	Wandering through Mountains
356	Xi Wa	Bus Driver on the Plateau
358	Tang Yangzong	The Ancient Bell in Bao'en Temple
359	Xu Junguo	The Oldest Clock
361	Pu Xiaolin	Tip Top
363	Yang Qingci	March on, Wuhan
366	Zhao Zhikui	Visiting the Poor in Villages
368	Wang Jibing	People in a Hurry
370	An Qi	The Persimmon Delivering Love
372	Zhu Ligen	A Snapshot of Lanping County
374	Tan Xiao	Night Passage
376	Li Tang	Snow is a Foregone Conclusion
378	Jia Zhu Bu Ha	Stone Mill
380	Liu Xuefeng	The Sound of Silence

Novels

383	List of outstanding novels in the 3rd quarter of 2020

4

主持人：**王干**

王干，文学批评家，鲁迅文学奖得主，"新写实小说"倡导者。

Wang Gan is a literary critic, winner of Lu Xun Literature Prize, and an advocate of "new realistic novel".

中篇

推荐语

《兔死狐悲》可能是 2020 年最好的小说。说原因可能有二：一是我看到的小说有限，会有遗漏，二是不同的小说观会有不同的判断。某天晚上，我和石一枫聊到这篇小说，他说韩东写的是小说的小说。这也就明白了韩东这些年老是"边缘"的原因，他在求索小说的精魂。《兔死狐悲》写的是一位准文学青年的一生，从小棺材到滑板，从南京到深圳，从文学到企业，从牌局到书店，主人公张殿带着二十世纪八十年代风雨走过的日子是怎样的一种人生状态？从 1994 年《钟山》在"新状态文学"的名目下推出韩东的四个短篇算起，二十六年过去了，韩东一直坚持他的"新状态"写作，他的小说尊重生活的自然状态，也尊重人的自然状态，更尊重语言的自然状态。在这篇小说里，语言和细节，语言和人物，语言和叙述，水乳交融在一起，很吻合韩东那句名言"诗到语言为止"。

因为《熬鹰》，认识了老藤的小说。《熬鹰》当时发表在《鸭绿江》，并不太引人注目。但酒香不怕巷子深，老藤的作品征服了读者。关于老藤的《猎猞》，原刊责编如是说：可以看出老藤对于地域性民生的关注，以及当地人民在现代性的种种冲突下矛盾纠结的心态。与其说是金虎和胡所长之间为了"猎猞"一事你来我往地针锋相对，倒不如说是当代社会发展的现代性政策和地方传统人文心理之间的矛盾。三林区人民一直是以打猎作为他们的主业，打猎不仅可以展现自己的一技之长，也是他们养家糊口的根基。金虎这样出色的猎手，缴枪禁猎以后也只能去当个羊倌度日。打猎传统因为时代的变化、政府出台的政策就从此消亡，人们心里必然是一时无法接受的。这也是金虎等人不愿意服从的原因，对于这些以打猎为生的猎手来说，枪就是命。

"黄河"和"家乡"不仅是王昕朋小说人物具体的生活场景，也是象征和符号。中国的第一代乡村建设者是拓荒者，小说中的李大河便是这样一个典型形象，他带领村民治理黄沙，把荒凉的老河套变成花果飘香的绿洲，解决了村民吃不饱的问题。作品中李大河的儿子李长河欲通过招商的方式引进河沙开采者，从而让村民富起来，然而此举却有毁坏环境之虞。由此引发的父子冲突，堪称一桩家庭内的公案。与此同时，李大河的孙子李小河在互联网上营销老河套的瓜果，意外获得成功，保住了祖辈创造的美好环境，也满足了父亲帮助村民致富的愿望。王昕朋小说中"黄河岸边"的"家乡"，是中国农村的缩影。

大解是个优秀的诗人，优秀的诗人写小说对自己是个挑战，对诗人也是挑战。他的小说写得不同凡响，和当下那些小说拉开了距离。现在很多的小说家热衷于现实主义的路数，但是他们误解了现实主义，他们以为现实主义就是匍匐在现实的天地上，更有甚者是跪拜在现实的利益面前。大解的小说是植根于现实，但没有匍匐在现实面前，更不是跪拜于现实的文学侏儒。他的小说腾空，飞翔起来，让想象力在文字中自由翱翔。可以说，大解的作品为当下的小说界吹入了一股清新之风，能不能荡除污浊之气不好说，至少我们要为这样的"出淤泥而不染"而鼓掌。

【作者简介】韩东，1961 年生，小说家、诗人，"第三代诗歌"标志性人物，"新状态小说"代表。著有诗集、中短篇小说集、长篇小说、随笔言论集等四十余本，导演电影、话剧各一部。

Han Dong, the novelist and poet, was born in 1961. He is an iconic figure of the "third generation of poetry" and a representative of the "new state novels". He has written more than 40 books of poetry, short stories, novels and essays, and directed one film and one drama.

兔死狐悲

韩 东

1

张殿得了胰头癌，这是胰腺癌的一种。胰腺癌据说是"癌中之王"，胰头癌在胰腺癌中又最为凶险。得到消息的我立马赶往医院探望张殿。和我同行的谈波和张殿不熟，正赶上他来我工作室，我们便一起去了医院。

对张殿的现状我做了心理准备，等见到人，感觉还好。张殿本来就瘦，这会儿更瘦了。他的假牙已经拿掉，因此包裹着骨骼的面孔看上去并不那么嶙峋，反倒有一点柔和。主要是色泽，完全是亚光的，没有任何高光部分，一些隐约的黄色从灰中渗透出来。他已经无法说话，但意识清醒，眼睛偶尔转动一下，会露出大块暗淡的眼白。由于谈波是一位艺术家，我不免会从他的角度进行一番观察。

然后，我隔着被子抱了抱张殿，把头放在他的胸口好一会儿。直起身，握住张殿的一只手。那手很凉，却黏糊糊的，好像在出汗。做这些我是事先想好的，不要让张殿感到被嫌弃，得触摸他。何嫂在边上看得眼圈都红了。

她送我们走出病房，在阴暗的走廊里似乎有话要说。可能是因为谈波在场，何嫂欲言又止。我说："下次吧，我还会再来。"但心里觉得自己不会再来了。这是我和张殿的最后诀别，作为一件必须要干的事，我做到了，也完成了。

从医院出来我们松了一口气。初春时节，天气特别晴朗，大团大团的白云从医院恢宏的建筑物顶部滚过。谈波提议去附近的五星级酒店喝一杯咖啡。这家酒店和这所医院一样，都地处市区最繁华的地段，透过整片的幕墙窗能看见外面来往不息的车辆，人群五颜六色。"太美了。"谈波说。

"不至于吧。"

原来我搞岔了，谈波指的并非是此刻的街景，而是张殿。他的思绪仍然萦绕在医院病房里。

他一向有一个心愿，希望能画死者的遗容。谈波说过，人在刚刚离世的那一刻，面容是最生动的。谈波曾陪伴他的岳父直到去世，经历过那个稍纵即逝的瞬间。当时他非常想拍一些照片，作为以后肖像画的素材，但到底没有说出口。画死者在谈波那里并不是因为感情冲动，纯粹是因为死者"物理性的光辉"（谈波语），在那样的氛围下提出拍照的要求显然很忌讳。一次我对谈波说："我死了以后可以让你画，要不要立一个遗嘱？"谈波答："咱们还不知道谁先挂呢。"

这会儿，谈波一个劲儿地夸张殿太美了，眼神那么舒服，垂亡让他变干净了，皮肤完全是亚光的。他的心思不言自明。

我盘算了一下这件事的可能性。首先，是张殿不治，必死无疑。这应该没有什么问题。其次，需要得到张殿的同意，至少也得何嫂通过。考虑到张殿与何嫂的为人，以及我和张殿三十多年的交情，是有很大可能性的。谈波是国内首屈一指的肖像画家，让他画一把也是一种荣耀。"你想画张殿吗？"我问。

谈波反倒不好意思起来："我……也不是……不过到时候能拍点照片也好，没准……"他说的"到时候"就是张殿死亡之际，那个光辉灿烂的瞬间。

我答应去和对方沟通一下。"但在此之前，"我说，"你也许应该听一听张殿的故事。"

谈波表示反对，再次强调起"纯粹的物理性"来。"你画一个人，对这个人的了解越少越好。"他说。

我知道，这是绘画艺术和写作的不同，但已经刹不住了。就像张殿的面孔强烈地吸引了谈波一样，和张殿有关的故事这时不由分说地涌上我的心头，不吐不快。

下午三点多，我们不再喝咖啡，改成了红酒。那时候张殿还活着，只是他的故事已经从头开始。

2

张殿是一个早产儿，生下来的时候三斤多一点。二十世纪五十年代，没有现在的保温箱，他是怎么活下来的，只能说是一个奇迹。当时家里把小棺材都准备好了。那棺材只有正常棺材的三分之一大，上面涂了阴森的黑漆，张殿一直留着。后来何嫂铺了一块格子布在小棺材上，把它当成茶几用，我们去他们家吃饭、打牌就在那上面。当然了，如果不说，没有人能看得出来，还以为是一件什么古董。

没有婴儿保温箱，却有小棺材（火化还没有流行），这就是张殿出生的年代。活下来的张殿取名张点，这是他的学名，意思是小不点儿、一点点。起这么可怜又可爱的名字说明了父母对这孩子不一般的感情。张点叫张殿，还是我们办《甲乙》时改的，张殿觉得张点配不上主编的头衔。张殿就不同了，有一个殿字，一听就很气派。后来大家都叫他张殿了，他家里的人也这么叫他。

张殿是老巴子，上面有一个哥哥、一个姐姐，和他的年龄差距比较大。张殿妈妈是一个女强人，在家里说一不二。他爸的级别比他妈高，但老头似乎很安静。张殿还没有单过的时候，我去过他父母家很多次，只见过他爸爸一两面，每次他都一晃就不见了。张殿的爸爸有点神秘，这也符合他高干的身份。

张殿妈妈是市里文化部门的领导，后来兼任《大江文艺》主编，叫张宁。这个宁不是南京的简称，是列宁的宁，是他妈妈参加地下党时起的化名。张殿随他妈姓张，还有姐姐也姓张，三个孩子两个姓张，可见张宁在家里的地位。

在张宁的宠爱和呵护下，张殿终于长大成人。长成后的张殿体质上没有任何问题，个子也蹿到了一米七以上。长相谈不上英俊，但绝不丑陋。如果一定要寻找特异之处，那就是身材比较细长，窄窄的一条，像一根木头杆子似的。他一直很瘦，面相比同龄人更显苍老。但也不见得。我是二十岁出头认识张殿的，那时他三十岁不到；如今他已经快六十岁了，模样还是那样。当然非常憔悴，那是生病了，而且已病入膏肓。

总之，张殿是一个很正常的人，如果说他有什么特点，就是正常，太正常了。

二十世纪七十年代，张殿作为最后一批下乡的知青去了农村，但他一天农活也没干过。家里疏通关系，他当了半年民办教师，不久就结婚了。女方家里和张殿家是世交，也是一名知青，如果不出意外，他们很快就会有小孩，张殿的民办教师也会变成公办的，也就是国家编制。

1978年改革开放，中国社会发生了巨大的变化，张殿也不例外，也得变，原先预定的人生轨道不管用了。他进厂当了一名工人，而且也离婚了。我认识张殿的时候他是单身，但不是未婚青年，是结了婚又离掉的人，在一家无线电厂上班。

张殿是否考过大学，我没有问过。比如钱郎朗，就是考过大学的，没有考上，只差了一分，第二年就懒得再考了。胡小克报考的是艺术类院校，专业课没有过，第二年又考了一次。我怀疑张殿根本就没有考过大学，因为没有那样的必要。鉴于他的家庭背景，不存在借机改变命运的问题。当时张宁已经开始担任《大江文艺》主编，我们办《甲乙》之所以拉上张殿，就是因为张宁是主编。妈妈是主编，主编的儿子自然对办杂志在行了。虽然我们办的是地下刊物，张宁当年不就是地下党吗？

我也是从这时起，和张殿的接触才变得频繁起来，因此对他的前史只能说出个大概。而在办《甲乙》之后，可说的故事就多了，需要进行挑拣。也是说个大概，但此大概非彼大概，前者是概略的意思，后者的实质是剪辑，具体而微，却不可能面面俱到。

《甲乙》的同人中张殿是唯一不写作的。他负责跑印刷，联系打字、看校样，也掌管财务。所有的参与者都出了钱，包括张殿，每人一百元，这些钱都放在张殿那里，由他支配。杂志迟迟不见出来，于是就有人怀疑张殿贪污。一次在我家里聚餐，我对他说："这件事能办就办，别拖了。"

"你办不成的话就把钱退出来，"钱郎朗说，"难不成你要挪用公款？"他大概是想开一个玩笑，但没有开好，张殿当时就哭了。菜已经上桌，张殿吧嗒着眼泪，哭得就像一个小姑娘一样，肩膀一耸一耸的，委屈得不得了。

"你多大了，哭什么哭啊。"胡小克说。

张殿起身夺门而出，我赶紧追了出去。好在他下楼的速度不快，仅仅走了一层楼梯就被我赶上了。在那不无局促的楼道里我拦住张殿，一面又劝又拉，一面赔不是。就像两口子吵架一样，惊动了左邻右舍。"这样影响不好，我们回家再说。"

他竟然真的跟我回去了，回到饭桌上继续啜泣。这是我没有想到的。大概就是从这时起，我对张殿有了一种说不出来的感受，内疚？或者是怜悯，也许还有感激吧。如果是一个个性刚强的家伙，一去不返，那杂志就办不成了，我们的文学事业岂不就受损了？

《甲乙》终于出来了。由于张殿不写东西，他的工作又必须在杂志上体现（没有功劳，也有苦劳），所以大家决定，由张殿署名主编。张殿也不推让，只是把他的名字从张点改成了张殿，也算是他在杂志上发表了作品。

张殿到底写不写东西？或者，写没写过东西？这就难说了。那年头，只要是个识字的人都会写作，搞一点文学创作。但《甲乙》是有标准的，而且标准很高，作者来自全国各地，都是在审美上互相认同的"同代人"。这一点想来张殿是知道的。我们不是因为彼此认识才开始写作的，而是因为写作才彼此认识，办了这本《甲乙》，和其他办杂志的文学社团大为不同。张殿也许写过东西，但不敢拿出来给我们看，他知道即使看了我们也不会同意发表在《甲乙》上。这是张殿的聪明之处，也是他本分的地方，为此真得感谢他。作为一家享誉全国的官办杂志主编的儿子，又是《甲乙》的主编，张殿从来不谈文学、写作方面的事，也确实令人钦佩。

《甲乙》的出刊在江湖上引起了空前反响，所有的文学社团都知道了张殿的名字，说起《甲乙》就知道是他主编的。就是在这一时期，张殿第二次结婚了。也就是说，他在忙《甲乙》的同时，也在忙他的个人生活。张殿忙的后面这一部分，我们知之甚少，新娘子我们没有见过，也没有参加过他们的婚礼。突然之间，张殿就偕夫人去外地旅行结婚了。目的地四川，中国当代诗歌的重镇。有一种说法是，四川是当代诗歌的半壁江山，张殿选择那儿显然是故意的。他以《甲乙》主编的身份拜访了川中的各个文学社团，对方也奔走相告，忙于接待，好吃好喝是免不了的。张殿如何和这帮人谈文学、谈诗歌和写作的，这是一个谜。但至少他们比我们幸运，见到了张殿的新夫人。

张殿载誉归来，我们又聚齐了。他仍然是一个人，不见新娘子，张殿就像压根儿没结婚一样。奇怪的是，我们也没有问。问了他去四川见到的那些文学社团以及人物，但没有问张殿的私生活。就像他去四川完全是一次公干，是为《甲乙》联络其他民间写作力量的。即使是限于工作方面，张殿也语焉不详，不知道他到底进行了哪些外交。但张殿说了一件事，给我的印象颇为深刻。

在"大汉主义"诗派第一诗人西岭家留宿时，张殿半夜失眠，起床抽烟时发现窗帘背后立着一件东西，一具八岁小孩的骨骸。

深更半夜，张殿突然醒来，披衣来到窗前，一撩窗帘，竟然看见了这么一件事物，实在是太非现实了。他对着窗外抽烟时，那小孩大概也是面向窗外的吧？由于此事过于瘆人，我没敢多问细节，只是说："也许是一件工艺品，不是真的骨骸。"

"就是真的骨骸。"

"那你怎么能判断他的年龄？这不合逻辑。"

"我就是能判断，就是八岁！"张殿有点急眼了。

为了缓和气氛，我说："呵呵，那你那小棺材能装得下吗？"

"应该可以。"张殿说。

后来，我有机会见到西岭，问起这件事，西岭矢口否认："我有那么变态吗，要吓唬你们张主编？"所以我有理由认为，那不过是张殿的一个噩梦，但张殿非常认真，也不像在撒谎。

张殿的新夫人我们始终没有见到，此事也不急在一时。你想呀，张殿是要和她过一辈子的，我们也是张殿一生的朋友，他老婆早晚是要见面的。没想到，不久张殿又离婚了。具体原因不详。张殿似乎也没有受到多大影响，也许烟抽得更多了。以前每天三包烟，后来他能抽到四包半，并且这个烟量一直没有降下来。张殿双手手指鼓凸，像十根小棒槌似的，说是得了脉管炎。那脉管炎后来不治自愈，大概是适应了。他的第二任夫人真的存在过吗？就像是张殿为周游四川临时雇用的，一旦归来便自动解聘了。无论如何，张殿现在是一个结过两次婚的人，两结两离。而我们这些人，有的刚刚结婚，有的甚至连女朋友都没有……

3

为谈波画张殿的事，我去了一趟张殿家。张殿自然不在，这会儿正在医院里躺着呢。何嫂准备出门去医院，见我来她就不走了。我说："我们可以边走边说，我送你去医院，照顾张殿要紧。"

何嫂不答，把出门带的小包往沙发上一扔，自己也往沙发上一坐，说："都是他自己作的，早死早好！"

就像我是这套房子的主人，何嫂是登门拜访的客人，她有话要说。这就好办了。

卧室的门关着。何嫂说："画画在里面做作业，没事，她听不见。"然后就哭起来。张画画是张殿和何嫂的女儿，算起来已经有十岁了。

我把纸巾盒递给何嫂，又去厨房里烧了开水。张殿家我太熟悉了，虽然已经有好几年没有来，好在陈设、日用一成不变。"他这是吃……吃壮阳药吃的！"何嫂说。

见我面露惊异之色，她又说："你别想偏了，那可不是为我，我……我们早就没那事儿了。"

我明白了。

何嫂起身，走到那口现在已经当柜子用的小棺材前面，挪走上面的办公物品，要打开给我看。

"不必了，不必了，"我说，"我来，我来……"

"我回家收拾东西，竟然搜出了这些玩意儿，藏在里面，整整一棺材！"

等打开小棺材，里面是空的，板材内面没有上漆，天然木头颜色，怎么看都不像六十年前的旧物，就像新打的。这是我第一次目睹小棺材内部。

"空的。"我说。

"我把那些恶心的东西都给扔了！"

我只好想象了一下那里面装满了壮阳药的情形。但那是一种什么样的情形呢，真不好说。

"也许，装的不是壮阳药呢？"

"怎么不是，我又不是不识字，上面有说明书。"

"也可能是张殿的货，不是他自己用的，张殿不是卖过盗版碟吗……"

"怎么不是他自己用？"何嫂说，"老皮，我不是发现他藏了东西才知道他有人的，三年前我就知道了，在外面玩能玩出什么花样来！"

三年前，何嫂就发现张殿外面有情况。这三年，他们基本上是各过各的。何嫂没有像当年那样走极端，是因为有画画了。她只做自己和画画的饭。张殿成天不着家，一日三餐都在外面吃。说到这里，何嫂心软了："壮阳药，还有摊子上那些乱七八糟的东西，吃了能不伤身吗？快六十岁的人了……不是我不照顾他，是他不要这个家……"她再一次哭得不能自已，我听出这哭声中有了悔意。

　　说服何嫂有一个前提，就是她得承认张殿不治。何嫂和张殿在一起也快有二十年了，即使张殿有错，夫妻间的恩情也是免不了的。我抽出几张纸巾递给何嫂："嫂子，你还是要做最坏的打算，这胰头癌……"

　　"我知道，我知道，"何嫂边擤鼻子边说，"他是好不了了。"

　　"对、对、对，哦，不、不、不，"我说，"我的意思是我们要做最大的努力，但这病还是太棘手了，即使发现得早也不见得……张殿今年多大？五十八还是五十九，对现在的人来说是年轻了一些，但如果是六千年前的半坡人，平均寿命也就三四十岁。我们下放的那个村子，两百多口人，活到八十岁的几乎没有，六七十就已经算老人了……对你和画画当然不公平，如果单说张殿，我觉得也够本了……"

　　何嫂频频点头，看来是听进去了。

　　我继续："再说了，张殿是一个早产儿，那会儿又没有什么保温箱，能活下来就是赚的。张殿和我们不一样，怎么活他都赚大发了，比死过一次的人还要牛，他是没开始活就已经死了，死了以后又开始活……"我都不知道自己在说什么了，然而不能停下。何嫂已经彻底安静下来，能听见日光灯管发出的嗞嗞电流声。

　　"张殿所有的这些特点、脾性都和他的出生有关，嫂子，咱们可不能和他一般见识，你说呢？"

　　何嫂深深地叹了一口气，说："你知道吗？张殿隐瞒了岁数——当年进厂当学徒，年龄超标了，他们家人就把户口本上的年龄改小了两岁——实际上今年他整六十。"

　　揭露隐私事小，说明何嫂已经站到了我这边，被我说服了。她是在支持我的理论。我一拍小棺材，说："对呀，六十岁，对一个根本不可能活下来的人来说意味着什么？不仅够本，他压根儿就没有本，无本生意能做成这样，真的太牛了……你不应该感到难过、接受不了，应该为张殿高兴，祝福他……他这辈子吃过什么苦？净享福了！虽然没有大富大贵，还摊上了你这么一个好老婆，有这么一个可爱的女儿……"

这以后一切顺利，我不失时机地提出了谈波画张殿的可能性，何嫂没有犹豫就答应了。"我无所谓。"她说。不过，何嫂表示要问一下张殿。如果仅从操作的角度看，张殿同不同意事情都一样进行。到了这会儿，我已经不好意思再去说服何嫂了。

张殿认识何嫂是在创办《甲乙》期间，后者是某单位办公室的打字员。《甲乙》第一期是油印的，需要打字，不知怎么的，张殿就结识了何嫂。但张殿的第二次婚姻并没有选择何嫂，他把她当成了"备胎"。

等待消息期间，我接到一个电话，是袁娜打来的，她也是我们在那一时期认识的。《甲乙》出刊后不久，一天我乘公交，看见站牌下面一个女孩正在翻阅《甲乙》。"你看的杂志是我们办的！"我奔过去拉住对方的手，这一拉就拉进了我们的圈子里。

小姑娘还在上高三，青春靓丽，立马就成了这帮人追逐的对象。袁娜态度不明，在圈内配对的事于是就拖延下来。有迹象表明，张殿的第二任夫人是张殿在袁娜那儿碰壁后的选择，也并非他的首选。两人的年龄差距太大，张殿也等不及。

后来，不，后来的后来（时间真的过得太快了），大家都结婚成家有了着落，张殿仍然和袁娜保持着往来。那会儿张殿也已经和何嫂结婚了，袁娜则结婚、离婚、改嫁，对方是一位台商。她变得很有钱，自己也下海做起生意，我们在张殿家打牌的时候，张殿仍然会叫上袁娜。后者每叫必到。张殿会说："袁娜是冲老皮来的，她对老皮有情结，就像我对她有情结一样。"

我当时自然也结婚并且已经离婚了，离婚后又有了女朋友。和袁娜我始终保持距离，从来没有主动约过对方。她也从不主动联系我，我们见面只是在张殿家的牌局上。袁娜也会当众说笑，比如："当年我要是嫁了皮坚，也不会有这么多挫折了。"我答："你如果嫁给我，这会儿我们也该离了。""是啊，还不如不嫁，否则连面都见不上。"

有一阵袁娜不再出现，张殿通知我们说，袁娜生病了。并没有人太在意，病了也就病了吧，反正还年轻，再重的病也会好的。直到有一天，张殿把我关进了他们家的厨房，郑重其事地代表袁娜向我提出一个请求，就是"托孤"。事情变得严重了。

袁娜患有先天性心脏病，缺少一个什么瓣，这事我们以前就知道。年轻的时候气血旺盛，她的皮肤白里透红。随着年龄的增长，袁娜变黑了，她的解释是，心脏供血不足，缺血所致。我们认为那不过是托词，不是说黄脸婆黄脸婆嘛，变黑是因为她老了。这话自然谁都没有说出口。最后几次来张殿家打牌，袁娜黑得就像一道影子，苍老的速度的确是太快了一点。她决定去英国做一个有关心脏的手术。

这是一个大工程，先得租一处房子在英国住着，然后要学习英语，一面学英语一面体检、排队。袁娜估计，整个过程得花上三五年。她和前夫有一个儿子，大学快毕业了，即将面临就业问题。袁娜托张殿带话给我，希望我帮他找一份工作。张殿夸大其词，将此说成了"托孤"。

"她这不是去治病，而是去美容，"我说，"去去就来的。"

张殿很认真："英国虽然是这项手术的发源地，但成功率也不能保证百分之百……"

"我就奇了怪了，就算袁娜要托孤，也应该托给台湾佬呀，我又没什么人脉，怎么帮她儿子找工作？"

"你还当真了，"张殿说，"她不过是想告诉你这件事，也许就一去不返了。"

"即使要道别，她也应该直接打电话，干吗非要通过你不可？"

"袁娜要托孤，干吗不托给我呀，非得托给你不可？"这是张殿的疑问。那天他显得尤其愤愤不平，感觉都快哭了。

现在，袁娜打电话给我，约我见个面，她已经从英国回来了。

我们之间的桌子上放着一壶菊花茶。袁娜果然已经不黑了，说明手术相当成功，面对我的完全是一张新面孔。就像我对整容女抱有偏见一样，看着手术后的袁娜，我皱起了眉头。依我看，她还不如不整呢——哦，不对，不如不做这个手术。脸上的气血是恢复了，颜色变淡，但那些细密的皱纹一下子全都暴露出来了。尤其是脖子，垂挂着鸡皮一样的赘肉，在袁娜还是黑着的时候是看不出来的。

我没有问她去英国为什么要让张殿转告，这次见面却没有通过张殿。问这些已经没有意义，我也提不起精神。我们甚至都没有提到张殿，提到他的病。也许袁娜已经知道了，也许不知道，谁知道呢！

交谈的主要内容还是张殿家的牌局。袁娜不无兴奋地说："现在我可以找你们打牌了，就像以前一样，一打一个通宵。什么时候约一下呀？"

"好呀好呀，"我说，"你回来了就好。"但心里知道，这样的事已经不可能了。

4

何嫂打电话给我，说："也就这几天了。"

我立刻就明白了。何嫂当然不是向我通报张殿的病情发展（我和张殿的交情还没到那份上），这是在让谈波做好准备："这么说，张殿没问题？"

"没问题，他愿意。"何嫂说。

我不禁大为感动，放下电话就去找了谈波，让他准备好相机，这几天不要外出。除此之外，似乎还有一些操作方面的细节需要当面接洽。比如，张殿一旦不治，何嫂是联系我，还是直接通知谈波？拍照的地点是在病房，还是在医院太平间？殡仪馆自然不考虑，死亡的时间太长，尸身会发生一些变化，那样的面容不是谈波需要的。如果是在病房里，谈波又有多少时间？张殿的亲人，哥哥或者姐姐会不会出现，并加以阻挠？医院的医生、护士需不需要打个招呼？要么，谈波就带着相机去病房里守候，等待那一刻的到来。这样做未免太过残忍，而且，那个神秘的时刻是谁都说不准的……

商量的结果，是我们决定再去探望一次张殿。除了和何嫂落实有关的细节，也需要向张殿致谢。他亲自答应了这件事，在我的意料之中，也在意料之外。张殿到底是一个什么样的人呵，竟然同意了！我得好好瞅一瞅这个再度变得陌生的朋友。

钱郎朗说过一件事，他舅舅临终之时留下遗言，不得瞻仰遗容。钱郎朗舅舅的说法是："不要让人家看见我的丑样子。"令钱郎朗印象极为深刻。家属并没有遵照死者的遗愿，当钱郎朗回老家奔丧，还是看见了舅舅的"丑样子"。"嘴巴张得老大，里面黑咕隆咚的。"这是钱郎朗的说法，令我印象极为深刻。当时我们都表示，死了以后决不要任何人看见自己的丑样子。我们在张殿家里打牌、吃饭，张殿也表达了和大家同样的意愿。无论如何，他的立场现在已经转变了。

第二次探望张殿和第一次的情形几乎没有差别，甚至也看不出张殿有多大变化。病房床头柜上仍然放着心电监护仪，张殿的鼻子里仍然插着管子，还在打吊瓶。他依然清醒，用眼神和我们打招呼。我抱了抱他，拉着他的手抚摩了一会儿。不同的是，当我放下那只手时，谈波走上前，再次捡了起来。谈波握着张殿的手，似乎还晃了一晃，同时他说："谢谢。"

我们告辞，何嫂送我们来到走廊里，三个人站着交谈了一会儿。谈波和何嫂互换了电话、微信，何嫂答应第一时间给谈波打电话。然后我们就乘电梯下楼了，来到外面。我和谈波仍然去了上次去的那家酒店。这一次没喝咖啡，直接要了红酒。时间是下午两点，比上次更早。

我一面晃动着酒杯醒酒，一面说："这才两次就形成规律了，先探视，然后喝上一杯。"

谈波说："希望还有第三次、第四次。"

"你不想画张殿了？"

"想呀，"谈波说，"比上次更想画这哥儿们了，但也不急在这一时半会儿。"

"为什么更想画了？"我问，"是不是因为更了解了，觉得张殿值得一画。"

"不是不是……"谈波赶紧否认。

"你就承认吧，其实画画和写作是一样的，知道得越多越好，虽然不一定用得上。这和你的'物理性光辉'并不矛盾。"

"也许吧。"谈波说。

<h2 style="text-align:center">5</h2>

第二次离婚后，张殿再次向袁娜展开攻势，未果。他也没显得特别沮丧。那时候他已经在厂里办了留职停薪，有大把的时间。张殿似乎很忙，问起来，他说是在谋生活，和人合伙做点小生意，或者正洽谈一个项目，但我们从来不知道具体他在操练什么。张宁也不催问，张殿的一日三餐都是在父母家解决的。至于住，则有上两次婚姻留下来的"新房"。那房子是张宁单位分给张宁的，房改时她花八千块钱买了下来，之后就划到了张殿名下。新房里只缺一个女主人了。原来是有的，但就像他们家雇用的保姆一样，干了一段时间就走人了。如今，房子是永久性的了，女主人自然也应该是永久的。

大概就是在这一时期,张殿想起了何嫂。他的内心活动我们不得而知，只知道张殿开始注意自己的形象。

前文说过，张殿长得不丑也不俊，他有一个特点，就是有一口黑牙，门牙既长又黑，还有一点向外龇。张殿的牙齿是抽烟熏的，一天四包半香烟，又不好好刷牙，那牙能不黑吗？香烟不仅熏黑了张殿的牙齿，而且年纪不大，满口的牙已经松动，开始掉牙了。四十岁不到就掉牙毕竟早了一点。张殿说，那是因为自己是早产儿，先天不足，能长出牙齿并坚持到现在他已经非常努力了。提前掉牙是必然的。总之，关于张殿的牙口有两种不同的观点：一种认为是香烟熏的，一种认为是早产儿的后遗症。我认为是两种原因在共同起作用。突然有一天，张殿就去换了一口假牙。

他有半年时间闭门不出，也不见人。再出现的时候是在我们常去的一家咖啡馆。咖卖隆的女老板涂海燕见过张殿，但和他不熟，指着对方说："牙，牙，牙……"其他的话都说不出来了。

事后涂海燕对我们说："当时我就想，这个人的牙齿不是这样的呀。我是因为他这口假牙才想起了他以前的真牙，那么长，又黑，怎么会……"

在咖啡馆闪烁不定的烛光下，张殿亮出一口大白牙冲涂海燕乐个不停，的确相当怪异。当然了，这只是一个段子。

我认为，换牙后的张殿选择在咖卖隆露面是故意的，是他的一次试探。他已经瞄准了何嫂，那时候她还叫何雪梅。何雪梅和涂海燕一样，认识张殿，和他打过交道，但并没有特别关注对方，尤其是他的牙齿。这些情况张殿比谁都清楚。即便如此，张殿还是去换了一口假牙，说明他打定了主意，背水一战或者势在必得。

咖卖隆"首秀"之后，张殿又是两个月闭门不出，窝在新房里不干别的，只是抽烟，饿了就喝稀饭就点咸菜。直到把一口假牙也熏黑了，就像真牙一样。自然比原来的真牙更美观，非常整齐，不再向外龇出。戴着这口像真牙一样的假牙，张殿再一次出现了。这回是何雪梅所在的单位。

何雪梅没有涂海燕那么敏感，再说那口牙已经不再白晃晃地引人注目。从追求到恋爱到结婚，张殿始终没有向对方透露牙齿的秘密。下面的事是何雪梅成为何嫂之后告诉我们的。

新婚之夜，张殿实在忍不住，哗啦一下取下了他的假牙，丢入床头柜上的一杯清水中。何嫂吓得半死，但生米已经煮成了熟饭。何嫂说她哭了半宿，最后，还是端着杯子去了卫生间，开始帮张殿清洗消毒那可怕的牙齿。这以后刷张殿的假牙就成了她每天早起必做之事。张殿取下假牙"哗啦一下"的说法，并非出自何嫂之口，是我的文学加工。何嫂之所以能和我们公开谈论这件事，说明开始阶段他俩过得不错，何嫂把张殿的朋友也当成了自己的朋友。

从二十世纪八十年代开始，我们就玩一种叫"找朋友"的扑克。基本打法和"争上游"一样，只不过是两副牌，而且有对家。对家不是固定的，由摸到红桃3的人指定，拥有某张牌的就是他的对家，也就是"朋友"。由于朋友是暗的，我们往往把朋友当成敌人，把敌人当成朋友，这便是"找朋友"的精髓所在。大家尔虞我诈，表演卖乖，唯一的目的就是骗住对方。关于"找朋友"还有更多的规则细节，在这里就不一一说明了，总之这种玩法不需要智商和技术，或者说智商、技术不是第一位的。关键是运气，它的优点就是热闹。

我们的心思完全不在牌局上，打牌只是一个借口，在洗牌、摸牌、出牌的间歇，大家闲话不断，相对于牌局而言早已经离题万里，也有小刺激。二十世纪八九十年代十块钱进园子，到了新世纪，收入都提高了，也有人成了大老板，但每次的输赢也就几十元，最多不超过两百元。一年打下来，几位经常参加打牌的"硬腿"几乎不输不赢（我们有专门的账本），一年的牌算是白打了。

"找朋友"是名副其实的集体活动。四个人可以玩，但没什么意思。一般是五到六个人玩，不得超过六人，也不能低于五人，五个人最好。因为比六个人炸弹多，分成两拨的双方人数不是均等的，也更利于隐藏。要知道，"找朋友"最具魅力的部分就是伪装和揭露伪装……

"找朋友"我们一玩就是几十年，成了某种圈子游戏。而在圈子以外，扑克的玩法随时代的变化而变化。"升级""拱猪"不说了，后来是"跑得快""锄大地""斗地主"，如今大概已经是全民"掼蛋"了吧。按说，这"找朋友"也应该成了古董，之所以能够一脉尚存和张殿、何嫂的婚姻有关。当年"找朋友"流行的时候，我们打牌没有一个固定的地方，当"找朋友"趋于下市，他俩结婚了，也就是说何嫂搬进了张殿的新房，成了房子里的女主人。我们去张殿家打牌，不仅是"找朋友"，而且有吃有喝。每次何嫂都亲自下厨，我们只要自带酒水就可以了。有时也不带，何嫂就去楼下的小店买散装啤酒以及可乐、雪碧等饮料。由于打牌的都是"老人儿"，玩法自然不变。无论外面"斗地主"斗得如何热火朝天，"掼蛋"掼得如何响彻云霄，只要去了张殿家，只能"找朋友"。

比较稳定的参加者被称为"硬腿"，分别是我、钱郎朗、张鹏，加上张殿两口子，正好五个人。这是"找朋友"固定的核心成员，随叫随到，从不含糊。有了这个核心就好办了，就能在漫长的岁月里得以持续进行。顺便说一句，我们的圈子以前是围绕《甲乙》而有的，后来逐渐演变成了"找朋友"的圈子，写作上的同人也变成了生活中的朋友。比如张鹏，我的小学同学，就从来没有写过东西。

　　除了"硬腿"，有时也会有来串场的(偶尔来一次，或者不是每次都来)，比如袁娜、涂海燕、谈波，都曾经去张殿家打过牌。"找朋友"如果多出一人，何嫂就不上桌，还是五人的最佳组合。如果多出两人，张殿也不打，站在新手后面进行指导，还是五个人。如果多出三个人，我们就六个人"找朋友"，虽然不如五个人过瘾，但也可以勉强进行了。总之，人不怕多，就怕不够。后来张殿南下去投奔胡小克了，五条"硬腿"就少了一条，好在涂海燕及时增补进来，问题才算得以解决。涂海燕开着咖啡馆，生意时好时坏，因此按钱郎朗的话说："涂海燕这条'硬腿'并不很硬。"

　　"什么硬不硬的，"涂海燕说，"说得真难听！"

　　"老朗是想说，他的最硬。"张鹏道。

　　二十世纪九十年代初，胡小克不写作了，下海去了深圳。不久，他有了自己的公司。过年回南京看望父母，被我叫到张殿家去打牌，应该就是那一次，两人接洽了张殿去深圳的事。胡小克对张殿进行了考察。得出的结论是，为人谦逊(坚持把打牌的机会让给了他)、热情(招待大家吃喝)、话也不多(不像钱郎朗那么能说)。再说了，张殿毕竟是《甲乙》的署名主编，和胡小克算是一起共过事。但我还是认为，胡小克接受张殿主要是因为我，前者和我的关系远胜于他和张殿的关系，是看我面子。

　　张殿去了深圳，张殿家的"找朋友"照常进行。每星期大概有一次。有时候实在凑不足五个人，我们也不会四个人玩，那就聊聊天。何嫂的招待更殷勤了，饭菜更加丰盛，每次聚会都像过节一样。聊天主要是聊张殿，后者不在场，他的老底儿正好被我们翻腾出来，说给何嫂听，算是对她款待的一个报答。何嫂也会说一些我们不知道的张殿的事。比如，这人不怕热，夏天无论怎么热都不会吹电扇，晚上睡觉一条毯子裹得严严实实的，而且还不出汗。新婚之夜张殿取下假牙的事，何嫂也是那会儿说的。但无论怎么涉及隐私，大家都是有底线的。张殿追求袁娜未遂的事我们就没有提起过，何嫂也没有问。有几次实在缺人，钱郎朗还打电话叫了袁娜。打牌过程中，钱郎朗故意开我和袁娜的玩笑。其实完全没有必要。何嫂和张殿虽然算不上老夫老妻，但已经过了刨根问底、追究过往的阶段，即使知道张殿追过袁娜，何嫂也不会在意的。她就是这么一个人，对张殿所有的朋友，无论男女都有一份善意。这也是我们总喜欢往他们家跑的主要原因。张殿不在家，但那还是一个家，宾至如归的感受是何嫂带给我们的。

甚至，张殿不在，让我们的感觉更好。这个家，一切如常，料理得井井有条，而家里面的男人正在外面奋斗、讨一家人的生活。不禁给人以希望之感，时空也顿时扩大了一倍。我们正在打牌，张殿会把电话打过来，我们说："老殿，我们正在你家打牌呢！"张殿说："我在加班，最近赶一个项目，忙得不得了。"就是这样的感觉。后来，张殿不怎么打电话了，何嫂就把电话打过去。张殿仍然很忙，在赶下一个项目。

又到春节了，张殿回南京过年，我们相约去他家里打牌，顺便看望一下荣归故里的哥儿们。胡小克也回了南京，我拉他一起去张殿家，每次都被对方婉拒了。整个春节期间，我们去张殿家大概打了三次牌，我都约了胡小克，一概被他借故回绝。于是，我就想，胡小克是否觉得不合适？以前，他只是张殿或者我的朋友，去张殿家打牌没有负担，而现在他是张殿的老板，去下属家打牌也许忌讳。我没有做公司的经验，不知道有关的规矩。最后一次，我问胡小克是不是这个原因。

"不是，"胡小克说，"我就是不想见到这个人。"

"为什么呀？"

"在深圳每天见面都见烦了。"

再追问下去，胡小克就不说了。

"你这次回来，咱们还没有见过呢，我你总得见一下吧。"

"那行，只要不去张殿家。"胡小克挂了电话。

6

胡小克公司的主要业务是制作建筑模型。这活有一定的技术含量，但也不难学，一般跟一周后就可以给老师傅充当下手，磨一块有机玻璃，或者在沙盘上粘一小片泡沫塑料的植物。张殿不屑于这些，成天抱着一杯茶在厂房里东游西逛。由于他的年纪以及和老板的关系，大家都不好说什么。胡小克也不好意思批评张殿。公司里多一个人吃饭，集体宿舍里多一个人睡觉，每月的工资单上多一个人领工资，胡小克也无所谓。后来，张殿竟然不来公司了，只是吃饭、睡觉，领工资时有这么一号人，就是不在干活现场出现。这胡小克也忍了。可恨的是，张殿居然爱上了发廊，领了工资就去洗头，工资花完就向同宿舍的小伙子们借钱。有时候也领着他们一起去耍。问题虽然严重，毕竟是风言风语，胡小克依然不能发作。

这天，胡小克加班到很晚，快早晨的时候才从公司所在的大楼里出来。天蒙蒙亮，他拐过一条街，就在巷子的口上看见了一个人影。不，是两个人影。张殿背对胡小克，正用一条毯子裹着一个发廊妹，后者也是站着的，因此看上去就像一个人。张殿和发廊妹正在吻别（大概厮混了一夜），恶心肉麻就不说了，关键是张殿也认出了胡小克，并且说了一句话。

"这是我们公司的老板，胡总。"这么说的时候张殿仍然抱着发廊妹。

胡小克一声没吭地走过去了。

"他这是要干什么！"胡小克说，"难道是想拉上我一起嫖吗！"在我的工作室里胡小克终于发作了。

他怒不可遏，在房间里走来走去："一个人偷鸡摸狗也就算了，干吗扯上公司，扯上我！"

"你怎么能断定那女的是发廊妹，也许是良家妇女呢？"我想开一个玩笑。

"这我还不知道，"胡小克说，"我们公司附近就有几十家小发廊。再说了，就是良家妇女也不行，我怎么向何嫂交代？"

过了一会儿，胡小克气息稍定，坐回到椅子上："话又说回来，如果张殿把发廊妹只当成发廊妹也就算了，你是没看见他那副嘴脸，整个一热恋状态，太过分了！"

"你没有找张殿谈过？"

"没有。"

"到现在都没有谈过？"

"没有……"

最后我建议胡小克辞掉张殿，这是唯一解决问题的办法。为了张殿本人的安全，也为了公司管理（否则，他会带坏小伙子们），更为了何嫂经营的这个家："你不要考虑我，也不要考虑当初办《甲乙》的事，当断不断，反受其乱。"

胡小克点头答应，但看得出来，辞掉一个人在他看来不是一件轻松的事。

节后，胡小克和张殿分别回了深圳（回来的时候也是分头走的）。我打过几次电话催促胡小克，问他辞张殿的事。胡小克说："最近还行，张殿固定了一个，就是上次我碰到的那个，好像叫小娟……"

"那也不行，"我说，"我不是老板，如果我是老板早快刀斩乱麻了。难怪你的生意做不大，太柔和了，诗人的毛病要改改了。"我想刺激一下胡小克。

终于有一天，胡小克主动给我打了电话，说事情刚办完。电话那头他带着哭腔。在我追问下，胡小克承认他的确哭了。"至于吗！不就是辞了一个人吗，辞了张殿。"我说。

"我还打了他。"胡小克叹息道。

胡小克说，他专门提了一笔现金，是张殿半年的工资。他把钱堆放在桌子上，这才叫来张殿，对他说："你走吧，这是给你的补偿。"胡小克没有说任何理由。

张殿没有问为什么，大概知道，无论是什么理由或者没有理由，胡小克作为老板都有权让他离开。他从胡小克推向他的那堆钱中拿起一张，傻不愣登地看着，另一只手上正好攥着打火机。张殿烟瘾大，平时烟不离手，准确地说，是打火机不离手。他自有一套理论，经常说，有烟无火是最促狭的，比有火无烟可怕多了。这里面的逻辑暂且不论，反正是他的经验之谈。那天张殿的手上一如既往地攥着火，并且打着了，很可能没有烟，或者仅仅是另一只手上捏着一张钞票。鬼使神差一般，他就把钞票点着了。点着之后，张殿的思路才跟上了趟，明白过来自己在干什么。他一边烧钱，一边说："有钱有什么了不起的！"

这话让胡小克伤心了，他想起自己放着写作这样纯粹的事不干，远离家乡来到深圳，辛辛苦苦地办公司挣钱，太不容易。都说吃屎容易挣钱难，看见对方如此对待他的宽容和好意，完全是下意识地抬手就给了张殿一耳光。这耳光把两人都打愣了，张殿哇哇地哭起来。看见张殿哭了，胡小克不禁百感交集，也流泪了。两个大男人，一个三十几岁，一个过了四十，相对而坐，哭得稀里哗啦，事情就是这样的。我在想，离张殿上次痛哭也已经有十多年了吧……

胡小克说，张殿刚刚离开他的办公室，那堆钱还在桌子上放着。

"辞了就好。"我说。

"这钱怎么办？"

"要不，我向何嫂要一个账号，你打到她卡上？"

胡小克想了想说："算了，我还是打到张殿的工资卡上，估计他回南京连买飞机票的钱都没有。"

张殿离开了胡小克的公司，但并没有回南京，而是投靠了在深圳认识的一些狐朋狗友，干起了倒卖软件和影碟的勾当。干这活儿不像做模型，不需要技术，他干得顺风顺水。关键是张殿有热情。他终于找到了自己的事业，或者说有了这样的感觉。张殿当过民办教师，在工厂当过工人，和人合伙开过皮包公司，后来又去胡小克的公司打工。对了，还参加创办了文学杂志《甲乙》。但从来没有像倒卖软件和影碟那样，觉得是自己想干并且是能干的事，而且干出了名堂。其标志就是张殿开始往家里寄钱了。

何嫂知道张殿离开了胡小克的公司（原因应该不清楚），也知道目前老公干的事儿有点不合规矩，但寄给她的钱是实实在在的，因此也不多问。

春节归来（又到了春节），张殿托运了两只大箱子，里面装的都是软件和影碟，张殿献宝似的献给何嫂，并一再嘱咐要收藏妥当，不要告诉任何人。这些软件、影碟数量之巨，当然不是供张殿夫妻私下消费的，张殿在转移赃物还是准备开拓南京市场就不知道了。也许他计划把生意逐渐转移到南京，两人常年分居的确不是长久之计。

何嫂嘴严，张殿就不一样了。一次我们去他们家打牌，张殿说："还打牌啊，你们就不能玩点别的？"

"别的？"钱郎朗问。

"你们在深圳都玩些什么？"张鹏说。

张殿没有回答，招呼何嫂搬来他从深圳带回来的录像机，拆开包装后极其熟练地连接电视。调试电视时他对何嫂说："拿几张碟来。"

何嫂很为难，说："都在箱子里，箱子……"

"那就开箱子。"

如此一来我们才知道那两只大箱子的事。

当晚我们不仅消费了张殿倒卖的影碟（看得脸红脖子粗的），在场的人也都分得了一张。余下的时间里，我们帮张殿分装软件和影碟，一共装了有八九袋子，有旅行袋、麻袋、蛇皮袋、双肩包，还用床单扎了两个大包袱，塞到卧室的大床下面。另有几包东西被置于客厅里组合柜的顶上。完了，张殿嘱咐我们说："千万不要告诉任何人。"

何嫂非常不满地白了张殿一眼。

春节结束，张殿又回深圳了，再来张殿家打牌的时候，我们的眼睛会不由自主地看向组合柜上面，看那几包东西。牌局照常进行，我们再也没在张殿家看过影碟。并非打牌比看碟更有意思，是说不出口，也不合适。男主人不在家，女主人提供场所，一块儿打牌没有问题，一起看碟就不是那么回事了。就算何嫂善解人意，主动提出看那种碟，我们也是要加以拒绝的。

一次，来了一男一女两个警察。女警察手捧一个文件夹，边问我们姓名边做记录，男警察拿着一支手电筒，在房子里走来走去地到处晃动。卧室的床下和组合柜上面都照到了，手电光在那些东西上一掠而过，足以让人心惊胆战。之后他们下楼，脚步声远去。钱郎朗心生一计（事后他告诉我和张鹏），对何嫂说："肯定是冲那些东西来的。"

"不对吧，"何嫂说，"下午居委会通知了，是查户口。"

这时我和钱郎朗已经交换了几次眼神，早已心领神会。

"这几年的牌都打下来了，"我说，"什么时候查过户口？"

"说是人口普查。"

"不怕一万，就怕万一，最近风声有点紧，我们还是提防一点的好。"张鹏说，他也反应过来了。

"那怎么办？"何嫂说，"我打电话让张殿回来……"

"不用，不用，"我沉吟道，"就算马上打电话，张殿飞回来也得明天，在这之前必须先处理一下。"

"如果我们处理了，张殿就不需要回来了。"张鹏说。

"你老公在深圳忙活，他得挣钱养家……"钱郎朗说。

这番配合以后，我这才说出解决方案：每人带两包东西走，分别藏匿，剩下的由何嫂坚壁清野。何嫂显得很过意不去，说："那会连累你们。"

"什么连累不连累的，谁让我们是张殿的哥儿们呢！"

我们连牌也不打了，每人提着两大包东西分别下楼。张鹏率先出门，十分钟后是钱郎朗，他走以后十分钟我也告辞了。月黑风高，东西又沉，我虽然住得近，但还是打了一辆车。知道不会有事情，可如此布局我还是感到了一丝紧张。那紧张恰到好处，提神醒脑，也有利于神经系统的锻炼。张鹏说得对，不怕一万，就怕万一，应该说，我们还是冒了一定风险的，对何嫂也不完全是欺骗。

不知道张鹏、钱郎朗是如何消费那些影碟的，我拿走的这两包的确帮了我大忙。在南京，我是最早用电脑写作的人，当时是兼容机，286，操作系统是什么"到死"。的确不吉利，我的电脑经常出状况，耽误写作不说，还丢过不少文件，自己又不会修。这事儿让我苦恼不已。

盛军是年青一代写东西的，理工科出身，会捣鼓"到死"。我的电脑一出问题，就打电话给这哥儿们。自从有了那两大包影碟，每次盛军帮我修电脑，我都会送他一张碟。后者自然喜不自胜，我也能心安理得了，让他跑一趟再也没有心理障碍。盛军把我的电脑修得比新的还好，都不怎么出故障了，于是他便主动打电话给我，问我最近电脑怎么样，需不需要他上门修理？我当然知道对方的意思。后来，他进一步了解到影碟的来源，就开始跟我去张殿家打牌了。"找朋友"又多了一条"硬腿"，全拜张殿的影碟所赐。

何嫂没有再提起过影碟的事。又一年张殿回南京过春节，也没有提起。这件事就像从来没有发生过。张殿气色不佳，已经没有了特区来人的显摆劲儿，看来，他的影碟生意也快到头了。

7

二十一世纪初，张殿回到了南京，在家赋闲一段后，在文化一条街盘下一家小书店，做起了正经生意。

书店真的很小，营业面积不足十平方米，后面有一个小房间，仅够放下一张折叠床。张殿在此午休，同时小房间也兼做仓库。我们顺路看望张殿，也会被让进去，坐在折叠床上抽烟。小房间被抽得像一个烟筒，袅袅的烟雾从朝北的窗洞里冒出来。由于空间局促，平时张殿不喜欢待在店里，他总是站在书店门口的街上，烟不离手，捧着一个大茶杯，一面四处打望着。他似乎在等待一个什么人。也许是我们这些朋友，也许不是。

书店没有厕所。有了便意，张殿就会踱向一百米以外的一处公厕。他走得那样逍遥，根本不像有特殊的目的，等进到厕所里，一蹲就是半小时，甚至一个小时。何嫂送饭来的时候，十有八九人不在店里。店门大敞，好在生意清淡，一般也不会有顾客。何嫂就会帮张殿看一会儿书店，等他回来。张殿吃饱喝足后，她再收拾碗筷餐具拿回家去洗。书店里也没有水。

后来，张殿雇了一个染了一头黄发的女孩看店，回想起他的漫不经心、动辄离店，肯定是故意的。雇人的想法是何嫂主动提的，她说："你还要进货，还要忙其他项目，书店里总得有人。"

何嫂没想到的是，张殿招来的是这么一个女的，妖里妖气，而且不是本地人。如此一来，吃住就成了问题，花费比雇用钟点工高多了。"住好办，就让她住在店里。"张殿说，"吃，你送饭的时候多送一份就行了，和在南京雇人也差不多。"

"那你为什么要雇外地人？"

"我也是看小娟可怜，其实我这店里雇不雇人都一样……"

听到这个名字我吃了一惊，不就是胡小克说的那个发廊妹吗？三四年过去了，张殿还和对方保持着联系，可见当初他们不是乱搞，的确是恋爱。这么长时间了，张殿念念不忘，并且这事儿进行得如此曲折（张殿又是开书店，又是设圈套），为的不过是和心上人一朝相逢，老殿可真是一个有情有义的人啊。我不禁有点感动了。

钱郎朗看法和我不同，他说："对小娟有情就是对何嫂无情，张殿还是一个无情无义之人。这么大的人了，四十多了，怎么做事不计后果……"

"你激动什么，"张鹏说，"真正是'皇帝不急太监急'。"

"我不急行吗，我们在嫂子家吃了多少顿饭，打了多少次牌？"

"那也是张殿家。再说了，我们又不是张宁，就是张宁也管不了她儿子这种事。"

找张鹏、钱郎朗商量无果，他俩只知道抬杠了。

小娟在张殿的书店里安顿下来，后面的小房间现在成了小娟的房间。张殿也不怎么在街上待了，他要么在书店里，要么在小娟的房间里。

小娟吃饭的问题，就像张殿说的那样解决了。何嫂每天送两个人的三份饭，两份张殿和小娟中午吃，剩下一份是小娟的晚饭。早饭小娟自己解决，书店旁边就有卖早点的。

有一件事他们没有想到，天气越来越热，喝水可以去公厕（那儿有一个公用水龙头，接了水用"热得快"烧），洗澡却成了大问题，况且南方人是每天都要冲凉的。小娟在公厕的水龙头那儿淋湿毛巾擦过几回身子，实在难以忍受，要求张殿带她去冲凉。张殿大概也带她去了洗浴中心，蒸过桑拿，但毕竟不是长久之计。不知道从哪天开始，张殿就领小娟回家去洗澡了。

他用自行车驮着小娟，后者坐在书包架上，走小路以避开交警执法。在张殿家洗完澡并吃过晚饭（小娟的晚饭也改在了张殿家），张殿再用自行车送小娟回书店睡觉。如果说回家的时候两人一身臭汗，毫无浪漫可言，回程就不一样了。那会儿天也黑了下来，下班的高峰已过，张殿和小娟都洗了澡，换了干净衣服。张殿带着小娟在南京的小街小巷里穿行，一阵微风吹过，撩起小娟湿漉漉的发丝。张殿嗅着沐浴香波的气味，眼望城市灯火，该是怎样的一种心情？他会不会对小娟说："怎么样，我说到做到吧，让你来了南京，我们又在一起了。"

小娟从后面搂紧了张殿的腰，潮湿的脑袋抵在对方的后背上，说："我这辈子是跟定你了。"

与此同时，何嫂在家里收拾碗筷，把两人换下的脏衣服拿到洗衣机里去洗——想想这样的画面，就觉得很不公平。如今何嫂不仅要做饭、送饭，还得帮小娟洗衣服，洗好后还得晾干叠好。晚上还要等张殿的门。张殿送人一来一回至少三个小时，平时何嫂走路去书店，往返不过四十分钟。

何嫂终于找到我们，专门谈张殿和小娟的事。我们拿不准，何嫂知道多少，到什么程度，于是便装聋作哑。

"张殿和那丫头，不会吧？"

"嫂子你想多了，张殿一个大老板，怎么会跟下属……"

何嫂说："有一次我去送饭，怎么叫门，张殿都不开。"

又说："还有一次，书店是开着的，小娟坐在店里，张殿在里面帮她叠被子。"

"这叠被子是不对，"钱郎朗说，"关心下面的人也得讲究方式方法。"

"在家里他什么时候叠过被子？连酱油瓶倒了张殿都不会扶！"何嫂非常委屈。

"是太不像话了，我们一定好好批评老殿。"我说。

"不对呀，"张鹏道，"老殿有睡午觉的习惯，他应该是在叠自己睡过的被子，不是帮小娟叠被子。"

何嫂愣住了。

我赶紧接过张鹏的话，说："这两个人混用一条被子的确不太好，男女有别嘛。嫂子，以后你专门给张殿准备一条被子，让他专被专用。"

我们抓住被子不放，好歹糊弄过去。

回头我们找到张殿，对他的行为进行了警告，并要求张殿辞掉小娟。他表示同意，但是说不出口。

"胡小克是怎么辞你的？"我点张殿道，"他和你是什么关系，可以说得出口，对小娟你为什么就说不出口？"

"你这老板也不能白当，辞人那是必须的，是必要的一课。"钱郎朗说。

"没这个魄力你还当什么老板，以后怎么发展？"张鹏说。

张殿不像何嫂那么好糊弄，对我们所说无不赞同，但还是我行我素。

这以后，我们就不怎么去张殿家打牌了，因为不好意思，愧对何嫂。即使去打牌，张殿也经常不在，送小娟回书店未归。如果去得早，在张殿家吃饭还得和小娟同席。明知道张殿和她有事情，我们还要装出一脸无辜，在何嫂的眼皮下面实在是一个很大的心理负担。张殿偶尔也参加打牌，但心不在焉，那牌打得七零八落的。牌局本身也失去了魅力。就这样一直到了冬天。

8

小娟最终还是离开了。她是怎么走的，不得而知。是春节回家过年，然后就没有再回来，还是发生过一些可怕的事，比如张殿和小娟被何嫂捉奸在床，我们就不知道了。有一件事却确定无疑，就是张殿的书店倒闭了。文化一条街上的门市已经易主，也不卖书了，从店门口一直到小店里面，花团锦簇，书店变成了花店。

何嫂打电话给我们，邀请我们去他们家打牌。"找朋友"的时候我察言观色，也没看出个所以然来。无论张殿，还是何嫂都很平静，专心牌局。那天张殿大赢，钱郎朗不合时宜地说："这就叫牌场得意，情场失意。"说完，他就后悔了，赶紧改口，"噢噢，也不见得，比如像我，牌场失意，情场也失意……"好像也不对。钱郎朗干脆闭口不说了。

张殿家牌局宣告恢复，每周一次我们去张殿家打牌。和以前不同的是张殿常常不在，或者回来得很晚。他不干书店，总得想办法谋生，于是又开始说"和人合伙做生意"，或者"正在弄一个项目"。那感觉就像昔日重来，只是我们不能确定是回到了二十世纪八十年代还是二十世纪九十年代。二十世纪九十年代，张殿去胡小克那儿打工，我们在张殿家陪嫂子打牌，而大哥正在千里之外的异乡为这个家奋斗。那时空气里流动的是希望，仿佛能看见令人兴奋的未来。可这会儿何嫂一脸苦愁，"找朋友"的间歇不由自主地唉声叹气。

她那种叹气方式是最近培养起来的。深吸一口气，然后使劲呼出，同时伴有极为深重的、就像从一口老井里发出的喉音。此音一出，身体随之向下一坠。问起来，何嫂完全不知道，只是说非常痛快。我们这几条"硬腿"后来也学会了这种叹气法，的确舒畅无比。开始时是有意识的，最后变成了一种无意识，"找朋友"的过程中沉重的叹息声此起彼伏。有时候会来一个新人，听见我们这样叹气觉得不可理喻，而我们早就听而不闻了。

像二十世纪九十年代一样，打牌的时候何嫂会联系张殿，打他的寻呼机。张殿一般不回。偶尔回一次电话，他会说："马上，马上，谈完这一单就走。"或者说已经在回家的路上了。但直到牌局结束也不见人影。何嫂锲而不舍地呼叫张殿，一出完手上的牌就呼他，子母电话机的子机就放在面前的小棺材上，和几张赢来的或者准备输出去的钱放在一起。手上一没牌，她就抓起电话，后来已经很机械了。何嫂也没指望张殿回电话，就是要骚扰他，让他"不得安生"，然后就是叹气。基于以上原因，我们虽然还去张殿家打牌，次数毕竟锐减了。

一天晚饭后，我坐在电话机旁，心里有一点焦躁。当时我刚过四十岁，离了婚，女朋友又在外地，每天的这个时段是最难熬的。总盼望有人约我出门，和朋友聚会，去酒吧或者任何地方。实在没人约我，我也会主动打电话出去。有时候也不打。晚饭过后大概经过两小时不安的情绪就会过去。

那天我坐着，瞅着电话，一根烟还没有抽完，电话铃就响了。只响了一下，我第一时间接起，是钱郎朗。他并没有夜宵计划，打电话给我是讨论一件事。

大约半小时前，何嫂给他打了一个电话，说是要去很远的地方旅游了，想和我们（钱郎朗、我和张鹏）打个招呼。当时钱郎朗正在下面，面条已经丢进锅里了，见没什么要紧的事就挂了。这会儿钱郎朗吃饱了，越想越觉得不对劲。

"何嫂不会出什么事吧？"他说。

"那还用说！"我叫了起来，"还不赶紧的，有你这样的吗！"

挂了钱郎朗的电话我立刻打给张鹏，让他马上动身，去张殿家楼下会合。然后，我呼了张殿，等了一会儿没反应，这才套上T恤换了鞋子直奔张殿家而去。

我到的时候钱郎朗已经到了。我问他："你怎么还不上去？"

"在等你和张鹏。"

漆黑的院子里，借着围墙外射来的灯光，我看见钱郎朗拎着两瓶酒。他并没有意识到问题的严重性，以为还像以前那样，我们这是吃饭打牌来了。虽然我们已经吃过饭了，让何嫂再炒两个菜，喝点小酒也是正常的，以前也常有这种事。

来张殿家打牌，我们总是这样，先在楼下的院子里会合，然后一起上楼。何嫂虽然是我们的嫂子，但和我们中的一人单独相处总归不太方便。我们一起来一起离开，钱郎朗不过是在遵循惯例。看见他这样，我也受到了感染，觉得事情真的没有想象的严重，或者紧急。

天上下着小雨，我和钱郎朗都撑了伞，这时把伞收了，我俩走进张殿所在的单元门洞，边避雨边等张鹏。张殿家在二楼，离我们躲雨的门洞直线距离不到两米，过了一会儿便闻见了隐约的煤气味。那煤气味和院子里飘忽的细雨混合在一起，在黑暗中闻起来非常奇怪，有点像榴梿的气味，带有一丝隐隐的寒意。当我们确认这的确是煤气，而不是榴梿，显然不能再等了。钱郎朗放下两瓶酒，和我一起奔上二楼敲门，死活没有敲开。下面的门缝处透出黄澄澄的暖光，煤气味越发浓重。再也不用怀疑了。

钱郎朗打110报警的时候，我在琢磨如何弄开张殿家的门。那门的外面加装了防盗门，不禁发出哐啷巨响，在短时间内打开是不可能的。对面和上下楼的邻居闻声而出，钱郎朗忙着和众人解释。我走到楼道拐弯处，那里对着外面的墙体只砌到胸口高，张殿家厨房的窗户开在这一侧，离楼道的半截墙不远。我攀上半截墙，想翻进厨房里，但窗户被从里面锁死了。正在焦急，张鹏赶到了。他在我们三人中一向最能干，换了我，爬上半截墙，让我把雨伞递过去。张鹏手持雨伞，悬了吧唧地用伞尖敲击窗玻璃。几声大响后，玻璃终于碎裂，落下二楼，发出更大的响声。我们闻见了更加浓烈的煤气味。邻居们掩着鼻子，退到更远的地方。那煤气味混合着雨水，凉飕飕的，令人头晕。

警察是从一楼住户的院子里攀上张殿家阳台的，用太平斧劈开了通往卧室的门。他们扛着裹在毯子里的何嫂从防盗门里出来，围观的人让开一条道，身体贴墙，看着何嫂被带下楼去，被送上了停在院子里的警车。一位警察要求家属签字，张殿不在，由于是钱郎朗打的电话，就由他代劳了。张鹏帮钱郎朗打着伞，那警察用手电照着，边上警车顶上的警灯无声闪动，光线里细雨纷飞……签完字，对方让钱郎朗上车一起去医院，钱郎朗分辩道："我不是她丈夫。"警察也不答话，几乎是押着他上了警车。钱郎朗绝望地对我和张鹏说："你们一定要来啊！"随后警车启动，驶出了漆黑的院子。邻居们也散了。

我和张鹏返回张殿家，用座机又呼了张殿一次。等了十分钟，张殿仍然没有回电话。借着从门窗外射入的些微灯光，能看见室内狼藉一片。走动时脚下不断发出玻璃碎裂的声音，还有大摊的水迹，黑乎乎的，像血一样。当然那不是血，是由于门窗破损雨水洒进来所致。煤气味已基本消失，可以开灯了，但已经没有这个必要，我们还得赶往医院，和钱郎朗会合。

临下楼时，张鹏特地带上了张殿家的防盗门。

钱郎朗早已在医院大门口等了半天，见我们从出租车上下来，他显得很兴奋，问我们为什么这么长时间。不等我们回答，又说何嫂已经被送进去抢救了，问题应该不大。说他这一路吃大苦了，警察一口咬定他就是家属。后来终于明白他不是家属，那就更糟，他们认为他和何嫂的关系非同一般。"大概，"钱郎朗说，"他们把我当成来通奸的了，老公不在家，我吼巴巴地跑来要和情妇殉情，开了煤气自杀。"

"怎么可能？"张鹏说。

"怎么不可能，"钱郎朗说，"他们逼我解开何嫂的衣服，按压她的胸部，隔着衣服都不行。我说不方便。警察说，你又不是没见过。"

"你照办了？"

"我能怎么办？人命关天啊，再说了，我不照办，肯定得挨揍……为什么是我，为什么不是你们而是我！你们也都在场……"钱郎朗唉声叹气，委屈得不行。

"何嫂昏迷不醒，不会知道，"他说，"对张殿就没有必要说了。"

"既然不想让人知道，你干吗要对我们说？"张鹏道。

"你……"

我赶紧打圆场："老朗这是做好事不想留名。"

我们已经开始开玩笑。过去的这两小时太紧张了，此刻终于放松下来。我们大骂张殿，骂他导致了这场悲剧，骂他不回电话，以及拖累了朋友。

"都什么时候了，老婆都快死了，屌人到底在干什么呢？"

又一辆出租车在医院大门前停下，走下一对老年夫妻，何嫂的父母到了。我们打着伞迎过去，护送二老走进门诊大楼。再出来的时候我们就更加轻松了。说明了有关的情况，移交了所有的手续，说是去找张殿，然后就开溜了。我们把何嫂交到了真正的家属手里，虽然不是张殿，但胜似张殿，血浓于水……

在路边的一家小店里，用公用电话再次呼了张殿，之后我们就背对柜台，看着夜色中雨光闪烁的陌生街道，边抽烟边等电话。其间，张鹏几次折回医院，打探消息，最后的信息是何嫂已经被送进高压氧舱，人也苏醒了。至此，我们轻松的心情已无法自禁，完全不能在一个固定的地方待了。恰好来了一辆出租车，上面的人下来后我们立马钻进车内。

行驶途中，我腰间一麻，原来是张殿呼我，他终于有了反应。看号码，不是张殿家的电话，说明他还没有回家。

出租车在路边的一个电话亭边停下，我去回电话，告诉张殿他老婆自杀未遂，现在正在医院里抢救。没等对方回答，重复了三遍医院的地址后我就挂了电话。

"现在我们去哪里？"张鹏问。

"深更半夜的，能去哪里，"我说，"回家睡觉。"

"我倒是觉得，现在去哪里都可以。"张鹏说。

"你们到底要去哪里？"司机说。

突然，钱郎朗叫了起来："去张殿家！我那两瓶酒落在了他家楼下的门洞里。"

钱郎朗去门洞里拎出两瓶酒，在一楼的自行车棚里我们找了一个地方。没有开瓶器，钱郎朗就用牙咬，啪啦一声，瓶盖就此消失在脚下的黑暗中。我们原本是应该进到张殿家里去喝的，防盗门被张鹏带上了，因此钱郎朗抱怨不已。他说："这会儿如果能坐在沙发上，边喝酒边复一把盘那才齐活了，可惜……"

"你这不是说梦话吗？"张鹏说，"我们走的时候能不带门吗，小偷进去怎么办？"

"哪有什么小偷……"

"张殿家乱成那样，你没看见？是喝酒的地方吗？再说了，女主人现在还在医院里躺着哪！"

"反正比在车棚里强，我的腿都蹲麻了。"

"那你就不能骑在车上喝？"

"骑个屁啊，又不是个女的。"

两人虽然是在开玩笑，但你来我往，各不相让，大概是这劣质白酒喝的。由于声音渐高，边上的一扇窗户突然亮了，我嘘了一声。接下来，我们就再没说话了。默然无语地传递着酒瓶，不时调整姿势，由蹲到骑，由骑到站……一楼住户的灯光再次熄灭以后，眼前只剩下一片漆黑。适应后，又不免清晰如画，车棚深处昏黑一团，而外面刚下过雨的地面上闪闪忽忽的，不知道是从哪里射来的光。我们再也没有提何嫂和张殿的事。

然后我们就离开了。脚步飘忽，内心充满了宁静和喜悦。也难怪，毕竟算是救人一命，何嫂又活了过来。喝酒我们也没耽误。本来我们是准备去咖卖隆继续喝的，除了涂海燕，再叫上一个服务生，没准还能打一把"找朋友"，那就圆满了。行至途中，钱郎朗改变了主意，说是撑不住了，要回家去睡觉，三个人这才恋恋不舍地各奔东西。

9

张殿家的牌局算是基本结束了。张殿家我们仍然会去，没有人再提打牌的事，就像那是某种忌讳，何嫂自杀未遂似乎和"找朋友"有关一样。去张殿家，我们也只是喝点小酒、聊聊天。去的次数也开始变少，并且没有规律可言。

何嫂恢复得不错，没有留下任何后遗症。大家绝口不提那天晚上的事，但那件事又的确发生过，其标志就是张殿已经有限地回归家庭，每次去的时候他都在家。那口小棺材也不再当牌桌或者饭桌用了，换成了普通的茶几。小棺材仍然放在客厅里，正式成了一件古董，上面放着打印机、传真机、复印机等现代化的办公设备。钱郎朗说，张殿爱上了商业文明。张鹏反驳道："他不过是把公司搬到了家里，要说爱上早爱上了。"

"他要那些玩意儿有什么用，纯粹摆设。"

"这是另一个问题。"

我说张殿"有限地回归家庭"，就是指这些办公设备的出现。但最重要的，还是张殿开始玩电脑了。他配备了两台电脑，客厅里一台，卧室里一台。张殿没日没夜地坐在电脑前面，我们每次去他都显得心不在焉。我们不再打牌，想来也和他上网有关。张殿不仅玩游戏，同时也捣鼓各种软件，考虑到他倒卖软件和影碟的经历，这也是必然的。总之，张殿成了一个网虫或者软件狂，人坐在家里，朋友人脉却遍布电子一条街，甚至全国各地，大有身在曹营心在汉的意思。"有限地回归"就是说他的这种身心分离的状况。

作为多年的老朋友，张殿热心地向我们推荐各种软件，神秘兮兮地塞给我们一些网址。我们这帮人，包括何嫂，属于"找朋友"出身，对时髦的玩法反应很慢。各自也购置了电脑，用电话拨号上网，不过是看点新闻，兼带收发邮件而已。对电脑和网络世界潜力的认知，我们和张殿完全不在一个层次上。

钱郎朗说："这在网上打牌下棋有什么意思，又见不到一个活人。"

"可以一边下棋，一边聊天，"张鹏说，"和网下还不是一样的？"

"和对方又不认识……"

"那正好，你就不会要赖了。"

其实那会儿张鹏对网络游戏也是半通不通的。

由于志趣不投，擅长的东西不一样，我们去张殿家的次数更少了。如果张殿不在家，我们去他家没有问题，就算不打牌，也可以喝酒聊天。张殿在家，他是男主人，我们喝酒，他上网，那就比较尴尬，还不如不去。

不怎么去张殿家以后的一天，一帮人在饭店里吃饭，饭后转台前往咖卖隆。这时的咖卖隆已经易主，涂海燕一年前去了美国，咖啡馆也变成了酒吧。我和张鹏打车先到，张鹏在等司机找零钱，我一反常态没有等他，率先走进了酒吧里。当即，我就看见了张殿，和一个大屁股女人并排坐在吧台前面的吧凳上。女人的屁股如此之大，相对而言吧凳如此之小，给我留下了深刻的印象。可以说，我是先见到了这个造型，才看见了边上的张殿。他仍然是窄窄的一条，倾身过去，在那女人的耳边说着什么。见我出现，张殿不免慌张，也许是尴尬。

"是不是网友？"我小声问道。

张殿龇牙一笑，没等他回答我又说："快走，大部队马上就到。"

张殿心领神会，拉着那女的立刻就消失了。他们没有走门，不知道去了哪里，因此并没有和推门进来的张鹏遭遇（像我担心的那样）。随后大队人马也到了，在我的指点下，钱郎朗、盛军等先后都去了楼上。我一个人立在吧台前，要了一瓶啤酒，正喝着，听见酒吧门叮咚一响。我转过身去，正好看见张殿和那女人蹿出去的背影。

事后想起这件事，我不禁纳闷，为何我会不等张鹏率先进入酒吧呢，难道已预感到会撞见张殿和他的网友？即使让张鹏看见也没有什么，他又不是何嫂，后者也不在大部队里。张殿配合得如此默契，没说一句话，就像何嫂已经跟过来了一样。再就是那个女人，她真是张殿的网友吗？我甚至连她的脸都没有看见。没准是小娟吧？应该不会，小娟不是那样的身材……

10

这以后时间就过得快了。

有消息传来，何嫂生了一个女儿，我一颗悬着的心终于放下，大屁股网友的事看来没有败露。没准那次我和张殿在酒吧的遭遇别有深意呢，从此受惊的张殿才洗心革面，彻底回归了家庭。

那年张殿五十出头，老来得女，我打电话去恭贺，何嫂告诉我："老殿喜欢得不得了。"我大脑一热，当即表示，愿意做他们孩子的教父。

所谓教父是当时一种时髦的说法，意思就是干爹。何嫂满口答应，说是需要问一下张殿。

"怎么样呀，老皮说要做画画的干爹。"

"让他出钱。"——我听见电话那头张殿对何嫂说。

我是这么想的，虽然目前我混得一般，那是写诗造成的。从二十一世纪起，我已经改攻小说了，写了四五年，出了两本书。再过五六年，到张画画五六岁的时候，不说享誉世界，至少也会是著名作家，画画上学的费用或者上个什么补习班，出点钱也不是多么了不得的事。再说张殿现在也的确没收入，人也老了，一家三口今后都得靠何嫂。她的工作也不挣钱，早年在办公室里打字，后来仍然是打字，不过是打字机换成了电脑，兼带处理一些文件。"培养一个小孩得花多少钱呀。"何嫂忧愁地说。

待张画画长到四五岁，一次，我在街上和何嫂母女不期而遇。何嫂让孩子喊"干爹"，我含含糊糊地应了一声，之后就再也没有提这茬了。不是张画画不讨喜，事情正好相反，那孩子太可爱了，尤其是两只眼睛，就像猫眼一样圆瞪瞪地转动着。那会儿离她上学也没有两年了，我暗自思忖到时候出资的可能，答案是完全没有可能。虽然我已经出了四本书，但还是和以前一样穷。这也是我直到这次见面以前一直没有见我的教女的原因。这次见面以后我就搬家了，住得离张殿家就远了。巧遇的事再也没有发生过。

钱郎朗、张鹏则不然，他俩没有搬家，也没有认张画画做干女儿，不怕任何巧遇。钱郎朗仍然会去张殿家串门，只是已不再叫上我和张鹏了。我是因为住得远，不叫张鹏是因为钱郎朗已经和对方绝交。钱郎朗认为张鹏不尊重他，说话时总是冲他（比如，你这不是说梦话吗），他有言在先："有张鹏的时候你们不要叫上我。"自然有他的时候他也不会叫张鹏了。

我劝了钱郎朗很多次，毫无效果。

"我们在一起'找朋友'少说也有二十年，怎么你就不觉得张鹏冲你呢？"

"我忍了他二十年。"

"现在都一大把年纪了，有这个必要吗？"

"就因为上了年纪，我没有必要再委屈自己。"

钱郎朗去张殿家也不是"找朋友"，想找人也凑不齐，不过是喝点小酒，和张殿下一盘围棋什么的。他去的次数也不多，一年有两三回吧。

张殿和轮滑结缘的事，是钱郎朗告诉我的。他说，张殿现在可是一个慈父，女儿去上轮滑班，每次都是他接送。开一辆大摩托送过去，然后就在边上等，课程结束再把张画画带回家。

半年后，钱郎朗第二次和我通电话，说现在张画画不学轮滑了，改了跆拳道。张殿仍然每天送过去，女儿进拳馆，他自己进轮滑班。也就是说，张殿本人在学轮滑。我觉得这事儿有点意思："老殿学到了什么程度？"

"反正迷得很，每次去他家聊的都是轮滑。"钱郎朗说，"这玩意儿我也不懂，他家我也懒得去了。"

又过了一年多，在免费阅读的《地铁报》上，我看见一则新闻，说是本市的一位老汉如何不输于年轻人，在市区大马路上经常会出现他以轮滑代步的矫健身影，什么脚踏风火轮，身着冲锋衣，逆风而行，白须飘飘……配图上的那人正是张殿。并没有白胡子，张殿的下巴从来刮得很光，倒是穿着冲锋衣。由于没有指名道姓，我还是无法相信。

一天，我真的看见了张殿。我真的看见了张殿，但并没有看见轮滑，或者说穿着轮滑鞋的张殿。当时我在一辆出租车上，和对方方向相同，中间隔着绿化带，修剪整齐的冬青把张殿的下半身挡住了。他的上半身在树丛的顶端沿着那条水平线一滑而过，虽然只是一瞬间，但太不可思议了。那样轻盈、平稳、迅捷，脚下不是踩着轮子，又会是什么？

和新闻里说的一样，张殿穿着冲锋衣，背着双肩包，没有戴头盔，摆动的手臂上套着专门的护具。出租车将张殿甩往车后。前方红灯亮起，车速减缓，他又赶了上来并超越过去。过了十字路口，出租车再次赶超了张殿。如此几次三番，直到张殿被彻底甩到后面，看不见了。

张殿成了一位轮滑达人。这事儿在朋友圈里作为谈资传了一阵后，也没人再提了。在得知他生病的消息以前约半年，房主联系我，有一个邮件被寄到他那儿了，让我去取。我去了一趟当年住的老房子，就在那条巧遇何嫂母女的小街上，我又巧遇了张殿。

他踩着轮滑鞋过来，在我的后背上猛击一掌，然后哈哈大笑。这是他一贯的方式。我问张殿："你干吗去呀？"他答："买烟。"然后就滑向了路边的小店。小店门市临街，只有一截柜台。张殿用手撑着柜台，掏钱买烟的过程中，回头看了看我，向我挤了几下眼睛，也不知道是什么意思。之后，他就带着一条烟沿原路头也不回地滑走了。至此，我们已经有好几年没见面了，但就像经常见面一样，就像我还住在这条街上。

这一带的确没有任何改变。小店依旧，没有被拆掉，换成超市。柜台后面的小姑娘还是以前的，好像也没有长大。有变化的大概只有张殿。他踩着轮滑鞋而来，显得极为高瘦，而且也年轻了。前文说过，他是那种年轻时老相，老了以后反倒不显的人，相貌在中年以后便趋于永恒。不仅如此，看他的气色、身形和精神头，甚至往回走了（逆生长）。这大概与他坚持轮滑有关。相形之下，无论我，还是钱郎朗、张鹏都已经老得不像话。我没有及时叫住张殿，去他家里叙一把旧，或许是因为自卑吧。

我离开了小街，离开了那个既像回忆又像是传说的奇怪地方，整个人懵懵懂懂的。到了新城区的大马路上，现实感才逐渐调整过来。

11

朋友中我是第一个得知张殿死讯的。

何嫂如约和谈波联系，对方大概睡着了，没有反应，她这才给我打了电话。现在安慰何嫂不是最重要的事，最紧迫的是通知谈波。在张殿的哥哥、姐姐得到消息以前，谈波必须赶到并完成拍照，这中间有一个时间差，转瞬即逝。

我的意思是，既然谈波联系不上，也就算了（当时我也睡下了）。"处理后事要紧。"我说。但何嫂坚持。开始的时候我认为是何嫂讲信用，说话算话，好像也不全是。在何嫂的固执里我听出了某种完成死者遗愿的意思。也难怪，谈波画张殿是张殿同意的，经他首肯的，的确马虎不得。于是，在微信、电话都联系不上的情况下我直接去了谈波家，硬是把对方从睡梦中砸醒了。

　　谈波的想法和我一样："算了吧，让何嫂赶紧处理后事，别耽误了。"说完，他又想躺倒。

　　"不可能。"我说，"现在拍张殿已经不是你的事了，甚至也不是何嫂的事，而成了张殿的事，你得为死者负责。"

　　去院子里发动汽车的时候，四下里一片漆黑。谈波让我陪他一起去，我说我要回去睡觉。

　　"你不想看张殿最后一眼？"

　　"还是追悼会上再看吧。"

　　"追悼会上的要化妆，很难看，现在是最美的。"

　　"那我就看你拍的照片。"

　　"照片哪能看啊，最牛的艺术必须看原作。"谈波已经把张殿当成了一件艺术品。

　　知道自己说偏了，谈波马上圆回来："……当然了，看张殿也一样，我拍了照片，还不知道画不画呢。"

　　"你肯定会画。"

　　事后谈波告诉我，由于联系他的这一番耽搁，还是没有赶上。等他到了医院，张殿已经从病房转移到了太平间。谈波是在太平间里完成的拍照。何嫂咬着牙，愣是没有把张殿逝世的消息第一时间通知男方亲属。即便如此，谈波还是错过了最佳时机，那会儿张殿在冰柜里已经冷冻了一个小时。"区别很大吗？"我说。

　　"怎么对你说呢？"谈波不禁为难，"这么说吧，你去吃西餐，要烤牛排，有三分熟的、五分熟的和七分熟的，我要的那个成色或者说适合我画法的那个成色是确定的，离世半小时以内正好。可我赶过去，张殿去世有两小时了，还在冰柜里冻过。拉出来一看，我就明白了，不是我想要的。既然人都去了，不拍也不好，何嫂还守在门外等着呢，于是我就胡乱拍了几张。"

"真不容易。"

"环境本身也有问题，缺少光源，再加上你不肯陪我去，一个人待在那种地方真的很恐惧。太平间里很冷，我也没有加衣服……"

"真的没法画？那不是白忙活了？"

"反正拍了，照片先存着再说。"

12

张殿的追悼会上，所有人都到齐了。钱郎朗和张鹏不可回避地见了面。在这之前，我分别给他俩打了电话，做了工作，意思是：这人都死了，你们有什么大不了的事不能解决？还要等到哪一天？再大的问题在死亡面前都显得渺小，鸡毛蒜皮、微不足道。追悼会正好是一个机会。于是，在告别厅门前的台阶上，这两个昔日的朋友互相走近。张鹏主动，说了一句："钱郎朗，你好。"

钱郎朗含混地答应一声，就没有下文了。

张鹏转过脸来看我，意思是他尽到了责任。

大家不无尴尬地站在那儿，钱郎朗抬起头来看看天空，也不知道对谁说："今天的污染很严重，PM2.5 有三百吧？"

张鹏犹豫是否要接这个话茬，盛军说话了："没有三百，二百五左右。"他不了解张鹏和钱郎朗之间的过节，大概是想开个玩笑。没有人笑，一个对话的机会就这么白白浪费掉了。

钱郎朗和站在他边上的盛军说话，张鹏和他并不熟络的谈波交谈，好在一伙人仍然站在一起，在台阶上高高低低地杵着。离告别仪式开始还有一段时间，钱郎朗掏出香烟散烟，第一支烟应该是递给张鹏的，是冲张鹏的方向来的。钱郎朗的手上只有一支烟，那手直不笼统地就伸了过来。虽然钱郎朗没有朝张鹏看，后者还是接了。之后钱郎朗又散烟给其他人。他叼着香烟边吸边故作悠闲地溜达到一边。一来一往，两个家伙的任务已经完成，答应我的事都做到了。这以后，直到追悼仪式结束，钱郎朗和张鹏之间再也没有交流。看来死亡也不是最大的，人只要活着，就有磨不开的面子……

台阶下面的空地上，有不少年轻人在玩轮滑，在我们的眼前溜过来窜过去，窜过去溜过来，不时做出一些高难动作，喝彩声不绝于耳。开始我没反应过来，很奇怪在殡仪馆怎么会有这种街头才有的景象，也许这里的大门很容易进来？后来蓦然醒悟，这些都是张殿生前的滑友，参加追悼会来了，以特有的方式在给他们的"张大爷"送行。

果然，他们开始换鞋子，将轮滑鞋吊在脖子上，有的提在手上，列队准备进入告别厅。这帮人我们一个也不认识，也不可能认识，但却是张殿最后身处的集体，是他离开我们的圈子后为自己找到的圈子。以前只听说张殿玩轮滑，此刻却有如亲见，年轻的滑友把有关的场景、氛围展示出来了。我感觉到了莫大的陌生和异样。怎么说呢，就像是张殿无论生死都早已不属于我们了。

告别仪式开始，张殿的亲属站在最前列，他们后面，就是那些年纪犹如张殿孩子的年轻人，有二三十人。再后面才是我们，这些在漫长的岁月里积攒下来的朋友，也不过十来个人。幸亏有张殿的滑友撑场子，追悼会不至于太寒酸。张殿不是什么大人物，毕竟也活了六十岁，怎么不见有同学、同事？光是结婚他都结了三次，前妻有两个，现妻有一个，前妻们应该没有来。还有我们知道的小娟，不来情有可原。还有何嫂说的那个张殿为之吃壮阳药的女人，也许混在滑友里面，就是张殿的滑友……

向遗体告别时，何嫂哭得稀里哗啦。五六个亲属里何嫂的父母占了两位，老人用手帕擦拭着眼睛。剩下的三四个亲属中没有张宁。听何嫂说她得了阿尔茨海默症，也就是老年痴呆，儿子死了恐怕都不知道。那三四个人中有张殿的哥哥、姐姐吗？不得而知，我已经有三十年没有见到他们了。从悲伤的程度看，也不太像，并不显得和死者多么难舍难分，也许是男方的亲戚比较理性吧。

最不可思议的是张殿的女儿，张画画，自从那次在街上与何嫂母女巧遇以后我再也没有见过。当时她四五岁，这会儿大概有十岁了吧。我记得她有一双猫一样的眼睛，此刻那眼睛依然如故，只是睁得更圆了。自始至终，画画睁着两只大眼睛，对眼前的一切表现出异常的惊讶和专注。但也只是惊讶、专注，没有反应上的不同变化。她的目光落在张殿化了妆的面容上，没有流一滴眼泪。我心里想，这孩子被吓住了。

我本来是不准备哭的，或者说没有料到自己会哭，所以进告别厅的时候只接受了白花，没有要手帕（门口照例会发放这两样东西）。哪怕是目睹了张殿的遗容，我也没有任何要哭的感觉。那遗容真的太难看了，假牙装了回去，张殿的小脸儿因此凹凸不平，似乎只是那副假牙。的确没有暴露在外面，没有像钱郎朗的舅舅一样张着黑洞洞的嘴，但也许比那还要命，在极薄的脸皮包裹下假牙的形状清晰可见。他们还给他抹了鲜红的嘴唇……所有这些都在我的预料之中，早想到了。

可当我一抬头，看见了张画画怀里抱着的张殿的遗像，突然就不行了。遗像上的面容就是我最后一次见到张殿（准确地说，是最后一次见到没生病的张殿）时他的面容、表情、状态，甚至角度都分毫不差。当时张殿边买烟边回头向我挤眼睛，并没有人在边上拍照，但就是那一瞬间的定格。此种灵异般的体验无法向人道明，确实把我给吓坏了。与其说我是因悲伤落泪，不如说是被吓哭的。哭得抽抽搭搭，不能自已，太丢人了。身后站着那帮朋友，谈波、钱郎朗、张鹏、胡小克……正等着过去和张殿告别。我赶紧握了一下何嫂的手，低头跑出了告别厅。

到了外面，仍然在落泪，眼睛被阳光刺得很难受。这时我看见边上有一个人，也在啜泣，原来是袁娜。

"你也来了。"我说。

"能不来吗……张殿真可怜。"她答。

然后我们就不知道说什么了，只是互相看着，颇为尴尬。那一刻我们泪眼相望，透过模糊的泪光打量着对方，不免显得情深义重。就像我俩之间有着难以言喻或者压抑已久的情感，终于控制不住。张鹏一伙人也出来了，看见了这一幕，但没有走过来。他们一边抽烟，一边向这边窥视。犯得着吗？我心里想，你们又不是不认识袁娜，不是不知道她和我的关系是毫无关系，不是不知道张殿对袁娜念念不忘……

袁娜递过来一块手帕，就是她刚才擦眼泪的手帕。这太过分了，如果我接受了这块手帕，擦了眼睛，两人的泪水就会混合在一起，就真的说不清了。我几乎是粗鲁地推开了对方，说："我不用。"之后转身离开了，走向张鹏一伙。袁娜没有跟过来。

涂海燕是最后到的，整个追悼仪式已经结束。滑友们穿上轮滑鞋，一只只燕子般地滑出了殡仪馆大门，我们一伙跟在后面。何嫂和家属乘的那辆中巴开过来，我们让到路边。中巴刚出去，一辆出租车就开了进来，与何嫂的车在大门口相错。车窗降下，涂海燕探出脑袋冲我们说："哎、哎、哎，你们怎么走了？"她眼泡肿肿的，并非因为哭泣，是睡过头了。

"已经结束啦！"我们说。

"看我这时差倒的……"涂海燕开了进去，找地方掉头。

她当然不是特地从旧金山飞回来参加追悼会的，而是来南京洽谈合作，正好碰见了张殿这件事。

隔了一天，我又去了以前住过的地方。这次不是拿邮件，是我在附近办事，信马由缰地走到这里。当然不会碰见张殿踩着轮滑鞋向我滑来，但这儿毕竟是他生活了三十多年的地方，肉体虽然离开了，也许魂魄还在。至少张殿的家还在这里，何嫂和张画画还住在这儿。不像我，离开就是离开了，走得干干净净。

本来我只是抄近路，不知不觉逛遍了这一带的小街小巷。还去了农贸市场，问了蔬菜和猪肉的价钱，甚至买了一把葱。直到天黑，我步出一条主路的路口。

这条主路在此分作两条岔路，分别通向外面的大马路，岔路相接的地方形成一个直角。就在我拐弯的时候，一辆摩托从我身后超过去，到了前面车速减缓，骑摩托的人回头和我打招呼。昏黑中辨认出是何嫂，我不免吃惊。我从没有见过何嫂骑摩托，而且是那种男人骑的很宽大的摩托，不是电动车。我马上意识到，这是张殿的摩托，何嫂竟然骑得如此顺溜不带含糊。这不是最主要的。让我惊讶的是，摩托车后坐着张画画。母女俩已经换了打扮，何嫂是牛仔裤T恤衫，画画身着小短裙。何嫂轻快无比地说："嘿，老皮，我们先走啦！"没等我回答，那摩托便一溜烟地蹿到前面去了。

画画回头看了我一眼，眼眸仍然那么清亮。摩托车大灯照亮了街边的一排绿树，我突然意识到已经是春天了。

离开这里已经很多年，一般我是不来的。统共来过两次，一次碰见了张殿，一次碰见何嫂和张画画，这是什么意思呢？想起追悼会上张殿的遗照，简直就像上次见到张殿时的截屏。那么这一次呢？似乎有什么一直在这儿等着我。她们的轻快说明了什么？活下去，或者，这就开始活下去了。有什么已经从死亡和时间的阴影中解脱出来了。也许这就是让我传递的信息，让我做证，好让张殿放心……我的思路已经彻底混乱了。

然后，在那条人来车往的大马路上，下班的高峰时段，路灯的照耀以及法国梧桐的树影下，夹杂着初春气息的深重雾霾中，我又流泪了。流泪不等于哭泣，我一点悲伤也没有。甚至都不是我在流眼泪，是那滴本该由张画画流出的泪水，从我的眼睛里流了出来。

原载《花城》2020年第3期

【作者简介】老藤，本名滕贞甫，1963年生于山东即墨，出版有长篇小说《刀兵过》《战国红》《鼓掌》等七部，小说集六部，作品曾获第十五届全国精神文明建设"五个一工程"奖、《小说选刊》奖等，系中国作家协会全委会委员，中宣部全国文艺名家暨"四个一批"人才，现任辽宁省作家协会党组书记、主席。

Lao Teng, whose real name is Teng Zhenfu, was born in Jimo, Shandong in 1963. He has published seven novels including *Swordsman*, *Warring States Red*, *Applause*, and six novel collections. His works have achieved Five Top Project Prize of the 15th National Spiritual Civilization Construction and *Selected Novels* Prize. He is a member of the National Committee of the Chinese Writers Association, "the four first batch" literary and artistic masters of Propaganda Department of the CPCCC. Currently he is the secretary of Party Committee and chairman of the Liaoning Writers Association.

猎猞

老　藤

题记：在兴安岭三林区，猎手可以说进山打虎、打熊、打狼、打野猪等，唯独对猞猁不用打，而是文绉绉地叫猎猞。

1

金虎知道胡所长已设好圈套等着自己往里钻，一旦自己中招，胡所长当三林区猎手终结者的春秋大梦就会实现。胡所长一到三林区担任林业派出所所长就许下诺言：要当三林区的猎手终结者。三林区是个十人九猎手的地方，民风彪悍，擅耍刀枪，这里的居民不少都是驿站人后裔，历史上狩猎一直是他们的主业。胡所长上任后，公安机关贴出了收缴民间枪支的公告，猎手的好日子便到了尽头。公告贴出后，林场的有线电视也做了宣传，广告词像山枣刺一样扎人：今天不缴枪，明天进班房。谁都知道班房就是笆篱子，那里可不是人待的地方。

金虎一直在观望，一般的猎手不用看，三林区五个有名的猎手都和他表过态：我们不看公告，你缴我们就缴，你留我们就留，他胡所长总不能把我们六个都塞进班房里吧。这话说了没到一星期，刘大牙把枪缴了，宋老三把枪缴了，李库也把枪缴了，剩下两个年轻猎手更是直接把猎枪缴到了县局，他俩听说缴到县局有奖励，结果根本没什么奖励，白白花了来回的路费。五个猎手还算讲究，缴枪前都给金虎打了电话，说法基本一致：不缴不中啊，大哥，胡所长一天一遍电话，一遍比一遍话说得狠，催命一样。金虎想，这个胡所长挺有意思，给刘大牙他们五个都打了电话，单单没打给他，他怀疑这是故意做扣，是专门给他定制了圈套。

决不能进胡所长的圈套，金虎想，红箭该缴就缴，不给胡所长留把柄。

红箭不是箭，是陪伴金虎多年的一杆小口径猎枪，仿苏制 TOZ-8 型，射击精度极佳，北安庆华厂的名牌产品。红箭是金虎的心肝宝贝，金虎之所以迟迟不缴，是那种割肉的感觉实在受不住，没了红箭，金虎还是金虎吗？他甚至怀疑起自己的未来。

金虎的猎枪之所以取名红箭，是因为枪龄长了，梨木枪托有了层厚厚的包浆，透出暗红的木纹，像凝固的血丝，又像锈蚀的箭镞，他便起了这个名字，意思是带血的箭。

三林区派出所张榜上缴枪支公告后，金虎迟迟没有动，坐在家里一遍遍用鹿皮擦拭红箭。擦枪如同洗脸，是猎手每天必做的功课，不管红箭用不用，每天都要擦，而且要与它对话。这样，枪才会懂你的意图。有的猎手在夏季会将猎枪打上黄油封起来，金虎不这样做，打入冷宫还怎么交心？只有对枪上心，枪在关键时才会给你争脸，使枪现用现擦和做人现用现交一样，那是一锤子买卖。

派出所对辖区猎手了如指掌，谁有枪，什么牌子，所里一清二楚，公告发出去，没有谁敢隐藏不缴，猎手们把枪缴到派出所，一个个出来时眼圈都是红的。金虎看到邻居苗魁也去缴了枪。苗魁新买的猎枪一次未用，就乖乖缴到了派出所，好像买枪就是为了上缴，但他知道苗魁缴枪有猫腻。

金虎知道胡所长一定在瞄着自己，谁让自己是一枪飙呢？一枪飙这个绰号等于把自己推到了风口浪尖上，出头的钉子挨锤，胡所长不盯自己盯谁？胡所长骨相峥嵘，发须皆黄，连眼珠也是黄的，这副模样盯上谁，都是噩梦。

胡所长和金虎有过节，金虎分析胡所长十有八九会利用收枪这件事做文章。所内有个叫六子的协警曾是猎手，是金虎死党，六子悄悄告诉金虎说，胡所长已经撂下狠话：一枪飙不是猎手中的老大吗？咱等着事儿上见。六子说，胡所长一旦拎出这句口头禅，就说明他已经胸有成竹，稳操胜券。

在规定时限最后一日，离下班还有一个钟头，全所七名民警都带上配枪，边看手表边看胡所长脸色，仿佛箭在弦上一样紧张。胡所长已经下达命令，五点钟一到，就上门传唤金虎。所谓传唤就是把人强行带回派出所，绝不是客客气气的邀请。

墙上的石英钟秒针在飞转，平时几乎听不到声音，现在却嗒嗒嗒清晰可辨，这秒针好像在人神经上弹跳，让人每一条血管都变成了传感器。民警不能不紧张，因为要传唤的金虎可是大名鼎鼎的一枪飙，枪法十分了得，想打你鼻梁，不会打到额头。如果地形有利，一支小口径团灭七个警察不是没有可能，所以说这次行动的危险程度不亚于抓捕杀人犯。

胡所长却稳得住，坐在桌前嘎嘣嘎嘣嗑榛子。嗑榛子需要一口好牙，胡所长捏起一粒榛子扔到嘴里，只听嘎嘣一声，让人心里一震，然后吐出榛壳，有滋有味地咀嚼榛仁。临战之前嗑榛子，一惊一乍让周围的人像听爆竹一样。

派出所大门临街西向，门敞开着，阳光斜照进来，白水泥地面明晃晃的，像块矩形荧屏。四点一刻，一个长长的影子一点点漫进来，在那块矩形荧屏上越来越大，最后占满了整个地面。是金虎，不仅扛着枪，还拎着一个黑色塑料袋。因为背对阳光，金虎凹凸不平的脸阴郁不清，倒是乱糟糟的头发格外惹眼。金虎把枪和塑料袋放在桌上，从塑料袋里拿出两盒没打封的子弹，然后对众人说："都在这儿。"

胡所长站起身，警惕的目光审视了一番金虎，然后拿起枪，熟练地拉开枪栓查看枪膛，说道："好枪，干净！"说完，把枪递给身边的一个警察。

"需要办个上缴手续吗？"金虎问。

那个叫六子的协警拿过一张表格，让金虎就枪型枪号做了个登记，然后按了手印。

"没事了吧？"金虎又问。

"缴了枪，自然不会有事。"胡所长坐回去，用十分放松的语气对大家说，"五点了，大家准备下班吧。"金虎明显感觉到胡所长有种泄气的意味，心想，精心设计的圈套白费了，事儿上见的想法落空了，不沮丧才是怪事。

胡所长和金虎的过节在三林区不是秘密。两人之间的梁子有三件事。一是飙枪。所谓飙枪是当地猎手说的比枪法，就像电影《智取威虎山》里杨子荣和座山雕在威虎厅比枪法一样，这是东北胡子选老大的招数，是真功夫较量。过去胡子飙枪一般是在活人头顶立个酒碗，打不准就会爆头。胡所长到任后听说三林区有个"一枪飙"，就很想见识一下。胡所长是军转干部，在部队是全师有名的神枪手，根本没把金虎这个野路子猎手放在眼里。两人比试三项，步枪固定靶、移动靶和手枪三十米靶，三局两胜，结果步枪两项金虎胜出，胡所长只是赢了手枪。第二件事是协警风波。胡所长发现金虎是个人才，便想收到麾下为我所用，派人与金虎谈。金虎问，当协警能穿正规制服吗？来人告诉他，正规制服没有，可以发没有警徽的保安服。金虎对这份差事不放在眼里，说了句让胡所长特生气的话，给手下败将当差，不干！在三林区，还没有人不给胡所长面子，金虎可以拒绝，但不该说伤人的话，于是派出所便有话传出来：一枪飙装什么灯？等着事儿上见吧。第三件事是金虎受罚。这是让金虎最没面子的一件事，起因是金虎在山上下套逮了头野猪，被警察抓住，不仅罚了钱，还在派出所的那间小黑屋里被关了一夜。六子悄悄告诉他，你偷着乐吧，金哥，你要是带了红箭上山，这次就给没收了。金虎暗自庆幸那天没带枪，打猎新规出台后他尽量避免用枪。他认为自己被关是胡所长故意找碴儿，山上野猪稀烂贱，别人打了没事，偏偏自己蹲了笆篱子。

金虎不想多看胡所长那双黄眼珠，打了声招呼转身欲走，胡所长却突然问："没了枪，你干啥呢？"

金虎头也没回，背对着胡所长道："给苗魁放羊。"

"放羊比当协警体面？"胡所长话里明显带着一丝嘲讽。其实，即使金虎现在想来派出所当协警，胡所长也不会答应，这么说是故意旧账重提，让金虎难堪。

"苗魁是我兄弟。"金虎回过头说。"大名鼎鼎的一枪飙变成了拎着牧羊铲的羊倌儿，怎么听起来有点不对劲呢。"胡所长走到脸盆前，绞了毛巾擦手。金虎看到胡所长绞毛巾很用力，几乎要把毛巾拧断。胡所长擦手的时候，金虎不知怎么就想到了一个词：金盆洗手。

"听说你是打飞龙高手。"胡所长擦干了手，将毛巾团成一团，扔到脸盆里。

金虎是驿站人后裔，作为站上人，金虎秉承了父辈打飞龙的绝技，在猎手中影响不小。金虎打飞龙专打飞龙头部，十枪九不空。飞龙打头是有道理的，若是身子中了铅弹，铅毒会随着血走，从而改变肉味，厨子就没法调飞龙汤了。飞龙是有名的禽八珍之一，主要烹调方式是氽汤，飞龙汤鲜美无双，是闻名遐迩的一道佳肴。"我早就金盆洗手了，现在飞龙受国家保护，犯法的事我金虎不干。"

胡所长愣了一下："一枪飙有了环保意识，新鲜！"

金虎知道话不投机，便转身推门离开。

胡所长在身后追了一句："进山放羊，可别搂草打兔子。"

金虎回了一句："真想打，没人拦得住。"

胡所长双手叉腰，头歪向一边，看着金虎走远的身影，对满屋子下属道："那就试试，咱早晚事儿上见！"

过后，六子告诉胡所长，金虎确实不用枪也能打猎，除了枪法好外，金虎下套特神，十套九不空，三十多年前就套过黑瞎子。套黑瞎子在林区历史上极为少见，尽管下套这种古老的狩猎方法沿用至今，但顶多是套狍子、鹿和野猪之类的易惊吓动物，黑瞎子力大无比，如果不是套住要害，猎套不被挣断，也会被咬断。胡所长听后黄眼珠转了几圈，对六子说，孙悟空本事大不大，不还是在如来佛的手心里？

上缴猎枪后金虎就到苗魁的制箸公司当起羊倌。金虎觉得当羊倌挺好，自嘲说，五十岁了还当上了官。他记得电视里出过一个谜语，谜面是千里挑一选干部，打一字，谜底就是偌字。当羊倌一个人很清闲，金虎就想买条狗，他喜欢藏獒，一獒抵三狼，獒是唯一不怕野兽的犬种。他和苗魁说了自己的想法，苗魁满口支持，专门派车拉他去了有全国最大狗市之称的辽宁北镇，精挑细选买回一只红獒。这是只一岁雄獒，体形硕大，毛色纯正，四只狮爪和两只带泪囊的三角眼，看上去颇具王者风范。凭直觉，金虎认为，只要好好调教，这只红獒必成獒中龙凤。红獒弥补了金虎失去红箭的缺憾，他和红獒天天厮磨在一起，几乎形影不离。为了保护年轻的红獒不被其他恶犬偷袭，金虎特意买回一个双排刺不锈钢项圈，解开红獒的链子时，就给它戴上。

买回红獒的当天，苗魁媳妇生下了第三个儿子。苗魁媳妇高龄产子，母子平安，可谓苗门幸事！苗魁之所以要三胎，也是没办法的事。作为邻居，金虎看到了苗家的不幸，大儿子不幸夭折，二儿子生下来患有先天性听觉障碍，这个刚出生的小儿子便成了苗魁全部的希望。苗魁有点迷信，为了让孩子无病无灾，专门找了个能掐会算的高人给孩子起名。高人说贱名好养，就叫狗剩吧。老婆说啥不同意，啥年月了还起这样的名字，将来上学让人耻笑。苗魁想，买回红獒当天儿子出生，就给孩子起名吉鳌吧，鳌与鳌谐音，比狗剩好听点。

苗魁胆子小，草地里蹿出只兔子，都会吓一跳，从家到公司不到两公里路，晚上自己都不敢走，非要拉上金虎做伴。苗魁是个美食家，看到什么动物首先想到是肉好不好吃，在吃山珍方面颇有心得，能讲出许多道理来，比如山鸡发柴，野猪肉腻，狍子肉干燥，兔子肉无味，最好吃的莫过犴鼻、熊掌和飞龙，尤其是飞龙，给鱼翅都不换。这一点，金虎与苗魁不同，金虎虽然是一流猎手，但不喜欢吃野味，他打猎更多的是满足一种征服的欲望，对打到的猎物却没啥胃口，他看到有些猎手打了狍子，在山中就将猎物开膛破肚，生吃狍肝，再吊上锅炖狍子肉，心里觉得不舒服，总有点胜利者杀俘的感觉。苗魁悄悄买回两支奥地利造的猎枪，同一品牌，放在家里镇宅。收枪公告出来后，苗魁缴了一支，另一支则藏匿在家中。此事瞒得了别人，却瞒不过金虎，因为苗魁向金虎说自己买了猎枪，而且是名牌，几次炫耀给金虎看。金虎从枪托木质上断定这是两支枪，核桃木和枫木还是能分开的。但金虎没说破此事，苗魁买枪无非为了壮胆，家中有枪，遇贼不慌。

苗魁虽买了枪却不打猎，他对金虎说，枪可以随用随拿，就当是你的，我只要吃一口野味就行。金虎就问他，不用枪，你买枪干吗？他说，这个你不懂，武林高手出手不用剑，但腰里必仗一把宝剑，我买枪就这个意思。金虎觉得他是武侠小说看多了，不用武器的武林高手只在传说里，但他觉得苗魁不动枪是对的，玩枪人都懂，枪这个东西犯邪，摸不准枪脾气的人易出事。三林区有个猎手，酒后擦枪，结果走火把老婆肚子穿了个洞。苗魁说他的枪从来不压子弹，子弹都锁在保险柜里，想走火，也走不成。

苗魁对金虎金盆洗手觉得可惜，就问："你是怕胡所长？"

金虎摇摇头，说："几年前就有这个念头，这次是个借口。"

"就不能睁一只眼闭一只眼吗？"苗魁说。

"是外孙女一句话让我产生了这个念头，"金虎说，"有一次我上山，打回一只狍子、几只野兔，女儿带着孩子回来，外孙女刚两岁，看着我带回的猎物忽然哭了，女儿问她为啥哭，她说外公是个坏人，比大灰狼还坏，这么好的小鹿和小兔子给打死了。外孙女把狍子看成了鹿，这句话让我当夜失眠，我想我手上有多少动物的命啊。"

苗魁睁大了眼，说道："照你这么说，我吃野味也不该。"

金虎抬头看了看远山："不吃也好，不造孽就会多一份心安。"

"你这是要吃斋念佛呀。"苗魁觉得金虎像变了一个人。

"我也是在事儿上悟开的。"金虎讲了自己一次打猎的经过。那次在菠萝沟，他打中了一匹狼，打中的是狼的肚子，照常理这狼应该跑不动了，但它还是叫唤着跑了。他沿着血迹跟上去，在一处土崖下找到了这只被打中的狼，狼上半身探进洞里，下半身还在洞外，一动不动。他估计狼死掉了，便上前抓住尾巴将它拖了出来，拖出来之后，他才发现洞里有一窝小狼，一个个惊慌失措地看着他。金虎说："我当时就心软了，垂死的母狼是为了保护孩子才用自己的身体堵住洞口的，这是一种舍生忘死的母性啊！我扭头离开了狼窝，心里祈祷，但愿公狼还活着，让这窝小狼不至于饿死。在离开狼窝那一刻，我挺佩服自己，谁说猎手都是残忍冷酷的杀手，我一枪飙就不是！"

苗魁说："母狼最护犊子。"

金虎点点头，说："连续三个晚上我都做噩梦，那窝狼崽把我祸祸毁了。"

"梦到啥了？"

"我梦到一群小狼围着我要妈妈，都可怜巴巴地看着我。从那以后，我一看到小狗崽就会想到那窝小狼，小狼和小狗在哺乳期你是分辨不出来的。"

苗魁心里琢磨，三林区大名鼎鼎的一枪飙变了，不仅仅因为没了枪，也不仅仅因为胡所长。

2

金虎每周三次进山放羊，倒不是为了省饲料，散放的羊体质会更好。

苗魁因为小儿子吉鳌晚上总是哭闹，心里烦，就经常跟金虎进山散心。

兴安岭的山大多是缓坡，多林地草场，适合放牧。羊群赶到草地里，有红獒看守，金虎找了片石砬子仰面躺下晒太阳，天空瓦蓝，有絮状的白云挂在天上，像小时候爱吃的棉花糖。

苗魁也跟过来躺下，嘴里衔片嫩草叶，这是一种叫酸木浆的蔓生植物，小孩子都喜欢吃。苗魁望着天空问："你说山中野兽什么最厉害？"

"民间有一猪二熊三老虎之说，"金虎道，"这个说法不是空穴来风，老虎我没遇过，野猪和黑熊都交过手，黑熊莽，野猪猛，莽好躲避，猛就不好对付了，尤其是孤猪，见人就追，追上就咬，很多猎手吃过野猪的亏。"

"难怪野猪排老大。"苗魁倒吸一口凉气。

"人发情不畏法，猪发情不要命，最可怕的是发情的公猪，荷尔蒙这个东西在猪身上格外起作用，能让公猪战斗力倍增，在发情公猪眼里，除了母猪，其他都是死敌。"金虎停顿了一下，接着道，"不过这个说法也不全对，我觉着山里最难对付是猞猁，就是耳朵上长着簇毛的那种短尾大猫。"

"听说过猞猁，从来没见过。"

"猞猁体型不大，但下口狠，往往一招致命，张三厉害吧，遇见猞猁，立马就跑。"

张三是狼的别称，狼都怕的野兽，人怎能不怕？苗魁哆嗦了一下。

羊群在开阔的草地上悠闲地吃草。忽然羊群有些躁动，接着红獒开始吼叫"汪汪汪"，叫声像低音炮，极具穿透力。金虎觉得奇怪，这一带没有猛兽活动，红獒怎么会反应异常。他坐起来，看到红獒是朝白石砬子后面叫，估计是那里有什么情况，便唤过红獒，系上链子，让红獒引路转向白石砬子后方。转过来一看，原来是草丛里蜷缩着一只狐狸。这是一只雌性狐狸，除了眼圈、嘴巴和四爪是白色的外，其他部位通体银灰。可怜的灰狐狸被猎套套住了一只前爪，两只大耳朵直竖着，龇着利齿，惊恐地望着来人。金虎拉住红獒，一旦松手，体型庞大的红獒会扑上去将纤小的狐狸撕成碎片。苗魁也跟过来，哆嗦着掏出手机拍照，这是他第一次看到中套的猎物，而且还是狡猾异常的狐狸。灰狐狸用力后退，想挣脱猎套，发出嗷嗷叫声。猎手设计的猎套像手铐，越挣扎越紧，如果套在颈部，灰狐狸早就窒息而死，所幸这只灰狐狸被套住了一只前爪，挣扎才不至于致命。

有金虎和红獒在，苗魁便有些胆壮，打量着狐狸说："这只狐狸的皮能做条好围脖。"

金虎摇摇头："站上人从来不打狐狸，这是个意外。"

苗魁道："是呀，没听说谁套着了狐狸。"

"是只过路狐狸，窝不在附近。"

"那咋办？"苗魁问。

"自然是放了。"金虎丝毫没有犹豫。

苗魁问："我过去解套，它会不会咬我？"

"会咬的。"给活物解套是个危险营生，金虎曾经给一只活着的野兔解套，结果不小心被咬了一口，由此懂得"兔子急了也咬人"这句话是有道理的。金虎拴好红獒，去树林折了根带权的树枝回来递给苗魁说："你把它的头插住，我来把套豁开。"金虎从靴子里拔出攮子，攮子比一般的匕首要短，锋利无比，是当地猎手不可或缺的防身武器。苗魁一点点逼近狐狸，想用树权叉住狐狸脖子。狐狸先是往后退，待套绳像弓弦一样绷紧时，猛地向前跃起，咔吧一声从苗魁左侧跳过，瘸着腿跑了。猎套上留下一只血淋淋的狐狸爪。红獒猛虎般跟着跃起，却被链子拉住了，红獒像疯牛一样和链子较着劲。

苗魁动作迟疑，给了狐狸拼命一跃的时间。

"老天爷，狐狸这么大的劲儿！"苗魁惊魂未定。

"这是一只了不起的狐狸，"金虎感慨道，"断爪求生，需要拼死一搏的勇气。"

返回时，苗魁突然悄悄地说："真是奇怪，狐狸叫声怎么像小孩子在哭呢。"

金虎没搭腔，站上的猎手有个不成文的老规矩，要把狐狸当朋友待，开始他不知道为啥会有这样的规矩，后来是一个知青说通了道理。旧时林区易发鼠疫，尤其是出血热，得上这种病十有八九不治。鼠疫病毒的宿主是老鼠，而狐狸是捕鼠能手，狐狸多的地方，出血热发病率就低，所以老辈人这么说有一定道理。而且不仅狐狸，猎手很少捕杀黄鼠狼、猫头鹰，也是因为它们都是捕鼠能手，用现在的话说是益兽、益鸟。

让苗魁闹心的是吉鳌，小吉鳌生下来就食欲不佳，夜里啼哭不止。到医院检查，各项指标正常，没啥毛病。苗魁就疑心孩子是不是有癔症，找了那个起名的高人看，高人好一番叫魂儿、画符、烧纸人，能试的法子都试了，就是不见效。金虎就劝他，哪个小孩子不哭，我看吉鳌没病。但苗魁总觉得吉鳌夜里啼哭不正常，在苗魁心里，吉鳌不能有丝毫的差池。

遇见灰狐狸次日，一个朋友给苗魁发来短信，说四林区有个姓莫的叉玛专看各种癔症，已经打过招呼，让苗魁去看看。朋友说这叉玛特神，很多名人找他看过病，家里挂满了与名人的各种合影。

去四林区要经过一条荒野土路，即使开车，苗魁也不敢自己走，金虎便带上红獒，陪他去四林区。越野吉普沿着一条布满榛窠和蒿草的土路，经过近两个钟头来到四林区，根据路人指点找到了莫家。莫家房子因为地基高、起脊高，在林场家属区很有点鹤立鸡群的样子，院子里有张油渍斑驳的长木桌，四周围着一圈长板凳，看来这是老莫的诊台了。老莫在午睡，被家人叫醒来到院子里，一副不情愿的慵懒相。让金虎惊讶的是，看到红獒后老莫的慵懒不见了，伸出手来和红獒打招呼，褐色的瞳孔像射灯一样照着红獒。一向无所畏惧的红獒见了老莫却变得躲躲闪闪，金虎能感觉到牵着红獒的链子在微微抖动，这是从来没有的现象。金虎看了老莫一眼，发现老莫眼中透出一股冷气，令人不寒而栗。

"这是一只好狗，"老莫说，"至少能出二十斤肉。"

金虎有些生气，哪有这样夸狗的，狗是猎手最忠实的伙伴，身为叉玛对红獒应该喜爱才是，怎么想到了狗肉，何况叉玛是忌吃狗肉的。

苗魁说明来意，报上了吉鳌生辰八字，然后把一箱北大仓白酒放到桌角。朋友说老莫喜爱喝高度酒，他特意去买了一箱北大仓作见面礼。

老莫坐下来，示意苗魁也坐，却没有与金虎打招呼。老莫闭眼掐指算了算，很快睁开眼，点燃一支烟连吸几口，吐出一串烟圈，然后把半截香烟掐灭在烟灰缸里，盯着苗魁说："孩子厌食，惊悸，夜啼，便稀，消瘦，对不？"

苗魁连连点头。老莫用了五个词概括孩子症状，说得都对。老莫接着说："孩子招人喜欢，自然也会招妖魔亲、鬼怪宠，妖魔鬼怪都喜欢这孩子就不是好事了，必须降妖驱魔，孩子才能好。"老莫说得吓人，这降妖驱魔可不是凡人能胜任的。

"大师给个方子吧，孩子的病就指望您了。"苗魁掏出一个红包放到木桌上，钱能通关，想免灾，不破费肯定不行。"孩子好了后，会加倍孝敬您！"

老莫没动红包，目光落在那箱酒上面："方子肯定有，就是东西难弄。"

"啥东西？"苗魁急切地问。

"去猎猞，剥下猞猁头皮，做一顶带双耳的猞猁帽给孩子戴上，妖魔鬼怪就不敢再来骚扰孩子。"

金虎吃了一惊，猞猁是保护动物，猎杀猞猁要蹲笆篱子的。他觉得老莫这个方子是个圈套，明明知道不能猎猞，却又出了这个难题，搞不来就休怪大师不灵。金虎接触过一些所谓民间大仙，出的方子千奇百怪，有的抓药容易，药引子却难寻，什么虎尿、龙须、肾精子，十足难为人。

"猎猞？是打猞猁吗？"苗魁问。苗魁第一次听到猎猞这个词。

"他知道，你回去问他。"老莫指了指金虎，大概他猜到金虎是个猎手。

"猎猞很难。"金虎插话说，"我打了半辈子猎，从没有猎猞。"

"对头，我给人看病十几年，从不出容易的方子。"老莫眼中露出一丝不屑。

院外来了新的拜访者，两人告辞，苗魁摇下车窗向老莫摆手，这时一直默不作声的红獒突然朝车窗外发出一声低吠，声如狮吼，站在门口的老莫脸色骤变，扭头回去了。

"打猞猁，怎么叫猎猞？"苗魁问。

"猞猁狡猾凶猛，难以对付，不是轻易就能打到的，打体现的是藐视，猎体现的是重视，就像势均力敌的两个人搏斗，需要斗智斗勇。林区猎手管打猞猁叫猎猞，是有道理的，能猎猞的猎手会被人高看，我打了一辈子猎，也没能猎到猞猁。"

"猞猁帽真管用？"苗魁想到了老莫开的方子。

金虎知道鄂伦春族一向有给女人和孩子戴猞猁帽的习俗，看来老莫也知道这个，一顶猞猁帽吓退妖魔鬼怪的说法有点玄，再说哪里来的妖魔鬼怪呢？

"不管好不好用，戴个猞猁帽反正没坏处，问题是猎猞犯法。"

"大仙出的方子都怪。"苗魁说。

金虎笑了笑："不怪就不叫大仙了。"

金虎想起了老莫看红獒的眼神，就让苗魁给那位朋友打电话，问老莫为啥对狗感兴趣。电话接通，那位朋友说老莫喜欢吃狗肉，每年都会买十几条狗杀了吃，再厉害的狗见了老莫都会打哆嗦。

"原来如此！"金虎明白了，"屠夫身上有种看不见的杀气，狗、牛、猪、羊都能嗅出来，红獒正是嗅出了这股杀气，才一直往我身后躲。"

苗魁眉头皱成一团："屠夫当叉玛，有点拧巴。"

"是不靠谱，叉玛是不应该吃狗肉的。"金虎说。

苗魁说："不信他，还能信谁？没人可信呀。"

"问题是老莫给你出了道难题。"金虎知道苗魁不可能进山猎猞，这个难题实际等于出给了他。

"你知道，我连兔子都不敢打，怎么敢猎猞。"苗魁为难道，"我就是个吃货，这件事老哥要帮我。"

"我答应过胡所长不再打猎，不能食言呀。"

苗魁道："再想想，不行你帮我制订一个猎猞计划，你当军师就行。"

金虎被他逗笑了，心想，还猎猞计划呢，干脆叫马歇尔计划好了。

路坑洼不平，路边一个个准备垫路的沙堆像一座座新坟，看上去十分添堵，车颠簸得厉害，两人唠了一路猞猁。

3

透过窗子，金虎看见苗魁正在家里摆弄猎枪。

金虎心里清楚，苗魁摆弄枪一定是为了猎猞。不知为什么，金虎忽然想起了派出所那间小黑屋，一盏昏暗的低瓦数灯泡被铁丝网罩着，高高悬挂在天棚上，四周墙壁上布满霉菌，屋内无窗，一只涂料罐做成的马桶散发着难闻的气味，铺着稻草席子的木板床，坐上去吱扭响，置身其中犹如掉进了地狱，给人鬼影幢幢的阴森感。他想，苗魁要是在那里待上几天，吓也会吓死。

一天，他和苗魁正在办公室闲聊，胡所长不请自来。

"稀客呀！"苗魁起身相迎，"胡所长难得来一趟，大家一起唠唠嗑儿。"金虎点头示意后，从茶几上拈起一张报纸漫不经心地浏览。

胡所长坐在布艺沙发里，黄荧荧的目光扫来扫去，在寻找什么。金虎用眼睛余光留意着胡所长，知道此人来者不善。

沙发后有一只苍鹰标本，翼展达两米，立在一截根雕上保持着敛翅下扑的姿势。胡所长的位置恰好在标本下，黄眼神相当锐利，让金虎联想到了3D电影里的座山雕，影片中的座山雕似乎就是黄眼神。

"现在许多野生动物不能打了，知道吗，老金？"胡所长并不对苗魁说话，直视着金虎说。

这个问题对于金虎来说并不新鲜，进山路口的护林防火宣传栏里就贴着禁止狩猎的告示。

"能不能打都与我无关，"金虎说，"我现在是个羊倌。"

"你还是一枪飙，"胡所长跷起二郎腿说，"打猎像抽大烟，上瘾容易，戒掉难。"

苗魁问："野猪和狼也打不得啦？"

"白纸黑字写着呢，"胡所长说，"再打就是个事儿。"

金虎心里在笑，这番话明显是说给他听的，苗魁又不打猎，如此旁敲侧击，有意思吗？他不搭腔，胡所长便沉不住气，盯着金虎问："缴了枪，是不是手会痒呀？"

"手上不生虱子，怎么会痒？"

"虱子有时会生在心里。"胡所长反应极快。

金虎说："派出所还负责捉虱子？"他这样说等于呛胡所长肺管子，但他不在乎，自己不做违法事，你胡所长再厉害，又能奈我何？

胡所长笑了笑，说："没发现老金还挺幽默，"接着语气变得硬起来，"三林区大小事都休想瞒过我，派出所民警不多，但网格化管理是到位的。"

苗魁连连点头道："是的是的，没听说三林区有什么治安案件。"

胡所长道："三林区治安没问题，问题是要根治盗猎之风。"胡所长提到，有人私下交易山鸡和沙半鸡，几乎每家生态餐馆都能点到野味，派出所下决心要进行源头治理，刹不住盗猎风，他宁可辞职。

金虎没有搭话，他觉得胡所长这件事抓得对，没有买卖，就没有杀害，管住馋嘴，盗猎之风就会消停。

"枪都收了，现在还有人盗猎？"苗魁试探着问。

"只要饭店里能吃到，就说明有人在盗猎，我这个猎手终结者的使命就没完成。"胡所长话锋一转，"老金呀，那只红獒可是好猎犬。"

金虎道："养獒不算事儿吧？"

"当然，"胡所长说，"但是要办证。"

"三林区家家养狗，都办证了？"金虎问。

"土狗无所谓，藏獒特殊，是猎犬，"胡所长站起身，"办证花不了几个钱。"

胡所长的目光搜索完毕，最后停留在金虎身上。胡所长在部队担任过侦察连长，对本职工作超自信，公开场合曾说过，自己眼睛后面还有一双眼睛。

"我去办，红獒是公司的牧羊犬。"苗魁说。

胡所长起身告辞，走到门口又回头道："对了老金，你那支红箭已经被县局统一销毁了，按规定收缴枪支一律销毁。"

金虎浑身一颤，鼻子有些酸，装作没事的样子说："红箭已经不属于我了。"

"其实我也觉得可惜，枪没有罪，有罪的是人。"

金虎张了张嘴，终于没有说，他知道这话是对谁讲的。

胡所长走后，金虎脑海在一幕幕过电影，铮明瓦亮的红箭像幻灯片一样一帧帧显出来。三十多年了，每天入睡前都要擦一遍红箭，这是雷打不动的程序，哪怕是除夕夜。上缴红箭后睡前没枪可擦，他便到羊圈旁的狗棚里与红獒亲热一番，他从不否认自己抚摩红獒时心里想的是红箭。

苗魁皱着眉头问："咋整？我们的猎猞计划咋办？"从老莫那里回来开始，苗魁心里就存在一个子虚乌有的猎猞计划，常常向金虎提及。

金虎道："好猎手听到虎豹叫会血往头上涌，他若不来，我真想洗手不干，他来威胁我，等于下战书。"

苗魁说："你改变主意了？"

"人家下的战书不敢接，脸往哪里搁？"

"不瞒你说，我家里还留着一支猎枪呢。"苗魁小声说。

"我不用枪，"金虎说，"猎手的手段并非只用枪。"

苗魁说："三林区猎手都知道你下套厉害。"

"厉害不敢，"金虎说，"站上人本来都有下套的本事。"

"胡所长总是对你不放心。"苗魁知道胡所长神通广大，三林区大事小情休想瞒过他。有一次自己丢了只羊，放羊人没发现，剥了皮的羊却被胡所长押着一个年轻人给送回来了，自己看到剥了皮的羊才跑到羊圈数羊，一数，果然少了一只。苗魁问胡所长怎么就知道这羊是制箸公司的。胡所长说，附近四个林区就你一家饲养小尾寒羊，不是你的，又能是谁的？这件事让苗魁对胡所长佩服得五体投地。

"他若信任我，我就维护他。他这样怀疑我，对我是一种侮辱。"金虎冷笑一声，"不是要事儿上见吗？我倒要看看，他有啥本事？"

"小心为妙。"苗魁深知胡所长的厉害。

金虎说："软绳子用到好处，不比钢枪差。"

"你教我下套，我来实施猎猞计划。"

金虎笑了，还猎猞计划呢，连山都不敢进。"好吧，我教你，将来也好套个兔子啥的解解馋。"金虎认为，即使教会苗魁下套，也不可能套到猞猁。如果猞猁那样好套，就不用叫猎猞了。

一连几天，金虎都在教苗魁制作猎套，常用的猎头套、吊脚套，以及下套的卡点、如何辨别猎物足迹等，一样样传给苗魁。入门后，苗魁才发现当猎手有很大学问，不是光打枪准就行，因为大多时候猎物在暗处，猎手在明处，如果猎物手里有枪，哪个猎手都会死上八遍。

金虎特意提醒，如果进山，一二级保护动物万万不能套，套住就真成了大事。金虎很清楚，胡所长对套狍子、野猪和狼或许网开一面，对于捕猎濒危动物的肯定不会放过。苗魁说我只想猎猞，别的不感兴趣。金虎说，我当然知道，要是有只瞎眼猞猁钻进圈套，那是它寻死，不怪你，只是别让胡所长抓到，胡所长一直想玩猫捉老鼠的游戏呢。金虎采用了一种隐蔽性极强的钢丝制作猎套，用羊做了实验，效果极好。动物嗅觉灵敏，一旦嗅出异味便会止步不前，而钢丝没有味道，还容易隐蔽。

学会下套的苗魁带了个保安进山，想试试猎套是否好用。金虎则按兵不动，金虎一动，必然打草惊蛇，因为胡所长那双黄眼珠不会闲着。

苗魁进山虽然没有收获，但一次比一次走得远，让金虎惊讶的是苗魁甚至去了人迹罕至的四方台。

四方台是一处高山平台，三面立陡，南面缓坡，台上长满柞树、杨树和白桦。三林区关于四方台有不少传说，大意是这地方犯邪，容易出意外。林区有个叫吴二愣的年轻人，在秋季进山打猎，据说是为了追赶一只四不像撵到了四方台。兴安岭的秋季已经寒意袭人，吴二愣那天戴一顶兔皮帽子，反穿一件兔皮背心，扛一只老式火铳，撵那头四不像撵得满头大汗。上了四方台却不见了四不像，四不像很大，明明就在前面林子里若隐若现，怎么突然就蒸发了呢？吴二愣在靠近绝壁的草地上转悠，正在纳闷时，忽然一只金雕从天而降，抛出利爪一把抓走了他的兔皮帽子，并生生扯下他一块巴掌大的头皮。金雕这一爪差点要了吴二愣的命，因为流血不止，他是用枪药止血，跌跌撞撞从山上下来回到家。因为这趟进山，吴二愣头顶上留下一个不长头发的大疤，形状恰似四方台。林区人由此说四方台去不得，三面是绝壁，四不像怎么会往那里跑？一定是吴二愣着了魔，才上了金雕的道儿。金虎分析过此事，认为是金雕的巢筑在绝壁上，金雕感受到危险，才对吴二愣进行驱离。还有一种可能是金雕误把那顶兔皮帽当山兔，一个俯冲将帽子抓了去。不管怎么说，吴二愣之后，很少有人再去四方台。四方台东面悬崖下有一条小溪，小溪两岸生长着许多高大的黄菠萝，小溪因此得名菠萝沟。大山里的事特怪，有宝贝的地方往往很危险，比如有山参的地方就会有蝮蛇盘守，有好树的地方多有黄蜂筑巢，菠萝沟的草丛里多蜱虫，毒蛇易驱，蜱虫难防，那种像臭虫一样的小东西能不痛不痒、不知不觉地钻进你的皮肉里，甚至夺你性命。苗魁敢冒险去四方台，说明欲望能撑大胆子。

苗魁从四方台下来直接到了金虎家，拿出用手绢包好的一撮兽毛，问是不是猞猁毛。

金虎捏起兽毛，仔细辨认了许久，说可以肯定这是食肉猛兽的毛，但到底是猞猁，还是豹子，却不好鉴别，从颜色上看像猞猁，因为这撮兽毛和猫毛相似。他问是在哪里发现的，苗魁说就在四方台。能发现这撮毛简直是天意，前一天，他在四方台南坡设了个套，当夜做梦就梦到套住一只猞猁，猞猁像豹子一样大，他打了三枪才将猞猁撂倒。醒来后估摸今日上山有戏，便直接去四方台遛套，尽管没套到猞猁，却在一片榛棵丛上发现了这撮毛。

"这是山神爷给我的信号。"苗魁说。

金虎捏着那撮毛反复嗅着："明天我进山看看。"

4

一般来说，金虎进山离不开红獒，没有红箭，红獒便是金虎不离不弃的伙伴。红獒也是胡所长监视金虎的参照,红獒在,金虎就在,红獒不在,金虎肯定进山。胡所长在派出所二楼北窗拿望远镜一瞧,见红獒趴在那里,他的心才会放下。

为了避开监视,金虎这次进山没带红獒,凌晨天刚放亮时,他和苗魁悄悄进了山。苗魁背了一个双肩包,里面有吃的、有水,还有两件雨衣。金虎说,这个包好,可以搞点山货回来。

去四方台的路崎岖难走,金虎眼睛一直盯着左右林子中的枯树。苗魁感到奇怪,不看脚下看枯树,枯树会有什么?忽然,金虎走到一棵枯死的老柞树下,跷脚摘下一只猴头菇,又在相距七八步的另一棵活着的柞树上找到一只。猴头菇是好东西,用来炖鸡最好,苗魁很是羡慕,但无论他把眼睛睁多大就是发现不了,倒是金虎又采到了几只。金虎说:"把猴头菇装到包里,下山是个交代。"苗魁问:"跟谁交代?"金虎笑了笑道:"等下山你就知道了。"

"这一趟,我们只是侦察,目的是发现猞猁踪迹。"金虎说。

"一想到实施猎猞计划我就特兴奋,像是要做一件惊天动地的大事一样,"苗魁说,"有你一枪飙出手,心里踏实。"

"我说了,只是侦察,不一定出手。我只是想发现并锁定它。"

森林弥漫着潮湿的雾气,间或有松香和蓝莓果味飘过。金虎喜欢这种森林中的空气,似乎能洗滤肺叶一般,让人呼吸舒畅。林下的草地软软的,野葡萄藤覆盖着经年的落叶和松针,踩上去如同踩着海绵,每一步都似乎要弹跳起来。自从红箭上缴,金虎没有再深入林地,更没有来四方台。在猎手划分的区域里,四方台是个忌讳很多的危险区域,因为这里与对面的保护区只有一河之隔,到这里打猎,就像在金库门口捡炮仗,容易惹上大事。

金虎并不认为胡所长是个恶人,但不能接受胡所长的武断和猜忌。胡所长公开宣扬,自己到三林区任所长最重要的使命是做猎手终结者,这话有点大,没把三林区几十号猎手放在眼里。人是靠狩猎走向文明的,谁能做猎手的终结者?你胡所长能改变的无非是狩猎方式而已,收了枪就不能狩猎了吗？枪的出现不过百十年，可是人类狩猎却有着超过五千年的历史。

林地无风，只有两人嚓嚓的走步声。前面的苗魁正大步前行，金虎后面喊了一声："小心！"苗魁收住步，回头一脸疑惑地看着金虎。金虎走过来，指了指苗魁脚前的山葡萄藤，那里拉着一条细细的丝线。金虎走过去仔细看了看，原来是猎手设的猎套。金虎拔出攮子，一刀挑断了猎套，两人继续前行。走了百余步，金虎再次喊停，这次不是遇到猎套，而是一棵白桦树的树杈上绑着一架小型摄像机，镜头对着正前方一片开阔地。这是热成像监视器，金虎说，不管白天黑夜只要有动物或人经过，都会被录下来。

"谁安的呢？"苗魁十分紧张，如此来看，自己多次进山肯定被拍到了。

"还能有谁。"金虎已经猜出这是胡所长设的机关，估计不会是这一个，这种监控方式很方便，可以适时将图像传输到手机上，能监控野生动物，也可以监控偷猎者。"不愧是侦察连长，手段不少。"

苗魁变得神情忧郁起来，他担心四方台一带也会布有监控。如果有，猎猞计划将无法实施，尽管金虎压根儿就没制订什么猎猞计划。

金虎之所以来四方台，并不是真要猎猞，他更多是想做一种姿态，迎接一个挑战，只要能发现猞猁也就足够了，不一定非要猎猞成功，就像军人火控雷达锁定目标，能锁定，就有击落你的能力，不一定非要开火。当然，苗魁想法不同，为了孩子夜里不再啼哭，苗魁做梦都想猎猞成功，做一顶猞猁帽。

到达四方台南坡，时间已是近晌，苗魁找到那片发现兽毛的酸枣窠。金虎仔细察看一番后心生疑窦，看周围的地形和树木，只有几棵不大的白桦，地上的草也不密，酸枣窠却长势很猛。这环境似乎不是猫科动物盘桓的地方，猞猁钻到带刺的酸枣窠里干什么呢？他用树枝扒开榛窠丛，发现了榛窠丛下面有一条通道，通道连着一条浅沟，浅沟通向几十丈高的悬崖，走到悬崖边探头下望，只见立陡的怪石淹没在错落的树冠中，人若想下去，只能系着绳子攀爬。

"猞猁窝不会在这种地方，幼猞会掉下去。"金虎很肯定地说，"这里可能会有鹰巢，鹰会捕食幼猞。"他想起了被金雕抓伤的吴二愣。

"这撮毛是哪来的呢？"

"难说。"金虎想，狡猾的猞猁不会把家安在没有退路的地方。苗魁建议可不可以在这里设个猎套，权当试试运气。金虎同意了苗魁的建议，他也想搞清这撮毛到底是什么野兽所留，便亲自在榛窠丛里布下一个钢丝猎头套。金虎对自己说，若真能套住一只猞猁，将是自己狩猎生涯中的一个纪录。

下好猎套，金虎说抓紧往回走，在山上时间长了会引起怀疑。

两人在四方台转了一圈，发现了一只被啃食过半的狍子，这个发现说明此地不排除大型食肉动物存在。两人从南坡来到菠萝沟。菠萝沟是个大白天也有雾气的地方，站上人认为大树到了一定岁数，就会吞云吐雾。菠萝沟长满高大的黄菠萝，林间无路，荆棘缠腿，沟底小溪边长满了小叶樟。这条淙淙流淌的小溪是科洛河的源头，水质清澈，有成群的小鱼在游动。在溪水边金虎发现了野猪和狍子的粪便，他估计这里应该有食肉动物活动。一般来说，大型食肉动物是伴随着野猪、狍子的栖息而出没的，不像杂食的黑熊，只要有橡子、野果和庄稼就可以随遇而安，而处在食物链顶端的大中型食肉动物，会有意识地避开人类活动区域，到最隐蔽的地方划定活动范围，它们也许知道，人类才是自己的天敌。

菠萝沟与对面的保护区只有一河之隔，在这里决不能下套，这一点金虎很清楚。金虎对苗魁讲过下猎套要诀，那就是窝口、兽道、水源和便溺点，一般来说，选择动物窝口下套成功率最高。其次是动物走的路线，动物喜欢走自己熟悉的路，走多了，便形成了兽道，选择兽道狭窄处下套，是套狍子、鹿和野猪的好办法。动物需要饮水，动物饮水也喜欢去自己认为最安全的地方，选择动物饮水处下套，就容易捕获猎物。食肉动物领地意识强，它们会像领导下乡巡视自己的辖区一样，喜欢在辖区边界留下痕迹，动物留痕是用便溺气味，以此来警示入侵者。这些溺点大都在树下，便于设置猎套。因为学到了这些诀窍，苗魁很有点跃跃欲试意思，建议金虎在河边下猎套，金虎指指对岸的树林，告诉苗魁在这里下套，不但带不走猎物，反而会把自己送进笆篱子。

金虎计划在五点左右进村，因为吃饭时间胡所长不会上街。

三林区村口有两棵被人们称作杨树门的大杨树，过了杨树门便是街两旁用板杖子夹成的一户户院落，家家房子都是红砖铁皮瓦，规矩有序，营房一样立整。傍晚的村落十分宁静，夕阳像一只硕大的蛋黄在西山坡上慢慢摊开来，让树木和房屋的影子渐渐模糊起来。走近大杨树，猛然间迎头碰上了胡所长。胡所长是从杨树后转出来，左手持一台对讲机，右手插在裤兜里，一双黄眼珠盯住了苗魁的背包。苗魁愣住了，止住脚步问："胡所长在这等人？"

"进山了？"胡所长并未回答苗魁的提问。

苗魁回答说："闲着没事，进山转转。"

胡所长扭过头看着金虎问："闲着没事？"

金虎面无表情地道："杀了只鸡想炖了下酒，一翻，没猴头菇了。"

"进山采猴头菇？"胡所长道，"林子里蚊子叮、瞎蒙咬，为了采点猴头菇遭这份罪？"

金虎不得不佩服胡所长，这双黄眼珠能看到人的骨缝里。多亏这次没套到猎物，否则就被抓了现行。胡所长围着两人转了一圈儿，看到金虎两手空空，便把目光聚焦到苗魁的双肩包上："一个猴头菇没采到？"

苗魁打开背包，拿出几个新鲜猴头菇，笑着说："拿两个回去炖汤吧，大补。"

胡所长摆摆手，目光却在打开的背包里打转，背包里除了吃的再无他物。"一枪飙有采猴头菇这份闲心，难得，看来三林区的獐狍、野鹿有福了。"

金虎听出了胡所长的话味道不对，但似乎并无恶意，就不咸不淡回了一句："这些獐狍、野鹿要感谢的是胡所长，是胡所长终结了三林区的猎手。"

"要感谢的是政策，好政策才是它们的护身符。"胡所长说话很有公职人员的高度。

金虎问："胡所长要是没事，我俩回去炖鸡了。"

胡所长道："我没事，最好你们也别有事，我可不想事儿上见。"

苗魁和金虎没有接话，事儿上见是胡所长的口头禅，这句口头禅一出，说明他已经做好了平事儿的准备。

胡所长先走了，步伐不紧不慢。刚才他是从杨树后出来的。金虎走过杨树时扭头看了看，树后有个木墩，木墩周围长满了龙葵，很多龙葵果实已经变黑，黑是熟透的标志，胡所长刚才是一边吃龙葵果一边在等他们。他心里骂了一句：这小子蹲坑的地方挺享受！

金虎先去看了红獒，与红獒亲热一番。苗魁让食堂准备了几个菜，还备了些啤酒。苗魁说："喝点解解乏。"能看出苗魁心里有事，这是被胡所长吓的，金虎想，苗魁胆子小，胡所长阴阳怪气那么一说，苗魁肯定心里有了负担。

金虎坐下来，两人各擎一瓶啤酒对饮。苗魁说："胡所长说的事儿上见，是啥事呢？"

金虎抓起一只鸡爪啃了几口，答道："盗猎。"

"可是，你的枪已经缴了。"

金虎专心啃着鸡爪，鸡爪极好吃，能吃出江葱和野花椒的香气。

"我不知道他为啥不放心，大概因为我是一枪飙吧。"

"胡所长疑心太重，好像我俩进山是做贼一样。"

金虎说："人家没错呀，我俩进山确实是下套了，就凭这一点，我挺佩服他的。"

苗魁说："既然胡所长这么盯着你，咱就别往枪口上撞了，那个猎猞计划先放放吧。"

金虎咕咚咕咚一口气吹了一瓶，把酒瓶往茶几上一蹾，粗粗地说了句："我一枪飙是被吓大的吗？"

"你想和他对着干？"

"我本想吃素，他却总拿着肉在我面前晃荡，我若不吃，就是牙口有问题了。"

苗魁点点头："我知道你想气气他。"

"赌气归赌气，但猎猞不在其中，"金虎说，"猞猁是早就明确的濒危保护动物，红箭在手我也不会打。"

苗魁眼圈有些泛红，说："我不难为你，大哥。"

"不过四方台一带确实有猞猁，我的感觉不会错。"金虎说。

5

对于苗魁来说，金虎的话是最准确的情报：四方台一带有猞猁。

苗魁悄悄到四林区找了一个叫高老大的猎手，许诺一旦猎猞成功，就付一大笔钱。高老大说猎猞太难了，又没枪，苗魁说枪他来想办法，高老大只要在家听招呼就行。两人约定对此事要保密。高老大认识金虎，说你们三林区有个一枪飙为啥不找，苗魁说一枪飙树大招风，出马不方便。

苗魁几乎每天都去四方台遛套，猎套总是空的，连只野兔也没套到，不免有些泄气。陪他的保安说，听说下套不能天天遛，三五天遛一趟就行。但苗魁心里急，希望某天猎套能勒住一只猞猁。这些日子吉鳌厌食症有些加重，吃啥吐啥，他给老莫打电话，说猞猁不好弄，可不可以变通换个兔皮或貉子皮帽子。老莫语气生硬地回答说，妖魔鬼怪比人精，糊弄它们是作死！一句话，让苗魁打消了替代想法，一心一意实施他的猎猞计划。

金虎知道苗魁的想法，说你就是发现了猞猁行踪也套不住它，猎猞对于猎手来说好比奥运会上的五项全能，一个猎手能猎到一只猞猁，在整个林区可以横着膀子晃。

一天，从四方台南坡下来，苗魁有点疲惫，一趟趟白跑，让他开始怀疑猎套是不是好用，跟随他的保安也有点失望，打猎原本是很刺激的事，可是连只麻雀都逮不到，这一天天进山还有啥意思。苗魁从背包里掏出水壶，倚着一棵老柞树歇息。柞树周围有些黑蜂飞来飞去，其中有几只落在了他头上。他抬头挥手驱走了黑蜂，忽然发现头顶树枝上趴着一只小花猫。

坐在草地上的保安也看到了，指着树上说："苗总，你头上有只小猫！"

苗魁定睛再看，小猫睁大一双圆眼惊恐地望着他，小猫的眼睛又圆又大，很可爱的模样。苗魁说："这大概是只被遗弃的野猫崽，怪可怜的，抱回去养着吧。"

保安爬上树，小野猫挥舞两只前爪想反抗，但实在太小了，大概还没断奶，只能乖乖就擒。苗魁解开背包，将小猫装到背包里，小猫很老实，不挠不叫，两人下山回村。

苗魁回来时，金虎正在派出所门前的小广场上看人下棋。苗魁打来电话叫他去办公室。他赶回来看到了空纸箱里的小猫。金虎惊呆了："哪里逮的？"

"树上捡的，估计是老猫遗弃的。"苗魁道。

"什么老猫小猫，这是猞猁崽啊！大猞猁呢？"

苗魁又惊又喜，他从没有见过猞猁崽，以为这是一只被遗弃的小野猫。金虎这样一说，他抱起猞猁崽左看右看，疑惑地问："凭啥就认定这是猞猁崽呢？"

金虎告诉他，猞猁崽和小野猫的区别主要看两处：一是尾巴，猞猁崽的尾巴短粗，而小野猫的尾巴却细长；再是看耳朵，猞猁崽的双耳尖已经有了簇毛的轮廓，而小野猫却耳毛均匀。猞猁一窝大都只有两只，而且母猞猁照顾极为上心，一般来说猎手能猎到成年猞猁，想抓到小猞猁却不易，因为母猞猁会把猞猁崽藏在十分安全的地方。

苗魁说了发现这只猞猁崽的经过。金虎断定这是一只被猞猁妈妈弄丢的幼崽，母猞猁很可能有两只幼崽，先叼了一只走，想不久再回来叼这只，正是这个空当，被苗魁捡到了，估计母猞猁一定急得发疯呢。金虎想，发现这只猞猁崽不是件好事，说明以四方台为领地的猞猁很可能在搬家，一定是苗魁频繁去四方台惊扰了它们。

"有了猞猁崽，不愁抓不到母猞猁，"苗魁说，"把小家伙放哪里呢，不能让胡所长看到。"

"胡所长见了就是个大事。"金虎说。

该怎么安置这只猞猁崽成了难题，两人商议还是藏起来稳妥。

"藏到哪里呢？"苗魁很犯难，"再说，这小东西会一天天长大，纸包不住火。"

"放到羊圈养着吧，以后再做主张。"在说出这句话的时候，金虎知道自己已经成了苗魁同案犯，等于已经将把柄递给了胡所长，能不能蹚上事儿就看运气了，他仿佛看到了胡所长那双黄眼珠正透出森森冷光。

"那就藏在羊圈里。"苗魁也觉着只能这么办。

与金虎的忧心忡忡相比，苗魁显得特兴奋，毕竟发现了猞猁踪迹，猎猞计划等于敞开了大门。金虎抱着猞猁崽去了羊圈后，他给高老大打了电话，说枪和子弹已经备好，让高老大随时准备着，啥时进山猎猞等他通知。

金虎抱着猞猁崽来到羊圈，特意选了羊圈最靠里的一间羊舍来安置小家伙。小家伙喵喵直叫，他找了个奶瓶给它喂了一袋羊奶，小家伙才安分起来。

次日一早，胡所长果然来了。红獒每次见到胡所长都会叫，但叫得并不凶，是一种警告或报信似的叫。金虎听到红獒叫，从羊圈里出来，不冷不热地打了个招呼："早。"

"早。"胡所长回了一句，站在围墙外朝羊圈里面看，里面一百多只小尾寒羊有立有卧，平静安详。胡所长问："这两天养羊挺上心啊。"

"闲着也是闲着，收拾一下羊圈，让羊也干净干净。"金虎没猜错，胡所长一直在盯着自己的一举一动，这么早来羊圈，说明胡所长发现了某种异常。

"收拾羊圈好，收拾羊圈不会有事。"胡所长点上一根烟，倚着围墙说。

"不收拾羊圈，也不会有事。"金虎的话不软不硬。

"没有事最好，"胡所长用夹着烟卷的手在面前画着圈，"说实话我最担心是你惹事，你毕竟是一枪飙！"

金虎哈哈笑起来："你放心，没了枪，一枪飙就是个空名。"

胡所长掐灭烟，回头看了看羊圈，走到红獒的窝前观察了一番说：

"要拴好，别伤人。"

"红獒是经过训练的，只咬坏人。"

"坏人脸上又没写字，"胡所长说，"对了，抓紧去所里办证，要依法养犬。"

他点点头。六子几次打来电话要他给红獒办证，他在电话里还质问六子，林区家家户户都有狗，谁办证了？六子说，你和别人不同，所长说了，你是重点中的重点。他知道六子是奉命行事，不能难为这个兄弟，答应找个时间去办，办证，该选个良辰吉日。

临走时胡所长道："祸从口出，也从口入，贪吃一口野味，结果蹲了笆篱子，不值！"

金虎说："我虽然是猎手，但从来不得意野味，打猎是图个刺激。"

"好，"胡所长点点头，"不馋，就少报应。"说完，做了个扩胸伸展动作就走了。

金虎明显可以看出胡所长嗅到了什么味道，否则不会一清早来羊圈，眼珠骨碌碌乱转。苗魁问是不是猞猁崽被发现了，他说不像，胡所长如果发现了羊圈有猞猁崽，不会这样离开。入夜，金虎失眠了，总觉心里不安，半夜起身喝了几口烧酒才昏沉沉睡过去。

以酒催眠，入睡早，醒来也早。天尚未亮，金虎便被一声鸡叫唤醒。七月林区的清晨，空气本来是甜润的，金虎却闻到了一股腥味，腥得发咸，带着几许黏滞。猎手的嗅觉格外敏感，这种味道让他预感到某种不祥。他披上衣服快步走往羊圈，路上还想，有红獒看守羊圈应该是安全的，红獒的吠声，足以唤醒整个林区，没人敢来偷羊，更何况林区治安一向不错，站上人夜不闭户的淳朴民风一直保留至今。

走近羊圈，情况有点不对，红獒趴在狗棚前两丈远的地方，铁链子拉得很紧，一动不动保持着匍匐的姿势。以往，红獒听到他的脚步，会欢快地迎上来，今天这是咋了？他叫了一声，没有反应，再叫，红獒还是不动，他跑过去俯身一看，红獒已经死了。

"谁干的？"他马上就想到了胡所长，仅仅因为没有办证，就来杀死红獒吗？他很快否定了自己的猜测，胡所长不会这么做，完全可以正大光明来没收，不会杀死红獒。那么这是谁干的？红獒没有激烈反抗，也没有吼叫，无声无息地死去，只有下毒一种可能。

仔细查验后才发现，红獒原来是颈椎被生生咬断，从深深的咬伤来看，是一招致命。他忽然想起了什么，跳进羊圈，跑到最里面的那间羊舍一看，猞猁崽不见了。羊舍的门虽然关着，但通风透气的窗子却一直开着。猞猁崽应该通过这个窗子被叼走了。他明白了，是母猞猁来救幼崽并袭击了红獒。母猞猁能够袭击成功，应该得益于拴着红獒的铁链，如果红獒不被拴住，猞猁不会这么容易得手。现场的迹象表明，母猞猁很可能出其不意地跃到红獒身后一口咬住了红獒的脖子。泪水从金虎的眼角汩汩流下，滴在抚摩红獒的手背上。如果把那个不锈钢项圈给红獒戴上，猞猁是下不了口的。他觉得很对不起红獒，刚刚一岁多的红獒还没有一展身手就这样走了，一岁对于人来说还是个孩子。

"该死的猞猁！"他恨恨地说，"你若救子，直接去羊舍就行，为什么要对红獒下死口，红獒被铁链拴着，也不会去拦你、追你，你叼着猞猁崽走就是了。"

苗魁赶来了。苗魁不相信红獒被咬死、猞猁崽丢失的现实："这怎么可能，怎么可能呢？这猞猁比CIA下手还利索，这可是藏獒啊！"

"都怪我没放开红獒。"金虎很内疚。

"猞猁够狠！"苗魁看了看红獒的伤口。

"这就怪不得我了。"金虎站起身，望望不远处的山林，从牙缝里挤出一句话，"是你逼我出手的！"他弯下腰解开拴着红獒的铁链，脱下自己的夹克衫盖住了红獒的头。

"找把锹来，到林子里安葬红獒。"金虎说，"红獒的证还没有办下来，在派出所没名分。"

苗魁拿来一把锹，还带了条毯子，两人用毯子裹起红獒，将红獒抬进山找了一棵山楸树，把红獒埋在了树下。金虎特意堆起个坟包，并在坟包前横了块土坯大小的石板。金虎嘱咐说，这件事不要对外面讲，有人问，就说红獒送人了。

6

金虎说他要亲自去四方台猎猞，这个决心下定了。

金虎下猎套一丝不苟，不仅隐蔽，连尺寸都拿捏到位。苗魁知道此前自己下套为何形同虚设了，明晃晃一个圈套横在那里，傻子才会往里钻。设套，是一个研究猎物的过程，猎物的大小、习性、路径、忌讳等，必须样样琢磨透才能提高中套率。金虎把下猎套的心得说与苗魁，苗魁觉得之前自己只不过学了点皮毛，下套的学问原来很深。

来到四方台，金虎并不急着下套，而是像工兵探雷一样仔细查看脚下每一处动物走过的痕迹。探查好的地方，他不毁坏周围植被，更不打桩来固定猎套，而是因地制宜固定猎套，有树用树，有岩石用岩石，这样固定起来，猎套就不易被发现。苗魁由此想到此前设的猎套，周围的草都被自己踩倒了，猎物自然会警惕。

金虎进山头一次下套猎获了一只野兔。这是一只灰褐色的野兔，有四五斤重的样子，遛套时野兔还没有死，只是被勒昏了。他解下野兔，把它放到一处树荫处。他不想收这个猎物，因为胡所长就在村口蹲坑，一旦发现他带回了猎物，计划将无法实施。过了一会儿，野兔苏醒过来，惊恐地看了周围几眼，颤巍巍蹦跳着离开了。

金虎因为套住了这只野兔变得忧心忡忡。野兔来此觅食，说明这里短期内没有天敌存在，野兔虽憨，但嗅觉灵敏，鼻翼一刻也不停止翕动，任何食肉动物的膻味都会将它吓跑。难道自己感觉错了？他之所以判断四方台有猞猁，是上次和苗魁来此，发现了一处猞猁的粪便。猞猁粪便与狼粪相近，多呈浅色，但狼粪断节明显，而猞猁粪却是橄榄形，一看就是猫科动物的粪便。他在发现猞猁崽一带查看了很多树，尤其是高大的枯树，希望能找到猞猁藏身的树洞，但这一带的树都很健康，没有大的树洞，很显然猞猁崽是从别处来的。

"想和我捉迷藏，等着瞧吧。"他自言自语道。

为了不引起胡所长的注意，他进山时会赶上羊群，羊群一到草地，照看的事便交给那个保安，他和苗魁便直奔四方台。这次进山，他从自家鸡舍里抓了一只芦花鸡。

"猎猞需要诱饵，"他对苗魁说，"当然，我不会让它吃了芦花鸡，我老婆还指望它下蛋呢。"

猎猞的最佳地点已经选定，就在离悬崖边一道草沟处。草沟底有野兽走动的痕迹，很多草呈倒伏状。猎猞的钢丝套布在沟口一处洼地，周围尽是齐腰深的榛棵，芦花鸡被绑在榛棵中央。猎套用铁丝固定在一棵白桦树根部，凭猞猁的力量不可能拉断这棵白桦。精心布好猎套，他对那只咕咕直叫的芦花鸡说："别怕，我会抱你回家。"

接下来，他又在悬崖边设了个猎套。"我闻到你的气味了，你跑不了，"金虎这次自言自语提高了声音，"一命抵一命，红獒不能白死！"

"我们在哪里等着？"苗魁问。

"自然是回家，明天来遛套。"离开四方台时，他回头看了看那只芦花鸡，自言自语道："我知道拴着你，你没法跑，就像我将红獒拴起来导致了红獒丧命，但真的没办法，舍不得你就猎不到猞猁。"他对苗魁说过，红獒皮肤松弛，如果不是铁链勒住脖子，即使被猞猁咬几口也无大碍，红獒那种沙皮狗一样的皮肤，能化解对方的咬力。

赶着羊群走到村口，远远望见了杨树门，他猜测胡所长一定在那里坐着。走过了杨树门，没见到胡所长，他觉得有点奇怪，就回头望了望，却见胡所长骑着摩托车从后面赶了过来。胡所长骑摩托车进山干什么？刚才怎么没见到？他满腹狐疑，回过头来若无其事地往前走。

摩托车在身旁刹住了，胡所长两条腿支在地上问："老金啊，怎么一下子变出仨羊倌来？"

"我俩进山跟着玩，三个人正好玩斗鸡。"斗鸡是一种打牌玩法，苗魁这么说，等于给自己和保安找了个借口。

"红獒呢，老金，怎么几天不见了？"胡所长不知道红獒被咬死的事。

"红獒嘛，去了该去的地方。"金虎回答说。

"红獒该去哪里？"胡所长并不满意金虎的回答。

"红獒是纯种藏獒，被人借去当獒爸爸了。"金虎临时想出一个答案，这种说法容易被接受，养獒的人没有不借种的，当然要付费。

胡所长没再深问，却对三个人进山的动机生了疑心，进山玩斗鸡，这是糊弄小孩吧，他盯着保安背的帆布包问："鼓囊囊的，又是猴头菇？"

保安把背包打开亮给胡所长看。胡所长瞥了一眼，没发现猎物，只有一把小工兵锹，锹不算武器，他撂下话："我总觉着你们在谋划什么事，咱可把丑话说到前头，低头不见抬头见，千万别在事儿上见。"说完，一把油门走了。

金虎看着绝尘而去的摩托，知道胡所长的怀疑加重了。胡所长肯定发现只有保安一人在放羊，对他俩去四方台的行踪有所察觉。他想，一旦猎猞成功，必须在山上就地处理，如果带下山就会人赃俱获。

为了不引起胡所长注意，次日，他们没有赶羊群进山，两人起早便悄悄离开了村子，想早去早回。到四方台来回要三个小时，这样，在九点之前就可以神不知鬼不觉地赶回来。

来到设套地点，两人被眼前的一幕惊呆了：洼地里的芦花鸡不见了踪影，草地上有鸡毛和血迹，很显然芦花鸡被什么动物吃掉了。再看榛窠里的钢丝套，竟然完好无损。

"厉害！"他嘟哝了一句，"好机灵的家伙！"

他吸了吸鼻子，嗅到了一股尿骚味，四处观察，忽然发现几十步外的柞树林里有个灰色的东西闪了一下，很快又不见了。

"我看见它了。"他咽了一口唾液，"这家伙也在观察我们呢。"

苗魁什么也没看到，睁大了眼睛四处张望。

"不用看了，"他说，"回吧，明天再来。"

苗魁看了看空空的洼地说："可惜了芦花鸡。"

两人下山很早，这次没见到鬼使神差般的胡所长，但金虎明显感觉有一双黄眼珠在杨树下盯着自己。他没有回头，心里却说："你累不累呀，像小孩子躲猫猫一样。"

7

在四方台这个方圆不到一公顷的地方，金虎已经损失了三只鸡。除了那只芦花鸡外，他还从集市上买了两只红公鸡，公鸡更醒目，叫声也响，更容易引起猎物注意。但三只鸡都被吃掉了，洼地里一地鸡毛，钢丝套完好无损。

"好难缠的家伙！"金虎看着那块被榛窠围起的小小洼地，怒气像烧开的水从七窍往外直喷。

苗魁更是着急，心想，这样干不是白白喂猞猁吗？昨夜，他给高老大打电话，说可以肯定四方台上有猞猁活动，只是露了下头就跑了。苗魁对下套猎猞有点信心不足，如果金虎有枪，那天见到那个灰色的动物是跑不掉的。但金虎坚持不用枪，说一开枪性质就变了。苗魁心里也清楚，金虎虽然不怕胡所长，却一直避免与胡所长正面发生冲突。金虎说过，他给自己定了个规矩，红箭上缴后不再动枪，规矩是不能破的，就像猎手不打狐狸和黄鼬，这是祖辈留下的规矩，规矩肯定出自教训，不守是要吃亏的。苗魁知道金虎的心理，笆篱子形成的心理阴影还在，苗魁盘算着一旦发现猞猁踪迹，就把金虎择出来，让高老大上山猎猞。

金虎设在悬崖边的猎套套住了一匹狼。狼被套住脖子后吊在悬崖上，遛套发现时狼已经僵硬了。金虎把死狼拉上来，苗魁一看死狼腿肚子就转筋了，站在一旁哆嗦个不停。狼褐色的皮毛有些斑驳，龇着利齿，双眼圆睁，舌头耷拉在嘴巴一侧。金虎解下猎套，用工兵锹在不远处挖了个坑把狼埋了。按规定，狼也不能打，一旦被胡所长发现就成了事儿。前几天，他让苗魁去办狩猎证，胡所长不给办，理由是上级严控狩猎，除了鄂伦春、鄂温克等少数民族有几个指标外，其他人一律停办。不知是不是胡所长有意限制，反正胡所长用意很清楚，就是让一枪飙从此成为历史。

"我很想要这张狼皮，"金虎觉得把狼埋掉有点可惜，"都说用狼皮铺座椅辟邪。"

林区人喜欢用狼皮做垫子，就像某个国家喜欢用狼皮做羽绒服领子，是一种习惯而已，说辟邪就有些牵强。金虎知道如果带张狼皮回去，怎么能逃过胡所长那双猎犬一样的黄眼珠，那样的话猎猞计划就会前功尽弃。但他没有说这些，只是告诉苗魁，夏天的狼皮掉毛，想要的话到冬天再打。

苗魁看着金虎掩埋死狼，不禁就想起前些日子掩埋红獒的那一幕。如果红獒活着，那天看到的一团灰色就不会跑掉。他听一个老猎手说过，狩猎必须带狗，老祖宗在造狩猎两字时加上犬字旁，就是这个道理。

"明晚是月圆之夜。"金虎说，"我们要在四方台住一夜。"

苗魁说："住几晚都行，我们用不用换个诱饵？"

"不用，它已经吃顺了嘴。"

回来后，苗魁去鸡贩家中挑了一只公鸡，用蛇皮袋拎着往回走，恰好遇到了胡所长。胡所长叫住他，问他拎着什么。在看到是一只公鸡时胡所长皱起眉头问："你一连几天买鸡，整啥事呢？"苗魁愣了一下，说最近淘了个偏方，公鸡炖鲜猴头菇治胃寒脾虚，不光买鸡，这几天还老是上山采猴头菇，这猴头菇越来越难采了。苗魁一谎两答，让胡所长下面的问题不用再问。

"我说你和一枪飙怎么老往山里钻呢，原来还是采猴头菇，这三林区的猴头菇怕是叫你俩采光了，不过我可提醒你，别整啥事儿。"

苗魁手一摊："我俩能整啥事儿？"

胡所长歪着头说："告诉一枪飙，我脑壳后面可是长着眼呢，别再想打猎的事。"

苗魁心里直突突，胡所长那双黄眼珠如鳄鱼眼一般瘆人，仿佛带着芒刺，能扎透人的皮肤。

苗魁回来对金虎说刚才遇到了胡所长，把胡所长的话复述了一遍。金虎笑了笑，心想，胡所长不生疑心才不正常。

"明天改成下午进山，"金虎说，"我问六子了，胡所长午饭后要午休，一般会睡到一点半，咱俩明天一点钟进山。"

上午，两人特意在办公室若无其事地喝茶。金虎知道，胡所长通过望远镜能看到办公室的情景，苗魁特意拉开窗纱，打开了窗户。中午吃过饭，两人按照约定时间，分头出村，过了杨树门再会合进山。

来到四方台，仍然在那块洼地里拴好公鸡、布好钢丝套。苗魁问为什么总在这块洼地下套，不能换个地方吗？金虎说，设套如同钓鱼，打好的窝子最好别换，因为动物和人不一样，人喜欢见异思迁，动物喜欢老路重走。这一次，金虎在卡点布套后，又在公鸡身边增设了一个触发式钢丝套，鸡被叼走时就会触发猎套，一下子将偷鸡者套住。一切就绪，金虎轻轻拍了拍公鸡道："你若立功，我养你到老。"

黄昏降临，昆虫鸟兽的奏鸣曲让四方台变成了一个名副其实的舞台，不时有鸮声在耳边响起，一会儿像年迈老人的咳嗽声，一会儿又像婴儿的啼哭声，令人头皮发麻。森林里雾气重，应该是食肉动物养足了精神伸直了懒腰出来觅食的时候。金虎找了一棵老柞树作为夜晚栖身之地。在树上过夜有两个好处：一是视野开阔，便于观察；二是利于防身，免得被野狼偷袭。大柞树枝杈多，金虎让苗魁在上面一个枝杈上休息，自己则选择了靠下一个，这样行动会方便些。因为不能抹防蚊油，两人各备了一个防蜂帽，戴上后蚊子是防了，却影响视线，月光里看那片洼处有点朦朦胧胧。

夜色渐浓，月光被柞树枝叶分割的支离破碎。两人为了不在睡着后跌下来，用绑带像爬杆的电工一样将腰和树干套在一块。苗魁带了强光手电，这是金虎特意嘱咐的，一旦遇到狼，强光手电比鸟铳好使。

苗魁心里有些怕："晚上会有狼来吗？上回可是套住一匹狼。"

"有狼也是孤狼，森林里不会有狼群。"金虎说，"猞猁都敢猎，你还怕狼。"

苗魁道："我俩没枪，你就带把攘子，我带一把工兵锹，哪有这种装备的猎手？"苗魁抱着膀子，担心一旦有猛兽出现，两人应对不了。

"那你不该来，"金虎说，"打猎本身就是赌博。"

苗魁嘿嘿笑了笑："有你在，我怕啥。"柞树枝叶夜里会发出蜜一样的甜香气息，而且随着夜色的加深，这种甜香会越来越浓。打猎几十年，这个发现还是第一次，金虎陶醉在这种惬意的气味里，体会着夜色的美妙。不时有蚊虫来扰，只能在防蜂帽外乱嗡嗡，这些烦人的蚊虫嗡嗡一会儿，见占不到便宜便飞走了。苗魁有些乏，先是打瞌睡，夜半时分竟微微打起鼾声，好在鼾声不大，不至于惊到猎物，金虎也没有摇醒他。

随着鸟虫的沉寂，金虎也有了困意，眼皮变得懈怠。往事一幕幕在脑子里回放。三十年前，他曾经套过一只野猪，那是一只带着一群猪崽的母猪。母猪被套在腰部，进不成退不得，一群小野猪围着它哕哕直叫。他估算了一下，野猪应该不下三百斤，卖到林区供销社土产收购部，可以买一台大金鹿自行车，拥有一台大金鹿自行车可是他多年的梦想。套到野猪，应该将它杀死，这是三林区猎手的共识。因为前不久，林区一个老年猎手进山下套遭遇了一头发情的公猪，被公猪撞断了五根肋骨。老猎手对前去看望他的同行发出呼吁：见到孤猪一定要捕杀，这东西祸害人。套住了这么大的野猪，自然不能放过，他举枪瞄准野猪脑门，野猪也发现了他。野猪的眼里透出一种绝望，和他对视片刻后，突然匍匐在地，那群小猪则像卫士一样迅速排成队跑到母猪前面呈半圆形向外拱卫。他十分好奇，小猪为什么会有这样的动作，母猪为什么会突然匍匐下身子？他没有扣动扳机，因为此时开枪会打到小猪，而打猎的禁忌是不杀幼小。他收起红箭，掏出匕首，将固定猎套的麻绳挑断，让野猪带着一群小猪跑了。当时他想，带一群小猪的母猪不是孤猪，放掉它与老猎手的呼吁不矛盾。

记得自己曾猎杀过一只黑熊，正是这次猎杀成就了一枪飘的威名。

猎杀发生在刚入冬的菠萝沟，溪水还未封冻，草木已经枯黄。他在菠萝沟遇见了一个持沙枪的外地猎手，猎手是来打野鸡的，沙枪杀伤面大，适合打野鸡。两人并未搭话，各自保持着距离。在山里讨生活的人都懂，遇到狼虫虎豹不可怕，最可怕的是遇到人，素不相识的两人偶然相遇，各自又带了刀枪，若是一方起了歹心，后果难以预料。金虎和那个猎手都懂这个道理。他们同时发现了那头到溪边喝水的黑熊。黑熊牛一样大，通体黑色，像个移动的煤堆。一般来说，有经验的猎手遇到这种情况，应该选择躲避，因为没有合适的武器，奈何不了这个庞然大物。金虎准备离开，他看到那个持沙枪的猎手站在原地犹豫，没有躲避的意思。金虎很纳闷，凭一支沙枪来对付黑熊，简直是拿性命开玩笑。但这个猎手似乎着了魔，把沙枪枪塞拔下，倒出小粒铁沙，换上了大粒铅弹。这个猎手要么疯了，要么没有打熊经验，如果一枪不能击中要害，被激怒的黑熊不会给你第二次装药填弹的机会。他想劝阻，但老规矩告诉他不能多话，一心打猎的人最怕打扰，尤其是陌生人打扰，一旦误会，掉转枪口来一枪不是没有可能。他不想看到惨烈的一幕，转身快步进入密林，隐藏在一棵大椴树后。就在这时，只听"砰"的响了一枪，猎手开枪了，这枪击中了黑熊的肩胛处。黑熊在原地先是转了个圈儿，然后蹦了个高。沙枪放过后会有一团枪烟迟迟不会散去，正是这团枪烟暴露了猎手的位置。只见黑熊旋风一般扑到了猎手面前，一掌将猎手打得滚出老远，那只沙枪被抛起来，在空中画了个弧，落在枯草里。完了！金虎惊叫了一声，下一招儿就是坐压和撕咬了。黑熊对猎物总是先拍后坐再咬。想想看，牛一样的重量压下去，下面的人必然筋断骨裂、性命不保。猎手被严重拍伤，佝偻着身子在抽搐。救人要紧，不能眼看着同行就这样命丧熊口！金虎大吼一声从椴树后现出身来，顺手拉开了枪栓。这声吼吸引了黑熊，它不再对昏死的猎手感兴趣，转身直立起来发出愤怒的咆哮。直立起来是黑熊暴怒至极的动作，是一种示威，紧接着就是狂风般的攻击。金虎正是抓住了黑熊直立起身这一瞬间，举枪瞄准了黑熊胸前一团白毛扣动了扳机。胸前这团白毛是黑熊心脏的标志，造物主不知什么原因用一团白毛来标注黑熊的致命处。站上的老猎手常说，这是老天爷特意给猎手准备的，在使用弓箭狩猎的年代，这撮白毛就是靶心。金虎只用一粒小口径子弹就打死了一只黑熊，让他一枪成名，一枪飘的威名也就成了林区的传奇。那个被熊一掌将左臂拍得粉碎性骨折的猎手从此不再打猎，他来自呼玛，后来每逢过年都给金虎送来两瓶高粱烧。

月亮转到了四方台的西侧，榛窠丛变得模糊起来。金虎进入一种似睡非睡状态，他仿佛看到怒气冲冲的胡所长走过来，一脚踢飞了大公鸡。他浑身一震，胡所长便像提线皮影一样消失了。瞪眼再看，有个灰蒙蒙的东西正在悄悄地靠近榛窠丛。他立马精神起来，心跳陡然加快，脱下帽子擦了擦眼，一定是你了。他对自己说，这一回你要是能逃脱，我服你！

一团灰色静止在榛窠边不动，似乎在观察那只公鸡。

金虎悄悄从树上下来，猫腰向前走了几步，想看得更清楚一些。他靠近一棵白桦树，借着月光朝洼地处细看，似乎看出那团灰色是一只狗一样的野兽，像獾，像狼，也像猞猁，不管像什么，他心里已经确定这是那只狡猾的猞猁。突然，那灰色的一团跳起来，越过榛窠直接扑向了公鸡。他心中大喜："中了！"

但奇怪的一幕发生了，只见灰色的一团又跳出来，急速沿着浅沟跑向悬崖处，一眨眼不见了。"这家伙简直成精啦！"

苗魁被叫声惊醒，跳下来问："咋样？"

他没有搭腔，径直来到榛窠前，苗魁打开强光手电一照。发现洼地里设好的猎套已经被触发，正套在公鸡身上，而公鸡的脖子已经被咬断，若不是绑得紧，公鸡就被叼走了。

"这是只难缠的家伙，我低估它了。"金虎拎起死鸡，鸡腿还在不停地蹬着。

苗魁因为刚才迷迷糊糊睡着了，没看到猎物捕食一幕，很有些后悔。金虎的话提醒了苗魁，苗魁说："要是有枪，它就跑不掉。"

金虎放下鸡，双手叉腰，愤愤地说："没枪，我也会逮住它！"

"这家伙是不是察觉到了我们在下套？"

金虎点点头，说道："它在耍我们，我会奉陪到底。"

森林里响起一声猫头鹰的叫声，很滑稽，似乎在嘲笑两人白白忙活了半个晚上。金虎嘟哝了一句："夜猫子早不叫晚不叫，偏偏这个时候来报庙，晦气！"

"今晚它还会再来？"

金虎说："它记性好着呢，死鸡也不能再用了。"

"它跑哪里去了？"苗魁问。

金虎指指悬崖边："那里是它布下的陷阱，不能追。"

金虎决定连夜下山，省得次日一早遭遇胡所长。

8

金虎尚在熟睡就被一阵咚咚的敲门声惊醒。起身开门，门口站着胡所长，警服的两个裤腿是湿的，粘着些黑土和草屑。

"有事？"他心里一惊，难道昨夜进山被胡所长的定点监控给拍到了。

"你有事瞒我。"胡所长那双黄眼珠异常犀利，发出的光像利刃。

"我不是你的监视对象，没有必要什么事都向你报告吧。"他对胡所长这种口吻有点不满，一大早来敲门，岂不是扰民？

"红獒是怎么回事，为什么撒谎？"胡所长打开手机，把一张照片展示给他看，正是他掩埋红獒的地方，土堆上新草尚未萌生。胡所长发现了红獒的遗体。他心里暗暗佩服这个黄眼珠警察，林子那么大，怎么就会找到这个小土堆，又怎么会挖开看个究竟？红獒又不是人，没有命案必破的说法，犯得上这么上心吗？

"你不该对死去的红獒感兴趣，"金虎冷冷地说，"死獒也不需要办证。"

"在我的辖区，所有反常的事我都会感兴趣。"胡所长说话也不客气，"我再次提醒你，休想耍我，一枪飙已经被终结，你必须面对这个现实。"胡所长把手机放进兜里，接着说，"红獒脖子断了，如果我没猜错的话，是你带红獒进山，遭遇了豹子或黑熊，你没有枪，只能靠红獒去撕咬，结果搭上了红獒的性命，对吧？"

"我没带红獒打猎，也没遇到豹子和野猪，"他辩解说，"红獒之死是个意外。"

"我知道你不会承认，我还是那句话，咱们事儿上见！"胡所长转身走了。

他站在门口，望着胡所长远去的背影心想，也许当初比试枪法应该让一让，赢了不该赢的人是一个摆脱不了的梦魇。他担心红獒的土冢会被挖得七零八落，就找了把铁锹，披上衣服匆匆赶往山里。

露水打湿了胶鞋，走起来吱吱响。找到那棵山楸树并不难，因为红獒的原因，这棵树已经长在了他心里。走到树下一看，那个原本浑圆的坟包还算好，胡所长挖开后重新填上了封土。他铲了些新土将封土加高后，拄着铁锹站在坟前沉默不语。可怜的红獒就像一个出师未捷身先死的战将，太不幸了，红箭、红獒两样心爱之物，成了他心头永远的痛。他对着坟包说："我已经发现凶手了，这个狡猾的家伙跑不掉，我会把它吊到这棵山楸树上来祭奠你！"

他来找苗魁商议下步该怎么办。谈话在苗魁家的茶室里进行，隔壁不时传来小孩子的哭闹声。金虎知道那是吉鳌，吉鳌每一阵啼哭，都会牵动苗魁的眉心，能看出苗魁特别心疼孩子。

鸡不能再用，猞猁一旦发现鸡是诱饵，就不会第二次上当。金虎认为猞猁比家猫聪明，据说能记住每一次受到的伤害或惊吓。那么，换成什么呢？金虎想到了羊羔。

"舍不得孩子，套不住狼！"金虎狠了狠心说，"羊羔对于猞猁来说是顶级美味，一个哺乳期的猞猁无法抵御羊羔的诱惑。"

"诱饵很重要，但它不上套咋办，我看还得用枪。"苗魁起身打开铁柜，从里面拿出一支用报纸包着的猎枪，"这是奥地利造，品牌枪。"

他接过去打开报纸，果然是一支好枪，保养也好，枫木枪托亮可鉴人。

他把枪还给苗魁："还是下套，我要活捉这只猞猁，我向胡所长保证过，不会再用枪。"

"别让胡所长知道就是了，"苗魁说，"要是被抓住，我来顶，大不了罚钱。"

他摇摇头，这不是罚钱的问题，一旦用了枪，在人格上自己就输了，胡所长说的事儿上见也就自见分晓，自己不能给胡所长这个长志气的机会，用猎套捕获狍䴕更能证明自己的本事。当然，用猎套捕获狍䴕，胡所长也会处罚，但那时的一枪飘就变成了一套灵，胡所长想当本地猎手终结者的梦想会从此破灭，因为胡所长无法没收所有的绳子。

"啥时再进山？"苗魁恨不得晚上就走，吉鳌啼哭似乎是在催促他快点起身。

"明天，不过两人目标大，这一次我自己去。"金虎决定一个人进山。他告诉苗魁，明早自己和保安赶着羊群一道出发，进山后把羊群交给保安，自己直接去四方台。

"我会套住它的，"金虎说，"若是再失手，我宁愿把钢丝套套到自己脖子上。"

苗魁吃了一惊，心想，金虎这是要赌命啊！相识多年，从没见到一向沉稳的金虎说这种狠话，红獒之死固然是个诱因，但一再失手，让金虎变得恼羞成怒，金虎想证明自己不用枪同样也是好猎手，想击碎胡所长当三林区猎手终结者的梦想，这谈何容易？

"咱不干傻事，大哥，"苗魁有些紧张，"不行的话我想别的法子。"

"没有什么不行！"金虎道，"我不仅要给红獒一个交代，而且要证明自己还活着，还不是一个猎手的标本。"

"昨晚你要是有枪就好了。"苗魁再次提到了枪。

"不要再提枪，小心胡所长。"金虎似乎开始忌讳提枪，红箭是他心头的一道无法愈合的伤口，尤其是胡所长说所有上缴的猎枪都被销毁之后，他的心在流血。

"胡所长会不会知道我们的猎狍计划？"提到胡所长，苗魁总是心里忐忑。

"应该不会，再说了，哪里有什么计划？不就是你脑子里一个想解开的结吗。"

苗魁嘿嘿笑了，说道："你说你，当时比枪法给胡所长留个面子多好，人家毕竟是所长。"苗魁觉得金虎过于较劲，胡所长才是三林区的老大，折老大的面子能好吗?

金虎道:"比枪法不是我提出来的,我是接受挑战而已,人家下战书,我若不接招,还怎么在林区混?"

"我有个想法,"苗魁说,"我们请胡所长吃顿饭,你俩把话说开,梁子消掉,化干戈为玉帛。"

"他不会来,警察有禁酒令。"金虎说。

"试试吧,今天是周六,"苗魁说,"我现在就去找他。"

事情出乎金虎预料,胡所长答应来苗魁公司食堂吃饭,而且点名要金虎陪。

苗魁回来一说,金虎感觉不妙,胡所长必是有备而来,弄不好这将是一场鸿门宴。但既然请神了,这酒就必须硬着头皮喝。

苗魁对这桌饭菜很上心,有鸡有鱼,但野味一样没有。因为金虎特意交代,胡所长很可能是火力侦察,若是上了飞龙汤、爆炒山鸡什么的,正好就中了圈套。苗魁冰柜里有犴鼻、狍子肉,经金虎这么一说,才觉得万万使不得,拿不准胡所长是否在钓鱼执法。

胡所长如约而至。胡所长没有空手,拎了一个五升白色塑料桶,里面是大半桶小烧。胡所长将塑料桶往桌上一蹾:"这是七年前扎兰屯烧锅出的酒头,红脸儿高粱原料,不上头。"

苗魁备了茅台、五粮液,胡所长让他统统收起来,说我要是喝这两样酒,所长就不用干了。苗魁只好把摆出来的名酒放回酒柜,心里觉得胡所长这个人挺敞亮实在。

这顿饭对于金虎来说有点尴尬,苗魁备菜,胡所长带酒,好像只有自己是白吃的主儿。他不多言,酒菜下得也慢,等着胡所长说话。他知道有身份的人在酒桌上都是后发制人,胡所长肯定也是如此。苗魁看得明白,在主动敬了胡所长几杯酒后看了金虎一眼:"金大哥说过几次了,想和胡所长坐坐,胡所长两袖清风,总也不给机会。"

"老金可从没请过我呀,"胡所长并不买账,"老金是三林区有头有脸的人,他请的话我不会不给面子。"

金虎觉得胡所长这句话没说错，自己确实没请过人家。他知道自己该说话了，就斟满一杯酒，起身道："我敬胡所长一杯，喝酒自备，讲究！"

"真想和我喝？"胡所长看着金虎的酒杯，酒杯是标准四钱杯，满杯，酒面纹丝不动，看出对方端杯的手很稳。这是打枪练出来的腕上稳功，在部队时自己曾托着砖头练过，最多时托过六块砖，只有手臂稳，枪才能准，手腕微微抖一下，靶上就会偏出好几环，甚至脱靶。

"敬你。"金虎端着酒在等待。

胡所长也站起身，拿过两个碗，往碗里倒了两个半碗，然后端起一碗，把另一碗递给金虎，说道："咱俩用碗喝。"

金虎看了碗里的酒，少说有三两。他不能拒绝胡所长所敬之酒，用大碗敬酒是站上人的习俗，只是这一习俗不再时尚，但老友相聚、逢年过节，还经常能看到这种酒桌上的豪气。金虎接过碗，把手中那一小杯也倒了进去，然后双手将碗端至下唇一平，很平稳地喝了下去，然后把空碗照向对方。金虎这个动作也很讲究，如果把酒碗端得高过头顶，那是敬长辈动作，对于敬重的平辈，端碗最高不能过眉心。

金虎喝干了碗里的酒，胡所长用同样的动作也喝了半碗酒。

两人坐下，胡所长道："老金，从喝酒上看你是条言而有信的汉子。"

金虎笑了笑。胡所长带来的酒很冲，但回味却绵。他酒量尚可，但毕竟五十多岁，喝酒虽爽，醒酒却迟，而且夏季他很少喝烧酒，只有冬天踏雪进山前才喜欢闷半碗小烧。胡所长吃了几口菜，他也用同样的方式回敬了半碗酒。两个半碗小烧下去，金虎脸上潮红如霞，而胡所长的脸却蜡黄如烟叶。

"其实，有些事是职责所系，办得硬了点，理解万岁吧。"胡所长表情很放松。

"树要皮，人要脸，猎手的毛病是太在乎这张脸。"金虎也很诚恳。

"有些念头儿，就像炮仗引信，还是早掐灭了好。"胡所长话锋突然一转，忽然没头没脑来了这么一句。

金虎显然听明白了，他想了想，接上话道："理儿是这个理儿，可是大年三十谁家不放个炮仗？"

胡所长道："没告示前，放二踢脚、钻天猴也没人管，有了告示，再放就是个事儿。"

苗魁怕两人争执起来，急忙打圆场说："小孩子玩的东西，咱不放就是，喝酒。"

苗魁也给自己倒了半碗，想给胡所长倒时，胡所长伸出手挡住了："你不行，我看你喝醉过，让人背回家的。"

胡所长果然厉害，苗魁想，有一回自己和来林区进货的客户喝醉了，被饭店老板送回家，这件事没几个人知道，胡所长却能掌握底细，可见胡所长耳目众多。

"你不行，老金没问题，脸红的人酒量大。"胡所长话里不失挑战味道。

其实金虎也有些吃力，但他必须接招，他不知胡所长酒量深浅，但知道对方今天来是想撂倒他。作为三林区最有名的猎手，他还没有在酒桌被人放倒过，站上人的血脉赋予了他非凡的酒量，他本可以和胡所长厮杀一番，但他对胡所长带来的酒拿捏不准，不知自己服不服扎兰屯烧锅七年前的酒头。但对方话已挑明，自己不能退缩。金虎把两个酒碗并列摆好，伸出手做了一个请的手势。

胡所长提起塑料桶，咕咚咕咚倒了两个满碗，然后表情很严肃地说："三季度上边来检查非法狩猎，有明察，也有暗访，我不希望我的地界儿出事儿。"

"好猎手都懂得分寸。"金虎并不回避胡所长目光，尽管对方目光咄咄逼人。

一旁的苗魁吓坏了，这个满碗可是半斤多酒，喝了肯定会有人倒下去。想拦，看看两人斗鸡似的架势，又不敢说话，心里暗暗叫苦，心想，金大哥啊，你就认怂不行吗？怎么还像比枪法那么较真呢。

"大碗喝酒，痛快！"金虎端起碗，手依然很稳。

"先喝为敬！"胡所长先喝了个满碗。

两人都没有醉态，依旧吃菜、说话，谈笑风生。胡所长不恋战，吃了个馒头后起身告辞。临走前他拍着金虎肩膀说："三林区有你在，我当所长才有意思。"

"多有得罪，见谅。"金虎努力保持着身姿，他不能摇晃，一旦摇晃，胡所长很可能再追加半碗。他知道，是自己的表现镇住了对方，很多时候，博弈中想让对方收手，最好的方法是不让他看清你的底细。

"酒德看人品，"走到门口，胡所长回头道："不差事儿！"

9

金虎觉得猎猞计划应该缓一缓，罩一下胡所长面子没亏吃，上级来明察暗访，不能在要紧时候给人家上眼药。

苗魁说一切听大哥的。

"胡所长这个人挺讲究，"金虎说，"敬了酒，说了软话，不容易。"金虎把那天胡所长说的三季度上级要来检查非法狩猎的话视为软话，是在通风报信，是提醒他别顶风作案。

金虎很清楚胡所长一直在怀疑自己，林中那些或明或暗的电子眼不是摆设，让猎手本身成了圈套里的猎物，如果你扛着一只捕获的狍子或拎着几只飞龙下山，估计还没出林子，就会有警察在路上等你。电子眼这东西没法通融，一旦被抓拍到就是个事儿。金虎估计自己每次上四方台都没躲过那些电子眼，这也是胡所长总是盯着自己的原因。胡所长迟迟没出手，是没有人赃俱获，毕竟禁止非法狩猎不等于禁止进山，进山不犯法，这是自己没摊上事儿的主要原因。金虎的基本判断是，胡所长不是个讲情面的人，以抓人为乐趣，当然，胡所长所抓是违法之人。

一连三个月金虎没进山，一心一意放羊。苗魁当然着急，高老大来过几次电话，问啥时猎猞，他只能用金虎的话来敷衍，说夏天猞猁皮不中用，掉毛，按站上人打猎的习惯，头场雪下来才能进山。

苗魁不傻，觉得金虎是麻痹对方，等出手的机会。苗魁很清楚，即使不为了那顶猞猁帽，金虎也要为红獒报仇，金虎是个说话算话的人，他见金虎扛着铁锹去过林中，估计是给红獒的坟培土，由此可以判断金虎没忘记猎獒。他看到金虎从家里拿来给红獒买的那个双排刺不锈钢项圈，坐在羊圈门口的石阶上，往自己脖子上反复套了几回，然后仔细抚摩着一个个钢刺，眼泪慢慢地就流下来，苗魁看过金虎两次独自默默落泪，知道他的泪水是为红箭和红獒而落。

此期间胡所长来过公司一次，向金虎讲了四林区办的一起非法狩猎案。四林区一个猎手因为私藏猎枪，并非法进入保护区偷猎一头马鹿被抓现行。"闯进保护区狩猎，等于到银行抢钱，事大了，"胡所长说，"再加上私藏枪支，此人肯定重判。"金虎很清楚这条狩猎红线，保护区好比古代的上林苑，去那里偷猎是脑袋进水的举动。胡所长说的案例明显有旁敲侧击的用意，说到底还是对他不放心，担心他惹事。

那一次，颇有兴致的胡所长还和苗魁交流起了工作体会，说自己在部队最骄傲的是参加了军运会并获得射击铜牌，这个荣誉写进了集团军军史。他问苗魁："知道我到三林区工作最大的收获是啥吗？"

苗魁接话说："当然是治安好转了，盗伐现象几乎绝根。"

"不是，"胡所长否定说，"最大的收获是改变了老金，老金由大名鼎鼎的一枪飙，变成了不温不火的羊倌儿。"

金虎看了胡所长一眼，心里笑了，跟着调侃了一句："羊倌也是官，说明我被胡所长提拔了。"

三人都笑了。

生活中的过头话往往会物极必反，就像一个人说自己开车总也不出事，结果马上就剐蹭追尾一样，脚下没有余地的时候，张脚跌跟头就在眼前了。苗魁夸胡所长抓三林区治安有方、盗伐现象绝根没两天，三林区出了大事，菠萝沟十一棵百岁以上的黄波萝和十九棵成材水曲柳遭盗伐，这是三林区国家天然林禁伐之后出现的第一起大案，甚至惊动了省公安厅。盗贼伐木后顺着河水将木材运出了三林区，跑到邻县销赃。上级对此案高度重视，下令限期破案。胡所长压力来了，嘴角烧起了燎泡，走路都是一路小跑。金虎说，三十棵成材原木不是绣花针，想藏起来很难，只要仔细排查不难找到下落。

时令已到小雪。小雪这一天，林区恰恰下了一场大雪，山上雪深没膝，有些胆大的野兔甚至跑到村民院子里觅食。金虎站在窗前望着远处白黑两色的山峦自言自语："是时候了。"

"我早就在等着这一天。"苗魁说，"吉鳌昨天晚上朝我笑了，我估摸好运来了。"

"我自己去，"金虎说，"你是有身份的人，还有企业要管，不能出事。"

尽管苗魁不是很情愿，但金虎的话很实在，何况自己进山不但帮不上大忙，还容易暴露目标。他只是担心金虎的钢丝套能不能奏效。胡所长正忙着破盗伐案无暇注意金虎，老天爷又帮忙赐了一场大雪，这是千载难逢的机会，他一定要助金虎一臂之力，完成这谋划了近半年的猎狍计划。

金虎自己进山，反穿一件羊皮袄，戴一顶貉皮帽，这是祖辈狩猎的装束。反穿皮袄容易雪地藏身，貉皮帽可以伪装成猎物同类。金虎抱着一只羊羔，小羊羔不知道主人带它去干什么，很不情愿地挣扎着，金虎将它的四蹄绑住，然后像抱孩子一样抱在胸前。

"别怕，"金虎拍拍羊羔的头说，"很快就会回来。"

所去之地自然是四方台，金虎相信自己的直觉。

他先去了那棵山楸树下，走到白雪覆盖的红燹坟包前，默默站了一会儿，然后信心满满地说："瞧好吧，我会把它拎到这儿来的。"

大雪掩盖了原本凹凸不平的山地，走起来深一脚浅一脚，不敢把脚落得过实。跋涉的小心比不上躲避电子监控的担心，他只能不停地留心前面每一个可疑的树杈，有的似乎像录像设备，绕过去一看结果是个树瘤，就这样小心翼翼地前行。路上，他看到了许多觅食的野鸡，一处山泉边的椴树上甚至落满了飞龙。雪地上不时可见野猪、狍子的足迹，足迹很有规则，也很新。看到这些久违的足迹他很激动，沿着这足迹追下去，不用很久就会追上猎物。但他不能驻足，好猎手最重要的素质是目标专注，自己的目标是那只猞猁，万万不可分散注意力。

大雪覆盖的四方台格外静谧，原始森林神秘的氛围被大雪渲染得愈加扑朔迷离。他摸了摸靴筒里的攮子，这是唯一的防身武器，关键时候要用上的。观察周围是猎手的下意识动作，他抬起头，四处打量，忽然在一棵柞树树杈上发现了一个小型视频监视装置。他暗暗吃惊，看来胡所长早就注意四方台了，前几次来的时候，还没有这个装置。他找到镜头盲区上前看了看，发现监视装置没有红灯闪烁，估计是很久没有换电池，监视器无法作业。他松了口气，盗伐案追得那么紧，胡所长一心哪能二用，想必把这个监视器给忽略了。

　　转身离开时，他的目光停留在远处一片嶙峋的小石碴子上。夏季因有树木枝叶遮挡，这个石碴子并不醒目，冬季树叶落尽，这个灰黑色的小石碴子就在白雪中凸现出来，像雪地里卧着一群野猪。他知道猞猁喜欢在石缝或岩洞栖息，便悄悄走过去查看。因为雪地上没有足迹，他断定石碴子下不会有猞猁藏身，但他还是把那个双排刺项圈拿出来戴在脖子上，猞猁和狼这种猛兽首先会攻击人的脖子，有了项圈至少可以保护脖子。他甚至想，如果真有猞猁扑出来，他就与猞猁肉搏一番，虽不能保证徒手制伏猞猁，但他靴子里有攮子，狭路相逢勇者胜，不信这家伙会有三头六臂。搏斗才有快感，如果一枪击倒对手，复仇的过程就变得乏味，若能徒手打败猞猁，那么他将创造整个林区的又一个奇迹，赫赫有名的一枪飙也就从此转化徒手猎猞的林区武松。那个时候，胡所长会怎么看？恐怕黄眼珠就会变成蓝眼珠了。他摸了摸脖子上的项圈，上面的狼牙钉密集尖锐，红猃的悲剧不会在自己身上重演。

　　看遍了石碴子，也没发现可疑之处，他坐在石碴子上歇息，起身时刺啦一声，裤子被刮开个大口子。他觉得晦气，朝石头上跺了一脚，石头发出悾悾声，他感到奇怪，弯下腰仔细查看，原来石头下面有个洞。他小心翼翼趴下来朝洞里看，洞大约两米深许，一步宽窄，半人高。从里面已经风干的粪便看，这应该是猞猁窝。他心里一阵狂跳，心想这才叫得来全不费工夫，再看，里面一些啃食过的骨头没有新茬，洞口尘埃的厚度说明这个窝已遭废弃。窝遭废弃，说明猞猁已经迁徙他处。

他站起来，望望东面莽莽苍苍的保护区，心想，猞猁会不会带着幼崽迁徙到了对面安全的保护区呢？他疑虑重重地来到那处设套的洼地，落叶后的榛窠显得很稀疏，被榛窠环抱的那块不大的空地雪光耀眼，连老鼠的足迹都没有。他抱来小羊羔，把羊羔固定在拴公鸡的地方，然后绕过榛窠丛，来到那个通向悬崖的沟口处。这些日子，他一直觉得这个通向绝壁的沟口是下套的绝佳之处，尽管小沟不过两步宽，深也不能齐膝，但是，上次这家伙就是从沟里逃走的。小沟里有几道足迹，从爪印完全可以判断这是食肉动物留下的。他觉得自己判断对了，猞猁的窝也许在悬崖上的石缝里，站在悬崖边的人无法看到，而善于攀爬的猞猁却可以自由出入。他记得上次那个月夜，这家伙明明跑到了悬崖边，却土行孙一般消失了，不躲到悬崖上还能去哪里呢？

在沟口悬崖边下套是一步险棋，一则没有掩饰物，套子容易暴露，二则下套太险，一旦失足会顺坡滑下去，跌落悬崖，再有，一旦套住猎物，如果吊在了悬崖上，如何取下猎物也是难题。夏季时套住那匹狼当时就挂在悬崖上，废了好大力气才拉上来。权衡再三，他还是想走这步险棋，因为想套住这只猞猁，最佳卡点是它蹿上蹿下的沟口。

他设了一个用较粗尼龙绳做的暗套，用雪覆盖上，只要有活物经过就会触发猎套，将猎物套住。

一切妥当后，他回头看了看羊羔，心里有些自责，应该给羊羔带点吃的，饥饿的羊羔容易被冻死。他去树林里薅了些干草给小羊铺在雪地上，小羊咩咩叫了几声，黑眼珠望着他，一副可怜状。他抚摩了一下小羊的头，说："别怕，就一个晚上。"

冬季夜来早。黄昏一到，他知道好戏要上演了。他找到上次栖身的那棵老柞树，在树根处的雪地上挖出一个半人深的雪窨子，反穿着皮袄斜躺在那里，等待奇迹出现。七八分把握还是有的，他想，大雪封山，猞猁捕食不易，又有小猞猁需要喂养，闻到羊羔的味道不会无动于衷。他唯一担心的是有狼半路杀出来，但这个担心被他自己否定了，猞猁这种独行侠活动的区域，狼会退避三舍。

夜色渐浓，雪地里一片朦胧。小羊被冻得咩咩叫个不停。忽然，他看到灰色的一团从沟里出现了。他吃了一惊，这家伙从哪里冒出来的？因为这灰色的一团是反方向来的，让他一时有些发蒙，如果它叼了羊羔不往悬崖边跑，怎么办？

这灰色的一团在榛棵边停下来，似乎在观察。他揉揉眼，却怎么也看不清，便悄悄站起身，那灰色的一团异常警惕，大概听到了什么，猛地蹿起来，回头要跑，这时，只听"砰"的一声枪响，灰色的一团瘫在了雪地上。这一枪也把金虎吓了一跳，回头一看，高老大端着猎枪从树后走出来，身后跟着苗魁。他顾不得和苗魁搭腔，快步赶到榛棵边，雪地上那灰色的一团不是猞猁，是一只三条腿的狐狸，被击中了后腰，正痛苦地抽搐。

"怎么是只狐狸？"高老大提着枪靠过来问。

他起身一把夺过高老大手里的猎枪，低声道："怎么是你？为啥要用枪，这会出大事你知道吗？"

高老大认识一枪飙，解释说："不是我的枪。"

"你不是在四林区吗？怎么跑这儿来了？老莫让你来的？"金虎没想到高老大是苗魁请来的，还以为是老莫派他来帮忙。

"老莫？"高老大愣了愣，"老莫死了，狂犬病，杀狗遭狗咬，没打疫苗，耽误了，是苗总叫我来帮忙猎猞。"

"老莫死了？"他有点不相信自己的耳朵。

"死半个月了，挺惨的，见水就发飙。"看来高老大很了解老莫。

金虎看了苗魁一眼："老莫没把自己看明白，他的话你还能信吗？"

苗魁很是意外，如果金虎不问，他还不知道老莫已经去世。苗魁满脸通红，鼻尖像一只红辣椒，胸脯快速起伏着，他做梦也没想到实施了小半年的猎猞计划，却被一只狐狸捉弄了，猞猁呢？猞猁哪里去了？几次吃鸡的原来是这只有残疾的灰狐狸。

"这三脚狐简直成精了！"金虎想，原来与他们捉迷藏的一直是这只受过伤的狐狸。都说狐狸聪明，看来此言不虚，猎套很少套到狐狸就很说明问题。看了看因失血而死去的狐狸，在垂死前抽搐的过程中，狐狸努力将头朝向了东方悬崖的方向。"狐死首丘，它的窝应该在悬崖上。"金虎对高老大说："你犯的忌，你去把狐狸埋了吧。"

高老大问："就埋在雪地里？"

金虎点点头，高老大是猎手，懂得站上人狩猎的规矩，特意嘱咐道："头的朝向别变。"

苗魁把工兵锹递给高老大，高老大过去在雪地上挖了个长方形的雪坑，将灰狐狸抱进去，用雪掩埋上，然后将雪踏实，用锹像抹灰一样又抹了抹，以防雪被风吹走。

看来四方台上的猞猁的确迁走了，很可能母猞猁叼回小猞猁当天，就迁到了对面的保护区。金虎起身道："到此为止吧，我一枪飙以为自己多能耐，没想到被一只三条腿的狐狸给耍了，没有家什，我们啥也不是。"

"都别动！"三人身后传来一声断喝。

是胡所长！金虎怀抱猎枪紧闭双眼，大脑蹦出一片雪花。苗魁和高老大如傻子般站在原地不敢动。

胡所长过来一把夺过猎枪挎在自己肩上，又走过去摸了摸高老大的腰，他没理苗魁，而是来到金虎跟前，熟练地下了金虎靴子里的攮子，看着一脸尴尬的金虎说："不愧是一枪飙啊，够准！"

金虎愣了一下，诚恳地道："你赢了，我心服口服。"

"输赢是另一回事，你顶风作案可是摊上了大事，不过我挺佩服你，你迷惑了我，我差点就信了你。"胡所长有些得意，"说实话，我真不想咱俩在事儿上见。"

金虎伸出双手，意思是让对方把他铐起来。胡所长摇摇头："算了，天黑路滑，铐着怎么走？"

金虎问："你是怎么跟踪我的呢？这么准成。"

"电子监控。"胡所长实话实说，"将来还会用无人机巡逻，你必须正视现实，一枪飙的辉煌已经彻底终结。"

金虎明白了，自己和苗魁进山，没有躲过胡所长的电子眼，胡所长虽然在办盗伐案，但还有一双眼在盯着自己。

"我知道你还下了暗套，"胡所长说，"信不信我能把它找出来。"

胡所长说完，走到通向悬崖的浅沟，浅沟尽头埋着金虎设的暗套。金虎有些纳闷，暗套是在监控盲区所设，而且那个监控器已经没电，胡所长怎么会发现呢？

他看着胡所长大踏步走过去，在走到埋葬灰狐狸那个地方时，因为雪被踩得平滑，胡所长脚下一滑，刺溜一下，只听"咣当"一声，眼看着胡所长双臂伸展，肩上那只猎枪高高抛起落在雪地上，人却顺着浅沟滑下崖去了。

"糟了！"金虎快步跑过去，拽住一棵小树往下看，发现胡所长右脚被猎套套住，大头朝下倒悬在悬崖上。或许跌落时碰到了头部，胡所长失去了知觉，头上的棉警帽也掉了下去。

"快过来帮忙！"他招呼苗魁和高老大，三人用尽全力才把胡所长拉了上来。金虎摘下自己的貉皮帽给胡所长戴上，胡所长头上在渗血，月光下血色是黑的。他把胡所长抱在怀里，一边呼叫，一边掐着人中。

过了一会儿，胡所长慢慢睁开眼，看了看他，又看了看苗魁和高老大，喃喃地说："咱还是事儿上见了。"说完，想挣扎着起来，腰却明显不吃力。

"我走不了。"他痛苦地说。

"我背你下山。"金虎蹲下身，让苗魁把胡所长扶上身背起来，对苗魁说，"把羊羔抱回去。"苗魁过去抱了羊羔，几个人深一脚浅一脚地开始往山下走。

走出不远，胡所长在金虎的耳边轻声说着什么，他听了几遍才听清楚，胡所长是说："别忘了猎枪，那是物证。"

原载《湘江文艺》2020 年第 4 期

【作者简介】王昕朋，男，江苏徐州人，中国作家协会会员，文学创作一级、编审。现为中国言实出版社社长。曾出版过长篇小说《红月亮》《漂二代》《花开岁月》《非常囚徒》《天理难容》及中短篇小说集、散文集十多部。

Wang Xinpeng (male) was born in Xuzhou, Jiangsu province, member of Chinese Writers Association (CWA), and a first-class writer and editor. He is now President of China Yan Shi Press. He has published more than ten novel collections and essay collections including *Red Moon*, *Floating Second Generation*, *Blossoming Years*, *Unusual Prisoner*, *Justice*, etc..

黄河岸边是家乡

王昕朋

1

砰的一声，李大河手中刚刚削了一半的苹果仿佛受了惊吓，重重地掉在地上，然后打了几个滚儿，躲到了病房门后的旮旯里。李大河拍着床沿，怒不可遏地说，李长河这个，这个……他看了媳妇一眼，把后边的脏话咽了回去，接着说，这个浑小子想干啥？

李大河的媳妇董昌云小心地捡起掉在地上的苹果，放在杯子里，重又拿了一只，边削着苹果边替儿子李长河辩解说，儿子还不是想给你这个当爹的脸上争光？周边几个村都脱贫了，他的压力能不大？有几次我见他在那儿喝闷酒，我这个当妈的都替他愁。

李大河说，他就剩和"古井原浆"拼老本那点本事了，一口气能喝七八两。

董昌云不满地说，还不都怪您这个当爹的。儿子在城里开饭店开得红红火火的，您经不起"老拧巴"那些人撺呼，劝他回这个穷地方当支书。他当了支书吧，这件事您不让他做，那件事不支持他……

李大河额头上的青筋好像都要绷断了，一只手气急败坏地拍着床沿，一只手指着董昌云说，我，我，不，不让他干的事，那，那是因，因为大多数村民不，不同意……他多年就有个毛病，平时说话利索，一着急上火就结巴，一结巴就咳嗽。说着说着，又咳嗽起来。董昌云赶忙去拍打他的后背，带着歉意说，好了，好了。我就这么说说。我知道理在你这边，你是个常有理。

李大河却不依不饶，去，去给我办出院手续。我，我得回，回去找李长河算账！

护士听到李大河的嗓门很高，在门口犹豫了一下还是没敢进去，匆忙去把与李大河同一层病房楼上的刘乡长请了过来。刘乡长叫刘义，是土生土长的干部，曾比李大河早当兵两年，还当过他的班长，也比他早复员两年，和李大河两人是多年无话不说的好朋友。他虽然退休几年了，但作为老朋友，年龄也比李大河长两岁，说话李大河听。

好你个李大河，又和昌云急了是不是？刘义的左腿受过伤，走路拄着一根竹竿做成的拐棍。一进门，他就用竹竿敲着李大河的床沿，批评李大河说，人家昌云伺候你真不容易，动不动就跟人家急。换成是我，早和你拜拜了。

刘义朝董昌云使了个眼色，大妹子，你先出去透透气，我来给他上上课。

董昌云提着暖水瓶出去了。

刘义挨着李大河坐下，笑哈哈地问道，大河，你这养病期间可不能生气。生气那是害己不利人。说说看，又为啥发火？

李大河拿出手机，打开微信，指着上边的几张照片给刘义看。刘义抻着脖子看了看，照片上是几辆大卡车，每辆车上都载着一条机帆船。

他从停车的地方，一眼就认出是李大河所在的老河套村的黄河岸边。他眯着眼想了想说，噢，明白了。是不是长河这小子在打黄河的主意？

李大河说，可不是嘛！"老拧巴"给我说，长河租了七八条船，要在黄河里捞沙。

刘义一愣，这照片是"老拧巴"通过微信发给你的？这老小子也会玩微信？稀罕！

李大河余怒未消，愤愤地说，要是能在黄河捞沙，还会等到他李长河当村支书的今天！十年前、二十年前就有人找过我，也有人找过你。你还记得不？

刘义没有回答李大河，而是离开床沿走到窗前向外张望。李大河和他住的都是顶层第九层，从这里可以清楚地看到千米之外的黄河。正值秋初，黄河的水流得很平缓很平静，河水也显得十分清澈，仿佛在一个夏天中经历过暴风骤雨，经历过大风大浪，渐渐进入现在休养生息的阶段。两岸这几年新修建的沿河黄绿色长廊此时却到了收获季节，红一片、黄一片、绿一片，生机勃勃，争奇斗艳。他回过头来，神情有些凝重，语气也变得严肃起来。大河啊，你要是觉得自己的病治得差不多了，我支持你早点出院回家，找长河好好谈谈。最近，咱们县境内有两条高速开建，我琢磨长河可能是拿到了订单，才动了在黄河捞沙的念头。你老河套村是全乡全县的老先进，前几年就有句顺口溜叫"要摘帽，看河套"。老河套要是带了头，村村都打黄河捞沙的主意，这，这还得了啊！

李大河说，我也是这样想的。长河这小子耳朵根子软，在城里开饭店认识了一帮子狐朋狗友，三两酒下肚，别人一撺掇，我这当爹的话不扔九霄云外去了。他边说边下床，手忙脚乱地收拾起东西来。刘义用竹竿挡了一下他的胳膊，你还瞎忙活啥？这不是还有董昌云吗？她一回来……

李大河不好意思地笑了笑，对，对。她要是问我，你就告诉她我到楼下遛弯去了。说完，他拿起手机，匆匆出了门。到了门口，又回过头对刘义叮嘱道，医生护士那儿也麻烦你替我开脱开脱。

李大河走后不一会儿，董昌云就回到了病房。她看李大河和刘义都不在，一点也没起疑，以为两个老家伙到楼下院子里散步聊天叙旧去了。她在沙发上坐了一会儿，由于夜里休息不好，竟然昏沉地睡了，半个多小时才醒来。她揉揉眼睛，看看床上还是空的，这才意识到李大河可能背着她回村子里了。她计算一下，从她离开病房十分钟后算起，到她一觉醒来，前后接近一个小时，李大河即使不搭出租车，骑着他的"电驴子"，也该回到村里了。

董昌云也待不住了，一边给儿子打电话，一边收拾。可是李长河的电话接通，只响了两声就挂断了。再拨过去，又响两声挂断了。第三次再拨过去，话筒里响起的是移动服务的提示：对不起，您拨打的电话已关机。她边往外走边嘟囔，这个李长河，连老妈的电话也敢不接了！同时，她心里也觉得不安：这爷俩是不是已经在死磕了呢？

2

这一回董昌云只猜对了一半。李大河的确是骑"电驴子"回村的，而且回到了村子里，但没有和儿子李长河死磕，因为李长河不在河套村里。

他回到家，大红漆刷的铁门上"铁将军"纹丝不动地在尽着职责。李长河前些年在城里开饭店，回村后，把饭店留给妻子打理，儿子也在城里上学，他回来后一直和父母住在一起。李大河门也没开，又到了村委会。村"两委"办公室的门也锁着，村民服务中心两个小姑娘正在忙碌，说两天没见到李长河了。他伸头朝图书室里看了一眼，有几个上了年纪的老人在读书看报，有的抬头看见了他，冲他笑笑，打个招呼。他没有问他们李长河在哪里，问也是白问。他在马路边愣了一会儿，一拍大腿，好像恍然大悟，翻身上了车就往村南头的黄河边上赶去，路上还自言自语地念叨，李大河呀李大河，你怎么一生气就犯糊涂，忘了从医院偷着跑回来干啥的呢？李长河这浑小子能不在河边卸船？说不定已经下河开始挖沙了。

李大河和董昌云猜的一样，只对了一半。因为李长河根本就不在老河套村里。

"大河大爷！"背后有人喊了一句。李大河回头一看，一辆紫红色越野车只差十几厘米就要顶上他的"电驴子"了。开车的头上戴着一顶鸭舌帽，鼻子上架着一副墨镜，嘴里还叼着烟，见李大河回头看他，伸出头来向李大河挥挥手，嘿，大河大爷，您这车早该进村史博物馆了，咋还舍不得呢？

李大河一听声音，就知道是铁蛋的二小子二钢。这小子在城里搞建筑，平时很少回老河套，这几年过春节也不回来过了，不是把铁蛋老两口接到城里过节，就是带铁蛋老两口去三亚过冬，去年春节还带铁蛋老两口去了一趟日本。铁蛋回来后，一见李大河就抱怨吃不惯日本人的饭，说一个春节瘦了七八斤。前些日子，铁蛋也生了一场病，被二钢接到城里住院治疗，出院后就住在二钢的别墅里养病，至今还没回来。那这个二钢回来干啥呢？

二钢见李大河停下车，也把车停下。他从车上下来，走到李大河身旁，掏出烟盒，拿出一支烟递给李大河。李大河接过看了一眼，那烟比平常见的烟细了一大圈，像筷子断了半截。他习惯地放在鼻孔嗅了一下，又还给了二钢。

二钢说，大爷，这细烟对身体损害小，有钱的现在时兴抽这个。

李大河说，可你大爷不是有钱人呀！二钢，你爸的身体怎么样了？

二钢说，唉，我爸那人您老人家还不了解？小病小恙不吃药不打针，吃饭挑食，就爱吃红烧肉还有黄河大鲤鱼，见了海参鱼翅就恶心。这不，非着急上火地赶着我来，到家的地窖里给他带山药蛋回去……

李大河眨巴眨巴眼皮，嘲讽地说，你小子把家也忘了。你家在村东头，你往这大西南跑啥？！他心里琢磨，二钢的话中有问题。他早就知道二钢和长河来往密切，说不定李长河弄船挖沙的事就和他有关系。

果然，二钢也不隐瞒，坦率地说，大爷，我听说我长河哥买了几条挖沙船要挖沙，顺便过去看看。

李大河说，噢，有这回事？我正要找长河说个事。那你带我去找他吧！

二钢开着车在前边走，李大河骑着"电驴子"在后边跟。透过二钢车窗开着的缝隙，他听见车上有个年轻女人在哈哈大笑。突然，一只橘子皮从车窗扔了出来，接着又扔出一张餐巾纸。李大河骂了句"没教养"，皱了皱眉头。

老河套村西南角就是黄河的河套。之所以叫河套，是因为黄河流到这里的时候，由于地势奇特，形成了一个S形，尤其奇特的是S的上半段河水湍急，S的下半段河水平缓，S的中间段充当了缓冲的角色，也自然而然地造就了一块百亩河滩地。李大河小的时候，那块河滩地全是寸草不生的黄沙，连牛羊也赶都赶不上去。到了刮风的日子，黄沙被风卷着漫天飞舞，两岸的沙土地上，人们费了十几年工夫，流血又流汗，好不容易种的庄稼，刚刚露出苗头，瞬间就被一层厚厚的黄沙埋没，颗粒无收，年年吃救济粮。风大的时候，村里人也跟着遭殃，家家户户的房上房下、房前房后都落了一层沙。李大河从当生产队长，再到当大队党支部书记，前前后后干了将近四十年，带着老河套的村民治黄治沙，硬是把横行的黄沙制服，老河套变成了一片花果飘香的绿洲、黄河上的一个旅游景点。老河套村和李大河本人、"老拧巴"、铁蛋等十几个村民先后被省、市、县表彰为先进集体、劳动模范。此时正值旅游旺季，老河套S形河滩的停车场停满了城里来旅游的车辆，小轿车居多，也有十几辆旅游公司的大巴。在这一排排车辆中，四辆重卡格外引人注目。每辆重卡上的确有一艘挖沙用的船。车下围着一群人，离很远就听到吵架的声音。

李长河！李长河！你给我过来。李大河高声喊了一嗓子。

人们听到李大河的喊声，纷纷转过身来，目光齐刷刷地投到他的身上。一时间，争吵声也戛然而止，出现了短暂的宁静，浪打着河堤的声音则十分清晰了。

李长河在哪儿？李大河在人群中看了看，没看见李长河，于是又大声问了一句。

一个从头到脚沾满黄泥巴的人从地上爬起，向着李大河走过来。他的右腿有点瘸，走一步甩一下。正因为这个特点，李大河一眼就看出是"老拧巴"。他还没动弹，二钢嘴里喊着"我的个叔来"，紧跑几步迎了上去。

叔，您下河了？咋弄成这样子？

李大河也向前迎了几步，上上下下打量着"老拧巴"。"老拧巴"还没开口，一个叫英子的就抢着替他说出事情的缘由。英子说，那个姓朱的小老板真不像话，不声不响把车开到老河套，不声不响要卸船，不声不响要下河挖沙。"老拧巴"大叔跟他理论了半天，他听也不听。"老拧巴"大叔这才躺到车下，说你有种，就把船砸在我身上。除非你把我这把老骨头砸碎，不然就甭想在老河套里挖沙子。

英子的话音刚落，马上有人接上说，"老拧巴"大叔也管得太宽了。您一不是村书记，二不是村主任，就老河套一普通村民，您凭啥拦着挡着不让人家卸船下水挖沙？我看人家朱老板对您够客气的了。说这话的是英子的丈夫李东，论辈分得叫李大河爷爷。

英子上前一步，指着李东的鼻子骂道，老河套姓李的上一辈再上一辈都是顶天立地的汉子，怎么到了你们这一辈都窝囊成这样子了？不就是想挣钱吗？你挣钱也不能在黄河身上打主意，不能破坏了老河套几代人用血汗换来的青山绿水！你要跟着他们挣这样的钱，我立马就和你离婚。李东你听着，我英子一口唾沫一个坑，说话算数。

英子的话说完，围观的人们议论纷纷。有的支持英子，有的支持李东，从开始评论他们两口子的话，到各说各的理，从起初的说理，到互相攻击，争论越来越激烈，甚至有的口出恶言。眼看着就要发展到动手了，李大河大喊一声，哪，哪个是朱、朱老板？

一个中等个子，三十岁出头，穿着白色西装，戴着墨镜的男人迈着方步，大摇大摆地走到李大河对面，讥讽地说，哟，就你这嗓子，要是去中央电视台《星光大道》比赛，少说也得拿个月冠军。可惜喽……

他还没说完，二钢就火了，用脚尖勾起沙土朝他扬了过去。他赶忙抬起胳膊和手挡了一下，头发上、脸上、衣服上还是落了一层沙土。二钢接着又骂道，你小子眼不好使唤，还是耳朵塞了猪毛。站在你面前的是李长河李书记的亲爹、老河套村原支书李大河，别没大没小的，小心有人揍你！

朱老板弯下腰，向李大河深深地鞠了一个躬。老李书记，不，老李大爷，对不起您。您大人不计小人过，千万别因为我刚才的几句话气坏了身子。

李大河从二钢和朱老板的神态中，已经猜出了他二人的关系。他假装不明白，不露声色地问朱老板，朱老板呀，你这浩，浩浩荡荡，大模大样地，闯，闯到老河套来，看架势要在这儿安营扎寨？

李东抢着回答，大河爷爷，人家朱老板是咱老河套村招商招来的。我长河叔代表村里跟人家朱老板签有合同。

李东的话引起现场一阵轰动。李东也是村委会的副主任，他的话等于向大伙儿公开了内部信息、一个对朱老板有利的证据。有一些人指责李长河和村委会办事不规矩，这么大的事不经村民大会讨论；有一些人则借批评"老拧巴"和英子影射李大河，意思是村里招商引资没错，朱老板是村里请来的，对人家应当客气。"老拧巴"急得瞪大眼睛，对李东扯着嗓门喊道，这还不是老河套天大的事？这么天大的事你们几个人就当家做主，眼里还有没有群众，还有没有我们这些老党员老干部？

"老拧巴"说着，上前拉着李大河的胳膊，指着一片被轧碾的苹果园愤怒地说，您看，这不是，不是糟蹋这片果园，是糟蹋咱这帮老兄弟们的血汗！说着说着，他竟然像个孩子一样蹲在地上放声大哭。

"老拧巴"这一哭，把李大河的心哭乱了。他双手颤抖着捧起一棵折断了的苹果树枝，在心里约莫了一下，少说也有七八年以上树龄。过去说"桃三杏四梨五年，苹果结果在六年"。折断的树枝上挂着又圆又大的苹果，有的被轧得裂开大口子。眼前有两排苹果树被轧断，至少有五十多棵树，而这两排之间正是重卡通过的间距。他胸中本已点燃的怒火腾地升了起来，瞪大眼睛在人群中搜寻着李长河。英子看透他的心思，不满地嘟囔道，长河叔从昨天就没在老河套露过面。他把锅甩给了李东和朱老板。

李东指着英子，你，你在这瞎胡呲！长河叔是去县扶贫办给老河套跑项目去了……

英子朝李东胳膊上打了一巴掌，瞪了他一眼。你把手给我放老实点，把嘴巴闭上，没人拿你当哑巴。

李东低着头，灰溜溜地退到二钢的身后。二钢知道李东惧内，有英子在不敢狂，而朱老板虽然有和村委会的合同，也带了投资来，对一些村民有诱惑力，但有李大河、"老拧巴"这两个老河套村的老干部老功臣压阵，英子这些"80后"年轻党员冲锋，那些支持朱老板的人也不敢胡来。他得趁着李大河还没表明立场，把这件事先压下来。于是，他上前一步，先把李大河手里的苹果树断枝接过来，小声说，大河大爷，这事您先别急，等长河回来问清楚了来龙去脉，您有意见再给他说。要是长河真跟人家签了合同，那人家朱老板就是在履行合同，咱没理由对人家朱老板说三道四。老河套村委大红公章，还不抵两个退休老头咋呼一句？这传出去，谁还敢和老河套打交道？

他说这话时，目光一直在李大河的脸上停留，观察着李大河的神情，分析着李大河的心理。他父亲铁蛋和李大河、"老拧巴"从光腚一起长大的，在他面前经常念叨他们过去的事。他印象最深的是父亲不止一次说过，李大河最要面子。他见李大河对他的话不但没有反感，好像还有所触动，于是又接上说，大河大爷，长河是您亲儿子，您关起门在家怎么骂他都行。可他现在是村支书，这事也不是你们家的私事，您得给他留面子。您要当众让他下不了台，对他形象、权威、影响都不好。再说了，他要真甩手不干，老河套一时半会儿能找到接他的人吗？

李大河也意识到了这件事没有那么简单，二钢的话也的确对他有所触动。李长河不在现场，即使在现场，他也不能当众让儿子下不了台。他对自己刚才的冲动有点儿后悔。李大河呀李大河，你啥时能改了这容易着急上火的坏毛病？

大河大爷，我送您回医院吧？二钢说，我出门时，我爸还让我早点回去，带他到医院去找您聊天呢。您可能想不到，我爸让我来地窖拉红薯，就是蒸熟了给您送去。您几个老哥们吃红薯长大的，现在打个嗝，满嘴还是红薯味……他本来想逗李大河笑，让李大河消消气。没想到李大河听了撇撇嘴，脸上的表情比哭还难看。

"老拧巴"和李大河是在黄河滩的沙窝里摸爬滚打几十年的老伙计，对李大河的性格比二钢把握得准。他看出李大河在犹豫，赶忙从地上爬起来，直接走到朱老板面前，指着几辆重卡车说，朱老板你明白李书记的意思了吧？快点撤吧。

朱老板嘴角挂着一丝冷笑，看也没看"老拧巴"一眼。

李东见英子正在低头捡折断了的苹果树，壮着胆子嘲讽"老拧巴"，您老人家眼花了，这是原李书记，老河套现在当家的李书记还没回来！

"老拧巴"又转过脸对李大河嚷嚷，您儿子李长河不在，您就再当一回家。您下个命令，老少爷们保证都听。

李大河陷入两难的境地。就在这个节骨眼上，董昌云气喘吁吁地赶到了。她一上来就劈头盖脸地把"老拧巴"数落了一顿，"老拧巴"你啥用心？你明知李大河他现在就老百姓一个，他给谁下命令？再说了，你是让他和他儿子针尖对麦芒，他俩掐起来，闹家包子呀？！要下命令你下去。李大河他是打医院偷偷跑出来的，这命都快没了，你要当他是你生死患难的兄弟，就劝他回医院好好治病，先把命保住！

"老拧巴"被董昌云一顿臭骂给镇住了，过了一会儿才说，那，那大河您还是跟昌云嫂子回医院吧。

英子也跟着劝李大河回医院。

二钢来了个顺水推舟。大河大爷，走吧，我送您回医院。

二钢和董昌云一个在前边拉，一个在后边推，李大河半推半就上了二钢的车。刚要关车门，"老拧巴"冲他又吼了一句，大河您放心治病。这边有我这个不怕死的兄弟顶着。他们谁真敢把我撞死轧死，您就把我埋在咱和铁蛋老哥仨当年选中的地方！

哐当，董昌云关上车门，接着骂了一句，越老越狂，瞎捣乱！

她的话一下子激怒了李大河。李大河瞪了她一眼，你说什么？

要不是副驾座位上坐着个陌生的年轻姑娘，他十有八九骂出脏字。

3

"老拧巴"是个粗中有细的人。他刚才那句话，与其说是故意讲给李大河听的，不如说是用刀尖扎李大河的心窝。

李大河小时候，老河套是远近闻名的穷村，全村一半以上的男青年过了三十岁娶不上媳妇。有句顺口溜说：有女不嫁老河套，不养老来不养少，一年四季吃不饱，三伏穿着破棉袄。李大河十八岁参军，在部队三年，立了一次功，入了党。他复员回家时，给全家人都买了礼物，其中给爹买了两瓶老白干酒。没想到，全家人中只有爹板着脸坐在门槛上，嘴里叼着的旱烟袋故意抽得吱吱响，对他不亲不近，不冷不热。他从小就怵爹，也没敢问。到了晚上，全家人都上床休息了，爹把他叫到黄河边，借着酒兴才把心窝子里的话倒了出来。爹说，大河呀，你小子就这点出息啊！爹送你上部队，指望着你能混个一官半职，再也不要回老河套来吃苦受罪了。你咋就不明白爹妈的心思呢！你都立了功，入了党，再努把力不就提干了？像搬石头，人家搬小的，你拣大的搬，不就是多流几滴汗？你还怕流汗呀？你看看，你看看，回来了，你晚上还得钻牛草屋，白天还得撅着腚在黄沙里刨食……爹那天说得很激动，李大河后来每回给李长河讲起，都是热泪盈眶地说，你爷爷那叫一个慷慨激昂，慷慨激昂啊！

李长河听了撇撇嘴，低声嘟囔道，那叫慷慨激昂啊？

那时还没搞联产承包，队队都养牛，一间屋子里拴着几头牛、堆着牛草，像李大河那样家里房子不多，住得不宽敞，还没娶媳妇的男人到了冬天的晚上就到牛屋里过夜，连被子也不用带，衣服也不用脱，往草堆里一钻，用干草把整个人埋起来，比躺在床上盖着被子还暖和。李大河入伍前就和"老拧巴"等几个小伙伴钻牛草屋。李大河和铁蛋是因为家里人口多，如果住在家里就得与爷爷和两个弟弟挤在一张小床上盖一床破被子。"老拧巴"家里明明有地方也来钻牛草屋，是因为和李大河有感情，想和他待在一起。牛草屋里人多，有个李大河爷爷辈的老头年轻时是唱大鼓书的，每天睡前给他们讲《三国演义》《水浒传》《杨家将》，小伙伴们听得有滋有味。有时听到惊心动魄的情节时，连小便都硬憋着……复员回来都成大小伙子了，又要钻牛草屋。这让李大河心里不痛快。

第一天晚上，他和"老拧巴"等就在牛草屋里谋划起"造反"来。

"老拧巴"说，河对面那边搞包产到户了，不知怎么的，咱这边还没动静。

铁蛋说，咱这边还故意把大喇叭架在河边，天天对着人家那边放《社会主义好》，好像在骂人家不搞社会主义了。

李大河挠着头皮，想了一会儿，我们部队驻地那儿的农村也搞包产到户了。我听说，勤快点的、人口多的、想吃饱肚子的、想致富的都很积极。不过，这才刚开始，不知道效果怎么样。出水才见两腿泥嘛！

铁蛋说，就是，等他们搞好了，咱这边也会跟着学。

"老拧巴"急了，你小子就属于好吃懒做那类人，喜欢"大呼隆"。等人家搞出经验了搞好了，咱不就落后了？看着人家吃得肥头大耳白白胖胖，咱瘦得跟麻秆样。那边的闺女更不嫁这边了。

铁蛋也急了，那，那咱这领导没发话，你急，皇上不急太监急有个蛋用！你连个党员也不是，能夺了大队书记的权？

这两人从小就喜欢抬杠，谁都不服谁，有理没理也争。不过两人都服李大河。有时，两人吵得难解难分，李大河咳嗽一声，两人马上就停下来，眼巴巴看着李大河，李大河一旦做出裁判，两个人都服从。这回，李大河没有马上做裁判。他走到门口蹲下来，点了一支烟，边抽边思考。铁蛋跟出来，从李大河放在脚下的烟盒里抽出一支烟抽着，扭头看着屋里，哼哼两声，大河哥你看到没？他还是那么拧。你当兵这几年，我没少了受他欺负。

李大河没接话茬，而是直截了当地问铁蛋，你给我实话实说，你是不是支持包产到户？咱大队社员是支持的多，还是反对的多？

铁蛋犹豫片刻，回答道，我说不上支持也说不上反对。我就一平民社员，让咋干就咋干。社员吧，怎么说呢？支持的多一点吧。他又反问：大河哥，你咋想的？

李大河起了身，在原地转了几圈，对屋里喊，"老拧巴"你出来一下。

"老拧巴"身上裹着件他爷爷和他爹穿过的破羊皮坎夹，晃了晃了走出来，朝地上一坐。

李大河抓住他的衣领把他拎了起来。我把丑话说前边，要是我当了队长，你俩得给我好好"拉套"。谁要是使绊子，我就把谁扔进黄河里喂鱼。

李大河之所以说这话，是他复员回来的当天晚上，大队书记就到家里找他，动员他接任生病已经住了半年医院的生产队长。他当兵时的班长刘义去年复员，在公社农具厂当车间主任，曾写信给他，让他回来后去农具厂上班。所以，他没答应大队书记。经"老拧巴"和铁蛋一撺掇，他下了接任生产队长的决心。

第二天，李大河就走马上任生产队长。老河套大队当时有八个生产队，他任队长的第三小队人最多、地最多，也最穷，全大队的光棍就占了一半。大队书记对他"勇挑重担"满口称赞，他提出的几个条件也都痛痛快快地答应，只是对他要求带着第三小队先搞包产到户试点这一条没有明确态度。"老拧巴"说大队书记没明确否定，咱就干！铁蛋也表示，如果有什么错，咱哥仨一起扛，就是蹲监也一起去。这就是后来老河套人称的"铁三角"。

李大河上任后第一件事，就是把河套里叫"马蹄掌"的一块能耕种的地分成三十八块，每家按人口均摊一块，最大的一块一亩多点，最小的一块仅四分，等于是包产到了户。第一年，第三小队就把吃救济粮的穷帽子摘掉了。接着，第二年又扛回了全县治沙先进的红旗。第三年，大队改为行政村，村党支部改选时李大河被推选为村支部书记。"老拧巴"也进了村班子，当了村委会主任，铁蛋则接替他当了第三村民小组的组长。这时，刘义已经当上了副乡长，分管治沙工作。他上任第一天就来老河套找李大河商量，要在老河套搞治沙试点。他对李大河说，这试点，说到底也是树典型。搞好了，老河套就成了全县的先进，你李大河说不定能当上省劳模！

李大河说，老班长，我可不是为了当先进当劳模，我就是想让老河套这群光棍都能娶上媳妇，生儿育女，让老河套的老少爷们肚子不再挨饿。

晚上，李大河把"老拧巴"、铁蛋都召唤到家里，一起陪刘义喝酒，商量治沙的事。四个人两瓶酒下肚，终于达成了共识：先把老河套绿化起来。李大河把胸脯拍得叭叭响，话也说得很干脆，我当兵那地方叫沙坡头，那可是大沙漠。开始治沙的时候，死了几个人，还有年轻漂亮的女大学生被飞沙给埋了……

这沙是不好治。铁蛋说，要是能治，咱上辈人不早就治了。

李大河说，那地方现在变成绿洲了，还铺了铁轨，通了火车。

刘义说你小子贼精，我也去过那儿，咋就没想起向人家请教一下治沙的经验？

李大河说，我给指导员写信了，想请他帮忙介绍那儿的技术员。指导员一定会帮咱这个忙。只要他的回信一到，我们就过去取经。

说这话的第三天，指导员的回信到了，说是人家技术员欢迎他们过去。李大河让"老拧巴"在家主持工作，自己和铁蛋过去取经。他让母亲蒸了几十个红薯面窝头，又带上一串干辣椒、十几头大蒜。买车票的钱打哪来？铁蛋说，既然是为老河套村办公事，那就每户起一元钱，一百多户就是一百多元，够车票钱了。"老拧巴"也同意铁蛋的意见。李大河说，这不行，八字还没一撇，就向村民要钱，说不过去。三个人为这一百多元车票钱，在黄河边坐了大半夜。

你俩别管了，车票钱我来想办法。铁蛋拍着胸脯保证，明天上路时，这钱肯定给你。

"老拧巴"说，这钱你千万别放大河一人身上。你俩要分开装，万一在路上遇到小偷小摸，偷了一个人的腰包，另一个人腰包里留着用的。

李大河问铁蛋，你家也是屎蛋精光，到哪儿弄一百元钱？莫非你爹过去存了银圆？

铁蛋笑笑，反正咱俩车票钱我先垫上，你就别管我从哪儿给你弄来。

第二天，天还没亮，李大河和铁蛋就动身了。"老拧巴"跟着他俩走了几里地，直到李大河冲他发了火才停下。李大河和铁蛋走出很远，回头看时，黄河岸上还有个一动不动的黑影。当时，他的眼泪就掉了下来。

这一趟来回整整十天，李大河和铁蛋吃了很多苦。"老拧巴"见了他俩，搂搂这个，抱抱那个，鼻涕眼泪一把把地流。李大河对"老拧巴"说，别扯没用的，马上通知各小组长来开会。

刘义也匆匆赶来了，和村民小组长一样坐在沙地里，听李大河和铁蛋学来的治沙技术。

李大河让铁蛋把一捆麦草分给大家，让大家跟着他把麦草编成长长的绳子，然后埋在沙子里。有个村民小组长嘟囔道，就这也叫技术？

李大河说这就叫"麦草方格沙障"，它的作用是阻沙固沙，也叫锁沙。

铁蛋在一旁插话，人家那边干了十几年，这法子还真起作用，沙漠现在变绿洲了。

虽然大多数人心存疑惑，不太积极，但李大河和"老拧巴"、铁蛋态度坚决，刘义也支持他们试验，事情就定了下来。散会后，李大河回到家，他刚娶过门不到三月的媳妇董昌云，瞅着他看了半天，半真半假地问，你谁呀，上俺家来啥事？李大河二话没说，倒在床上就睡。第二天早上醒来，董昌云愁眉苦脸，神情不安地说，你这一觉睡得跟不省人事似的，村里出大事你也不管。李大河一惊，出啥大事了？董昌云说，乡派出所来人调查，说咱老河套半夜有炮声。李大河不解，怎么会呢？老河套哪来的炮？董昌云说，追到咱家院子里，就差掀你被子把你光腚提溜出来了！李大河这才恍然大悟，董昌云是在说他呼噜声大。他嘴里骂着，你这个坏蛋，一使劲把董昌云掀翻在床上……

从那时起，李大河带领老河套村民搞起"麦草方格沙障"治沙，中间失败了很多次。最大一次失败是麦草方格放好了，夜里下了一场暴雨，黄河河水暴涨，"马蹄掌"的麦草方格全都给冲到了黄河里。很多村民的积极性受到无情打击，失去信心，不愿再干下去。那时农村第一波外出打工潮已经出现，村里年轻人成群结队往城里走，劳动力骤然减少，一段时间里在"马蹄掌"坚守的就剩下李大河、"老拧巴"和铁蛋。三个人索性在"马蹄掌"搭了个"地窝子"住下，吃饭由三家的家人轮流送。几个月下来，麦草方格终于在"马蹄掌"扎下根。一场大风过来时，远处黄沙飞扬，这片地方的黄沙却老老实实。开春，他们把三家男女老少都喊了来，在麦草方格中栽种沙蒿、籽蒿、柠条等沙生植物。别看就在黄河边上，到黄河里打水还是靠着用水桶和脸盆肩挑手提。董昌云把家里和面用的盆都用上了。到了第二年春天，"马蹄掌"里见绿了。那片生机勃勃的绿色，让李大河、"老拧巴"和铁蛋激动地抱头大哭了一场。村民们也看到了希望，于是都跟着动起来。几年过后，老河套沿黄河大堤立起了一排排防沙林，而且种上了苹果树，有的人家还种花生、种西瓜、种蔬菜……十年过去了，老河套一片葱绿。二十年过去了，老河套成了一片绿洲。省报有个记者采访后，称"马蹄掌"是黄河岸边小江南。刘义早在第二年就把老河套的经验向全乡推广，乡里又向全县推广。有一两年的时间里，李大河因为抽不开身，铁蛋就成了香饽饽，到全乡全县去做技术指导，知名度甚至比李大河还高。

有一天，李大河、"老拧巴"和铁蛋在"马蹄掌"商量完事，"老拧巴"动情地说，大河、铁蛋，咱老哥仨说好了，死后就埋在这"马蹄掌"。

4

二钢，停车！董昌云拍着前边的二钢喊着，我和你大爷先回趟家，拿点东西再去医院。

车是那个陌生女孩开的。她没等二钢同意就踩了个急刹车。董昌云的脑壳哐当碰到车顶，疼得咧了咧嘴。那个女孩这回很勤快，主动给李大河开了车门。李大河说了句谢谢。董昌云却理也没理。

二钢问，大爷大娘，我等你们吧！等你们收拾好，送你们去医院？

李大河摆摆手，不用不用，我的"电驴子"还扔在老河套那儿呢。

那个女孩手里拿着粉红色的小喷壶，对着李大河和董昌云刚坐过的座位猛喷，嘴里还不住嘟囔着。董昌云拉着李大河转过身，骂了句，啥玩意儿！再坐这车一会儿，我都能让她身上那味给熏倒。

李大河家堂屋的屋当门墙上挂着一张张照片，全都镶在镜框里，有大有小，有彩色有黑白，有李大河当兵时穿军装的，有他和董昌云的结婚照，有他和"老拧巴"、铁蛋在"马蹄掌"劳动时的，有他当劳模时披红戴花与领导的合影，有李长河百日时的全家福，有李大河退休后和董昌云去海南旅游的……这些照片是李大河人生的缩影和见证。平时，他喜欢默默地看这些照片。李长河带儿子女儿回来时，他也会指着照片，一张张地给孙儿孙女讲过去的事情。董昌云了解他的心思，每天都把镜框擦拭一遍。今天一进屋，李大河的目光又投到了墙上，神情却有些忧伤。董昌云用毛巾一边帮他抽打着身上的沙尘，一边唠叨，你自己都不止一次说过这都是历史。历史就是过去，不顶吃不顶喝的……

李大河反驳道，你咋不说，有句话叫"忘记过去就等于背叛"？

董昌云也反唇相讥，过去是啥光景？你领导的老河套治治沙栽栽树就是全县有名的先进，现在呢，光好看了不挣钱，成了全县有名的贫困村？你当了多年先进，让儿子来当后进，还好意思说。

董昌云到厨房烧开水去了。李大河一屁股坐在沙发上，呆呆地望着墙上，墙上一半挂着照片，一半挂着奖状。正如董昌云所说的那样，这些奖状大多是七八年前的，有二十世纪八十年代治沙先进、绿化先进、计划生育先进、带头致富先进，有二十世纪九十年代治安先进、卫生先进、抗洪救灾先进，有优秀党员、劳动模范……

李大河你快过来看看！董昌云在厨房里高声喊。

李大河不知发生了什么事情，赶忙钻进厨房。董昌云正在抹眼泪，见他进来，指着掀开的锅盖啜泣着，你看看，你看看，这就是你儿子的早餐。李大河看见锅里残留着半碗面疙瘩汤，旁边碗里放着啃了一半的煮熟的玉米棒子，还有几块咸菜。他的眼睛一下子潮湿了，嘴里却抱怨道，屋后的园子里现成的青菜，拔几棵炒炒费多大劲？这小子越来越懒！

董昌云不愿意了。老河套的人打我儿子从小就夸他勤快，我还是第一次听人说他懒，而且是你这个当爹的。你怎么不说他心思都用在了脱贫上，没工夫给自己做点可口的？说着说着，坐在小板凳上呜呜哭起来。我儿子本来在城里开着饭店，吃香的喝辣的，老婆孩子热炕头。你非得动员他回来接你这个烂摊子……

李大河急了，你，你怎么知道我不是在想办法帮他？我不光是帮他，还是在帮老河套村民。

董昌云一撇嘴，唏，你就吹吧。我等着看你的能耐。

李大河的手机信息提示铃声响了。他举到眼跟前看了看，一边往外走一边说，我得去把"电驴子"弄回来。

董昌云上前一步拦住他。李大河，不许你再去给儿子捣乱。实话给你说了吧，儿子要在黄河捞沙，是我替你答应的。

一个月前，李大河住院的第一个周日，李长河带着媳妇和儿子女儿到医院去看望。李大河刚输完液睡了。李长河把董昌云叫到门外，告诉她说，一个工程公司的朋友找到他，说是县境内要修高速公路，需要沙子，想和老河套村一起搞个沙厂，由他们工程公司投资，除了利润两家分成，还可以安排村里几十个劳动力就业。董昌云一听急了，又是摇头又是摆手，儿子，这事千万甭给你老子提。你老子是黄河治沙模范，黄河里的一滴水他都看得比他一股子血还宝贵。你要是在黄河里挖沙，那不是挖他命根子？他不和你拼命才怪！李长河理直气壮地说，黄河哪年不清淤？我这也是保护黄河嘛！董昌云唏了一声，别以为你妈不懂。好歹你妈也当了二十多年村支书的媳妇，现在又是村支书的妈。你说的清淤是上边要求的，那是有计划有安排的，和你这私自挖沙是两码事。私自挖沙非法……李长河不耐烦了，打断董昌云的话，妈，今年的苹果不好卖，您知道不？好多人家的苹果还长在树上没摘，您知道不？苹果卖不出去村民就没有收入，您知道不？董昌云挤巴挤巴眼皮，不知怎样回答儿子这一连串问题。李长河又接着说，离冰冻封河也就两三个月时间，我用五台挖沙船干这段时间，保证家家户户比卖苹果收入高！他见董昌云用疑惑的目光看着他，又低声说，实在不行，我夜里干……说着，他不住叹息，我已经答应人家了，如果反悔，以后怎么在朋友圈里混？再说了，要摘掉贫困村的帽子，可咱老河套哪有个脱贫的项目，凭啥把村民的收入提高？我不当这个村支书了，可我老子的面子往哪儿搁？董昌云看儿子真着急了，于是心疼了，问他，黄河上有监察的，万一逮住了？李长河说，反正只要是为了老百姓，不朝我自己兜里装一分，最多给个党籍处分。反正也就这一两年，一年干两月，等高速公路建成了，白送人家也不要。我和铁蛋叔聊过。他说，黄河里捞个几百吨几千吨沙子，等于掉一根皮毛，甚至连根皮毛也算不上。董昌云说，你甭听铁蛋的。他和你老子早不是一路上的人了。李长河说，那咱不干，人家可以找别人干。干脆我早点卷铺盖离开老河套吧！董昌云也急了，你现在是老河套的一把手，你想干，村民也同意，你就干呗。你老子他一退休老头，管他同意不同意呢！他不同意，还能生吃了你不成？

李大河听董昌云说到这里，长长地叹息一声，你这哪是帮他，是毁他！黄河里捞沙那是禁止的，发现了不是免了职、罚点款就能了事，弄不好要蹲监狱。

董昌云撇撇嘴，李大河，我跟你过一辈子了，还不了解你？吓唬谁呢？前些年有多少家在黄河捞沙的？你不也捞过？咋啦，你也没蹲监狱啊！

李大河哼哧一声，亏你还知道那是前些年。眼下是前些年吗？再往前些年，老河套黄沙飞扬、寸草不长，是今天青山绿水、花果飘香的样子吗？

董昌云反唇相讥，行了吧，李大河。你辛辛苦苦几十年换来的青山绿水就是你欣赏的一幅画，老百姓的口袋有钱吗？有钱还戴着贫困帽子？苹果现在市价，你知道不？花生卖多少钱一斤，你了解不？

得得得……李大河冲董昌云摆摆手，我没时间跟你抬杠。反正就一条，在黄河里捞沙不行！一捞沙，沙一松动，首当其冲是"马蹄掌"。这块百里闻名的小江南还不给毁了！

李大河边说边往外走。董昌云嘲笑地说，没理了吧，嘴秃噜了吧。

看着李大河的身影消失在门外，董昌云又追到门口，冲着他的背影高喊一声：回来吃不？不回来就不做你的饭了啊！

李大河气哼哼地往前走，连头也没回。其实他是心里难过。这娘们跟我过了几十年日子，虽说嘴碎一点，爱好唠叨，可那也是为我好。她刚才这话就说到了点子上。当年搞绿化，大伙儿的积极性多高啊，就连"老拧巴"这个只有小学文化的地地道道的老农民，都忍不住写了首诗：男女老少齐上阵，流血流汗种树忙，绿化黄河当先锋，不见往日飞沙扬。市报还给发表了，称他为农民诗人。可后来呢，沿河的果园连成片，苹果的价格波动太大，好的年景收入还可以，差的年景连本都难保，有的人家流转给了别人，有的人家甚至把果树都砍了改种别的……如果今年苹果、梨子、花生等卖不上个好价，不光儿子的工作够难为，乡亲们的日子也受影响。

大河哥！有人在身后喊他。他连头也没回就应了一声，铁蛋，你这城里人咋有空下乡来啦？

铁蛋追上李大河，嬉皮笑脸地碰了一下他的肩膀头。咋的，还在生长河的气？

李大河猛地站住了，咄咄逼人地看着铁蛋，唏，你信息咋这么灵？然后指着铁蛋的额头问道，是不是你在中间给长河牵线搭桥？铁蛋赶快摇头摆手，大河哥，自打搬城里我就很少回来。您也知道二钢又要了二胎，上幼儿园接送我老婆负责，我在家做饭……他意识到再说下去，李大河会骂他，于是又转了话头，不过我还是挺想您和"老拧巴"的。听说您住院了，我就天天计划着去看您。可二钢这小子……

李大河说，二钢就在老河套。

铁蛋等了一会儿不见李大河往下说，鼓了鼓勇气说，大河哥，长河打算在黄河捞沙这事，我觉得没啥大不了的。刘义刘乡长和您一起住院，他没给您说咱县建条高速，沙子需求量蛮大吗？这既是支持高速建设，又是提高村民收入的好事……

嘿嘿，嘿嘿，李大河笑了，我就约莫着你老小子在这件事中至少是个参谋长的角色。怎么样，没猜错吧？

铁蛋理直气壮地说，就是参谋长又咋啦？长河是我侄子，他当村支书是您、我和"老拧巴"一遍遍做工作、说服动员的。我当时给他拍着胸脯保证支持他的工作，不能说话不算数，让后辈瞧不起吧？再说了……

李大河做了手势，甭往下说，你要说啥我都清楚。我就问你一句，你舍得毁了老河套的青山绿水？

铁蛋咳嗽几声，没，没您说得那么严重吧。

走吧，叫上"老拧巴"，咱哥仨好好聊聊！李大河拍了拍铁蛋的肩膀。

5

"老拧巴"坚持在"马蹄掌"三家窝棚见面。李大河和铁蛋当然明白他的用意。

几十年过去了，三家窝棚只剩下当年三家人栽的三棵老槐树。老槐树绿叶茂密，郁郁葱葱，远远看去就像三把撑开的绿伞。不过，老槐树也明显老了，一道道一圈圈岁月的年轮越来越深，越来越黑，就像老人脸上密密麻麻的皱纹。中间那棵树上挂着一块小木牌，上边写着"三家窝棚"，还有几句介绍"三家窝棚"历史的简短文字。李大河和铁蛋到了树下，"老拧巴"正靠在树上打盹，眼角上残留着豆粒大的泪珠。铁蛋上前踢了他一脚，哎哎，做啥好梦呢？还想再娶个小媳妇呀？

"老拧巴"突然一跃而起，右胳膊搂着铁蛋的脖子，右腿绊住铁蛋的腿，一使劲把铁蛋摔了个仰面朝天，一边抹着眼角的泪水一边骂，你小子以为在城里过几天舒坦日子，吃几顿山珍海味就壮如牛了？不行，我让你一只胳膊一条腿，咱比试比试。铁蛋从地上爬起来，气喘吁吁地说，你这叫偷袭，不算本事。再说了，现在哪儿还有动不动就和人打架的？不文明！

交换过见面礼了，言归正传吧！李大河开了个头，先亮明自己的态度：不同意在黄河捞沙。"老拧巴"很高兴，一口一个大河哥叫着，我就知道老河套您这面红旗不会倒在金钱面前。铁蛋也不含糊地说出了自己的观点，把在路上和李大河说过的那些话又重复一遍。"老拧巴"耐心听他说完，针锋相对地一条一条反驳。两个人你一句我一句，你一来我一往，越争越激烈，越吵声越高，四周地头上渐渐聚了很多人，有的蹲着有的站着，还有的席地而坐，仿佛在看一场表演。李大河看着两人争得面红耳赤，既不劝阻也不插言。他就是想让围观的群众从他俩的争辩中弄清原委，明辨是非。过去，"老拧巴"和铁蛋也经常争吵，每回都是铁蛋先罢战。"老拧巴"之所以叫"老拧巴",就是性子太拧,非争个是非出来。李大河清楚地记得,有一回两个人争上了,从太阳落山、家家户户炊烟升起争到天黑。"老拧巴"的媳妇赶着那年刚满五岁的女儿来喊他回家吃饭,他对女儿吼道,回去叫你妈把饭给我送来。今儿我非跟他争个明白。过了一会儿,铁蛋的儿子二钢来喊铁蛋回家吃饭。铁蛋对二钢说,回去让你妈把今晚的和明早的饭都给我送来。最后,还是李大河让铁蛋先走一步,事情才算告一段落。眼下,看着两个老伙计像年轻时那样争吵,他心里倒是有些高兴。毕竟,他们到了这个年龄,心里还装着老河套的前程。可是,他也知道任凭他二人这样争下去、吵下去,不解决任何问题。解铃还须系铃人。二钢说得对,李长河不出面,三个退了休的老村干部就是吵到天昏地暗也没用。他想到这里,又拨李长河的手机,听到的依然是那句话:您呼叫的号码已转移到小秘书,如需留言……这小子跑哪儿去了呢?

英子突然从人群中跑过来,红润的脸上洋溢着甜甜的笑容,好像刚刚喝了蜜,和李大河刚才见到时的像换了一个人。她悄悄地告诉李大河,大河爷爷,您快劝劝他俩,别在这儿吵了,一会儿有客人来。

李大河莫名其妙地看着英子,不知道她说的是哪来的客人,与"老拧巴"和铁蛋争吵又有什么关系。

英子指着自己手机上的微信给李大河看。大河爷爷,您看,咱老河套上网了,老河套的苹果也上网了,这才一个多小时,就接了五十多张订单,最大的一单要一万斤,五十多单加起来快十万斤。再有订单过来,咱老河套全村的苹果都供不应求了。

李大河一愣,这,这喜从何来呀?

英子问,长河叔的儿子小河,您该知道吧?

李大河说,傻丫头,那是我亲孙子!

英子又问,二钢叔的女儿小婧,您老也见过吧?

李大河点点头,见过,挺乖的孩子。他俩咋啦?

英子说,他俩和几个同学前些天来过老河套。长河叔不在家,我带他们在果园里转了转。他们对路口、园子里设了几道卡子很稀奇。我告诉他们，为了防止有的人家偷偷给苹果喷农药，村里定了村规民约，设卡是检查那些不自觉的人。

李大河说，这也不是一天两天了，多少年都这样坚持的，这有啥稀奇？

英子说，他们吃了树上现摘的苹果，说老河套的苹果是黄河水滋润、沙土地长的，又好看又好吃，还没施过药，纯生态，就是缺少包装、推广、营销。他们说，回去后要好好宣传……

李大河问，你长河叔同意了？

英子皱了皱眉头，他要是同意了，还会答应做捞沙这事？他说，小河是他儿子，别以后再来要广告费，涉嫌村支书给自己儿子谋私，那就会让他犯错误。

这叫啥错误！刘义突然在背后接上话。李大河一看，刘义推着自行车站在了身后。他这才意识到"老拧巴"和铁蛋也好大会儿没吵了，他们都在认真地听着英子和他说话。

刘义非常坚定地说，别说李长河的儿子不要广告宣传费，就是要，那也是在帮老河套村民营销苹果，知识扶贫，和谋私是两码事。

英子的手机信息提示音又响了几声。她低头看了一眼，高兴得几乎要跳起来。又来订单了，又来订单了！这网上营销还真管用，连北京、上海的订单都来了！咱老河套的苹果供应不上可咋办？

刘义说，老河套不光是你们老河套村，咱这一带都叫黄河老河套。李大河你当年治沙时不就把周边的村子都动员起来、团结起来了吗？没有上游下游村子的支持，你老河套一个村能干成这样？你们把周围的村子产的苹果都集中起来，可以搞一个老河套集团，不就解决了嘛！

铁蛋问英子，光是有人要，这价格呢？

英子回答道，我看报的价格比咱自己一家一户卖的不低呀！再说了，价格咱可以和用户谈嘛！

铁蛋又问，今年他们要了，那明年要是不要了呢？

英子瞪了铁蛋一眼，没有回答。

铁蛋叹了口气，这不还是一锤子买卖？今年村民收入有保证了，明年没人要了，价格低了，收入少了，贫困帽子还摘不掉不是？

"老拧巴"说：那你今年捞了几船沙子，明年要是捞不成了，"马蹄掌"和周边的果园又让流沙给毁了，那不是更没收入更贫困？

你……铁蛋瞪大了眼睛。

你……"老拧巴"也瞪着铁蛋。

李大河哈哈笑了，笑罢又严肃地对铁蛋说，你老小子是在城里安享晚年了，可我和"老拧巴"老哥俩还在老河套呢。有我们老哥俩在，"马蹄掌"就会常绿，老河套苹果的品牌也会名声越来越大。你信不？

"老拧巴"说，就他，鼠目寸光……

铁蛋气得倒背着手转了几个圈圈，突然蹦到"老拧巴"面前，手指着他的鼻梁，吭哧吭哧地说，好你个"老拧巴"，好你个"老拧巴"，你，你这样说我。

"老拧巴"哼了一声。

铁蛋突然张开双臂，紧紧搂住"老拧巴"的脖子。他的个子比"老拧巴"低了半头，踮起脚尖才能和"老拧巴"肩膀齐平。刘义大吃一惊，以为铁蛋要和"老拧巴"摔跤，赶忙伸出手中的竹竿，想把两人分开。李大河悄悄抬起胳膊给挡住了。接着，就听见铁蛋哭出了声，"老拧巴"，我的好哥哥，我，让你弟妹一个人留在城里带孙子孙女，我回来陪你和大河哥！

叭叭叭，英子第一个鼓起掌。围观的人群跟着鼓起掌，一时间掌声噼里啪啦响成一片。

二钢悄悄地从人群中离开了。

6

昌云大娘，我大河大爷让你去摘苹果！门外有人喊董昌云。董昌云开门一看，村街上很多人都在往黄河边的果园赶。她拉住一个妇女问道，你们这是去摘苹果，怎么连个篮子也不拿？

那个妇女说，老嫂子，人家来收苹果的用的是包装箱，摘一只就装箱子里。

董昌云不好多问，关上门也跟着往黄河边走。刚走没多远，她的手机电话铃声响了。她刚接听，里边传来儿子李长河的声音，妈，您在家里吗？董昌云对儿子劈头盖脸就是一顿臭骂，李长河你钻哪个老鼠洞里去了，连个头也不敢露？你爹在家都急疯了，你知道不？他现在就在"马蹄掌"那儿等着你回来和你算账呢！

李长河等她不骂了才说，我知道我爸在家。我就是怕他当着大伙儿的面给我下不了台，才躲起来的。

董昌云说你躲了初一还能躲过十五？你还不了解他那人的脾气，等不着你，他不会离开。他是从医院里偷偷跑回来的，再不回医院输液，最起码又得在医院多住些日子，弄不好还会耽误治病。你给我快点回来。

李长河说，我在医院呢。是刘伯伯刘乡长让我在这待着，等我爸回来。

董昌云急了，等，你等他回去，别说今天，就是明天太阳落山了，他也不会回去。

李长河说，这回不会。我爸他赢了，高兴了，保准会喊着您和刘伯伯一起回医院来。

董昌云一愣，你给我说清楚明白了，啥意思？

李长河告诉董昌云，是李大河安排李小河和二钢的女儿小婧一起回的老河套，也是李大河嘱咐他们给家乡做点贡献。李小河、小婧和他们的同学，把老河套的苹果产品上了网宣传推广了出去，现在老河套的苹果不愁卖了。董昌云如同坠入云里雾里，一时没弄明白，你爸他怎么知道小河小婧能帮忙？李长河说，唏，您不知道我爸他玩微信，还会玩抖音，天天和小河视频？他自己还在微博上写当年苦战"马蹄掌"的回忆录，把您夸得跟天使样……

他夸我……哼！董昌云嘴上这样说，心里却又高兴又激动，忍不住眼泪落了下来。她问，你那捞沙的事咋办，不是说和别人签过合同了吗？这毁约要罚多少钱？

李长河沉默了片刻，嘿，我在合同上写上了，如果跑不下来捞沙的手续，双方互不承担赔偿责任。

董昌云抹了抹眼泪，笑着说，你呀，跟你爹一样贼精贼精。

董昌云边走边和李长河通话，到了"马蹄掌"边上才把电话挂断。她一眼就看见李大河正站在梯子上摘苹果，上前一步冲着李大河吼了一声，李大河你给我下来，我有事问你。

李大河不知发生了什么事，不情愿地从梯子上下来。董昌云一闪身，蹭蹭几步爬到梯子上，低头对李大河说，你快去给人家捞沙的说说好话，送送人家，别让人家说咱老河套人不讲究，让你儿子丢人现眼，以后没了朋友！

李大河说，好嘞，马上去。说不定二钢已经带他们回去了。

铁蛋见李大河要走，也跟着往苹果园外边走，边走边对李大河说，大河哥，我回去几天，给你弟妹安排安排就回来。

李大河点点头。他看看四下无人，突然问铁蛋，二钢今年四十挂零了吧？

铁蛋说，可不是嘛。咱和"老拧巴"哥仨，你头一年把河对岸人家的铁姑娘队长董昌云娶回来，第二年昌云嫂子给我说了个媳妇。二钢和长河也整整差一岁，今年四十一。说完，他见李大河不吭声，惊奇地问，大河哥，二钢刚才来，惹您生气了吗？

李大河摇摇头，二钢那闺女小婧，多好的孩子啊！

铁蛋猜到李大河有话要说，就接上说，大河哥，二钢有啥不对，您就直接说他骂他。我儿子和您儿子除了不是一个姓，不吃一个娘的奶，有啥区别？

到了快分手时，李大河才叹了口气，回去好好说说二钢，闺女儿子都慢慢长大了，自己也老大不小了，别再在外边拈花惹草了！

铁蛋眨巴眨巴眼皮，使劲点了点头。

原载《芙蓉》2020 年第 4 期

【作者简介】大解，原名解文阁，1957 年生，河北青龙县人，现居石家庄。主要作品有诗歌、小说、寓言等多种，作品曾获首届中国屈原诗歌奖金奖、天铎诗歌奖、鲁迅文学奖等多种奖项。作品入选三百余种选集。

Da Xie, formerly known as Xie Wenge, was born in 1957 in Qinglong County, Hebei Province. He now lives in Shijiazhuang. His main works are poems, novels, fables, etc. His works have won the gold medal of Quyuan Poetry Award, Tianduo Poetry Prize, Lu Xun Literature Prize and other kinds of awards. His works have been selected into more than 300 collections.

他人史

大　解

仙　女

　　河湾村的女人们非常奇怪，要么都不洗衣服，要么一齐洗衣服，在河边排成一列，洗衣服成了河边的一道风景。

　　可能是与天气有关，天清气朗，女人们觉得这样的天气不洗衣服，就是辜负了老天爷的恩赐。起初，有一个人抱着铜盆，里面装着要洗的衣服，走向河边，其他女人看见了，也都觉得今天应该洗衣服，于是收拾好衣服，也到河边凑热闹。渐渐地，洗衣服的女人就排成了一排。孩子们则是零散地各自玩耍，有的在河边，有的在河里，河水很浅，大多在膝盖以下，水流清澈，能看见河里游动的小鱼。

　　人们洗着洗着，不知不觉间多出一个人，大家也不大惊小怪，因为有一个叫七妹的仙女，经常参与其中，人们洗衣服，她在河水里洗头发。人们不知道七妹住在哪里，也不想知道，也不议论，大家都不约而同地保守这个秘密，仿佛七妹是她们的亲妹妹。

七妹长得非常出众，明眸翘嘴，细腰长腿，皮肤白皙娇嫩，说话甜美好听。七妹有六个姐姐，各有所长，都是纺线织布的能手，唯独七妹经常参与到洗衣服的行列中，她的六个姐姐从来不出现，人们只是传说，从未见过她们的真容。

"你的姐姐们不来洗衣服吗？或者洗头发？"有人好奇地发问，七妹也不正面回答，只是说："她们都忙，也许在别处洗。"

人们对别处一无所知。人们知道除了河湾村，还有别处，但是她们对别处没有兴趣，只关心身边的人和事。比如，今天晚上吃什么呀？一个问，一个回答，吃粥。说完，继续洗衣服。她们坐在河边的石头上，把脚浸在水里，在相对平整的石头上搓衣服，反复搓，好多衣服不是穿坏的，是女人们洗坏的。

七妹在河边洗好了头发，总是在谁也不知道的时候走开，就像她的到来。大家都在洗，忽然发现七妹不见了，这才知道她走了。她走的时候一般都有云彩经过，有人猜测她是被云彩接走的，有人说她可能隐藏在风里。但是人们只是猜测，从未见过七妹是怎么走的。

女人们洗好了衣服，站起来，使劲拧衣服，如果是被罩，需要两个人各攥住一头，一起拧，然后再抖开，就近晾晒在河边的大石头上，用干净的小石头压住四边，免得被风掀起。有一次，晾干的衣服来不及收走，被风刮到了河里，漂走了。为了寻找这件衣服，女人顺河而下，追了几里路也没有找到。后来女人做梦，梦见河神穿着这件衣服，她就心安了。她说，怪不得我找不到那件漂走的衣服，原来是河神穿走了。她说这话的时候，别人都信了。后来，谁的衣服漂走了，也都不再找，知道河神会把衣服收好，甚至穿用。她们认为，衣服就是用来穿的，别管是谁，有人穿了，就不算糟蹋。

有一天，小河的上游漂下来一件非常薄透的轻纱，人们一看就知道是七妹常穿的衣服，于是赶紧跑到河里把它捞出来，结果让人诧异，出水后发现，这件漂在水中的轻纱，根本不是衣服，而是一片云丝，出水后就蒸发掉了。通过这件事，证实了人们的猜测，七妹每次离开河边，都可能是被云彩接走的。这片云丝，就是证据。

果然，七妹再次来到河边时，穿了别的衣服，而没有穿那件轻纱。有人故意问，你以前穿的那件轻纱呢？那件轻纱真好看，我也想做一件。七妹一边在河水里洗头发，一边回答说，那是一件云丝做的衣服，我洗后晾晒在河边的石头上，不小心被风刮到河里去了。

她说的都是真的，她从来不说谎，河湾村的女人们都视她为妹妹，也信她的话。

河湾村洗衣服的景观不知持续了多少年。后来，村里的解氏家族中有一个叫解文阁的人，由于读书比较多，好写作，成了一个诗人，取笔名大解，他曾经写过一首名叫《衣服》的诗，是专门记录洗衣服的场景的，他这样写道：

三个胖女人在河边洗衣服，
其中两个把脚浸在水里，另一个站起来，
抖开衣服晾在石头上。

水是清水，河是小河，
洗衣服的是些年轻人。

几十年前在这里洗衣服的人，
已经老了，那时的水，
如今不知流到了何处。

离河边不远，几个孩子向她们跑去，
唉，这些孩子，

几年前还待在肚子里，

把母亲穿在身上，又厚又温暖，

像穿着一件会走路的衣服。

　　这首诗发表在一本叫作《人民文学》的杂志上。那年，大解回乡，在河边又见到了七妹，她依然年轻貌美，依然在河水里洗头发，只是在河边洗衣服的人，已经更换了一代又一代。据大解回忆，那些消失的人并没有走远，都在村庄附近潜伏着，他们躺在地下假装在做梦，实际上时刻准备着苏醒。大解说，他不担心那些隐藏在地下的人，他们早晚会回来，重新参与生活。他也不担心七妹，他最关心的是七妹的六个姐姐，种种迹象表明，那些在河边洗衣服的女人，其中就有她的姐姐，而且不止一个，但她们从来不说，即使长得美如天仙，她们也绝不承认自己是仙女，她们生怕人们因此而产生隔阂，疏远了人间的亲情。

二　丫

　　二丫本来是上山采蘑菇，赶上山上起雾，她在雾中发现了小雨滴，就采了一篮子雨滴回来。回到村里后，人们感到好奇，许多人前来围观。有人说，二丫采的雨滴太小，不容易存放，如果能采到大一些的雨滴，可以用作药引子。二丫说，她看见了稍大一些的雨滴，但是雨滴里面藏着小闪电，一闪一闪，亮晶晶的，没敢采。二丫说这话的时候，眼睛里一闪一闪地在发光，好像闪电就住在她的眼睛里。

　　二丫是养蚕能手，采蘑菇只是偶尔为之。采来的蘑菇要经过晾晒，最好是在太阳下晒一两天，有些鲜蘑菇采来后就吃，容易拉稀。村里人都知道这些道理，因此也就很少有人因为吃了鲜蘑菇而拉稀的。

　　二丫把采来的小雨滴，倒在簸箕里，雨滴散落开来，一颗一颗亮晶晶的，像是饱满的小水晶球。她倒在簸箕里是想从中挑选一些颗粒大些的，送给三婶。自从三婶的小儿子从树上掉下来摔死后，三婶就像倒出粮食的布袋，松垮下来，身体都瘦了，近期一直在吃药。二丫挑选出一碗大般的雨滴，给三婶送去，当作药引子，三婶感谢二丫的一番好意，也不推辞，就收下了。自从三婶用雨滴做药引子以后，病情有了明显好转，体内的水分有所恢复，看上去皮肤上的皱褶少了许多。

这件事在河湾村成了传奇，人们都说，二丫送给三婶的雨滴，有神奇的作用。消息传开以后，人们都在大雾天气里上山采摘雨滴，用作药引子。可是，村里没有几个病人，用不上，有些人就盼着自己生病，说，我要是也能生一场大病该多好，有病就必须吃药，吃药就可以用雨滴作药引子了。说尽管说，但是一个人是很难生病的，真正生病的人，也很难在短期内治好。人们上山采来的雨滴大多没有什么用处，回家后一直就盛放在荆条编织的篮子里，时间长了，饱满的雨滴渐渐干瘪，里面的水分逐渐蒸发，干瘪的雨滴只剩下一层皮，非常难看，最后都扔掉了。人们认为，还是采蘑菇好，采来的蘑菇晒干后可以吃，一点都不浪费，不像雨滴，大小不均，挑选起来也费工夫，用处也不大。慢慢地，就没有人采摘雨滴了。

家在河对岸的七妹也采摘雨滴，七妹从来不去山上采，她直接去云彩里面采摘雨滴，回家后倒在水池里，用于养月亮。七妹和二丫虽然只有一河之隔，也互有耳闻，但是从来没有往来，两人也不相识。

二丫坚持采摘雨滴，除了送给三婶作药引子，剩余的雨滴，她拿到小镇的集市上去卖。大颗粒的雨滴卖掉后，剩下的小雨滴也不浪费，用线绳穿起来，做成门帘。一时间，河湾村和小镇时兴雨滴门帘，都是二丫的发明。雨滴门帘有很多好处，既好看，又透风，还富有诗意。

二丫并没有因为采摘雨滴和制作雨滴门帘而耽误养蚕，反而她养的蚕都很水灵，透彻，结茧也大。有人怀疑她采摘了云雾中的小闪电，二丫既没有承认，也没有否定。她确实在采摘雨滴的时候，随身携带了一个小布袋。回来的时候，有人发现她的布袋里有东西在闪光，感到莫名其妙，但也不好过问，问了二丫也不会说。人们猜测，莫非她用采集来的小闪电给蚕照明？不会吧？难道说她养的蚕得到了意外的光，才变得透明？关于这件事，直到二丫死，人们也只是停留于猜测，没有定论，更没有真凭实据，最终成了一个悬疑的秘密。

二丫在结婚前，死于痨病。也有人说，二丫死于惊吓。传说二丫在山上采摘雨滴时，发现了一颗西瓜大小的雨滴，她感到新奇，就想把它采摘下来，没想到里面藏着一个大闪电，把整个雨滴照得通明。没等二丫采摘，这颗大雨滴从山顶上滚落下来，落进了山谷里，二丫到山谷里探查，想看个究竟，结果发现这个雨滴在地上翻滚，里面闪闪发光。二丫想靠近看看，不料这个雨滴突然爆炸，发出了振聋发聩的巨响，把二丫吓了一跳。自此以后，二丫就不敢上山采摘雨滴了。也有人说，二丫不是被雨滴爆炸吓了一跳，而是吓掉了魂。你想想，灵魂吓跑了，时间长了，人能不死吗？

关于二丫的死因众说纷纭，没有一个是靠谱的。倒是七妹的说法，还有一定道理。七妹说，有一天她正在天上的云彩中采摘雨滴，看见一个女神从她身边经过，女神领着一个陌生的姑娘，这个姑娘的胳膊上挎着一个篮子，两人嬉笑着说话，一同到天上去了。

根据七妹的描述，那个挎着篮子的姑娘，有可能就是二丫。也就是说，二丫的灵魂被女神接走了，回到了天上。二丫的灵魂走后，人们看到的二丫只是一个皮囊。难怪二丫临死前所做的许多事情都异于常人，让人费解，原来她根本不是普通人，而是天上的仙女。

河湾村的人们理解了二丫，但从此再也没有见过二丫。二丫只在传说中。

小女孩

对于一个小女孩来说，拥有一个彩色的身影并不是什么过分的要求，因为许多人都曾经拥有过，后来由于褪色而变成了灰黑色。她曾经看到过鲜花的影子是红色的，叶子的影子是绿色的，她就想，我的花衣服也应该是花色的影子。

在河湾村，一个永远也长不大的小女孩，有理由得到一个彩色的身影。

大概是十一岁的时候，她就停止了生长，等到老了，她还是十一岁的样子，几十年没有丝毫变化，人们依然叫她小女孩。这样一个特殊的女孩，就是拥有两个身影，也不算过分。河对岸的小镇上，那个某某某，不就是有两个身影吗？他仗着后背上长有两个身影，经常像鸟一样在空中飞来飞去，如果把他的身影减掉，看他还能不能飞？答案是肯定的，不用说减掉两个身影，就是减掉其中的一个，他就无法飞起来，即使勉强飞起来，也会因为偏沉而从天空掉下来。

小镇上的这个人，因为有两个身影，人们都叫他双影人。在小镇和河湾村人看来，这种会飞的人也算不上什么大本事，只有活到几百岁的人，才会让人羡慕。

小女孩的爷爷就是河湾村里德高望重的老人，属于那种几百岁也不死的老人，他靠一生的积累，拥有丰富的生活经验。他劝小女孩说，彩色的身影好是好，就是容易弄脏，还不如灰黑色的，不容易脏，还厚实。有一年冬天，我赶路去山口迎接一个灵魂，那天非常冷，幸亏我把身影披在身上挡风，否则非冻死不可。

小女孩问，是谁的灵魂？接到了吗？

老人说，接到了，那时你还小，不记事，是三婶家小儿子的灵魂，接来后也没用，他从树上掉下来摔死了，灵魂回来后看了看，身体摔坏了，实在不能用了，灵魂待一会儿就走了，后来一直没有回来。

小女孩感到非常惋惜，心想，三婶的小儿子若有两个身影，从树上掉下来也不至于摔死，他在下落的过程中，完全可以扇动两个身影飞起来。这个想法，更坚定了她想要彩色身影的决心，她甚至想要，而且要有两个身影，必需的，万一哪天我也从树上掉下来，或者从云彩上掉下来，我就可以张开背后的两个身影开始飞翔，像一只鹰在天空盘旋。

想到这里，小女孩不再纠缠她的爷爷，而是趁人不备溜走，去小镇找那个双影人去了。小镇离河湾村只隔一条河，船工永远都在船上，渡了河就是。双影人在小镇上算不上什么名人，只能说是比较特殊的一个人吧。小女孩找到了双影人，但也没从他那里得到什么有效的秘方，因为双影人根本没有秘方，他是生来就有双影，不是靠自己的本事修炼得来的，而是父母遗传给他的，因此人们对他的特殊性并不怎么佩服。他的父母都不是双影人，不知怎么到了他身上就出现了特异性。据说，自从他出生后，他的父母就失去了身影。有人说，是他的父母把自己的身影给他了。这话虽然不足为据，但事实摆在那里，人们也不得不承认，可能有这种事吧。时间长了，人们也就没有兴趣议论他，渐渐地，拥有双影，似乎成了非常普通的事情。

小女孩去找双影人，无功而返，回来的途中遇到三婶，三婶也是去小镇上办事，走到半路上两人相遇了。早年，三婶因为哭出的眼泪太多，把身体里的水分哭干了，身体瘪下去，像是一个倒空粮食的布袋，幸亏二丫用采自云雾中的水滴给她作药引子，三婶身体中的水分才逐渐得到了一些补充，看上去气色好多了。

三婶见到小女孩，问，去哪儿了？

小女孩说，我去小镇刚回来，三婶这是去哪儿啊？

三婶说，我也去小镇，听说那里有一片云彩飞走了，影子落在地上却不走，我想把云彩的影子扫下来，放在我家的院子里。

小女孩听说三婶是去小镇打扫一片云彩的影子，感到非常好奇，说，我刚从小镇回来，怎么没有听说这件事？

三婶说，是我的小儿子托梦告诉我的，不然我也不知道。

提到她的小儿子，三婶的脸上微微泛起了一种骄傲的神情，仿佛她的小儿子没有死，而是在天上给人当差，至少是了解云彩的一些行踪。她说，我的小儿子在天上做官了，不然他不会把有关云彩的事情告诉我。

小女孩对三婶有了一些佩服，觉得她的小儿子真是有出息，死后还这样照顾家人，有什么好事及时通知母亲。

小女孩和三婶在路上相遇，寒暄几句之后相背而行，各自赶路。到了下午，三婶挎着一篮子云影回来了，村里好多人出来围观，有羡慕的，也有不以为然的。其中一个女人说，我家院子里的阴影够多了，不用增加了。也有的说，三婶就是勤快，跑那么远路去打扫云影，多么好看的云影啊，看上去像是棉花的影子。

三婶挎着一篮子云影，被人围观，多少有几分成就感。但是她一句没提她的小儿子给她托梦的事。

在围观的人群中，唯独没有小女孩。三婶还特意用眼睛的余光扫了一下周围的人，也没有发现小女孩。就在她纳闷的时候，人们抬头，发出了惊呼。人们看见，小女孩扇动着两个身影，正在天上飞，比小镇上的那个双影人飞得还要高，而且非常轻盈。人们不知道她是怎样获得两个身影的，但是她确实在飞，她的理想真的实现了。

人们仰头观望小女孩在天上飞翔，最高兴的是小女孩的爷爷，他从人群中走出来，他并不担心小女孩会从天上掉下来，但是本能还是驱使他产生了前去护卫的想法。他不自觉地向前走着，有些着急，加快了脚步，尽管他已经走得很快了，但是他的灵魂还是嫌他走得太慢，情急之下，他的灵魂一下子冲出了他的身体，向天上奔去。当人们看见这个老人的灵魂在天上护卫着飞翔的小女孩时，说，到底还是爷爷啊，放心不下，去天上保护她去了。

说这话的时候，有一个女人从三婶的篮子里抓起一把云影，凑到鼻子前闻了闻，她感觉到一股香气进入了体内，随后就醉了。等到小女孩和她的爷爷从天上回来时，这个女人还没有苏醒。

茅屋和云影

河湾村人建造的房子，只有四种材料：石头、木头、黄泥、茅草，如果说还有什么重要的东西的话，那就是人的力气了。有了这些东西，建造一座茅屋就足够了。

建造茅屋的石头来自河滩，用于垒墙；木头来自山林，用于做木架和门窗；黄土加水搅拌，就是黄泥，用于垒墙时固定住石头，也用于涂抹墙缝；茅草出自山坡，用于铺在屋顶，遮风挡雨。建造房子所需的人，都是本村人。谁家盖房子，全村人都出手帮忙，无偿劳动，不取任何报酬。

自从有人烧窑，制作出了砖瓦，村里逐渐有了瓦房，但毕竟瓦房还是少数，人们认为，还是茅草屋暖和。没过几年，茅草腐烂了，主人就换上新的茅草，看上去就像新建的房子一样。

三婶家的房子就是茅草屋，二丫家也是茅草屋，船工家也是茅草屋，铁匠家也是茅草屋，木匠家也是茅草屋，刀客家也是茅草屋，窑工家是瓦房。七妹家也是茅草屋，在河对岸。蚕神（张刘氏）家也是茅草屋，后来变成了瓦房。小女孩家也是茅草屋，长老家也是茅草屋。死者家也是茅草屋，自从他住进了墓穴里，就变成了土屋，此后很少出来，只有西北部天空塌陷那一次，他从墓穴里出来帮助人们补天，他是河湾村的功臣，回去后依然住在地下，屋顶是个土堆。河湾村的人们死后都住在地下的坟墓里，地上只露出一个土堆。住在地下是最安稳的，可以无限期睡觉，没有什么特别重要的事情，一般不会有人叫醒。

三婶家要扒掉屋顶上腐烂的茅草，换上新的茅草，人们都来帮忙。毕竟她的小儿子从树上掉下来摔死了，家里少了一个劳力，人们出于怜悯之心，更是多出工，多出力。再说，三婶的人缘很好，她的老头也是一个厚道人，人们帮助三婶家出力越多，心里越舒服，都觉得自己在做善事。

在帮忙盖房子的人中，多出了几个女人，起初人们各忙各的，也没有注意，后来发现她们长得过于美丽，人们这才发现，是几个陌生人。人们以为是三婶家的亲戚，也就没有多想，顶多是村里的女人们瞟了一眼，心里嘀咕，长得都这么好看，还不娇气，三婶家的亲戚真是能干。等到晚上快收工的时候，几个漂亮的女人不见了。有人问三婶，你家那几个亲戚走了？这时三婶才醒悟过来，说，我家亲戚没来啊，我也看见了那几个女人了，长得那么好看，我还以为是别人的亲戚来帮忙呢。

几个漂亮的女人，不是三婶的亲戚，那是谁家的亲戚呢？人们这才想起来，好像在哪儿见过，但是谁也记不清了，没有人能够准确说出她们的来路，也许是仙女吧。

有人说，船工应该知道，他见过的人多，记性也好，只要他的大草帽不把脸完全遮住，只要他看见了，就不会忘记。

人们只是这么说，但是没有人真的去找船工问这件事，因为大家都在忙。盖房子是个累活，没有一个闲人，人们一边擦汗一边说笑，三婶的笑容最多。三婶是用脸上的皱纹在笑。

第二天，来的人更多了。一个女人开玩笑说，三婶，把你从小镇扫来的云彩影子分给我们一些呗？

三婶说，上次那些影子早就融化了，以后再去扫的时候叫上你，咱们一起去。

女人说，再有那样的好事，别忘了我啊。

三婶说，下次去的时候，你背一个大花篓，我不跟你抢。

说完，她们哈哈大笑。其他人听见了，也都跟着笑。有的人没有注意听，但是看见人们都在笑，不知是怎么回事，也都跟着笑起来。一个男人脸上粘着泥巴，还在用手抹汗，结果越抹越脏，成了花脸。人们看见了花脸，笑得更厉害了。

在人们的笑声中，只有二丫心里有数。她想，昨天来的那几个漂亮女人，绝不是一般人，从她们的体貌和穿戴就可以看出，她们有可能是传说中的仙女。她恍惚记得，在河边洗衣服的时候，似乎出现过这几个女人的面孔。但是一想到这些，就什么都记不清了，仿佛在时间的后面蒙上了几层纱布，看似有这回事，细想却非常模糊，无法准确地描述自己的记忆。

经过两天的忙活，三婶家的房子换上了新的茅草，看上去就像新房子一样。事情很快就过去了，趁着春天，人们还有许多设想要去实现，盖房子的，纺线织布的，张罗娶媳妇的，开染房的，烧窑的，人们各有各的计划，好像家家都在忙，不是忙自家的活计，就是帮助别人，总之都在忙。但是有一件事情，却没有因为忙而被人忘记，那就是，给三婶家帮忙的那几个漂亮女人，留在了河湾村女人的心里。女人们想，那几个女人真好看，我也要长成这样的女人。男人们嘴上不说，心里却在想，哪儿来的几个女人，长得那么好看，若是娶上这样一个女人作媳妇，该是几辈子修来的福啊。

二丫经过考证，得知三婶没有说实话，她认为，三婶知道这几个女人的来路，而且关系不一般。

事实是最好的证明。有一次，三婶挎着篮子，又要去小镇上扫云影，二丫得知后就偷偷跟在后面，在暗中观察。她发现，三婶清扫的不只是云影，其中还有散落的花瓣。难怪那天有人从三婶的篮子里抓起一把云影，用鼻子闻了一下就醉了，原来是云影里面掺杂了奇异的花香。而这些散落的花瓣根本不是来自地上，而是从天上落下来的。二丫亲眼看见云彩上面有几个仙女正在往下抛撒花瓣，当她们转过脸来时，二丫恍然记起，她们正是在三婶家帮忙的那几个漂亮的女人。

三婶确实没有说实话。她说扫来的云影铺在院子里，用于加厚阴影，而实际上她是把云影装在自己的枕头里，由于里面有醉人的香气，能够帮助人睡眠。

起初，三婶扫的云影确实是铺在了院子里，这些人们都看见了。可是后来，她看见天上飘下一些花瓣，落在云影里，散发着醉人的芳香。回来后，她就舍不得把这些云影铺在院子里了，她尝试着把这些带有花香的云影装在枕头里，结果晚上睡觉特别香。从此，她就不再失眠了。自从小儿子死后，她一直睡不好觉，没想到几个花瓣就治好了她的失眠症。她也在想，这是什么花，这么神奇呢？

三婶至今也不知道这是怎么回事，她真的不知道是仙女在暗中帮助了她，赐给她神奇的花瓣，让她有一个安稳香甜的睡眠。仙女们认为，她失去了小儿子，不能再失去梦境。

二丫后来还发现，这些仙女并非住在天上，而是住在离河湾村不远的另一个山弯里，她们的家也是茅草屋，屋前有溪水，水里有月亮和云影。而这些，只有二丫窥见了天机，可是二丫到死也没有说出这个秘密。

浮　云

细雨过后三天，远近的天空蔚蓝而透明，连底色都露出来了，眼睛好的人，可以看到天空的背面。二丫发现，正对着河湾村上空，有一小片白云悬浮着，既不飘走，也不降落，好像被人贴在了那里，从早晨到晚上，一直没有动过。

第二天，这片白云还在那里，整个天空只有这一片云彩，好像其他的地方都不配拥有云彩。经过了一个夜晚，这片云彩似乎变得更薄了，看上去又轻又软，越来越透明的边缘与蓝色的天空已经没有明显的界线，仿佛有人加重一下呼吸，它就会立即融化。

河湾村的人们都在忙碌，似乎没有人关心这片云彩，哪怕它在天空悬浮一个月，也没有人仰头看它一眼。而实际上不是这样，二丫早就注意到这片云彩了，她上山采桑叶的时候，发现天上有一片轻纱，乍一看，还以为是谁把一团揉乱的蚕丝晾晒在天上。

二丫的心里装满了心事，看了这片云彩后，继续采桑，也没有多想。这时三婶背着花篓也来山坡上采桑，看见二丫站在树杈上，就问二丫，你看见天上那片云彩了吗？二丫说，看见了。三婶说，昨天它就在那里，今天还在那里，是不是来看你的？二丫听出三婶是在取笑她，就回一句，云彩是来看三婶的。三婶说，我是老婆子了，没人愿意看我了，你还小，长得又好看，云彩喜欢看小丫头。

二丫一听三婶说她长得好看，脸颊一下子就红了。因为张武也说过她长得好看。张武比二丫大两岁，是河湾村最帅的小伙子，经常故意和二丫搭话，二丫脸一红，就躲开。等到张武走了，二丫又后悔，跟上去再找一个理由，跟张武说话。

二丫的心里已经装满了张武的身影，不管张武在哪里，张武都在她的心里。因此，云彩停留在天上，哪怕是停留一年，二丫也不会在意，因为她的心在别处。

三婶在另一棵树下，因为年岁大了，腿脚毕竟有些笨，就没有上树，而是站在树下，扬起胳膊采摘最下层的桑叶。三婶满肚子都是趣味，不逗一下二丫，她自己都感觉憋不住。三婶说，二丫，什么时候出嫁呀，等你出嫁那天，我就吃一花篓桑叶，亲自吐丝，给你织一个头巾。二丫说，你还别说，三婶还真像一只又大又胖的蚕。你吐丝的时候，千万别把自己织在蚕茧里。三婶说，不会的，我还等着看你的新郎官呢。二丫脸一红说，看就看。说完，她从树杈上跳下来，身体轻盈如同一只蝴蝶。

二丫和三婶在逗趣中，不知不觉已经采满了花篓。桑叶很轻，即使花篓装满了也不太沉。三婶和二丫在说笑中，背着花篓走下山坡。当她们走到空旷的地方时，感觉一股清凉的气息从天而降。她们抬头一看，天上的那片云彩正好悬在她们头顶上方，给她们遮阴。她们走，云彩也走；她们停下，云彩也停下。

三婶说，二丫，我沾你光了，云彩给你遮阴，我也跟着凉快了。

二丫仰头望了望云彩说，你不是一直在天上贴着吗？怎么又动了？

二丫的话音刚落，云彩忽地一下飘到了别处，二丫和三婶的头上没有了阴凉，阳光洒在她们身上，仿佛披上一层金粉。

等到二丫再次仰望云彩的时候，这片透明的薄云变成了一张笑脸，在看着她们。

二丫忽然感到，这张笑脸，有点像是张武的脸，她想细看一下，笑脸又消失了，又恢复为一片薄云。

二丫知道自己想多了，脸一下子就红了。

三婶似乎看透了二丫的心思，用手指头挫了一下二丫的额头说，你说，脸怎么红了？心里想什么呢？

二丫确实感到自己的脸上有些热，说，想你呢！

三婶坏笑着说，你这个丫头啊。

三婶和二丫说说笑笑，走在回村的路上，太阳照着她们，天上那片云彩，也在俯瞰着她们。

红　狐

一团火焰从雪地上飘过去，引起了人们的议论。是二丫看见的，二丫告诉了三婶，三婶告诉了木匠，木匠告诉了长老。长老说，有可能是红狐。

有关红狐的传说，非常久远，但是真正见过红狐的人，却没有几个。

二丫看见了，人们就说，二丫有福。因为红狐和鸿福的发音比较相近，人们就认为看见红狐的人，都是有福的人。

红狐经过雪地，是非常冒险的行为，因为雪地太白，而红狐太红，像是一团火焰，颜色太明显了，很容易被人发现。一旦被人发现，红狐就会搬家。因此，即使有人看见红狐了，也不会找到它的窝，只要它暴露了行踪，你就很难再次见到它。

长老说，不用去找了，当你们再次见到红狐的时候，会有人离开。

人们听了长老的话，也不知道是什么意思。人们顾不上多想，人们在忙于议论。

二丫说，我从山坡下面经过，看见山坡上一个红色的动物，从雪地上跑过去，脚步非常轻，就像是飘过去一样。

二丫还说，当时我的心里一震，不知如何是好，也没敢出声，就那么傻傻地站着，眼看着它从山坡上飘过去。

二丫还说，它的那种红色，就像火烧云，红里透着火苗，真的像是在燃烧。

二丫还说，当它飘过去后，我想到山坡上去看看，但是一阵风就把我给推回来了，不知哪儿来的一阵风，突然截住了我。

二丫还说，我在梦里见过它，我还摸过它呢，它的红色有点烫手。

二丫还说，我当时要是有一根绳子，就能把它捆住，从梦里牵出来。

二丫越说越多，最后说出了梦里的事情。到底她梦见了什么，只有她自己知道。她说话的时候两腮也是晕红色，好像晚霞停留在她的脸上。

三婶看见二丫说起来没完没了，觉得有些异常，就告诉了路过的木匠。三婶把二丫的原话从头到尾学舌一遍，木匠听了也感到不同寻常，因为往常二丫很少说出这么多话。木匠听完三婶学舌后，转身就走，又把三婶的话原原本本地重复一遍，告诉了长老。长老听后，问木匠，二丫当时穿的是什么颜色的衣服？木匠说，这个我没问，我去问问三婶，一会儿回禀你。

木匠从长老家里出来后，去找三婶，问，当时二丫穿的是什么颜色的衣服？三婶说，这个我没问，你等着，我去问问二丫。三婶去找二丫。到了二丫家里，三婶问二丫，你看见那个红色东西的时候，穿的是什么颜色的衣服？二丫说，你等一下，我回忆一下。

二丫回忆了一下，说，当时我穿的是红色的衣服。你问这个干什么？

三婶说，木匠问我，我说不上来，就来问你了。没有别的事，就是问一下。

三婶从二丫家里出来后，急急忙忙找到木匠，告诉木匠说，二丫说了，她看见那个红色东西的时候穿的是红色的衣服。二丫还问我，你问这个干什么？我说没有别的事，就是问一下。说完，我就走了。

木匠说，好了，知道穿的是什么颜色的衣服就行了，我这就去回禀长老。

木匠从三婶那里得到答复后，立即去找长老，说，我去找到三婶，三婶找到了二丫，二丫回忆了一会儿说，她看见那个红色的东西的时候穿的是红色的衣服。

长老听后，说，知道了。

木匠说，你知道了什么？

长老说，到时候你就知道了。

木匠说，据说二丫的两腮也是红色的，就像晚霞停留在脸上。

长老沉默了一会儿，说，二丫爱穿红衣服，是有原因的。二丫是个好孩子，但愿她有福气。还是听天由命吧。

木匠说，听天由命？

长老说，一切都有变，现在还不好说。

木匠看见长老吞吞吐吐，话里有话，也不便多问，告辞了。

木匠回到家后，反复思考长老说过的话，百思不得其解。

好几年时间里，木匠一直在思考长老说的这句话，但不知将要发生什么事情。

二丫看见红狐之后，两腮的红晕越来越浓。几年以后，木匠担心的事情终于发生了，二丫在结婚之前，口吐鲜血而死。村里人议论纷纷，有人说，二丫得了痨病。也有人说，二丫看见红狐，由于命薄，无法消受，反而损寿了。还有人说，二丫看见的不是红狐，而是自己的真魂，真魂走了，一个人就活不多久。

由于三婶和木匠曾经给长老传过话，对二丫的死格外敏感，他们就去找长老，想问个究竟，问二丫的死到底与什么有关。当他们见到长老后，却不知从何说起。长老说，我知道你们来是问二丫的事，现在我可以告诉你们了，二丫根本就不是凡人，她是一个红狐转世，当时她看见的山坡上的那个红狐，就是来接她的，由于她在人间的事情还未了断，就耽误了一些时间，现在她走了，是了断了人间的恩怨。二丫在人间不可能成亲和嫁人，她的夫君是一只红狐。不信你们就等着，用不了多久，会有两只红狐从河湾村经过，其中一个就是二丫。

果然如长老所说，有人看见了两只红狐，先是从梦里经过，然后是从山坡上经过，其中一只不住地停留和回头张望。人们把二丫曾经穿过的红色衣服送到野地里烧掉后，两只红狐才离开，像是飘浮的晚霞从山顶回到了天上。

长老说，看到了吧，他们原本住在天上的云彩里，二丫来到我们身边，是为了报答她前世的恩情，了结一段情缘。

人们这才想起，二丫经常穿一件红色的衣服。据说很久以前，二丫她爹曾经给一只快要饿死的小狗一口吃的，而那只小狗就是一只年幼的红狐。

天　狗

狗拿耗子这样的事，在河湾村很少出现，因为耗子太小了，抓住了也不会讨主人喜欢，狗自己也不吃耗子，即使抓住了也没用，只能让猫从中得了便宜。所以，在一般情况下，狗不会费力去追一只耗子，如果有机会和兴趣，追赶并抓住一只兔子倒是不错的游戏。

狗抓兔子并不是深思熟虑，而是机遇突然来临，想都不想，一个箭步就冲出去，迅速展开一场生死角逐。当然，失败的肯定是可怜的兔子。它将耷拉着四肢和脑袋，被狗叼回来，成为一件战利品，而咬死兔子的狗，将得到主人的表扬，甚至物质奖励。

二丫家的大黄狗，就有这样辉煌的战绩。二丫采桑叶的时候，大黄狗也跟去了。大黄狗没有任何事情，纯粹是闲极无聊，跟着二丫去闲逛，结果在山上遇到了兔子。兔子前腿短后腿长，上山跑得飞快，一旦遇到下坡，立即处于劣势，而大黄狗正好在兔子的上方，兔子慌不择路，只好往下跑，连滚带爬，没跑多远，就被大黄狗叼住了。别看大黄狗平时温顺，遇到兔子时突然恢复了原始的野性，其凶猛和捕猎的本领不亚于一头狼。

抓住兔子那天，三婶也在山坡上采桑叶，目睹了大黄狗捕猎的全部过程。因此，回到家后，她也分到了一碗香喷喷的兔子肉。

三婶吃了二丫送给她的兔子肉以后，说，兔子肉太好吃了，让你家大黄狗再抓一个呗？

二丫说，好，我跟大黄狗说一下，让它再抓一只。

三婶说，你真说了，我就给你保媒，把你嫁到一个兔子多的地方去。

二丫看到三婶在取笑她，就红着脸走了，边走边回了一句：没正经的老太婆。

三婶看着二丫的背影，捂着嘴偷笑。

在河湾村，时间和空气一样，有着清晰的透明度，人们根据季节的变化，明确地做出安排，预知自己的未来，将要做哪些事情。整个村庄在悠然平静中，保持着稳定的生活节奏，既不快一天，也不会慢一拍，一切都恰到好处。

二丫和三婶吃掉了大黄狗抓住的兔子，也没觉得有什么不妥。大黄狗也没有因为咬死了一只兔子而内心愧疚，它依然安静地趴在自己的窝里，享受时光，如果趴够了，就起来在村庄里随便转转。大黄狗轻易不会叫喊，因为村里都是熟人，几乎一年也来不了几个陌生人，它把看家护院的事情早就给忘记了，它已经不觉得自己是一条狗了，它认为自己就是村庄里的普通一员，只是长得与人有些差异而已。

让大黄狗丢失面子的事情，发生在一个下午。

二丫带着大黄狗上山采药，又一次遇到了兔子。这次，大黄狗遇到的是一只有经验的兔子，在激烈的追逐与搏斗中，兔子居然借助一丛长满尖刺的荆棘，躲闪周旋，甚至一度占了上风，咬掉了大黄狗的一个脚指头，然后成功逃脱了。大黄狗什么也没抓住，反而一瘸一拐地负伤而归。

从此，大黄狗跟兔子结下了仇恨。

夏天的一个夜晚，皓月当空，人们坐在村头的大石头上乘凉，安静的村庄里突然响起了狗的叫声。不是一只狗在叫，而是全村的狗都在叫，人们知道一定是出了不同寻常的事情。

二丫听见大黄狗也在叫，就想看看究竟。借着明亮的月光，她看见大黄狗正在冲着天空狂叫，难道是天上发生了什么事情？

二丫仰头望着夜空，觉得一定是天上有什么动静。因为前几年，曾经发生过月亮突然掉下去的事情，害得全村人举着火把到西山的后面去寻找月亮，结果并未找到，第二天夜晚，月亮又从东边的山坳里跳出来了。难道今晚又是月亮出事了？她把目光集中到月亮这个目标，果然发现了异常，她看见巨大的月亮上，有一只兔子在活动。这个发现让她紧张而激动，她看见月亮上的这只兔子，与咬掉大黄狗脚指头的那只兔子完全一样。难怪大黄狗在叫，原来是遇到了仇人。

大黄狗止不住地冲着月亮狂叫，而且跃跃欲试，一次次做出冲向前去的姿势。本来，二丫想安抚一下大黄狗，没想到竟然本能地喊出了一句，追！听到这个指令以后，大黄狗像是得到了允许，或者说接到了主人的命令，一个箭步就冲了出去。让二丫也没有想到的是，大黄狗居然冲入了夜空，在天上奔跑，直奔月亮而去。

河湾村的人们也都看见了这一幕，都为大黄狗喝彩，只有三婶从大石头上腾地一下站起来，用手指着天空说，二丫养的是一只天狗！

后面发生的事情，是人们都知道的，这只天狗吃掉了一块月亮。

大黄狗并不是仇恨月亮，它撕咬月亮，是想抓住月亮里面的那只兔子。

由于月亮像是一个飘浮的气泡，包裹着里面的一切，大黄狗冲入天空后，并不能抓住包裹在月亮里面的兔子，于是，它开始了撕咬。

人们看见大黄狗在天上撕咬月亮，就把它叫作了天狗。

天狗始终没有抓住月亮里面的那只兔子，也没有回到河湾村。天狗消失在了夜空里，成了一个传说。在所有人中，只有二丫依然叫它大黄狗。有时，二丫想念大黄狗了，就望着夜空，希望它哪一天能够回来。有一天夜晚，夜深人静的时候，二丫清晰地听见了从遥远的天空深处传来的狗叫声，是大黄狗的叫声，那熟悉的声音，来自月亮的背面。

咬住身影不放

二丫家的大黄狗咬住了窑工的身影，一直不松口，窑工使劲挣脱也走不开。窑工说，大黄狗啊，你今天这是怎么了？我又没有招惹你，你咬住我的身影不松开，到底要干什么？

不管怎么说，大黄狗咬定了窑工的身影，甚至把身影撕开了一道口子，也不松口。大黄狗也不叫唤，因为它一张嘴，窑工就会趁机溜走。正好三婶路过，看见窑工被大黄狗纠缠住了，就开玩笑说，它是跟你要好吃的呢，你还不赶快把家里那些好吃的拿出来，它非把你的身影撕下来不可。

窑工说，大黄狗啊，你快跟三婶去吧，你看，三婶胖，她家有好吃的。

三婶看见窑工一脸无奈的样子，窃笑着说，大黄狗，别松口，他这个人太抠，咬住了才能给你好吃的。

在村口，大黄狗和窑工就这么僵持着，一个走不成，一个咬住不放。路过的人们都笑窑工，说，你是怎么得罪它了，今天跟你较上劲了。窑工说，我从来没有惹过它。

大约纠缠了一个时辰，大黄狗终于松开了窑工的影子。窑工挣脱后，也没有生气，而是感叹大黄狗的死心眼。窑工临走的时候说，大黄狗啊，你等着，我有好吃的会给你的，以后别这样纠缠，耽误了我好多事情，我还等着去窑上干活呢。

大黄狗冲着窑工摇了摇尾巴，低低地叫了一声，像是哼唧，又像是撒娇，总之是善意的回应。

窑工解脱以后，直奔土窑而去。

窑工回头看见大黄狗跟在他的后面，心想，今天大黄狗有些反常，跟我没完没了了，难道还想纠缠我？但是他看见大黄狗一脸的温顺，没有丝毫恶意，也就放心了。跟就跟吧，反正我没做对不起你的事情，你若再纠缠，那就是你的错。

窑工和大黄狗一前一后地走着，来到了土窑。窑工老远就看见土窑有些不对劲，走到近前一看，一下子呆住了，愣在那里，老半天说不出话来。

土窑塌了！

太悬了，如果窑工正好在里面干活，赶上这样的塌方，性命难保。

大黄狗站在窑工身边，冲着塌方的土窑叫了几声。窑工听不懂它的话，但是能够感到大黄狗的叫声与土窑有关。他恍然大悟，难道说大黄狗咬住我的身影不放，是预知到危险，有意阻止我？看来是大黄狗救了我一命，否则我就完蛋啦。

想到这里，窑工心头一热，当即跪在大黄狗的身边，用手抚摩着大黄狗的脖子和脸，说，大黄狗，好兄弟，今天是你救了我，你是我的救命恩人啊。我还以为你咬住我的影子不放，是跟我要赖，要好吃的呢，原来是我遇到了危险。你是怎么知道的？你真是个灵通的家伙，谢谢你，谢谢你。

窑工对着大黄狗，跪着，往地上磕了三个头。

大黄狗看见窑工给它磕头，也不吭声，使劲地摇着尾巴。

正在这时，二丫赶了过来。二丫听说大黄狗在纠缠窑工，不知是怎么回事，忙匆匆赶来解救，却看见了窑工跪下磕头的一幕，感到莫名其妙。再一看，土窑塌了。

看见二丫来了，窑工站了起来，说，今天多亏了大黄狗咬住我的身影，拖住我一个时辰，不然我就完蛋了，土窑塌了，我要是在里面干活，就死定了。

二丫走过去，摸了摸大黄狗，说，我听说大黄狗在纠缠你，我就赶来了，它没咬你吧？

窑工说，它没咬我的肉，它咬住了我的身影，不让我走，我就没走成。

二丫说，我家大黄狗不是一般的狗，可灵通了。

窑工说，真是神奇了，它竟然知道土窑将要塌方，生生地把我给拦住了。不然，我在窑里干活，小命就没了。

二丫说，土窑怎么就塌了呢？

窑工说，前几天那场雨，把土窑上面的水沟冲毁了，水把土泡软了。

二丫说，幸好你没在里面。

窑工说，是啊，要不是大黄狗救了我，我现在就是土窑里面的一块肉饼了。

正当二丫和窑工夸赞大黄狗的时候，三婶从山上采桑叶回来，看见窑工和二丫在一起说话，就背着花篓走过来，也不问究竟，取笑窑工说，怎么了？大黄狗还是不依不饶吗？我就说嘛，你把你家里那些好吃的给大黄狗吃，你看，大黄狗都追到窑上来了，你还舍不得给？

二丫看见三婶，也没接话茬，用手指了指土窑。

三婶瞟了一眼土窑，立刻愣住了，还未惊呼，就捂住了自己的嘴。

黄　昏

关于黄昏到底是从哪里冒出来的，人们一直有着不同的说法。长老认为，黄昏是从地下升起的，他看见过翻耕的土地里泛起的暗色，比炊烟还要浓郁；而木匠认为，黄昏来自山洞，他去过一个山洞，里面一片漆黑，比黑夜还要黑，黄昏和黑夜都藏在那个山洞里。这些说法都有根据，即使不信，也很难反驳。唯一一个不靠谱的说法是，黄昏是太阳燃烧后留下的灰烬。而说这话的，竟然是铁匠。

铁匠说，我的炉子里烧过很多煤，再好的煤，燃烧后都有煤灰，太阳在天上燃烧了一整天，不可能没有一点灰烬。

木匠说，你看见太阳燃烧了？

铁匠说，看见了，最亮的火苗不是红色和白色，而是黄色，有时候还有一点蓝色。你们肯定看不见，但是我能看见。我经常盯着炉子看火苗，因此我能够看见太阳的火苗，有时能达到一尺多高，太阳最热的时候是黄色的，跟我炉子里的炭火差不多。

木匠说，你能看见太阳上的火苗，还不算厉害。我是木匠，经过我手的木头太多了，我用肉眼就能看出，一根木头里有多少火焰。所有的木头里都隐藏着火焰，但是你看不见。只有木头燃烧了，你才能看见它们释放出来的火焰。硬木里面火焰多，软木里面火焰少，还有一种木头，只冒烟，没有火苗。

长老听见木匠和铁匠比起了能耐，就呵呵笑了。说，木匠啊，你能知道木头里有多少火焰，还不算厉害的，你知道树是从哪里来的吗？树是长在地上的，木头活着的时候都是树，树是从土里长出来的。因此，土地里暗藏的火焰，比树还要多。

长老这么一说，还真把木匠给镇住了。看来还是长老最厉害，说到了根子上。

这时三婶挎着一篮子桑叶从村口经过，看见几个人正在议论。当她听见长老说到土地时，就顺嘴接过了话茬，说，长老说的在理，土地不光能够长出大树，还能埋人呢。

三婶心直口快，说话从来不过脑子，竟然说到了死，就把话题给说没了。在河湾村，人们忌讳谈论死，也不谈论与死有关的话题。当三婶说到埋人，人们就不接茬了。三婶说完，也知道自己说走了嘴，就自己给自己下台阶，说，我回家给蚕喂桑叶去。

三婶走后，长老、木匠和铁匠，像是木头一样待在那里，不知道说什么了。

这时，出现了一股风，这股风似乎是从地下刮出来的，幸亏有大石头压着，否则这股风会直接从地下钻进人们的裤腿里。随着这股风的出现，远近的土地里隐隐约约冒出一些灰暗的雾状阴影。

长老、木匠和铁匠，几乎是异口同音地说，黄昏来了。

随着黄昏的到来，河湾村升起了炊烟，最初是一棵两棵，仿佛村庄里突然长出了质地松软的大树，不一会儿，炊烟就多起来，形成了一片炊烟的树林。当这些树林的树冠在空中逐渐膨胀和相互连接时，没过多久，整个村庄上空的烟雾就连成了一片。这时正好赶上夕光染色，高处的浮光中就出现了烟霞。这些飘忽的烟霞，更加深了黄昏的浓度。

长老说，你们仔细看看，黄昏到底是从哪里来的。

木匠说，我还是认为黄昏是从山洞里来的，山洞里那个黑呀，没见过那么黑。

铁匠说，太阳一走，黄昏就来了，可见黄昏与太阳有关。我还是觉得黄昏是太阳的灰烬。

长老说，你没去过地下，你怎么知道地里不是黑的，地里更黑。我爹给我托过梦，说地里漆黑一片，点灯都没用。所以说，黄昏是从土地里冒出来的，到时候你们就知道了。

木匠和铁匠都愣住了，一齐问，到什么时候？

长老又重复了一句，到时候，你们就知道了。但是到底是什么时候，我也说不清。

铁匠说，不仅说不清，我还看不清了。刚才从我身边过去一个人，转身就消失了，不知道是我看不清了，还是他真的没了。

木匠说，我也看不清了，我看长老就像是一个模糊的影子。

长老说，天快黑了，咱们都回家吧。

话音刚落，远处的山顶上突然出现一颗星星，好像是谁家点亮了油灯。

铁匠说，凡是最亮的光，都出现在天上。

木匠说，木头里也有光，点着了你才能看见。

长老说，还是土地深厚，长出了那么多能够发光的树木，却把黑暗保留在土地里。我死了，就埋在土地里。

木匠和铁匠说，离死还远着呢，你是老寿星，死不了。

长老说，哪有永远不死的人。

说完，三个人哈哈大笑，顷刻间就被夜色掩埋了，仿佛不存在，仿佛从来不曾存在。

流　星

春天的一个夜晚，人们坐在村口的大石头上聊天，看见天上掉下一颗流星，直奔河湾村而来。这颗流星越来越近，越来越近，眼看就到了村庄上空，最后砰的一声，掉在了村里的干草垛上，草垛当场就起了大火，把天空都映红了。

河湾村好多年没有起火了，上一次起火是几年前，晴天里突然出现了一个闪电，直接击中了干草垛，尽管人们及时救火，干草垛还是烧光了。那天，有人发现一条蛇钻进了草垛里，据说那是一个蛇精，被闪电追击，最终被闪电劈死了，一条蛇，殃及了干草垛。如果那个蛇精钻进了石头下面，闪电就会把石头劈开。一个人被闪电追击，几乎无处可逃。有一年一个闪电落在了沙河里，突然爆炸，把沙河吓得直哆嗦，当场就昏过去了，人们以为沙河死了，没想到过了几天，又活过来了。

今天，干草垛被流星击中，还不知道是什么原因。人们也顾不上多想，赶紧去救火。一时间，全村的人们都在呼喊，失火啦，失火啦。随着人们的喊声，人们陆续向火光聚集，有打水的，有挑水的，有泼水的，人们围着干草垛开始紧急救火。实际上，干草垛不是什么贵重的东西，也不是非救不可。这些垛在一起的干草，除了冬天喂牲畜，另外的用处就是给小孩捉迷藏提供藏身之处。干草垛处于一个相对孤立的位置，即使着火了也不会连累附近的房屋，但是人们还是要拼命救火，生怕大火在风中蔓延，引起全村火灾。在河湾村，不管哪里着火了，不管这火是不是危险，都必须扑灭。如果谁见火不救，他将无法在村里立足，人们见了面就会不理他。当然，河湾村没有这样的人。

经过一个多时辰的扑救，火灭了，干草垛也烧得差不多了，黑乎乎的，无法喂牲畜，也不能捉迷藏了。不管怎样，火灭了，人们也就放心了。

在参与救火的人中，长老是年岁最大的一个。当救火的人们纷纷散去，他还没有走，他还在围着烧毁的草垛转悠，一是看看会不会死灰复燃，二是想看看天上到底掉下了什么东西，把草垛给点着了。

除了长老，铁匠也没走。

长老说，你回去吧，回去睡觉吧，我在这里再守一会儿，没事了我再回去。

铁匠说，我想看看天上掉下来的到底是什么东西。

铁匠对于天上的东西都感兴趣。自从他捡到过月亮的碎片以后，他就经常观察天空，希望天上再次掉下一些东西。他曾经用月亮的碎片打制出一把宝刀，老刀客带着那把宝刀走遍北方，都没有遇到对手。如今天上掉下流星，让他异常兴奋，他想找到这个流星，看看能不能用它打制一件东西。

铁匠曾经有过失败的经历，远方一个人送来一块陨铁，请他打制宝刀，结果这块陨铁在炉火中烧了一年都没有熔化。铁匠没有制伏陨铁。越是制伏不了的东西，越是激起他的欲望。人们说，陨铁就是天上掉下来的流星。今天流星掉到了村里的干草垛上，岂不是天赐良机。

铁匠围着烧毁的干草垛，用木棍扒开乱草和灰烬，借着月光寻找流星。长老看见铁匠这么执着，也跟着找流星。功夫不负有心人，铁匠真的找到了，在干草垛的底部，一个坑子里，铁匠发现了一块拳头大小的透明的石头。

一般的流星落到地上后，时间长了就会变黑，而这颗流星不变色，一直是透明的。也就是说，这颗流星与月亮的碎片有着相同的颜色和质地。铁匠捡起流星后，借着月光端详了一下，说，是一颗透明的流星。

长老接过流星看了看，说，真好看，这么透明。

长老和铁匠回家的时候，快到后半夜了。

铁匠得到了流星，回家路上，他边走边想，这么好看的流星，足够打制一把小刀了。看这个透明度，应该能够熔化。对于流星，铁匠有过一次失败的经历，生怕炉火无法熔化它，因此没有足够的信心。

　　回到家后，铁匠把流星放在了院子的角落里。他想，不行，万一被谁家的狗叼走了，就不好找了，需要放在一个稳妥的地方，明天白天再仔细端详，看看到底用它打制什么东西最合适。于是，他把流星放在了一个木匣子里。刚放好，他又想，流星是透明的，万一流星燃烧了，木头匣子会不会被烧坏？不行，不能放在木头匣子里。他觉得不放心，又把流星取出来，准备在院子里的地上挖一个坑，把流星埋在坑子里。对，说干就干。他起来在院子里挖坑，挖了一个一尺多深的坑，然后把流星放在坑子里，准备填土。正在他准备往坑子里填土的这一瞬间，他看见放在坑子里的流星突然闪了一下，接着又闪了一下。他不敢相信自己的眼睛了，是不是出现了错觉？没错，流星确实是在闪烁。他本能地后退了一步，不敢填土了，他目不转睛地看着土坑里的流星，看看会发生什么样的奇迹。就在他这么观看时，这颗流星从土坑里飘了出来，仿佛一根羽毛那么轻。铁匠在一旁看着，既不敢上前，也不敢走开，愣在了那里。他眼见这颗透明的流星慢慢向天上飘去，最后唰的一下变成一道亮光，消失在夜空里。

　　铁匠傻了。到手的一颗流星，就这样不翼而飞了。他庆幸自己没有把流星埋起来。他想，流星乃是天上之物，怎能埋在土里。他感到自己是愚蠢的，不该给流星挖坑，应该把流星供奉在高处。可是，再高的地方，也没有天空高，流星应该回到天空，只有天空才是星星的家园。想到这里，铁匠突然想开了，他看见流星有了合适的归宿，心里一下就踏实了。

　　铁匠看见满天的星星中，有一颗星星是自己亲手摸过的，或者说，差一点被他亲手埋葬的，心里突然有一种既惭愧又骄傲的感觉。这时他意识到，给星星挖坑是错误的，星星是天上的灯盏，不可以埋葬，也不可以种植。

　　他望着夜空，正在出神，听到身边有动静，一回头，发现长老出现在身边，也在望着夜空。

　　铁匠说，你怎么来了？

　　长老说，我不放心，就过来看看。

铁匠说，你知道我要做什么？

长老说，我不知道你要做什么，但我就是有些不放心。

铁匠说，流星回到天上去了。

长老说，我已经来了一会儿了，都看见了。

铁匠说，幸亏我没有把它埋葬。

长老说，刚才我又去了一趟干草垛，上面聚集了一群星星。

铁匠说，一群星星？

长老说，是，你再看看天上。

铁匠仰起头，看见夜空中的星星又大又密，所有的星星都在燃烧，其中一颗看上去非常熟悉，仔细观察，正是他捡到的那颗流星。此刻，它正在空中燃烧，像炭火一样通明。

土　豆

老头种植的土豆，有些冒出了芽子，还有一些没有发芽。他感到纳闷，莫非是遇到了虫害？或者是种下的土豆有毛病？他想弄明白是怎么回事，就蹲下来，用手抠出了没有发芽的土豆，结果让他惊讶，他从田垄里抠出来的竟然不是土豆，而是卵石。

老头想，一定是搞错了，我明明种下的是土豆，怎么会变成了圆溜溜的卵石？他继续抠，凡是没有发芽的土坑他都抠了，抠出来的竟然都是卵石，而不是土豆。

老头站在田里，愣住了，他百思不得其解。

消息传开后，人们议论纷纷说，老头糊涂了，竟然在种植土豆的时候，稀里糊涂地在地里种下了一些卵石，由于这些圆溜溜的卵石长得与土豆非常相似，种植的时候也没有注意，结果等到土豆都发芽了，才发现许多没有发芽的是卵石。

还有一种说法是，老头留下了一些土豆做种子，堆放在空屋子里，打算春天播种，结果被兔子偷走了许多，为了不让老头发现土豆少了，兔子就找来一些卵石放进土豆中。种植的时候，由于土豆和卵石长得非常相似，又加上老头粗心，没有发现什么异常，就种在地里了，等到土豆发芽的时候，才发现，那些没有发芽的是卵石。

还有一种说法，说可能是人为所致，说老头种植的原本就是土豆，但是在夜晚被人偷换了，挖走了刚刚种下的土豆，在原来的土坑里埋下了卵石，假装里面仍然是土豆。等到土豆发芽时，才发现了问题。这种说法最不可信。因为河湾村没有这样的人，多年来，河湾村从来没有谁丢过任何东西，就是送给人东西，如果不是急于需要，人们都不会接收，即使接收了，也会在适当的时候还给人家，并表示感谢。所以，土豆被人偷换的说法最不可信。

不管是哪一种说法，有一点确定的，那就是地里确实抠出了一些卵石。

老头开始了回忆。他想起来，种土豆那天，确实有一只兔子蹲在远处的山坡上，盯着他看。他想，兔子一定是好奇，在看热闹，也没有在意，心想看就看吧，只要不捣乱就行，随便看。莫非是我种完土豆，兔子偷走了土豆，然后在土坑里做了手脚？

老头想起来了，种土豆那天，他从地里刨出了许多卵石，莫非是自己糊涂了，把卵石当作土豆种在了地里？

老头愣在田里，使劲想，仍然没有头绪。

这时，长老从田间经过，看见老头在发呆，就过来，与他搭话。长老的胡子又白又长，像是挂在脸上的一条条丝线，有风的时候飘忽，没风的时候发亮。

长老说，又在想你的土豆？

老头说，我还没有想明白，到底是怎么回事。

长老说，我小的时候，我爹跟我说过，说是有一年他种下的土豆，许多没有发芽，他挖出来一看，这些没有发芽的土豆都变硬了，摸上去像是石头。

老头说，莫非我种的土豆也是变硬了？

长老说，你再仔细看看。

老头蹲下来,重新挖出那些没有发芽的土豆,仔细看,果然,不是卵石,确实是土豆,只是变硬了,变沉了。

长老说,也并不是所有的卵石都不发芽,也不是所有的卵石都愿意埋在土里。你还记得不?有一年铁匠捡到一块从天上掉下来的石头,他想把这块石头埋起来,结果石头从土坑里飘了出来,又回到了天上。不想待在地里的石头,是埋不住的,它最终还得回到天上。

老头说,我不关心天上的事情,我就是纳闷,我种下的这些土豆是怎么变硬的,跟石头一样。

长老说,可能是你播种的时候,土豆就变硬了,不然怎么会不发芽?

老头说,变硬了,肯定就不会发芽了。

长老说,不是所有硬的东西都不发芽。你看,人的脑袋硬吧,这么硬的脑袋,竟然也发芽,能够长出这么多头发。所以发不发芽,不在硬度。

长老说着,摸了摸自己的脑袋,把自己的头发揪起来,比画着,生怕老头不明白。

老头说,我还是不明白,我的土豆是怎么变硬的。

长老说,你砸开一个变硬的土豆看看,里面是什么样的?

老头这倒听话了,顺手从地上捡起两个类似卵石的土豆,用力相互一磕,结果两个土豆啪的一声都裂开了。土豆裂开以后,老头和长老同时发现,土豆还是土豆,只是里面变得更瓷实了。老头在衣服上擦了擦,擦去土豆上面的土,尝了一口,还能吃,而且味道有些甘甜。长老也吃了一个土豆,觉得味道不错。

老头又从地上捡起一个土豆,想再吃一个,结果没有咬动,他仔细看,他捡起的这个土豆,是个真正的卵石。

长老看到老头咬到了真正的石头,没咬动,不禁哈哈大笑。老头看见长老哈哈大笑,自己也笑了起来。

吃过了石头一样的土豆,长老和老头突然觉得浑身充满了力量。长老想起刚才揪着自己的头发,觉得好笑,于是再一次抓起自己的头发,没想到他一用力,竟然把自己给拎了起来,离地有三尺多高。他觉得非常好玩，就抓着自己的头发，脚不着地走了起来。老头看见长老这样，也尝试着抓起自己的头发，也把自己拎起来了。老头也是脚不着地，离开了田地，在后面喊，长老，等等我。

两个老人，都抓着自己的头发，在空中行走，像是两个老神仙。

一路上，人们看见他们在空中行走，都觉得好玩，但也没有呼喊和围观，因为这样的事情发生在河湾村，并不稀奇，也没有人大惊小怪。

后来，老头种植的土豆，成了神话，人们也想吃到这样的土豆，获得特殊的能量，也想抓着自己的头发离地三尺，在空中行走。但是人们只挖出了一些卵石，没有挖到真正的土豆。据说真正特殊的土豆，只有那么几个，都让长老和老头当时给吃了，没有了。有人试图模仿这种土豆播种技术，都没有成功，就是老头本人也没有复制成功。

还有一种说法是，长老和老头吃下去的不是土豆，而是卵石。那几个卵石不是普通的卵石，它们貌似土豆，而实际上是从天上掉下来的石头，是曾经闪烁的星星。只有吃下星星的人才会在空中飘浮，因为星星具有特殊的浮力，它们假装成卵石或土豆，在土坑里歇息，实际上是在聚集能量，终有一天它们会飞起来，重新回到繁星密布的天上去。

风

无论是哪个季节，风都是看不见的。你只能看见树在动，草在倾斜和颤抖，却看不见风。即使你看见了风，也不一定是真的风，而只是流动的空气。你也不可能找到风，风没有家，因此也没有归宿。

长老在旷野上看见了风。

那天，长老去山上，把一粒灯火藏在了山洞里，回来的途中遇到了一股风。这股风先是吹拂他的衣服，然后把他的头发弄乱，把他雪白的胡子吹起来，往左飘，往右飘，往前飘，往上飘，就是不让自然下垂。这股风围着长老转了很多圈，然后哈哈大笑离开了。平时，风都是呼呼的声音，这次，长老真真切切地听到了哈哈大笑的声音，这声音有些沙哑，有些空洞，但绝对是笑声，而不是呼呼喘气的声音。

长老心想，可能是我老了，肯定是耳朵有问题了，不然，怎么会把风声听成了笑声？可是过一会儿，风又来了，这次，风还没到长老身边，笑声却先到了，确实是哈哈大笑的声音。长老听得非常真切，不再怀疑自己的耳朵。长老停下来，站在旷野上，四下看了看，远近没有一个人，除了风，什么也没有。他断定，就是风在笑，而且就在身边。

风又一次掀起了长老的头发，长老说，不能弄乱我的头发。可是风根本不听话，一边笑着，一边继续乱吹。长老用手抓住自己的头发，用力一拔，就把自己拔起来，悬在了空中。昨天，长老吃过了老头种植的土豆，也有说不是土豆而是卵石，总之是吃了以后力气大增，能够把自己从地上拔起来。

长老悬在空中，而风停了下来。风看见长老这种悬空的本事，不敢再继续胡闹，一溜烟跑了。没想到长老这一招，居然把风给吓跑了。

长老从空中落下来，心想，不行，我得回到山洞去看看，我藏在那里的灯火，可别让这顽皮的风给吹灭了。

长老快步走着，有一段时间，甚至走到了风的前面。长老猜对了，风确实是在去往山洞的路上。长老虽然能够抓着自己的头发把自己拔起来，但毕竟是两百多岁了，与风竞走，还是吃力。走了一段，长老落在了风的后面。长老着急了，如果风先于他赶到山洞，那盏细小的灯火就有可能被风吹灭。不行，我不能落后于风，否则灯火有危险。随后他加快脚步，但是腿脚还是显得慢了，刚才把自己拔起来悬在空中也消耗了一些能量，渐渐地，他还是落在了风的后面。

长老心想，如果风找到了山洞，肯定会玩弄火苗，那个豆粒大的灯火，经不住风吹，说不定就熄灭了。那盏灯火，无论如何不能熄灭，那是他特意为村里一个病人祈福的，如果灭了，病人怕是有生命危险。灯熄人灭，灯不熄，人就不会灭。

长老越想越着急，眼见风跑到了前面很远的地方，正在向山坡接近，他肯定是追不上了。他心想，完了，灯若灭了，病人也就完了。怎么办呢？怎么办呢？他实在是跑不动了，他绝望地停下来，站在旷野上，为自己的衰老感到内疚。他想，若是再年轻一百岁，他绝对会跑到风的前面，现在真的老了，跑不动了。

就在他自责的时候，他看见自己的身影刺啦一声，从他的身上撕下来，离开了他的身体，随即向前狂奔。这个身影，像一个无所畏惧的猛士，在旷野上奔跑，几乎是眨眼之间，就跑到了风的前面。影子到了风的前面，并没有截住风，而是把风给领了回来。影子领着风，在旷野上奔跑、撒欢，仿佛天生就是顽皮的一对，玩得非常开心。当风经过长老身边时，偶尔还要骚扰一下，发出哈哈的笑声。

长老看见自己的身影在旷野上玩耍，解除了灯火的危机，心里就踏实了。他想，病人有救了。为此，他默默地感谢自己的身影，同时也深深地佩服这个影子。他没想到，整天跟在他身边的这个赖皮，竟然在关键时刻挺身而出，为他排忧解难，而且是如此的勇猛和智慧，仿佛是露在身体外面的灵魂。

他暗暗地佩服自己的影子，不知不觉地伸出了大拇指。

没想到，风又来了，风看见长老伸出了大拇指，以为是在夸他，就围着长老转起来，风越转越快，渐渐形成了一股旋风，长老处在旋风的中央，仿佛是一个运转的核心。

长老和风玩起来，玩得非常开心，影子站在远处，是唯一的观众。

旋　风

把一个人摔倒，算不上什么大本事，把一棵树摔倒，也并非不可做到，但是，把一股旋风按倒在地，却很难。有的旋风可以达到十几米高，摇摇晃晃的，你只能抱住它的脚，而抱不住它的腰，它的腰太高，够不到。因此，摔倒一股旋风，不仅需要足够的力气，还需要智慧。

春天时节，河湾村总要来几个高大的旋风，也许没有什么事情，旋风就是来转一下，一是显能，看看谁能把自己抱住；二是到老地方看看，应付差事，证明自己来过了。旋风没想到会有人挑战它，但是挑战者已经做好了准备，随时等候旋风的到来，与它一决高下。

河湾村有一个愣小子叫铁蛋，以勇敢和有劲著称，虽然他摔不过张福满，但是他的智慧绝对在张福满之上。铁蛋的腰带上拴着一个小铁人，是他的护身符，有这个护身符保护，他就是摔死了也能活过来。他不怕死，也死不了，所以他敢于和旋风比试一下。

一天下午，旋风出现了，刚开始，旋风非常小，甚至不足三尺高，旋转的转速也很慢，仿佛转也可，不转也可，有随时解散的可能性。旋风带有一定的迷惑性，你以为它真的要解散了，但是，它突然加快了旋转的速度，从山脚下向开阔的地带缓慢移动，并在移动的过程中逐渐长高，卷起地上的浮土，形成一个柱状的核心。远远看去，旋风是傲慢的，它用高度彰显自己的存在，毫不在意人们的议论，仿佛它才是这片土地的主人，而居住在此的人们不过是匆匆的过客。

旋风来了。它已经从一个缓慢旋转的小漏斗迅速成长为一个高大的通天巨柱，走过旷野的时候还晃动了几下肩膀，仿佛在告诉人们，我来了，我想来就来，想走就走，无人可以阻挡。

张福满首先发现了这个旋风。虽然张福满是村里力气大的人，但他毕竟老了，奔跑的速度跟不上，追赶一个旋风已经力不从心。他把旋风到来的消息及时告诉了铁蛋。铁蛋听说旋风来了，也不迟疑，撂下一切活计，立刻向旋风逼近。人们听说铁蛋要挑战旋风，都想看热闹，看看究竟谁胜谁负。铁蛋在追赶旋风，生怕它跑掉，人们在追赶铁蛋，生怕看不见铁蛋与旋风搏斗的场面，错过精彩的细节。

铁蛋在奔跑的过程中，摸了摸腰带上的小铁人，有小铁人在，他心里就有底。

旋风依然在旋转，他根本不在意是否有人到来，就是河湾村的人们都来，它也不会退缩。旋风所到之处烟尘四起，仿佛是巨大的炊烟。

铁蛋逼近了旋风，他毫不犹豫地冲上去，死死地抱住了旋风的根部。旋风也不是好惹的，看到有人抱住了它，就拼命挣扎，它没想到一个人会有这么大的力量，还真的把它拖住了。

铁蛋抱住旋风不放，旋风在挣扎，有挣脱的迹象。这时，铁蛋手疾眼快，迅速解下自己的腰带，缠在了旋风身上。铁蛋勒紧这个腰带，越来越用力，居然把旋风给勒断了。人们站在稍远的地方，看见了这场精彩的搏斗。人们看见这个旋风变成了两段，上面的旋风与根部脱节后，失去了支撑，摇晃了几下，轰然倒下。

旋风倒地之后，铁蛋才意识到，自己的裤子因解下腰带而脱落下来，知道自己出丑了，立即把裤子提溜起来，扎好腰带。他查看了一下，小铁人还在腰带上，牢牢地拴着。

这时，人们也不顾旋风倒下后在地上扬起的烟尘，纷纷向铁蛋走进去，仿佛拥戴一个英雄。

张福满说，铁蛋好样的，是个爷们。

三婶也来了，她走近铁蛋身边，笑眯眯地说，刚才我看见你和旋风打架的时候，裤子掉下来了，你身上的东西没丢吧？

人们知道三婶是在戏弄铁蛋，忍不住爆发出笑声。

铁蛋说，刚才我是和旋风摔跤，不是打架，我们是好朋友，怎么会打架呢？

人们点头称是，说，就是，铁蛋是在摔跤呢，不是打架。

就在人们围着铁蛋议论纷纷时，又是张福满，在第一时间看见了惊人的一幕。这个倒地的旋风，并没有摔死，它聚集着散开的尘土，又一次形成了旋风。这个旋风从地上慢慢地拱起身，又站了起来。人们仰望着这个巨大的旋风，顿时傻眼了，莫非它要报复？

正在人们惊慌失措的时候，这个重新站起来的巨大的旋风，旋转着向远处走去，然后停在一片开阔地上，向人们弯下身来。如此反复三次。没人理解这是什么意思，只有铁蛋从人群中走出来，对着旋风抱拳说，对不起了，如果凭力气，我赢不了你，刚才我使用了腰带，而腰带上有一个小铁人，是他帮助了我，不然，我赢不了你。实际上，还是你赢了。

听到铁蛋这样说，旋风一下子折叠在一起，跪在了地上。铁蛋看见旋风跪下了，他也跪下来，双手抱拳说，从今天起，我们结为兄弟吧。

真是不打不成交，没想到一场较量过后，一个高大的旋风，与铁蛋结成了兄弟。

人们站在旷野上，用默许见证了这个结拜的场面，内心里对旋风充满了敬意，同时也为铁蛋的勇猛和智慧感到骄傲。

从此，铁蛋多了一个兄弟。

河湾村的人们，因为铁蛋多了一个旋风兄弟，仿佛村里多了一个人。只是这个人不常来，只在春天多风的季节来几次，转一下就走。旋风来的时候虽然并不声张，人们看见后仍然要奔走相告，说，与铁蛋结为兄弟的那个旋风，又来了。

后来，每次旋风到来的时候，小铁人都会事先发出轻微的喊声，声音虽小，但铁蛋能听见，并因此知道，旋风又要来了。旋风来的时候，铁蛋每次都要前去迎接，全村的人们也都跟在铁蛋身后，前去接应，仿佛迎接一个归乡的浪子。

祈　福

一条小路，在哪儿拐弯，在哪儿不能转弯，是有原因和定数的。如果一条小路围绕一座房子绕了三圈，还不能走开，说明这座房子有强大的吸引力，或者不是一般人的住处。

铁蛋的家就是如此。一条小路围绕他的家绕了好几圈，好像小路本身迷路了，走不开。长老听说后，扒着铁蛋家的窗户往里一看，屋里亮着一盏灯。长老纳闷了，心想，大白天的，点灯干什么？

不一定是灯火吸引了小路。在山村，火，确实能够让小路弯曲，但是别的东西也能改变小路的走向和粗细，比如炊烟，凡是冒烟的地方必有房屋，房屋的外面必有小路，凡是小路都有弹性，夏天的时候因松弛而舒展延伸，冬天时因寒冷而卷缩，甚至绷断。

那么炊烟是怎么来的？说到底，还是与火有关系。是火，产生了炊烟。

火是草木的灵魂。

长老知道这些道理。长老今天来不是讲道理来了，他是要了解一下小路缠绕房屋是怎么回事，结果看见了铁蛋的家里白天还点着油灯。

看到长老扒着窗户观望，铁蛋从屋里捧着油灯出来了，说，长老请到屋里坐吧。

长老感到纳闷，说，你白天点灯是怎么回事？

铁蛋说，我要点三天灯，不能灭。

长老说，为什么？

铁蛋说，你不也是在山洞里藏过灯火吗？

长老说，是啊，我把灯火藏在山洞里，是为一个病人祈福。

铁蛋说，我也是，昨夜我梦见我爷爷病了，我要给我爷爷祈福。

长老说，你爷爷不是死去多年了吗？怎么又病了？

铁蛋说，他是死去多年了，但是他死后又病了，给我托梦，说怕黑。

长老说，我还以为是你怕黑呢。

铁蛋说，倘若我爷爷的魂灵回家，我要让他看见光亮。

长老说，但愿你爷爷的病早点好。你爷爷过世有些早，我已经一百多年没有见过他了，说起来还挺想念的。

铁蛋说，我爷爷若是再回家，我让他去看望你。

长老说，好，我都老成这样了，见了面，他也不一定认识我了。

说到这里，长老突然想起来了，他是来了解小路的，不是专程来看灯火的。他看见灯火后就打岔了。他怕忘了，赶紧说，那小路围着你家绕了好几圈，是怎么回事？

铁蛋说，昨天夜里，我做梦的时候，我爷爷来了，他是沿着小路走来的，他已经好多年没有回过家了。他到家后，犹豫不决，不想进家门，怕是突然到来会吓着我，于是他围着房子转了好几圈，他走到哪里，小路就跟到哪里。

长老说，原来小路绕圈是这回事，这我就放心了。

铁蛋说，放心吧长老，我已经给我爷爷祈福了，我点三天油灯，我爷爷的病就会好转的，他死不了的，因为他已经死了，不会再死了。

长老说，那可不一定，有的人死后得病，没治好，结果又死了一次，还有死好几次的，什么情况都有。所以，你爷爷的病，还必须当回事，不能含糊。这样吧，我回去后，去一趟山洞，把藏在那里的油灯点亮，让你爷爷的病尽快好转。

铁蛋说，谢谢长老。

长老从铁蛋家出来后，就去了山洞。长老说话算话，从不含糊。他走的时候，有好几条小路跟在他身后，有时几条小路拥挤到一起，差点拧成绳子。长老只顾走路，也不管身后的事情，他也管不了。曾经有一条小路在夜深人静的时候试图去往天空，结果被一个梦游的人给拽回来了，否则后果不堪设想。

长老去山洞里点灯，回来的时候天已经黑了。他走在小路上，听到一个陌生而又似乎有点熟悉的声音，轻声地对他说，谢谢。谢谢。

长老回头一看，并没有人。四下都没有人。他想起来了，刚才说谢谢的这个人，这个有点熟悉的声音，正是他一百多年不见的铁蛋爷爷的声音。

害羞的母鸡

把羊群赶到天上去，是件费劲的事情，他们死活不肯去，生怕到了天上一脚踩空掉下来，但是把一群鸭子赶到河里去，却非常容易，有时候鸭子会成群结队地去河里捉鱼吃，你若是阻拦它们，它们就会骂你，说，嘎、嘎、嘎……意思是，滚、滚、滚。

河湾村有许多鸭子，在河边的浅水处游玩。有一只母鸡非常羡慕鸭子，幻想自己也能变成一只鸭子，或者像鸭子那样度过悠闲的一生。有一天，这只母鸡在窝里偷偷地生出了一只蓝色皮壳的鸭蛋。母鸡生出鸭蛋后，感觉做了一件丢人的事情，羞得脸都红了，一声没敢吭。若是往常，母鸡生蛋以后，无论鸡蛋多么小，也要自夸一番，大声叫道，个大，个大，个个大。人们听到鸡叫，知道是下蛋了，也不表扬，母鸡也知道主人不会表扬她，于是习惯了自我表扬，个大，个大，个个大。意思是，我下蛋啦，而且是个大蛋。

养鸭子的是个小丫头，她每天早晨把鸭子赶到河里去。有时鸭子自己去河里，小丫头就跟在鸭子后面，小丫头顶多六岁。有时候采桑或者采药的人们经过河边，看见小丫头在赶鸭子，也会帮助她。小丫头是窑工的女儿，有时窑工高兴了，就唱一句，大华耶共计耶哥哥叫哎，歌词的意思是，大花公鸡咯咯叫。女儿每次听到他唱公鸡，就感到不满，甚至埋怨他，你就知道唱公鸡，你怎么不唱鸭子呢，我养的鸭子这么好，下了这么多鸭蛋，你唱一唱鸭子吧。可是窑工只会唱这一句，就这一句，也是从别人那里学来的。

沙河是一条安静的河流，除了洪水期，大多数时候水流清浅，两岸平阔，岸边卵石圆滑，沙滩干净而柔软。船工就在水流平稳的地方摆渡。无人过河的时候，他就躺在木船里，巨大的草帽扣住头和上半身。在平静的水面上，偶尔也出现几只水鸟或野鸭子，但是它们非常胆小，总是与人保持相对安全的距离。而家养的鸭子不怕人，而且还有脾气，当它们听到窑工唱大花公鸡咯咯叫时，就生气地叫道，嘎，嘎，嘎。窑工知道鸭子是在骂他滚，窑工就笑嘻嘻地说，让我滚？还是你们滚吧。鸭子们骂完窑工后，就真的滚了，它们不跟窑工计较，集体出动，去河里找小鱼吃去了。

有一天，河流的上游下了大雨，沙河水在一夜间暴涨，原来清澈的河水变得混浊，翻滚的洪流和漩涡，达到吓死人的程度。每到这时，船工也要停止摆渡，避开凶猛的洪水。可是鸭子们不听那一套，在小丫头的反复阻拦下，鸭子们依然下了水。虽然鸭子的游泳技术好，脾气也倔强，奋力游，但终究抵不住巨大的洪流，没过多久，就顺流而下了，几十只鸭子，无一幸免。

小丫头顺着河边追了一程，直到不见了踪影，她才停止追逐，坐在地上哭了。

回家后，小丫头一连几天都在抹眼泪，窑工也不敢唱了，他找了很多理由，也没有办法安慰女儿。那只下出鸭蛋的母鸡，也来安慰她，母鸡叫到，个大，个大，个个大。小女孩心想，母鸡就知道自夸，一个鸡蛋，还能有多大？可是她无论如何也没有想到，母鸡把它亲自下的并且珍藏已久的羞于见人的那枚蓝色皮壳的鸭蛋拿出来了。小女孩这才恍然大悟，鸭蛋！她的眼睛一亮，对呀，鸭子被水冲走了，但是还有鸭蛋在，有鸭蛋，就能孵出小鸭子。

为了孵出小鸭子，这只曾经下出过一只鸭蛋的母鸡主动担当了重任，趴在窝里，用自己的体温孵鸭蛋。

过了很多天，母鸡一直趴在窝里孵鸭蛋。小丫头有些着急，心想，小鸭子什么时候才能破壳呢？就在她焦急的时候，村里的三婶急匆匆地来了，说，小丫头，你的鸭子回来了，已经到了河边，正在往回走。

小丫头听说她的鸭群回来了，不容思考，直向河边跑去，跑到半路就看见了她熟悉的鸭群。她数了数，一只都不少，真的是她的鸭子，都回来了。小丫头熟悉自己的鸭子，甚至能够分辨每一只鸭子的不同点，也能听懂它们不同的叫声。窑工看到鸭群回来了，高兴得控制不住，大声地唱了一句，大华耶共计耶哥哥叫哎。女儿看到他唱得很难听，也没有埋怨。

鸭子们被冲走后，具体是经历了怎样艰苦的返乡历程，历经数日又回到了家里，常人无法想象。反正是回来，回来就好。自从鸭子们被冲走后，小丫头吃不好睡不香，已经瘦了不少。看到自己的鸭子回来，她露出了只有小丫头才有的笑容。

当鸭子们发现母鸡正趴在鸡窝里孵鸭蛋时，都惊呆了，既不叫嚷，也不走动，都愣在了那里。

说起来，还是三婶经历丰富，看到鸭子们愣在那里，她蹲下身来，对鸭子们说，你们都平安回来了，这就好。今后你们和母鸡好好相处吧，母鸡是在照顾你们的孩子，她趴在窝里，孵的是鸭蛋。

母鸡看见鸭子们都回来了，依然趴在鸡窝里，没有动，但是她的脸，唰的一下红了。母鸡脸红的时候，鸭群里的一只鸭子也脸红了。

这时，院子里又响起了窑工难听的歌声。三婶听到窑工的歌，实在无法忍受，扑哧一声笑了。三婶自从小儿子从树上掉下来摔死后，这么多年来，还是第一次笑。

胡编的故事

窑工的弟弟是个编织能手，给他一捆荆条，他就能给你编出花篓、挑筐、篮子等多种器物，但是他的外号却是因为说话而得名，人们都不叫他的名字，而是叫他胡编。因为他除了会编织各种器物，还会讲故事。他讲的故事，有神话，有传说，大多数都是他自己胡编的，因此人们称他为胡编，也不算冤枉他。

胡编有四大本事，在河湾村是出了名的，一是编筐织篓，二是讲故事，三是挨媳妇收拾，四是嬉皮笑脸。听他讲故事的多数是小孩子，大人们都忙，没时间听他胡说，他说了，人们也不信。一个经常胡说的人，不会有人把他说的瞎话当回事，他也不把自己说的当回事，嘻嘻一笑，一笑了之。

除了在自己家里编织，有时候，胡编也会坐在井边编织。井边有两个大石槽：一个是给牛羊饮水用的，另一个是胡编用于泡荆条用。泡荆条的石槽非常宽大，是小镇的一个石匠送给他的，石槽上面常年盖着一块木板，怕是牛羊喝了浸泡荆条的水，会中毒。胡编坐在井边的石头上编织，总有孩子们围在他身边，听他讲瞎话。在河湾村人看来，讲瞎话就是胡说，胡说就是胡编，胡编就是信口瞎说，没有真的。但是孩子们不求真，吸引人就行。

三婶从井边经过，说，又在胡编啊。

胡编见三婶跟他说话，也不停下手中的活计，随口回答，是，瞎编呢。

说完，胡编继续编织，继续讲他的故事。

胡编和窑工这哥儿俩，真是有意思。窑工平时爱唱歌，但是他只会唱一句大花公鸡咯咯叫，别的就不会了。弟弟胡编，却有讲不完的故事，就像他编织不完的花篓和挑筐。河湾村人用的编织器物，几乎都是出自胡编之手。村里用不完的，他就拿到小镇的集市上去卖。他和小镇的石匠关系非常好，经常有来往。石匠主要是打造石磨、石碾、石槽一类，远近村庄的石器，都是石匠的作品。石匠只会雕琢一些粗糙的石器，很少在石头上雕花，而胡编却能用荆条编织出各种花样，除了传统的花篓，他还经常创新样式，深受人们的喜爱。孩子们不关心他的编织，只关心他讲的故事，有时候他讲鬼故事，吓得孩子们不敢回家，他就只好一个一个送回去。

胡编的媳妇从井边经过，胡编也不停下编织，也不停下讲故事。胡编的媳妇看见他又在给孩子们胡编故事，就跟孩子们说，别听他胡编，没有真的。

胡编听了也不生气，嘻嘻一笑，说，别捣乱，我正在胡编呢。

胡编的媳妇是去采桑叶，没有时间听他胡编，只是路过时随口说了一句，就忙去了。她走过以后，胡编瞭了一眼媳妇的背影，看见媳妇走路时屁股一扭一扭的，忍不住又笑了一下。

孩子们催他继续讲，胡编问，刚才我讲到哪儿了？

孩子们提示他，讲到水神媳妇了。

对，是讲到水神的媳妇了。胡编接着讲水神媳妇的故事。实际上他已经讲不下去了，他看到自己的媳妇走路时屁股一扭一扭的样子，已经想入非非了。

胡编的故事确实不可信，但是胡编的编织技术却是远近闻名的。河对岸七妹的篮子就是出自胡编之手，篮子里盛满雨滴，一滴也不漏。河湾村的人们采桑叶的花篓，男人们用的挑筐，都结实耐用，多年也不松散。有人用他编织的花篓在河边打水，结果捞上来一条鱼。此后，他就把花篓改变一下，专门编织出一种自动捕鱼的鱼篓，把鱼饵放在鱼篓里，沉在河里就行了，鱼会自动钻进去。这种鱼篓肚大口小，进口处有倒刺，鱼很容易钻进去，但是进去后出不来。他的编织技术，还得到了水神媳妇的夸奖。

一次，胡编梦见了水神的媳妇，往他的鱼篓里驱赶鱼群，他醒来后去河边，发现鱼篓里满了，一篓仔鱼。回家后他跟媳妇说，水神的媳妇不光长得美，心眼儿还好，还帮助我捕鱼。她还亲了我一口。

媳妇嘲笑他说，你做梦吧？水神的媳妇是仙女，怎么会看上你这样的人？

他笑嘻嘻地说，是做梦。我在梦里看见了水神的媳妇，走路时屁股也是一扭一扭的，跟你一样。

媳妇听到他取笑自己的屁股，上手就揪住他的耳朵，说，你再说一句，看我不揪下你的耳朵，把你的好东西也揪下来。

胡编说，媳妇饶恕，不敢瞎说了。

媳妇松手后，胡编依然还是嬉皮笑脸，说，要是水神的媳妇也这样揪我，我就忍着，揪掉了也不说疼。

媳妇瞪了他一眼，眼里的嗔怒中暗藏着涌动的情欲的波澜。

胡编过着快乐的日子，故事越讲越多，都是他自己胡编的。有人说，胡编太能瞎编了，死人都能让他给说活了。

可是突然有一天，胡编不讲故事了，也不编筐织篓了，而是闷在家里，一连十多天，连屋门都不出，从此性格都变了，变得郁郁寡欢，沉默不语。媳妇问他什么原因，他就是不说，因为他说了，媳妇也不会相信。

过了一年多，胡编才慢慢地转变心态，恢复了原来的性格。后来，他给人们讲了发生在他自己身上的故事。他说，这么长时间，我一直闷闷不乐，不是因为我的媳妇，也不是水神的媳妇，也不是窑工，也不是听我讲故事的孩子们，而是石匠。

小镇的石匠死了，他说，石匠是我的好朋友。

石匠死前的很长时间，人们没有见到石匠，有人说在采石场见过他，人们就去采石场找他。将近一年时间，石匠一直在采石场干活，人们以为他是在那里采石头，并不知道他在做一件惊人的事情。当人们找到石匠的时候，发现他已经躺在棺材里。这是一口非常特殊的棺材，这口棺材就在采石场的山顶上，整个棺材与山体连在一起，也就是说，石匠把山体上一块凸出的巨大岩石，雕成了一口棺材。原来，石匠本来只会做一些粗活，并不会雕刻花纹一类细活。有一天他做了一个奇怪的梦，梦醒后，他就按照梦里看见的样子，开始在山体上雕刻，历经寒暑，他终于雕出了一个貔貅。远远看去，一个巨大的貔貅卧在山顶上，仿佛一头从天而降的神兽，人们走到近前才发现，这个貔貅竟然是一口棺材。

石匠在貔貅的侧面凿出一个小口，然后钻进这个小口，在貔貅的体内凿出一个宽敞的空间，他躺在貔貅的肚子里面像是在睡觉，而实际上他已经死去。

胡编说，石匠在死去的第二天，给我托梦，说，胡编啊，我已经死了，我的棺材就在采石场的山顶上，你来看我一下，顺便把我棺材的进口封住，封口的石头我已经雕好了，你只需来这里封一下就行。

胡编接着说，梦醒后，我觉得这个梦有些奇怪，就去找石匠，结果发现他真的死了。

胡编坐在井边的石头上，一边编织，一边讲，孩子们围在他的身边，几个大人也坐在他的旁边，听他讲瞎话。人们已经好长时间没有听他讲了，因此他讲的时候，孩子们听得非常专注。他接着说，石匠确实是死了，可是事情并不是人们看到的这么简单。石匠死后一年，也就是前些日子，我去看望他，顺便给他烧纸，祭奠他去世一周年。当我登上山顶，走进那个巨大的石雕貔貅，结果发现貔貅的侧面封口已经打开，里面的人不见了。石匠不在里面。

孩子们睁着好奇的眼睛，问，石匠不是死了吗？那他去哪儿了？

胡编说，我也不知他去哪儿了。

这次胡编说的是实话，他真的不知道石匠去哪儿了。

孩子问，他没有给你托梦？

托了，梦了。我梦见他从棺材里出来，先是往东走，然后往南走，然后往西走，然后又往北走，然后又往东，他到底是要去哪里，把我也弄糊涂了，我真的不知道他去哪儿了。

这时，坐在胡编旁边的一个大人说，我知道他去哪儿了。前几天夜里，我出来解手，听到天上传来叮叮的凿击声，我感到奇怪，天上怎么还有声音？我仰头一看，一个人正在用锤子凿击月亮，我一看那个人就是石匠，以前我在小镇上见过他，我家的猪槽子就是他做的，我认得他。

胡编说，你敢肯定那个凿击月亮的人就是石匠？

肯定，我敢肯定。

胡编听后沉默了一会儿，长舒了一口气，说，你这么说，我就放心了。

胡编得知石匠复活的消息，回家后告诉他的媳妇。媳妇说，你又在瞎编。

胡编的媳妇并不相信胡编说的话，但是看到胡编的心情突然变好了，甚至带着嘲弄的口气，学他哥哥窑工唱歌的样子，愣头愣脑地大吼了一句，大华耶，共计耶，哥哥叫哎。

媳妇看见他滑稽的样子，忍不住哈哈大笑。

胡编唱得非常难听，窑工若是看见弟弟在学他，非揍他一顿不可。

原载《天涯》2020年第4期

主持人：**梁鸿鹰**

梁鸿鹰，文学批评家，《文艺报》总编辑。

Liang Hongying, literary critic and editor-in-chief of *Journal of Literature and Art*.

短篇

推荐语

徐怀中的《万里长城万里长》描写唤醒植物人小号手的不是战歌、流行音乐，而是民间小调"孟姜女哭长城"。首长夫人孜孜不倦的召唤，以及音乐教授的锲而不舍追寻，体现的是作者对生活的炽热情感，反映了中华儿女心中共同的历史传承和人文素养，笔触深沉蕴藉，意味悠长，给人美好启迪。

徐则臣的《虞公山》借一个寻根盗墓案，打通父子两代人的精神世界，在儿子吴极将酒后淹死的父亲吴斌双脚握紧送入火化炉的时候，终于完成了精神世界成长。作品挑战叙事难度，将东方与西方，古代与今天等多种因素联结起来，有机融合，在万字的篇幅之内，第三人称和"我"之间叙事视角的来回切换，人物性格的呼之欲出，梦启与显灵的志怪体元素，侦探模式里的抽丝剥茧，均反映了独特的匠心。

陈楸帆的《剧本人生》描写女演员以植入芯片来控制情绪，实现完美的演技，通过情绪传导表情，和商人丈夫共同模拟出超高的情商。但人一旦对芯片或者某一技术产生身体和精神的双重依赖，便立刻陷入既强大又脆弱的自身矛盾。作品反映了作者觉察到新技术所能轻易形成的巨大产业链，以及与商机共生的安全障碍、技术危机和伦理挑战，在人与发明之间的纠葛面前，作者选择以人的决断去主导，显现了对人和人性力量的信心。

周洁茹的《51区》描写汽车故障将"我"和旅伴意外带到了有外星研究基地之称的51区，人猝然被抛于陌生的环境和处境之中，引发了对生存境遇的思索。小说以大量节奏短促的对话构成，有某种荒诞舞台剧的效果，与作者近年的一系列小说一脉相承，最终人物有关宇宙人生的讨论，使小说主题得到了升华。

作为李浩2019年开始的"主题创作"《飞翔的故事》当中的一篇，故事依然集中于一个凝结性的细节，由它来呈现和言说"飞翔"的可能……《四个飞翔的故事》由孙悟空大战二郎神、关于河北农民黄延秋1977年的旧闻、神话故事精卫填海、古希腊英雄柏勒洛丰前往奥林匹斯山四个故事组成，作者用自己的方式改写了它们，主要是赋予它们以现代思维，解剖行为背后的成因并重新阐释。再虚构基础上的虚构，有"智力游戏"的成分，有和旧有母本进行博弈的成分，更有无尽的意蕴和趣味。

【作者简介】徐怀中，1929年生，河北邯郸人，著有中篇小说《地上的长虹》、长篇小说《我们播种爱情》、中短篇小说集《没有翅膀的天使》等。短篇小说《西线轶事》获1980年全国优秀短篇小说奖和1983年第一届解放军文艺奖。其作品《底色》获第六届鲁迅文学奖报告文学奖、长篇小说《牵风记》获第十届茅盾文学奖。

Xu Huaizhong was born in 1929 in Handan, Hebei province. He is the author of the novella *Changhong on the Earth*, the novel *We Sow Love*, and the collection of novelettes *Angels Without Wings*. Short story *Anecdotes of the Western Front* won the national Outstanding Short story Award in 1980 and the first PLA Literature and Art Award in 1983. His work *Background* won the sixth Lu Xun Literature Prize report literature Prize; the novel *Take The Wind* won the 10th Mao Dun Literature Prize.

万里长城万里长

徐怀中

1

据研究报告，我们国家每年新增"植物人"（vegetative being）病例十万个，太可怕了！虽不属于军事医学，人民解放军第九军医大学还是特地组建了一个研究中心，主攻颅脑创伤神经功能损害修复及临床治疗。累计已经有近五十名"植物人"得到成功救治，恢复了正常人生活。

最新治愈的是81床。对不起！住院期间你无名无姓，一概被称为多少床多少床。纯粹为了医护工作上的方便，丝毫没有不敬的意思。更何况此人是当年鄂豫皖苏区时期的一名小司号员。要知道，由工农红军改编为国民革命军第八路军，又到成为中国人民解放军，每个连队始终仅配一名司号员。而今数百万将士之中，当过连队号兵并且依然健在的，独独只有81床了。当然，他只不过是以植物状态，将自己的正常呼吸及正常脉搏延续了下来而已。

可是你不能不承认，至今他"依然健在"。

小号兵是得天独厚，凭借一把黄铜军号，顺理成章步入了云端之上的音乐殿堂，好像这一方境地原本就归属于他似的。他有一个独特之处，拔号音可以拔到最细微最细微的地步。一茬又一茬号兵集训下来，从没有谁能吹得出如此柔和、如此弱化的号音，降低到一定音阶，别人的军号早失声了。小号兵吃的苦也是最多的一个，大别山风雪弥漫的拂晓时分，他照常爬起来，到山岭上练习拔音。触到号嘴，便被撕下一片嘴皮，血丝随着号音从喇叭口飘飘忽忽飞扬出去……

一次，连队骑兵通信员执行任务回到驻地来。连队紧急转移了，转移到哪里去了？路程多远？不得而知。骑兵通信员急得要命，忽然听到了本连司号员的号音，他循着号音策马向前，果然找到了连队。看见司号员正练习一支小曲，粗粗估算一下，相距至少在十公里以上。从此，人们神奇地发现，愈是远远拉开距离，他的号音你才能听得更加清晰、更加真切。多年以后，他已经成为一位优秀的高级军事指挥员，而在人们心目中，他的丰功伟业可忽略不计，只是传颂着他一把军号的妙音绝唱。

2

81床昏迷将近二十年，竟然还能苏醒过来，重要的一条，是家属（军队内部特指妻子）照料特别给力。81床夫人堪称家属模范，若论相貌，那更没有话说。病区一道光鲜亮丽的风景线，不是那些年轻漂亮的白衣天使，而是已过花甲之年的这位首长夫人。一般女性，身体曲线稍显欠缺，不会选择穿旗袍的。81床家属有几件丝绸旗袍，替换着穿。老红军家属就只能是童养媳吗？只能是"改组派（放足）"吗？我偏要穿戴起来从你们眼前走过去，敢不敢看是你们的事。女同胞们甘拜下风，不吝种种夸赞之词。男士方面，不曾听到对81床阿姨发表什么公开议论，至于私下里如何动心思冒傻气儿，只有他们自己清楚，不便彼此交流，以为共勉。

音乐学院指挥系一位副教授，就是这些冒傻气儿的其中之一。他出车祸受伤昏迷，在"九医大"住院不足半年，便苏醒过来了。青年才俊，事业有成，车子房子更不是问题，俘获一位歌星或是模特十拿九稳。本来第二天就急着要回家的，偶然在走廊见着了81床家属阿姨一面，立即改口了，决定延后出院，好巩固一下病情。当然，副教授不可能有他进一步的攻略意图，只不过是多磨蹭几天。每天早、中、晚三顿饭，便有三次可以在楼道里看见81床家属，推着一个带滑轮的小桌去餐厅打饭。

3

"九医大"研究中心根据神经再造原理，在综合治疗的基础上，采取独特的中、西药及高压氧等方法，对各种类型"植物人"进行催醒治疗。陪床亲属给予全力配合，至少不亚于药物治疗。照说事情很简单，无非是还原患者昏迷前的身边环境，唤回他的记忆。但是时间太久，也有个别亲属承受不了，因此而采取决绝态度，终于酿成了惨痛的家庭悲剧。

81床家属恰恰相反，从不把在病房陪住当作多么沉重的负担。这等于给她一个机会，让她尽心尽力，以满负荷工作量来服侍病人。只有如此，才算是两下里找齐了，才有可能对自己与丈夫之间存在的实际差距多少起到一点补救作用，才能够让她心安理得。

"植物人"处于不可逆昏迷，已无意识、知觉、思维等人类高级神经活动。但脑干仍具有一定功能，对外界刺激也还可以产生一些本能的反射。81床家属在病房里挂起了大幅的全家福照片，希望病人能感受到一缕家庭的温馨。又在阳台上摆放了绿萝、文竹、火鹤、巴西龙骨，使空气含氧量充足。她每天给老头子洗头洗澡，连包皮也要认真冲洗，从不漏过。

洗完了脚，忘不了张口咬咬丈夫的大脚趾，以刺激他的神经。医生讲不妨垫上毛巾，更卫生些。她说，不是直接用自己牙齿不好把握，轻了不起作用，重了怕病人会痛。

最重要的一种方式，莫过于听觉刺激。特别是运用歌声，疗效上佳，这是为古今中外众多病例所证实了的。少则几个月，多则十年二十年，在自己亲人歌声的召唤之下，重新在这个世界靠岸了。81床家属是部队大院里小有名气的业余歌手，无论美声，还是民歌唱法、通俗歌曲，张口就来。她最喜欢为丈夫演唱的一首歌，是当年鄂豫皖苏区普遍流传的《调兵歌》：

> 姐在房中闷沉沉，忽听门外要调兵，不知调哪营调哪营！
> 南军北军都不调，单调黄麻赤卫军，打仗有本领有本……

主治医生指导她说，不能逮住一首歌唱，重复太多，等于在做催眠术，大脑会自然关闭规则声音的。这有何难，她会两百多首歌，一首一首排着顺序唱下来，算是一个周期，不带重复的。唱了毛阿敏的《思念》《渴望》，接着是幺红的《图兰朵》《蝴蝶夫人》，再下来是成方圆的《游子吟》、王秀芬的《渔光曲》、张暴默的《鼓浪屿》、杭天琪的《黄土高坡》、迪里拜尔的《一杯美酒》。也还演唱了邓丽君的《在水一方》，嗓音虽够不上那样甜美圆润，也还颇有几分邓丽君小姐的余韵。

有好心人提醒她说，前不久音乐界还在批判靡靡之音。中国歌外国歌，可着嗓子唱你的去，干吗偏偏要招惹她的这一首？

大嫂嬉笑着说："我给家人治病，管得着吗？"

4

虽然是在病房里，不可放声高歌，只能是低声吟唱，她还是经常口干唇焦，喉咙出血。医生说可以适当调剂一下，唱不动了，就对患者讲些他平时喜欢谈论的话题，会有一定作用的。爱打麻将的人，一边为他演唱歌曲，一边夹杂一些牌局上的专有用语。老爷子是一个超级麻将迷，只要一上桌，别提够多么认真的，为一张牌和小孙孙争得脸红脖子粗。从此，夫人常常在老爷子面前念叨起麻将经：三缺一，就等你了；平和断幺门前清，实打实的三番牌；老少副，一般高，缺一门，碰碰和；清一色一条龙，杠上开花……

老爷子心目中极为高超极富于理想化的一手好牌，即是"杠上开花"。麻将是三张为一副，一副牌是三张同花色顺序相连接的，也可以三张相同的牌，叫作"刻子"。如果你手上有了一刻，三个五筒，又起到一个五筒，即有权起回牌墙最末尾的一张，这叫作"开杠"。如果你的牌"听"了，等待开"和"的恰恰就是杠上起得的这一张，便叫作"杠上开花"，通吃，你赢大发了！

今天，81床家属决定换一首不常唱的歌，给老头子增添一点新鲜感。她一边给首长剪指甲，一边唱起了传统民歌《孟姜女哭长城》，一边扭头看看他。天哪！老头子的眼皮在微微闪动。她怕是自己看走眼了，屏住了呼吸，凝视患者。只见他深陷的双眼慢慢地张开，忽然像是咣啷一下，两扇窗户被推开来。

红四方面军小号兵，以他昏花混浊的目光，上下左右扫视这个老年妇女陌生的面孔。女人见他干裂的嘴唇反复地轻轻抖动，分明在口出什么言语，却未能发出声音。老妻终于"听"懂了，丈夫是在竭尽全力呼唤着她的名字。不！不是建制部队实力统计表册上所填写的一名女军人的正式名姓，而是在呼唤着与他同生共死形影不离的这个农家女的乳名！

女人哇的一声扑在丈夫胸脯上痛哭不止，好一场号啕大哭，又不时发出狂欢的笑声，听上去好怕人的。日复一日，年复一年，苦苦煎熬二十多个春秋，终于有了今天。不知为什么，大嫂忽地产生了一种莫名的恐惧感，她担心冷不防一下，老头子再一次跌下万丈深渊。医护人员也正在午休，她急着要喊医生来，用力按住了紧急呼救的电钮。

听到电铃哇哇地响个不停，医护人员跑步赶来，一个个像是被施了魔咒，愣怔在那里动不了。他们好久弄不明白，以为出现了怎样的严重意外。原来是喜从天降，"九医大"神经医学研究中心又增添了一名"植物人"治愈病例。大家彼此击掌相庆，病区一片欢腾。

后面赶来的，还在焦急探问："出什么事了？出什么事了？"

前面人回答说："81 床'杠上开花'了！"

5

神经医学研究中心的专业人员，谁都想第一个赶来探访 81 床，获得第一手资料。他们急于了解，是什么声音最先触动了患者，让他萌生了回返之意的？他听到的声音是从上、下、左、右什么方向传来的？音量很大或者是很小？是单纯的一个声音，还是伴随有别的声响？听到声音，他的第一个反应是什么？等等。一概被院领导挡驾了，必须给患者一段时间静养，百分之百恢复神志。

其实，即使允许随时探访，他们也未见得会有多少具体收获。从不可逆昏迷状态唤醒了病人的那个声音是哪里来的，经过了怎样漫长曲折的过程，终于抵达他的耳边？牵涉人的生命体与"植物"之间彼此关联而又相互排斥的复杂命题。就患者而言，他只能回答说他听到了什么、没有听到什么，事情从始至终一切经历过程不必去问患者本人，他找不到北。

老太太凭借她近水楼台之利，第一个向患者发出提问："你最先听到的，是我的歌儿，还是我跟你说什么话？"

"好像是唱歌。"

"哪一首歌儿？"

老人向夫人点点头："正月里来是新春！"

"正月里来是新春"，这是《孟姜女哭长城》的第一句歌词。女歌唱家颇有些失落感。她的演唱曲目数三十首、五十首出去，也还未见得能数到这一首老歌。在丈夫床前演唱不知多少歌曲，这一首从来没有排上。

纯属偶然，不知怎么忽然想起了，就心不在焉地为老爷子哼唱了一遍。偏偏就是这一下，创造了二十年植物状态下被唤醒的一个医学新纪录。而担任这次历史性重大演唱任务的，正是81床首长的老妻，并不是随便什么人所能取代的。她闭上眼睛，安安静静地站立在那里很久很久，享受着她最大的自我满足感。随即情不自禁以手指敲击着节奏，轻声吟唱起了《孟姜女哭长城》。

红四方面军老司号兵在静听妻子吟唱，禁不住也跟了上来。一对夕阳情侣在联袂献演，愈唱愈是情深意切，愈唱愈是醉意洋洋。

6

人们应该记得音乐学院指挥系那位年轻副教授，转眼之间，他治愈出院已经有几年了。得悉81床苏醒过来，立即前来探视他所崇敬的这位老红军病友。传闻是老伴用一首《孟姜女哭长城》唤回了老爷子的，他特地带了录音机来，要阿姨重唱一遍，录下来留作纪念。进了病房，正赶上老夫妻两个一同在吟唱。他不向两位老人招呼，先悄悄打开手提录音机录着音，然后轻声加入了吟唱，似乎他原本就是特地赶来参加友情演出的。

81床老人面部依然有些呆滞，喉咙沙哑，发音不畅。他全神贯注于吟唱的笨拙样子，让副教授深为感动。给他的感觉，这位老军人乐感超强，声音表现力特别丰富。不仅成功把握了乐曲独特的节奏，跟随乐曲的层次变化，情绪表达也十分到位。似闻一个妇人呜咽哭泣，起而又息，止而又续。乐曲不似古琴曲《高山流水》那样富于描绘性，也不像二胡名曲《二泉映月》带有显著的叙述特点，《孟姜女哭长城》彻头彻尾是宣泄性的。通常歌曲会来一个大团圆，让人得到情感的缓和与慰藉。这首曲子与众不同，直至曲终，依然悲悲切切，怨愤欲绝。81床歌手不是凭借他的嗓音，而是发自心底的情感投入，倾其所有，一览无余，恰恰适应了歌曲的内在要求。其中一些装饰性唱法，渗透了民间歌手们非自觉性的美学意识，需极高的技巧，不是一般人谁都可以尝试的。副教授得出的结论是，只有这位老红军司号兵，才能将旋律中属于魂魄的精华部分渲染得淋漓尽致。仿佛老人自身不复存在，早已成为一条小溪，以它的全部流量注入了大江大河，一泻千里奔腾而去。爱乐乐团首席指挥一语不发，规规矩矩向81床行了一个三鞠躬礼。

夫人偶尔回头望望，看见老爷子眼窝中含有两颗晶莹的泪珠，从干枯多皱的面颊上滚下，如漫过一面坚硬粗粝的岩壁，滴落在土地上。他们已经度过了"金婚"，妻子从来不曾看见过男人这样动情落泪。当即以她丰润的红唇，久久地热吻尚未完全脱离植物化的红四军司号兵，热吻这个世界上她唯一最亲爱的人。

副教授以及在场的医护人员，意欲脱离这个"是非之地"，来不及了，大家干脆热烈鼓掌助兴，如同在观看一场拔河比赛，有节奏地一起呼喊：

"加油！加油！加油！"

7

大家欢欢喜喜闹哄了好一阵，终于安静了下来，音乐学院副教授这才向老夫妻俩表示衷心祝贺。81床呆坐在那里，没有任何反应，难讲他是否意识到了有人前来探视。副教授自管热情地拉着患者的手，致以他作为一个晚辈的敬意与慰问。中国工农红军唯一的一名小司号兵，告别我们二十年不肯就去，终于为一缕歌声牵引，欣然踏上了返程。这一则新闻发布出去，该有多少相识不相识的人，会送来他们对81床老人发自内心的祝福。

讲起《孟姜女哭长城》，副教授如数家珍："这首歌传说起源于江苏松江孟家庄，流传到北方大地，发生了变异。曲调基础是依据'辽南鼓乐'改编为双管独奏曲《江河水》，又叫作《十二月花名》。二十世纪六十年代初，湖北艺术剧院移植为二胡独奏曲，演出一直是采用原名加唱词。"

81床阿姨说："哎哟！教授不讲我们哪里知道，原来这首老歌很有根底的。"

"不妨说，这首歌也同样与我有缘，由我执棒学院爱乐交响乐团对外公演，至今有三十几场了。中国艺术团去美国参加会演，由世界著名指挥家小征泽尔指挥，波士顿交响乐团演奏，大大提高了国际影响……"高谈阔论中，副教授恍然有所醒悟，不禁呼喊起来："不对！不对！老首长这歌儿唱得有问题！问题大了去啦！"

夫人有些不悦了："教授！你怎么说话呢？一首老歌儿，充其量少唱一句多唱一句，有什么对不对的问题？别吓唬老百姓了！"

"不不不！不是讲唱得有问题，请不要误会！从老首长的歌声，我似乎发现了什么，我自己没有把握，不敢乱放炮。事情弄错了，等于是拿二老来制造假新闻，那可就是罪过了。"

首长夫人嘴一撇说："有话当面讲明，何必那么神经兮兮的。"

"不不不！我得回去好好听听录音再说话。好了！二位，我们明天见！"副教授提了录音机，兴冲冲地去了。

8

第二天一早，医生查房刚刚结束，副教授如期而至。省去了探视寒暄的一切话语，他直奔主题："昨晚一夜无眠，录音带听了又听，直到现在脑子还处于高度兴奋状态。一时真不知该从哪里张口，才好把头绪理清，让二老听得明白。我想，我们可以采取记者采访的方式，由我提问，阿姨您答记者问，您看怎么样？"

"随你！我接受记者采访也不是一回两回了。"

"那好！请问您是不是认为，首长是听您唱《孟姜女哭长城》，一下就苏醒过来了？"

"当然！这还需要问吗？这一点必须首先要肯定下来！"

"没有问题，这一点可以肯定下来。根据您自己讲，这一首歌您以前从来没有唱给首长听过，是这样的吗？"

"是！"

"等于说您确认，除去苏醒之前听到您给他演唱的这一遍，他不可能还曾听到过别人的任何一个版本，是这样的吗？"

"是！"

"也就是说，首长和您唱的完全一个样，不可能有任何一点差别，是这样的吗？"

"是！"

副教授严正指出："问题就出在这里。我听首长和您唱的，曲子基本上就是那样，唱词明显是有区别的。"

夫人嬉笑着说："老头子平时不唱歌，什么时候高兴了，放开嗓子自由发挥一下，没有什么好奇怪的！"

"首长音准好，节奏感强，演唱也很开窍的。不过，我不会听走了样，他的唱词绝对不会是自由发挥。"

夫人更加警惕起来："我再重复一遍，首长是听到我唱《孟姜女哭长城》苏醒过来的，其外杂七杂八拉扯什么我不想听！"

"阿姨！既然首长是听着您的歌声苏醒的，那不就是说，植物化状态下，人的听觉是始终开启的，他同样能够听得到别人的歌声。至于要在怎样的主客观条件下，才有可能促使他做出反应，以至于重返正常状态，那是另外一个问题。"

阿姨嘲讽说："照你这个逻辑，植物化二十年来，他听到别人的歌，那简直海了去啦！是吗？"

"也未可知，我不能肯定，可也找不出否定的理由。"

81床家属据理力争："我们彼此看着对方张嘴在唱，再清楚不过，一个字也不带错的！"

副教授耐心地说："十二段词，老长老长的，就算个别字句唱得不完全统一也在所难免。我这里要指出的，不是字句上有什么具体差别，而是发声的问题。"

"哦！我洗耳恭听，倒要看你怎么在鸡蛋里挑出骨头来。"

"这里牵涉古代汉语的问题，我听过几次讲座，多少懂得那么一点点。这里也用不上许多专业词汇，只要阿姨您明白，古汉语分为四声，就不难理解问题的关键所在。"

"平、上、去、入，这个谁不知道！"

"好！我们单说入声。现代汉语的普通话里，入声字已经完全缺失，在后世各自分化到其他三声里，或是分化为现代汉语的四声，只在一些方言中有保存。问题就出在这里，首长跟阿姨您不同，老人家还完整保存了唱词中所有的古汉语入声字。"

"老头子南腔北调，他又是哼哼着在唱，你怎么可能一个字一个字给他挑剔出来？"

"古汉语声调分为四类，表示音节高低变化。入声字用古音，也就是'平水韵'来读，又短又快，短促收藏，很容易分辨。"

夫人不屑地说："我不相信！"

副教授毫不掩饰他的傲然自得："我这个爱乐乐团首席指挥不是吃干饭的。上百件乐器在演奏，哪个演奏员错漏了一个音符，我的指挥棒一下就指戳到他的脑门心上去了！"

"再讲一遍，我不相信！"

副教授打开录音机说："阿姨先不要把话讲得那么死。我们来放录音，当场验听，正式做一个订正。凡是首长唱到一个古音入声字，我手点一下，您注意听好了！"

"不忙不忙，以后有时间再听不迟！"81床家属力阻副教授继续"采访"下去，她打哈哈说，"让一位大教授一个字一个字来圈点，太烦人了。秦始皇不知道让你这样大费周折，知道的话，他会改变决定，万里长城不修了！"

副教授恳切要求说："我们还是一起来听一下录音，果然不错的话，请首长点头认可才好，就算是由他本人做了一个鉴定。阿姨！请务必配合一下，请务必配合一下！"

老太太连连摆手："他原籍山东临淄，流落到江南也已经是几辈人了。

不是陕西人，不是甘肃人、宁夏人，什么秦始皇什么孟姜女，八竿子打不着的事！"夫人愈说愈是气不打一处来，拍打着枕头，下达了逐客令，"首长要睡觉了！"

副教授一脸苦笑，极力掩盖着他的慌乱与尴尬，不得不把求助的目光转向老红军病友，希望他能有所表示。老司号兵在那里闭目养神，始终面无表情，很难判断他是否听到了老妻与别人的一场激烈辩论。副教授只得提起他的录音机悻悻而去。

9

81床家属回复医院门卫电话，断然拒绝了音乐学院指挥系副教授再次探视。她刚放下电话，人已经迈步进了病房，副教授以负荆请罪的姿态，向首长夫人作揖说："对不起！对不起！阿姨赶我走了，我厚着脸皮又跑来了。"

女主人笑吟吟地说："看你这话说的，欢迎你这位大教授怕还来不及哪。"

副教授取出一份资料，交给81床家属："阿姨！昨天您提到秦长城的事，一个简单明了的历史事件，我概念上很模糊，抱歉抱歉！我去图书馆查阅了资料，和人家秦始皇还真的扯不上。这里有一篇文章，请您过目一下。"

"有话请讲好了！"老太太把打印资料丢到一边去了。

副教授讲解说："孟姜女的故事，最早见于公元前549年，秦长城尚未开始修建，而齐长城西段已经完成了。传说齐国勇士杞梁，随齐庄公攻打莒国战死，妻子千里寻夫，见到丈夫尸首向天痛哭，长城为之倾倒。可以坐实，孟姜女哭长城的歌，指的正是齐长城。"

"秦长城怎么样？齐长城又怎么样？"

"古代齐国的首都是现在山东临淄一带，正是首长的原籍老家。我希望以后有机会，能陪同老爷子和阿姨去临淄一带走走，从当地方言里，不知是不是还能听得到古汉语入声字。"

81床家属仰天大笑："照你这意思，没准儿老头子还听到过孟姜女亲口唱的《十二月花名》哩！"

"也未可知，我不能肯定，可也找不出否定的理由。"

原是双方打嘴仗，老太太话赶话提到了首长原籍，反而为对方提供了有力的论据。她转念一想，这个人竟是如此痴迷的样子，不如就满足他的要求，免得他纠缠不休。老头子懵懵懂懂的，一大半还在梦里，管不了他的闲事。

夫人态度立即和蔼了下来："教授！看你这样一而再，再而三，不到黄河心不死！首长答应了，和你一齐听一下录音。来吧！我们开始！"

"哎哟阿姨！我怎么感谢您呢？我怎么感谢您呢？"

副教授打开了录音机，手脚麻利地操作了几个动作，播放开始。

《孟姜女哭长城》歌词采用"十二月体"，用时令花名作序引。除去四月和五月空白，入声字分布在其余十个月份里，每月各有一两个或两三个字。副教授坐在老太太旁边，以便将歌词中的古音入声字逐一给她指认清楚。夫人发话了，病员老红军服从命令听指挥，尽可能挺直了腰板，以一种足够"正式"的姿态，在静听自己的吟唱。

"正月里来是新春，家家户户点红灯，别家丈夫团团圆，孟姜女丈夫造长城。"

随着两位老人含混不清的歌声，副教授伸出手指点一下正月里来的"月"字，又指点了下句中的一个"别"字。

"二月里来暖洋洋，双双燕子到南阳，新窝做得端端正，对对成双在华梁。"

上句中的"月"是重复字，不必再次指出，副教授只是点了下句中的一个"得"字。

81床家属集中注意力，在辨别老头子的吟唱发声。果然，凡遇古音入声字，他发声又快又短促，即出即收，与其他歌词唱法明显有别。重复的字不计，总共有十五个古音入声字，她全都听出了。以老头子的拙口笨舌，让他对照口型来模仿，怕也学不来的，他怎么竟能发出这样一种奇异的声音呢？夫人听"傻"了，百思不得其解。

现在就看红军小号兵的态度了，万事俱备只欠东风。如果首长摇头了，本人不认可，所有问题都落实不下来，从此免开尊口。一旦首长点头认可，一切的一切都齐了，怎么讲怎么有理！

副教授十分紧张，目不转睛地在关注老人的反应。81床如同一台老式留声机，一张唱片播放完毕，便停止了转动。没有谁用把手重新上满了发条，留声机便永远在那里纹丝不动，不会再发出任何一点微小声音的。好一阵儿，只见老人努力地抬起右手，食指缓缓指向音乐学院副教授说："你打的是一手'十三不靠'！"

"十三不靠"是麻将用语。按规则要求，包括两张麻将牌在内，十四张牌之间，每一张与上下牌的数字不得靠拢，并且必须间隔两个空位以上，比如一条、四条、七条。说到"十三不靠"，听上去不是那么悦耳，牌型也不那么好看。但同样赢的是大满贯，足斤足两。不过概率极小，若无天助，只不过南柯一梦而已。但是麻将牌的魅力也正在于此，有人宁肯落得去跳楼，也要把他这一手大牌玩下去。

老红军病友给出的结论，让副教授欣喜若狂，他双手抱拳："多谢老首长！多谢老首长！"

夫人大笑说："你多谢谁呢？老头子言语不留余地，讲你太不靠谱了。得！到此为止，什么孟姜女长孟姜女短的，以后就别再操这份心了。"

副教授心有不甘，希望把采访继续下去。夫人已经替他收好了录音机，递在他的手上，就差没有强行把他推出门去。来访者不得不走人了，刚刚转过身去，就听砰的一声，病房的门关上了。

原载《人民文学》2020 年第 7 期

【作者简介】徐则臣，1978 年生于江苏东海，著有《北上》《耶路撒冷》《王城如海》《跑步穿过中关村》等。曾获庄重文文学奖、华语文学传媒大奖年度小说家奖、冯牧文学奖、鲁迅文学奖、茅盾文学奖。部分作品被翻译成德、英、韩、意、蒙、荷、阿、西等十余种语言。

Xu Zechen was born in 1978 in Donghai, Jiangsu province. He is the author of *Going North, Jerusalem, Wang Cheng Ru Hai, Running through Zhong Guancun*, etc.. He has won the Zhuang Chong wen Literature Prize, Chinese Literature Media Award--Novelist of the Year award, Feng Mu Literature Prize, Lu Xun Literature Prize and Mao Dun Literature Prize. Some of his works have been translated into more than ten languages, including German, English, Korean, Italian, Mongolian, Dutch, Arabic and Spanish, etc..

虞公山

徐则臣

要从一个鬼魂说起。

不管你信不信，那三个人的确看到了卢万里的鬼魂。他们用手指着脑门对我发誓："千真万确，如有半句瞎话，全所你拿枪打我这里。"三个人在不同时间点，经过卢万里家的院门前，都看见他在烤火。卢万里缩着脑袋蹲在地上，面前是一个火盆，他正理着湿衣服在火上烤。在火焰和冒着水汽的湿衣服后面，他们三人都看见了卢万里瘦骨嶙峋的上身和那张憔悴的脸，他冷得直哆嗦。卢万里显然比活着的时候更瘦了。三个目击者的表述区别仅在于燃料：一个说，盆里烧的是木柴；第二个人说，烧的是火纸；第三个承认他没看清楚，火太大，几乎把整个火盆都吞没了。烧的什么不重要，重要的是，死去的卢万里突然回到家门口来烤火。

雨一直下，大的时候像老天漏了底，小的时候如满天的蜘蛛在吐丝，缠缠绵绵半个月没消停。所以，尽管现在是大夏天，如果鬼魂衣服湿透了，感到冷也很正常。反常的是，死去的卢万里为什么要回到家门口来烤衣服？

死人回家我没见过，但鹤顶这地方此类传闻从来没断过。算命的老赵多年来的口头禅就是：水边嘛，湿气重，阴气也重，出啥事都不稀奇。也就是说，鹤顶就是个神神道道的地方。所以卢万里的儿子把这件事作为报案的原因之一，我根本没当回事。他说有人动了他父亲的坟墓。他说不仅有三个街坊看见了他爸在院门口烤衣服，冻得直哆嗦，他还亲自梦见了父亲。在他的梦里，父亲穿着的正是在院门口烘烤的衣服，卢万里抱着胳膊对他说：

"儿子，我快冻死了，衣服全湿了。"

在他梦里，父亲的衣服的确是湿的，湿漉漉的，正往下滴水。他做梦的时间在三个目击者看见烤火的场面之后，可见，父亲的衣服在烤干之后又湿了。第二天早上，他把这个奇怪的梦说给母亲和老婆听。母亲听了心酸得不行，跟邻居们说起时，止不住流下眼泪；老婆则当成个笑话，说给姐妹们听时自己都忍不住笑出声来。然后，作为反馈和回应，三个目击者看见卢万里烤火的消息陆续传到了他们家。里应外合，卢家就不能不上心了。卢万里的儿子想起来，清明给父亲上坟时是有点潦草，没烧几张纸。一定是父亲在那边缺钱了，所以衣服湿了也没得换。第三天，他一口气买了十刀火纸，每张纸上都摞满了金元宝，把纸装在一个大号塑料口袋里，捆到摩托车上，冒雨去给父亲上坟。

离坟墓还有二十米，穿过雨帘他就发现父亲隆起的坟堆缺了半边。再往下看，有人在坟墓旁边挖了一道深沟，雨水汇成急流，正从深沟里流过。混浊的流水不停地冲刷父亲的坟墓，棺材一角浸泡在水里，流水撞击到黑色棺木上，激起泛白白的水花。卢万里儿子骑上摩托车转身就跑，背着一口袋的火纸直接到了丁字路口。他结结巴巴地对所里的值班警员说：

"有，有，有人，盗，盗，盗了我爸爸的墓。"

我们觉得这事不可能，卢万里又不是啥大人物，平常到不能再平常的一个坟，盗它，谁吃饱了撑的？本来下雨天也干不了活儿，大家想趁机打个瞌睡，他非要我们去破案。为了表示兹事体大，且有预兆在先，他把卢万里湿了烤干、烤干后又湿了的衣服和哆嗦喊冷的事给我们颠三倒四地讲了一遍。好吧，上车。

快到现场，一摊烂泥地，车过不去。下了车，他让我们走在前面。他说天暗，他有点怕。

就是在那天的大雨里，我们发现了未遂的盗墓案，当然，盗的不是卢万里的墓。

卢万里埋在一个好地方。这一片高地，鹤顶人叫虞公山。传说甚多，有说古时候一个姓虞的人曾在这地方住过；也有说这地方埋过一个姓虞的大官；还有的说，一个姓虞的外乡人来这里修行，最后坐在山尖上飞升成了神仙。

反正跟一个姓虞的人有关。这种传闻鹤顶人都懒得信，但凡跟别处有点区别的地方都有类似传说。如果都是真的，那咱们鹤顶早就仙迹处处，哪还会穷得如此叮当响？虞公山周围是片荒地，尽管没生老赵那样的慧眼，鹤顶人也看出来这地方风水不错，但因为离镇子实在有点远，人死了，也极少长途跋涉埋到这地方。这两年不少人家鸟枪换炮，有了摩托车、电动三轮车，交通工具改变了距离的概念，虞公山周围才慢慢出现几座新坟。

我们围着卢万里的坟墓转了几圈，确定没人动过那口黑漆漆的槐木棺材。它露出一角，还有坟山垮掉半边，完全是雨水冲刷所致。卢万里儿子拍胸脯保证，若非意外，他爸坟边绝不会出现水沟。坟墓的左侧低于右侧，虞公山上的雨水再凶，往下流也只会从他爸的左边走。他说的没错。坟墓周围荒草丛生，尤其是那些抱住大地不放的巴根草，拿铲子都未必能将它们连根拔起，仅靠雨水的冲刷，十天半个月怕是搞不定的。

有人帮了忙。

这好办，我们继续在附近转悠，等同事开车回去取来几把铁锹。然后挖土筑坝再引流，让水从卢万里的左边走。果然，水落之后，在坟墓的右侧发现了铁锹切挖过的隐约痕迹。荒无人迹，谁会无聊来这地方模仿大禹治水呢。

我提着铁锹绕虞公山的边缘走，十步之外看见了雨水没有冲刷干净的新泥。

虞公山说是山，其实就是个大一点的土堆子。也许姓虞的那人当初成仙或者刚埋下地的时候，虞公山确有一些气势，比如巍峨宽阔，那风吹日晒雨淋了不知多少年后，它已然也被消磨成了一个土丘。我跟着断断续续残留的新泥走，发现土丘坡上有一丛灌木尤为稠密。大雨把灌木洗得干净，同一丛灌木竟长出两种不同的枝叶。我用铁锹毫不费力就挑起了部分枝叶。再来一锹，剩下稍微牢靠一点的灌木也被从泥土里掘出来，一例都没有根。它们是被砍断了根插进土里的。

灌木清空后，再铲掉插灌木的一堆泥，土丘的肚子里似乎有个洞。我招呼大家过来，清除洞口堆积的虚土，再往里挖。果然一个黑灯瞎火的洞。铁锹在洞的深处撞上坚硬的东西。卢万里儿子想出个招，打火机点着，系在铁锹头上往洞里探。洞中氧气稀薄，但奄奄一息的火光中，我们都看见了刚才铁锹撞到的什么。打磨光滑的巨大条石。

以在派出所工作多年的经验，我知道遇上大事了。我把所有人集合到跟前，发布如下命令：

> 任何人不得走漏风声；
>
> 立刻原样封堵洞口，恢复伪装；
>
> 现在就协助死者家属培筑好坟墓。

我现在就向有关部门和领导汇报，在相关决定下达之前，咱们所一定做好现场保护，不能有半点闪失。

省文化厅接手了剩下的工作，天还没晴透就派来考古队。他们认为虞公山下可能藏有古墓。他们与县史志办及有关历史学家交流研判之后，初步达成共识：虞公山的传说或许非虚，这地方真埋葬过姓虞的历史人物。安保工作由县公安局牵头，我们所全力配合。同时，责成我们所尽快侦破该起古墓盗窃未遂案。

我们手头的线索只有两个：一是这起盗挖跟卢家的关系。大雨之后的现场线索几乎消失殆尽，但两者之间若无必然联系，那只能说太过巧合。第二个就是县公安局提供的两个过滤嘴烟头，他们在洞里找到的。一个古怪的牌子，蓝旗。

第一个问题好解决，警员做了拉网式查访，卢万里家人、亲戚、街坊邻里，甚至随机采访了跟卢家毫无关系的人。没有发现任何蛛丝马迹。卢万里生前口碑甚好，他的左邻高度赞扬了卢万里，那个老大爷说："我就一个标准：凡是万里说有问题的，那人肯定有问题；凡是说万里有问题的，一定是那人有问题。我认识万里几十年了，这标准从没错过。"卢万里的言传身教影响了整个家庭，卢家家风挺好，门楣上还钉着"五好家庭"的牌牌。他们家没仇人，没做过亏心事，儿子、儿媳妇、女儿、女婿，人缘都不错，至少在查访中没听到任何负面评价。足够了。在乡镇，除非深仇大恨不共戴天，谁会干掘人祖坟这种损阴德的事？更不会有人抽风，要去卢万里坟边开一道深沟解闷。所以，我们维持先前的判断：此事跟盗墓相关。

我把查访详情向县公安局作汇报。县局表示赞同，他们在复盘案发现场时也发现，两者很可能关联密切。盗墓必须掘土，盗墓还得隐蔽，掘出的土不能露馅，运土也不能太麻烦，怎么办？现场解决。如何解决？被雨水冲走。

自然便捷，神不知鬼不觉。卢万里的坟墓是距盗墓口最近的一座坟，山丘与坟堆之间正好有个凹槽，高处的雨水下泻，那地方是第一个下水口。为了加大水流带土的能力，盗墓贼掘开草皮和地表，人为地开了一条深沟。他们没想到，雨大流急，这个更有效的"挖掘机"阔大深沟的同时，把卢万里的坟墓也给摧毁了半边，露出棺木。已经在干燥温暖的棺木里安睡三年的卢万里突然落了水，感到了冷。盗墓贼失算了，提前惊动了鬼。

剩下的两个烟头。作为一个老烟鬼，很惭愧，我真没听说过蓝旗这个牌子。警员们去镇上各个商店买蓝旗烟，全都空手而归。店主们跟我一样孤陋寡闻。这方面见多识广的只能找满天下乱跑的人。住滨河大道边上的老苏长年跑长途客车，他也说不清，答应下一趟跑车时帮我问问。我把鹤顶在外工作、求学、做生意和游荡的人名单找出来，能联系的都联系了一遍，没一个人知道。结果显示，他们大部分人都不怎么抽烟，更不会带烟回来。这很好，健康比什么都重要。

副所长想起运河街上长年跑船的吴斌，这家伙烟酒都是大户，没准知道。他老婆在家，听说找吴斌，没好气地说：

"死了。"

"死了？"

"早死了。"

"啥时候死的？"

"一年到头连家都不着，跟死了有什么两样？"

副所长出了口长气，拿出烟头照片："你见过吴斌带回来这个牌子的烟吗？"

吴斌老婆瞥都没瞥："人都见不着，哪还见得着烟？"

副所长知道再问也是瞎耽误工夫，赔个笑转身要走，被叫住了。

"本来也懒得问，"吴斌老婆说，"赶上了我就多一句嘴。我家那兔崽子好几天不着家了，你们能不能帮忙找一下？"

"什么兔崽子？"

"我儿子，吴极。"

"失踪了？"

"谁知道？学校也打来电话，三天，哦，今天第四天，没上课了。"

"平常他会去哪？"

"谁知道？跟他爹一个德行，四六不着的货。"吴斌老婆摊开手对着房间挥了半圈，"这个家就是个旅店。"

副所长答应着，出了吴家。正经事没干成，倒添了桩新业务，回到所里就跟我抱怨。抱怨归抱怨，还是给镇中学打了电话。教务主任说，有这事，家长再不给出合理解释，按有关规定，可以开除了。教务主任又说，咱这鹤顶，一到下雨天事就多，吴极班上还有个同学也旷课四天了；班主任说，他俩好得穿一条裤子。

"两个孩子平时表现如何？"

"两个孩子性格都偏孤僻，"教务主任在电话里的口气有点哀其不幸、怒其不争，"不太合群。听说经常抽烟喝酒。"

我和副所长对视一下。我们的判断步子可能大了一点，有枣没枣来一竿吧。

吴极的同学叫安大平，住在运河街的另一头。父母都在家，老实得像闷瓜，见了警员手都不知道往哪里放。除了回答我同事的问题，多一个字都没说，连句客气话都没有。据邻居反映，他们两口子长年如此，相对无言。如果不是拴在墙根的那条狗偶尔发出几声叹息一般的叫声，这个家可以一整天不弄出任何动静。两口子说，大平去他姑姑家走亲戚了。

"课也不上了？"

"大平没说上课的事。"

好吧。我同事问，可不可以看一下安大平的房间，两口子没说行，也没说不行，对着一扇关着的门指指，门上贴着奥特曼。一个高二男生的房间，墙上贴的还是初中生口味的招贴画。没有烟味。在一个半开的抽屉里，同事看见一盒本地产的运河牌香烟。打开烟盒，剩下的五根烟里，有一根蓝旗。同事合上烟盒，对两口子笑笑，问，大平他姑姑家远吗？

从安大平家出来，他们直奔运河街的那一头。吴斌老婆正锁门要去菜场，这个时候肉会便宜点。她给了我同事一个白眼，不耐烦地说：

"你们到底想看什么？我都半个月没吃上肉了。"

"就看看你儿子的房间。没线索，怎么帮你找儿子？"

吴斌老婆用钥匙打开儿子房门。吴极平常出门就上锁，不许母亲随便进他房间。因为门窗紧闭，浓烈的潮霉味中混杂着没能散尽的烟味。地上有烟头，没错，蓝旗牌。同事顺手翻了写字台上的一堆演草纸，有张纸正面演算一道数学题，反面画着一个山包。山包的半腰上有一扇打开的门，一个粗暴的箭头指向门里。纸的右下角写着"祖宗"两个字。

"这是什么？"同事试探着问吴斌老婆。

"我哪知道？"她心不在焉地说，"一天到晚跟没魂儿似的，出了这扇门就像梦游。跟他老子半毫米不差。我说你们能不能快一点，再晚便宜肉都卖光了。"

同事回到所里汇报之后，驱车去了安大平姑妈家。

可能因为电视里正在播放侦探片，那两个孩子扭头看见三个警察进了门，立马从并排坐的椅子上跳了起来。安大平的姑妈也吓坏了，他们家从没来过戴大盖帽的。她跟在我同事后面说：

"他俩可啥坏事都没干啊，坐在这里看了一天的电视了。"

我同事说："没事，我们就了解一下情况。"

两个孩子个头都不小，杵在那里一个挠鼻子，一个拧着手指头。

"有烟吗？"

吴极脸上长满了青春痘。他从口袋里摸出挤皱的半包蓝旗。

"哪来的？"

"我爸上次带回来的。"

"带给你抽的？"

"我偷的。"

一个同事堵在门口防止他们溜掉。另一个同事指着椅子："坐。"

他俩坐下来。安大平姑妈关掉电视，让我同事坐到旁边的木制沙发上。

"别紧张，就是了解点情况。旷课可不是个好习惯。"

"吴极说不想上了，我就陪他出来了。"安大平怯怯地说。

"为什么不想上？"同事问吴极。

"心慌。"

"吃坏肚子了？"

"不知道。"

"再想想。比如看见谁，害怕了？"

吴极低着头，翻起眼看眼前的两个警察，然后扭头往后看。堵在门前的我同事，像逆光中矗立的一座黑塔。

"嗯。"

"看见谁了？"

吴极低头不吭声。

"大平，要不你来说说？"我同事说。

安大平看看吴极，后者没反应。安大平犹豫之后小声说："你们。"

"戴大盖帽的？"

安大平点点头。

"在哪儿？"

"虞公山。"

"哦，"我同事说，"吴极，你俩一块儿？"

吴极突然站起来，脸涨得通红："那就是我们家的地方！我本来姓虞！"

两个孩子被带回所里。

副所长把审问结果报送给我时，哭笑不得，这是他从警十八年来见过的最有意思的案子。如果嫌疑人不是未满十八岁的少年，他敢断定这会是本年度全中国最荒唐的案件，没有之一。邪了门了，真他妈棒！

虞公山那个洞是吴极和安大平两人掘的，为寻找古墓。卢万里坟墓旁边的水沟也是他俩挖的，如我们和县局推断的，为了就近把掘出的新土冲走。那个小坟里埋的是谁，他们根本不关心，甚至都没认真看一眼卢万里的墓碑。

两个孩子交代，他们利用中午和下午放学后的空闲时间来干活。刚开挖不久就下起雨，本以为雨天对工程不利，黏黏糊糊到处是泥，但发现雨水可以迅速将掘出的新土冲走，他们倒希望雨一直下下去了。因为不会留下明显的痕迹。尽管此地荒僻，若非逢年过节，扫墓上坟的人都见不着，他们还是谨慎为上，每次工作结束，都要把洞口伪装妥帖。大雨帮了他们的忙，踩出的泥泞也很快被雨水抹平；小丘上杂草也多，被踩趴下了，喝了一肚子水后，腰又迅速地挺起来，所以我们第一次去那里，完全没留意这些疑点。

"为什么盗墓？"我问副所长。

"唉，他们根本不认为是盗墓。"副所长拿出提审记录，"吴极认为他只是在挖自家的祖坟。他说吴斌一直跟他说，他们原来姓虞，当年老祖宗虞公出差途中意外病逝在鹤顶，天热，遗体没法久存，只能就地下葬，埋在了虞公山。虞公山其实就是个大坟堆。只是天长日久，历史演进，鹤顶人把虞公墓这事给忘了，虞公山成了一个大土丘的名字。吴斌跟儿子说，他们这支'吴'跟本地的吴姓没关系，他们从'虞'字来。当年虞公是清朝康熙年间的大官，起码相当于现在的省部级干部。因为是皇帝的宠臣，死后才备极荣华，有如此规模的大墓。虞公客葬异地，他的二儿子是大孝子，便迁居鹤顶，长年为父亲守墓。因为是从家族中分出来，如同从'虞'字里拆出个'吴'，这一支虞公后代就以吴姓在鹤顶繁衍开来。"

"听上去挺是那么回事的。就算真是吴家祖坟，吴极这孩子为什么现在突然开挖了？"

"据安大平说，吴极跟一个姓吴的同学闹矛盾，对方说，'有种别姓吴'。为撇清跟对方'吴'的关系，这小子血直往脑门上蹿，竟然要到老祖宗的坟墓里找证据。吴斌跟他说过，虞公落葬时，带了一部家谱进地下。"

这算不算"儿戏"？他还真就这么干了。这孩子都没意识到，即便真有家谱陪葬，几百年过去，也不知道腐烂多少回了。而且，找到家谱就能证明他是虞公的后人？

"吴斌跟吴极说，他们家有一部吴姓家谱，打头的是虞公的二儿子，只要两部家谱衔接上，齐了。没有比这更有力的证明了。"

家谱这么复杂的东西我不懂。我多给我留了一本，让珍藏，我放抽屉里后再没拿出来过。但以我对家谱粗浅的了解，很多家谱开头都会有一段大帽子，历数自家姓氏的沿革，吴极完全可以拿出自家的家谱嘛。

"这个我也问了。"副所长问我要了根烟，"吴极说，他把家里翻了个底儿，没找着。就给吴斌的船上打电话，父亲醉醺醺地跟他说，早不知放哪了，回到家再说。他一趟船经常要跑三四个月，吴极等不了，找到一部算一部。头一次见到这么仓促上阵的盗墓贼。找了几本盗墓小说翻了翻，围着虞公山转了三圈，觉得哪个地方顺眼，一锹插下去就开始干了。担心一个人忙不过来，就把好朋友拉过来帮忙。哦，对了，他不同意盗墓这个说法。"

"不盗墓他们怕啥？"

"我们的人守在那里，大盖帽总还是有点震慑力的嘛。他俩就跑了。"

"口供跟现场都吻合？"

"核对无误。挖掘工具藏在旁边的小树林里，也找到了。"

确实有点意思。我想找个时间跟吴极这孩子聊聊。他爹我见过，跑船回来，经常摇摇摆摆穿过运河街，一大早看上去也是醉醺醺的。

专家们确认虞公山下有座古墓。墓主人虞凤常，字鸾翔，湖北宜昌人，仕宦生涯主要在清康熙年间，官至大理院少卿，也就是大理寺卿的副手，佐正卿总理全院事务并监督一切事宜，正三品，够大的官儿。专家查阅大量史料，证实了本地的传说。大理院少卿虞凤常确系陪侍康熙皇帝沿运河南巡，船队行至鹤顶时病逝。虞少卿是康熙的爱臣，他的突然亡故，让皇帝十分悲痛，其时天气尚热，尸体不宜久存，长途迁移更是不妥，便御旨厚葬于此。

当年一定是立了墓碑，碑文很可能还是康熙御笔，但很遗憾，不知道在哪个年代弄丢了。很可能因为墓碑的失散，导致本地人对这段历史的记忆开始漫漶，最终成了众多漫不经心的传说之一。不过这也在一定程度上保护了虞公山，否则，早不知道被那些职业的盗墓贼光顾多少次了。

我们把吴斌的"吴自虞来"一说报给专家，他们讨论之后，表示存疑。现有的资料完全不能支撑吴斌的说法。虞氏一族，在北京和宜昌都有后人，子孙繁茂，有案可稽；至于鹤顶的这一支，真没听说。

考古发掘正在有条不紊地进行。鹤顶在运河边上，千百年来，无数历史人物在运河上穿梭，无数的大事在水上与河边发生，大大小小的遗迹不能算少。在这方面，鹤顶人还是见过一点世面的。开始几天，大家围观考古现场的热情挺高，里三层外三层，等专家们找到此系虞公墓的确凿证据，即一块镌有"虞少卿"字样的石头后，人群就慢慢散了。热闹不能一直看下去，自己的日子还得好好过。我们继续提供必要的安保，所里的日常工作也逐步恢复。

跟县局协商之后，对吴极和安大平做过批评教育，把他们送回了课堂。我知道吴极没有想通。说实话，我也挺好奇，于是决定，干脆把它当成不是案子的案子继续办下去。周末下午，吴极母子俩都在家，我敲响了他们家的门。

儿子挖了虞公山，当妈的觉得挺没面子，但因为儿子这开山的几锹，引来一场轰轰烈烈的考古，还坐实了虞公墓，当妈的又觉得儿子给自己长了脸。不过此外，"吴从虞来"又让她哭笑不得。你爸整天云里雾里，瞎话张嘴就来，你个小狗日的也信？当妈的又十分来气，这事用膝盖想都觉得荒唐啊。我到吴家时，没说上两句，吴斌老婆又训开了儿子：

"好的你没学，脑子抽筋倒学得挺快。不过那死鬼也没啥好的可学。"

吴极小声嘀咕："我爸没瞎说。"

"他不瞎说？嫁给他十八年，我算明白了，从头发梢到脚指甲盖儿，他从头到脚每个细胞都是个骗子！"

"我爸不是骗子！"

"他要不是骗子，你妈我就是七仙女，就是王母娘娘。"

"我爸就不是骗子！"

"好了，老娘懒得跟你争了。你真是你爸的亲儿子。"

我赶紧打圆场，表示想跟吴极单独聊聊。

"随便！"吴斌老婆手一挥，"能带回家聊到管饭更好。"这婆娘拎起织毛线的袋子去邻居家串门了。

我问吴极："你爸知道这事吗？"

"不知道。电话打不通。"

吴斌跟着一个外乡人跑船，每年回来两三次，吴极掰着指头数，在家撑死了也就待一个月。活儿多？谁知道。他喜欢在水上跑，说在陆地上走不稳，上岸就要摔跤。他悄悄跟儿子说，别告诉你妈啊，我两条腿不一样长。吴极想看看两条腿差多少，吴斌刮了一下儿子的鼻子，站着是看不准的。可是吴斌一躺床上就是前腿弓后腿蹬，两脚从来不齐，那姿势像在跑路。过去吴斌有过两个便宜的手机，一个喝多了不知丢哪去了，一个站在船边撒尿时，不小心滑进了水里。干脆不要手机了，反正没人找。吴极找他，都是打船老大的电话，那差不多也是个不靠谱的酒鬼。

吴家的房子不大，就这样也没塞满，客厅里的摆设稍显清冷，感觉这家人随时都可能搬走。

"喜欢爸爸吗？"我问。

吴极低着头："不知道。"

"想爸爸吗？"

"不知道。"

"爸爸回到家都干什么？"

"喝酒，跟妈妈吵架，给我讲故事。"

"都讲了什么故事？"

"什么故事都有。"这孩子突然有了自信，眉毛都跳了起来，"我爸爸一肚子故事。真的，他什么都懂。他去过很多地方，每个地方都能带回来一大堆故事。不信你问安大平。我爸一回来，他就待在我家不愿走。他说我爸是他见过的最会说笑话的人，每次他都笑得两个腮帮子疼。"

"你妈妈喜欢听吗？"

"我妈说，都是吹牛，鬼话连篇。然后就吵架，有时候还会打起来。"

"你爸都跟谁一起喝酒？"

"他自己把自己喝醉。一年有十一个月在外头，哪来的朋友。"

鹤顶镇上姓吴的有好几家，跟他们家都不是本家和亲戚。吴极往上四五代，都是单传。他爸说，跟他们不一路。

"你们家的家谱你看过？"

吴极摇摇头："我爸都忘了放哪儿了。但是我看过这个。"他去自己房间抱回来一本破旧的县志，砖头一样大。他熟练地翻到折页的地方，递给我看。

纸页泛黄，印刷效果也欠佳。那一页介绍虞公山的传说，列出四种：虞氏住地说；虞氏修仙说；虞公墓说；还有一个愚公说。第四种意思是，这地方原来真有座山，堵在某人家门口，这家也出了一个愚公，誓将此山夷为平地，可惜天不假年，快削平的时候累死了。大家就把剩下的这个土包叫愚公山。已经有个跟王屋和太行两座山耗到底的愚公，本地人想，还是别弄重了，分不清彼此也麻烦，于是改叫虞公山。虞公墓说，指的就是虞凤常落葬于此，名之虞公山。吴极只在此一说的文字下，用圆珠笔画了两条歪歪扭扭的线。

"这个说明不了什么问题啊。"我说。

"我相信我爸的。"

吴极说这句话时，内向、羞涩和躲闪都不见了，一脸单纯笃定的孩子气。我摸了摸他的脑袋，感觉像在摸我们家的那个小浑蛋。儿子高中毕业后，再不让我摸他脑袋了。"挺好，挺好。"我说，"你爸这么说，一定有他的道理。想吃什么？"

他想吃羊肉串，如果可以，还想把安大平也叫上。没问题，我说这顿一定管饱。我们在镇上最好的羊汤馆等安大平。他们想吃的全点了。分手的时候，我要吴斌的船老大的电话。那人姓秦，山东口音，说话充满梁山泊的豪气。我们聊得很好。船停在码头，他留守船上，吴斌上岸溜达了。他说吴斌这兄弟不错，就是管不住自己的嘴，每顿都离不开那二两猫尿，可惜了一肚子的才华。秦老大说到猫尿时，嘿嘿地笑了，他也好这口。水上跑惯了，不喝两口真顶不住那寒湿，还有"孤独"。他说到"孤独"时舌头打了个结，不习惯这样文气和矫情的表达。

"一肚子才华？"

"也是一肚子鬼话。"秦老大吐了一口痰，在电话里说，"那真是个聪明人，说什么像什么。他要不跟我搭个伴，这一年到头在运河里跑上跑下，我还真不知道时间怎么打发。"

"你知道他祖上姓虞吗？"

"那得看他喝到哪儿了。喝到位了，也姓过吴。"

我不知道接下来该问啥了，便随口说："一肚子鬼话那你还信？"

"信了能翻天？你们可能不了解他。聊透了，你就知道，这人让你心疼。对，心疼，就这个意思。"

我头脑里立马出现一个清瘦的男人，还有点病病歪歪的。事实上，我见过的吴斌虽然块头算不上多大，但绝对是个结实的汉子。

"我可能没说清楚。反正这兄弟真不是坏人。他不过是张嘴就来。你要是跟他敞开了说上一个小时，我担保你会认为他跑船是屈才了。我一直觉得他能干很多高级的事。能干什么我也说不好，反正他经常没魂儿的样子既让我冒火，又让我愧疚，觉得委屈了他。但他又能干什么呢？所以这些年我一直收留他。要是别的船老大，早换个更年轻能干的了。不好意思，啰啰唆唆的，也不知道我说明白了没有，"他的声音突然远了，一段空白，他一定是捂住了话筒，很快山东口音又回来了，"吴斌回来了，又喝多了。你要跟他说吗？"

"不必了。我就随便问问。谢谢。"我竟然有点慌张地挂了电话。

这次通话之后不到一个月，准确地说，二十八天，考古发掘还在进行，秦老大突然给我打了个电话。吴斌死了，昨晚喝多了，可能夜里起来撒野尿，一脚没踩好，栽进了运河里。今天一大早尸体浮在水上，幸亏没漂太远，要不都不知道他跑哪儿去了。现在他正加足马力把他运回来，明天就到鹤顶。他觉得先给我打个电话，可能比上来就通知吴斌老婆孩子要妥当。为什么妥当，他也不知道。这个山东汉子，在电话里露出了哭腔。他说，吴斌无论如何是个好兄弟。

由所里出面，找了一辆车去接吴斌。我以为吴斌老婆会拒绝去码头，没有，她坐在车上一声不吭。如此安静的母亲，吴极也有点不适应，他下意识地抓着妈妈的胳膊，他的手不停地抖。

　　吴斌被水泡得变了形，头发稀疏，白多黑少。他长一张瘦脸，跟肿胀的身子完全不成比例。吴斌老婆没有哭出声，只是眼泪啪嗒啪嗒地掉。吴极也一样，因为控制不住的惊恐，他连眼泪都很少。秦老大年轻时肯定是个壮汉，此刻两鬓斑白。他擦眼泪的时候不得不擤鼻涕。

　　一切从简。最后关头，再整理一下死者仪容。吴斌脸上蒙一沓火纸，这是鹤顶的风俗。旁边站着五个人，他老婆、他儿子、秦老大、我和安大平。就在殡葬工要把他推进炉子里的那一刻，吴极抓住了父亲。他把父亲的两条腿直直地并到一起，握住父亲的两个脚踝。为了看得更清楚，他弯下了腰。

原载《芳草》2020 年第 3 期

【作者简介】陈楸帆，科幻作家、编剧、译者，曾多次获得全球华语科幻星云奖、银河奖、世界奇幻科幻翻译奖等国内外奖项，作品被广泛翻译为多国语言，在许多欧美科幻杂志均为首位发表作品的中国作家，代表作包括《荒潮》《人生算法》《异化引擎》等。

Chen Qiufan, a science fiction writer, screenwriter, and translator, has won many domestic and foreign awards such as the Global Chinese Science Fiction Nebula Award, the Galaxy Award, and the World Fantasy Science Fiction Translation Award. His works have been widely translated into many languages and published in many European and American science fiction magazines. His representative works include *The Waste Tide*, *Algorithm for Life* and *Project ME (Mutation Engine)*, etc..

剧本人生

陈楸帆

1

"3、2、1……OK, Cut！"

随着现场导演一声令下，犹如古罗马斗兽场般的巨型虚拟摄影棚里，三层楼高的自动摇臂停止了动作，运动轨迹数据已经被传输到了后台，实时合成图层复杂的影像素材，等待后期加工。绿幕前，所有人都松了口气，停止了鼓掌、欢呼、微笑……一切事先在剧本里被安排好的动作。

这是一场杀青戏，讲的是死而复生的英雄经过激战，击败强大宿敌，赢得美人归。

一个俗套的 Happyending。

等候已久的疯狂粉丝尖叫着突破警戒线，冲向主演的女明星 Alpha，索要签名合影。尽管演技饱受争议，可人气还是居高不下。乔维娅被人群推搡到一边，没有人是冲着她来的。她心里清楚，自己只不过是这部戏里微不足道的一个配角，剪辑后出现在屏幕上的时间加起来也许不过三秒钟，还是群戏。但这丝毫无法减少她的失落。

你也会有这么一天的。她看着被粉丝簇拥的 Alpha，心里默默说了一句。

在工作人员的带领下，乔维娅回到后台卸下妆容与戏服，看着镜中精致姣好的面孔，尽管已经过了最娇艳的年纪，可接近三十岁的熟女气质反倒给她增添了不少魅力。至少在容貌这一点上，她相信自己不会输给任何人，包括主角 Alpha。

化妆师离开了，乔维娅等待着经纪人林楠来接，这时从隔壁传来了略带刺耳的交谈声。毕竟这是配角化妆间，只用薄薄的板材象征性地隔开，谈不上什么私密性。

从声音她认出是另一个和自己配戏的女演员阿香，她虽然貌不惊人，但以善于交际攀附在圈内出名，据说原来只是个给群演发盒饭的剧务，几年间已经挤进了一流制作的配角班底。

"……哎呀，我快笑死了，你说她演的那叫个啥，摄影师躲都躲不开，回头连累我也得被剪掉，你说坑不坑……"

"就是说嘛……"化妆师在一旁附和着。

"……要我说，演技这么差就别吃这碗饭了，靠人硬捧，捧得越高，摔得越重，你说那哭戏演得尴尬死了，要我就找个地缝钻进去了……"

乔维娅突然醒悟过来，自己和阿香在一场关键戏份里位置挨着，那场戏是要为英雄之死哀悼，导演要求配角有一种哀而不伤的感觉，特地点名要乔维娅落泪，也不知道是为啥，她就是哭不出来，后来用技术手段硬加了几滴眼泪。那场戏 NG 了好多次，大家都很不爽。

"……也不知道林楠为啥看上她，要说脸蛋吧，那确实没得挑喽，可演戏也不能光靠脸蛋，你说是不是啦，又不是十年前选秀的小姑娘……哎、哎，我还听说有些别的……"

"香姐……"化妆师突然打断了她，两人音量顿时调小了，过了几秒，爆发出更加刺耳的尖笑。

乔维娅气得满脸涨红，浑身发抖，她站了起来，想冲过去开撕，又怕自己不是对手，反倒丢了脸面，纠结之间，林楠来了。看到她这样子，关切地问她怎么回事。

隔壁又爆发出一声怪笑，林楠一下明白了，要冲过去，却被乔维娅拉住了手。

"算了，嘴巴长在别人身上，随她们说去吧，我们走。"

车子走在半夜的街头，灯火依稀勾勒出林楠俊俏的侧脸，他是星辉娱乐大老板的三公子，也是最小的一个，外界一直揣测他当经纪人是因为在家族争权斗争中失势，所以要靠曲线救国，证明自己的实力。可惜，所有的人都觉得他押错了注码。

十年前，乔维娅靠着一场举国瞩目的选秀节目 C 位出道，甜美的样貌、乖巧的性格，让她成为国民少女，一时间火遍全国，接不完的通告，上不完的节目，拍不完的代言。直到虚拟偶像成为新的热潮席卷全球，乔维娅不得不转型演员，怎奈她始终演技平庸，经常被媒体评论为扑克脸，又受限于形象，放不下身段去当丑角，角色越来越花瓶，越来越不讨好，从观众与粉丝的视野中渐渐淡出。

她曾以为自己的演艺生涯走到了尽头，直到遇见了林楠，像是一场美得不真实的梦境。

"林楠，"乔维娅突然开口，她不知道自己该怎么措辞，"……你为什么要签我？"

林楠瞥了她一眼，那张脸依然完美如初，在夜色中闪烁着珍珠色的光亮。

"说什么呢你，当然是因为你能给我挣钱啊，公司以后全靠你壮大呢。"

林楠说的公司，不过是只有三四个人的小工作室，靠着他父亲在圈里的面子地位轧一些大制作里的小角色，希望以小博大，赚个一夜爆红的买卖。

"我真的很感激你，可我……"乔维娅咬了咬嘴唇，"我真的不适合演戏……要不，算了吧。"

车子一声尖厉的急刹停在路边，林楠沉默了片刻，突然爆发了。

"所有的人都觉得我瞎了……甚至以为我跟你有什么！可我只是单纯看好你，觉得你有潜力，总有一天会红！"

"真的吗？……"乔维娅也不知道自己问的是哪一句。

"可前提是你也得相信你自己，如果连你都不信自己，那这世界上就没人能帮你了……"

"可……可我真的不会演戏。每次我都很努力了，真的，可我就是没有办法像拧水龙头一样开关自己的感情，也许这就是天赋……"

"别给自己找借口！你总是往后退，十年前这样，现在还是这样，总有一天你会无路可退……"

林楠的话被一个信息的声音打断了，他瞄了一眼，突然改变了语气，极其温柔地转向眼含泪水的乔维娅。

"我刚才说错了，这世界上还是有人能帮你的，只是需要你的一点点勇气……"

林楠将手机里收到的信息展示给乔维娅，她那充满星光的双眼顿时变得更大了。

2

"维娅？乔维娅？你能听到我说话吗……"

遥远的呼唤将乔维娅的神志慢慢拉回到现实世界，她睁开双眼，发现自己依然躺在那间凌乱而怪异的房间里，周围充满了电缆与莫名古怪的机器。工作车间，那个穿着白大褂的男人这么称呼自己。乔维娅有点慌乱，像兔子般挣扎着向四处望去，还好，她看到了一张熟悉的脸，正从上方充满笑意地看着自己，那是林楠的脸。

"你终于醒过来了，怎么样，有没有感觉哪里不舒服？"

乔维娅被扶着坐直了身子，似乎有哪里不一样了，可她又说不清楚。

"……还好，就好像做了一场漫长的梦，但是又记不清了，我怎么会在这里，这是在干什么？"

说话间，她唇边出现了一丝怪异的扭曲，似笑非笑，随即消失。

林楠和那个白衣男人对视了一眼，后者不自然地笑了笑说正常反应、正常反应。

林楠解释道："你忘了吗？是你答应来接受一个小手术的，我们在你的脖子后面植入了一个小东西，它能够帮助你提高演技。"

"脖子？"乔维娅摸了摸自己的后颈，好像是在皮肤下面多了一小块凸起，但是如果不仔细摸，根本觉察不出来。

"准确地说是情绪调节芯片。"那个白衣男子接过话茬，开始滔滔不绝起来，他似乎有种奇怪的能力，能够把每一句话都说得让人半懂不懂："打个比方说，正常人能整合周围环境和其他人的行为表情这些信息，做出合乎社会习俗与规范的情绪反应，但对于演员来说，这样的要求会更高，因为他们面对的是虚假的环境和虚假的他人行为，因此需要超频开动自己的镜像神经元，在脑中虚构出一个能够欺骗大脑的情境，这样才能够表演出足够真实自然的情绪。这可以说是一种天赋，而你，很遗憾，这方面天赋嘛……"

"……尚待开发。"林楠白了他一眼，"所以我们需要通过这枚小小的芯片，来帮助你更好地去表演情绪。"

"表演情绪？……"乔维娅琢磨着这四个字里的含义，"你是说，以后有了这枚芯片，我就能想哭就哭出来了？"

"那只是最初级的功能，以后所有的最佳女主角都是你的了。"林楠的兴奋溢于言表。

"可是……"乔维娅露出犹疑不决的神情，"我害怕……会不会有什么副作用……毕竟是在我的脑子里……"

"你忘了我们说好的，一定要让那些看不起你的人闭嘴！"

"好吧……"乔维娅抬头看着林楠，"你会保护我的，对吗？"

林楠像是受到了什么感召，眼含热泪，急切地表达骑士的承诺。

"相信我，不会让你受到半点伤害。"

两人几乎要拥吻起来，这时一直站在旁边的白衣男子不合时宜地轻轻咳嗽了两声。

"不过，要注意定期回来进行检测，有什么异常情况马上通知我，这毕竟只是个实验室原型，说不定还会有些没有调试好的 bug……"

话音未落，两个人已经离开了工作车间，白衣男子的手机响起了付款到账的金钱落袋声，他嘴角一咧。

<h1 style="text-align:center">3</h1>

乔维娅火了，火得一塌糊涂。

有一个网友截取了她在一部古装戏里仅仅露脸三秒的哭戏视频片段，上传到网上，标题"三秒哭出八个层次的逆天演技"，瞬间引爆全网，被疯狂转发点赞评论。

视频中，乔维娅瞬间从悲伤、隐忍、含泪、失控、爆发、凝咽、坚强、带泪微笑，全程酣畅淋漓，无缝切换，配合那完美的面孔，令人看完难以形容的舒爽陶醉，竟有欲罢不能的上瘾感，数据显示视频的循环播放率超出正常值的十倍。许多网友跳出来呼吁应该让乔维娅当"女一"，而片约瞬间纷至沓来，挤爆了林楠公司的邮箱。

乔维娅迅速上位"女一"，而所有的剧本里毫无疑问都会有一段为她量身定制的哭戏，所有的人都爱看她哭，她的哭具有极其强大的感染力，哪怕你对剧情一无所知，只要看到乔维娅的哭戏便能一秒入戏。所有的媒体都在疯狂盛赞，称她是不世出的天才、"绝世哭星"云云，甚至预言来年的奖项都将被她收入囊中。

林楠的公司规模扩大了十倍，所有人都围着乔维娅一个人转，因为公司为她同时签下了数个项目，因此每天她需要在不同的剧组转场奔波。但无论两场戏之间的情绪断裂如何巨大，乔维娅总是能在开机的一瞬间自动切换到最为妥帖准确的情绪状态，令在场的所有人都啧啧称奇。

不仅如此，不管在任何场合，乔维娅总是能让人如沐春风，分寸尺度把握得恰到好处。让那些对她有几分想法的制片人和导演心旌荡漾，似乎离得手只有一步之遥，但同时也让她的同行们，那些刻苦磨炼了多年的女演员感觉不到敌意，甚至会认为乔维娅是出自真心实意地在帮助自己。如果这世上真的存在摄人心魄的魔女，那么乔维娅毫无疑问就是魔女本人了。

又是一场杀青，乔维娅情绪饱满地演绎了一场堪称经典的哭戏，整座战火纷飞的城市，所有劫后余生的人在她的哭声中站了起来，眼含热泪，收获希望。甚至当导演喊停之后，所有的演职人员都久久沉浸在情绪之中无法自拔，直到乔维娅起身走出片场，在她身后才爆发出一阵发自内心的热烈掌声，而她只是露出一丝不屑的神情。

一路上，所有的演职人员都在向她鞠躬致敬，乔维娅像女皇般回报以典雅而又不失距离感的微笑，这是芯片自动调节出来的最佳表情。

她看到了阿香，那个曾经嘲讽过自己的人，似乎激动得想要扑过来跪在地上，亲吻鞋面。乔维娅扭头转身避开她的视线，就像躲开一条摇着尾巴乞怜的流浪狗。

林楠已经在化妆间里等着她了。

"今天结束得早，我带你去一个地方吃夜宵。"林楠略带谄媚地说。

"亲爱的，我今天有点累了，不如改天吧。"乔维娅有点心不在焉。

"哦，那也好，我送你回去。"

城市灯火从流线型车身飞速划过，两人一路相对无话。

"嗯，那个……你最近有没有感觉什么不舒服的？我们是不是该回去复检一下了，你懂我意思……"

乔维娅望向车窗外，似乎不想回答这个问题。

"维娅？还有咱们的事情，你考虑得怎么样了？现在父亲很看好我，打算让我先负责打理一部分公司业务……"

"当然了，亲爱的，"乔维娅突然转过头来，一扫之前的倦怠，言语中饱含着毋庸置疑的爱意，"真的特别替你高兴，你终于证明了自己。"

"我们，都证明了自己。"林楠似乎也被这种爱意感染了，"所以你没有什么不舒服的？"

"没有没有，只是哭戏太多了，感觉有点累。"

"也是，最初决定做那个手术时，就在算法里有针对性地加强了哭的情感模块。看来确实得找个时间回去一趟，毕竟，你是最好的演员，不单单是哭戏。"

"你说得对，观众迟早会看腻的，等我稍微空下来的时候吧。"乔维娅像是想起了什么，"林楠，我考虑好了，咱们结婚吧。"

林楠喜出望外，手挡往前一推。

车子一滑而过，卷起落叶纷纷，加速驶入迷离夜色。

4

林楠父亲突发心梗去世了，亿万家产以及公司继承人选成为媒体最为关注的热点。根据生前安排，遗嘱将在葬礼现场宣布，许多狗仔队早早就埋伏好，或者打点好参加葬礼的内应，为媒体提供第一手的报料。

乔维娅从片场急匆匆地赶来，甚至连妆都没有卸，只是换上了一身全黑的套装，像一朵乌云一般飘进了葬礼现场，挽住林楠的臂弯。而半个小时前，她还在一场狂欢派对戏中表演歇斯底里的大笑。

林楠无法相信平时身体健壮、注重保养的父亲会突然辞世，还没有从震惊中缓过神来，只是眼圈泛红、神情呆滞地执行着葬礼主持人布置的种种环节仪式。

而乔维娅却似乎比林楠显得更加的悲伤，在遗体告别时甚至失控落泪，尽管所有人都知道这个准儿媳也许只见过公公不过三面，但她的表现仿佛是自己失去了一个至亲之人，那种悲痛溢于言表，引得镜头纷纷聚焦在她的脸上。毫无疑问这些都将登上当天的媒体头条，被推送到亿万人的眼前。

终于来到了宣布遗嘱的环节，出乎所有人的意料，公司管理权并没有如外界猜想般一分为三，而是全权交给了林楠负责。这个结果在现场引起了不小的混乱，林楠的大哥、二哥带着家属愤然离席，而林楠自己也不明就里，因为在他与父亲的上一次交谈中，如此重大的决定并没有透露半分。究竟是什么改变了父亲的想法，而且如此紧挨着他的意外离世。

乔维娅紧紧拥抱着林楠，轻轻拍打他的后背，似乎在安抚他的情绪，躲在暗处的狗仔队用长焦镜头全程跟拍她的表情，并剪辑成视频放到网上。比起星辉集团的遗产问题，似乎大众，尤其是乔维娅影迷们，被称为"维蜜"，更加关注的是她当天的表现。

为了避免家族官司影响到集团运营及股价表现，林楠召开了一个家族内部会议，答应将部分非主营业务交给两个哥哥打理。虽然深表不忿，但是遗嘱缜密毫无漏洞，两位皇子也只好接受下来，再做打算。

就这样，林楠成了星辉集团的国王，而乔维娅将成为那个皇后。很快地，这场葬礼的热度就被林楠与乔维娅的盛大婚礼所冲淡，毕竟那也是写在遗嘱中的一个重要条款。而这背后到底发生了什么，无人知晓。

只有乔维娅的人气不断攀升，撕掉了哭星标签，成为全能型的天才演员。

某天夜半，一阵急促的电话声吵醒了熟睡中的林楠和乔维娅，是公司的公关主管。

"你们快看看网上的新闻。"电话那头只留下简短话语和一个链接。

林楠打开链接，顿时表情在脸上如石膏般凝固住了。

"怎么了，亲爱的？"乔维娅转了个身，语气呢喃地问他。

"你自己看。"林楠把手机丢给她，自己冲入卫生间，他需要冷静一下。

乔维娅点开视频，有好事之徒将自己在葬礼上的全程表情做了快放，与她的经典哭戏进行并排对比，结果发现，所有的细节、转换、情绪都几乎一模一样，只不过是慢了许多倍。最为经典的一幕便是遗嘱宣布之后，乔维娅紧紧抱着林楠，嘴角却露出了志得意满的微笑。网友和媒体都在狂欢般地转发，大部分评论都在指责乔维娅虚伪、逢场作戏，甚至连葬礼都是要靠演技来蒙混过关，甚至还有阴谋论者怀疑林楠爸爸之死便是与乔维娅有关，各种不堪入目的猜想甚嚣尘上，已经像滚雪球一般愈演愈烈，无法止息。

乔维娅冲进了卫生间，林楠正在用冷水洗脸，试图平息愤怒。

"你听我说，亲爱的，不是你想的那样……"乔维娅楚楚可怜，声音微颤，任何一个稍微有点同情心的人都会为之心碎。"我确实在葬礼上用了芯片，可、可那都是因为我爱你，我不希望因为我和你父亲的距离感，让别人觉得我不走心，所以……"

"你不觉得这很荒唐吗，乔维娅？我觉得你越来越陌生，你离我越来越远了，就连生活里的一点一滴，我都分不清哪个是真正的你，哪个是在演戏的你……"

"可你喜欢的……不就是会演戏的我吗？"

林楠一拳砸在镜子上，镜子开裂，将两人撕碎成无数细小的人像。

"事到如今，我们只有一个办法了……"

"你要干什么，林楠？"

"公开芯片的事实，只有这样，公司的名誉才不会受损。"

"你要牺牲我？"乔维娅口气一转，冷冷地看着林楠，似乎瞬间完全变了一个人，"当你需要我的时候，你可以给我安上芯片，说你爱我，让我变成你的摇钱树。当你不需要我的时候，你就把我推出去，让我变成千夫所指的罪人，是这样吗？林楠，这就是你说的爱吗？"

"乔维娅，你入戏太深了，你有病你知道吗？你现在所有的情绪都不是你自己的，你是在表演，你醒醒吧！"林楠逼近乔维娅，指着她那好看的脸大骂。

"我有病？我有病，那也是你逼的！如果没有我，你觉得你爸可能把公司留给你吗？如果没有我，你会那么快就坐上星辉集团的头把交椅吗？该醒醒的是你吧，林楠！没有我，你就是一个废物！"

林楠眼中喷出怒火，他抓起盥洗台上的大理石皂盒，朝乔维娅头上狠狠砸去。只听一声空洞的响声，接着便是身体倒地的声音。

5

新闻发布会上，乔维娅坐在轮椅上出现在现场，她戴着低檐帽和巨大墨镜，似乎要遮挡住自己那曾经引以为傲的面孔。

林楠陪在她旁边，紧紧地握着她的手，像是给她支持，又像是怕她逃开。

"乔维娅女士，由于长期超负荷工作，造成神经系统的紊乱，患上一种罕见的情绪失调共济综合征，她将接受专业机构的康复性治疗，因此在很长一段时间内，我们都无法见到她在大屏幕上的演出了。"星辉国际的新闻发言人告诉媒体，场内响起了嗡嗡的议论，所有的记者都举起了手，镁光灯狂闪不已。

"能不能让乔维娅女士自己说两句。"所有人都附和这个提议，毕竟她才是这场风暴的中心。

话筒靠近乔维娅嘴边时发出巨大啸叫，林楠皱了皱眉拿开了一些。

"我……我很抱歉，"乔维娅颤颤巍巍地开口，像是努力在把握某种正确的情绪，但似乎她的表情完全不受自己控制，一会儿龇牙咧嘴地笑，一会儿又哭丧着脸。大家终于明白那副墨镜的用意。"在葬礼上的事情，全都是我的错，我……没有办法控制自己……的情绪，给大家……添麻烦了……"

话筒被林楠粗暴地夺到自己面前。

"作为星辉集团的董事长，也作为乔维娅的爱人，我不会放弃她，她是我们这个时代最伟大的演员之一，我们不会忘记她所带给我们那么多经典的表演。我向所有喜爱乔维娅的朋友们承诺，我一定会竭尽所能，治好她的病，让她早日重返舞台，为大家献上更精彩的表演。同时，我们也会以乔维娅的名义建立专项基金会，用于资助治疗这一罕见病的科研团队，帮助更多的患者摆脱痛苦。谢谢大家！"

林楠声情并茂的陈词引来媒体的热烈反响，没有人注意在乔维娅那副巨大墨镜下，她往丈夫的方向投去一个眼神，同时流下一滴泪水。

新闻发布会非常成功，所有的舆论风向都转向了同情与怀念，并对林楠和星辉集团有担当有承诺的举动表示赞赏，星辉股价一度涨停。

林楠关上屏幕，得意地转向乔维娅。

"这也许是你从业生涯里最成功的一次表演了，恭喜你，亲爱的。"

乔维娅把头扭向一旁，林楠走到她身边，把她的脸扭向自己。

"我爱你，我真的爱你，所以我说的都是真的，我会治好你的。"

乔维娅看着自己的丈夫，本应该是不解与迷茫的表情，表现出来却是愤怒与惊恐，让她的五官变得扭曲，甚至有几分……丑陋。林楠背过身去，摇了摇头。

乔维娅看到了他颈后被精心掩饰的伤口。肯定是上次情绪失控之后，他也植入了芯片，难怪在发布会上表现得那么自然感人。

"我知道，你一直都想当一个好演员，一个能让人情感共振的好演员，我想要成就你的梦想，所以才有了芯片。可是，有时候，人类的自然反应和表演，也许只有一线之隔。你太想当好一个演员了，于是混淆了生活与演出的界限。我们检查过了，芯片并没有问题，至少在被我打坏之前没有问题。问题在于你自己，如果你无法接受这一点，那么就算我们把你的芯片修好了，你也回不到原来的状态了。"

乔维娅眼角滑过一线泪水，她近乎哀求地看着林楠。林楠蹲下身替她擦去泪水，他语气和缓下来，似乎也动了恻隐之心。

"我们很快就会修好你的，只要你听话。"

他不知道的是，乔维娅刚才想要表达的只是厌恶。

6

工作车间里，还是那个白衣男子，只是不见了林楠。昏暗灯光下，有一些彩色的灯管和电线在闪烁，像是提前到了圣诞节，只是没有音乐，只有一阵令人不快的嗡嗡声。

乔维娅迷迷糊糊间感觉自己的脖子后方有什么东西在插入拔出。她想要大喊，想要逃跑，想找林楠，再怎么憎恶，毕竟那是把她带到这里的人，也是她唯一可以依靠的人。

"别乱动啊，我告诉你，上次被弄坏的后果你已经尝到了，比大小便失禁还痛苦的就是情绪失控。因为大小便失禁，你弄脏的只是自己，还有地板，但是情绪失控你污染的是所有身边的人，你会搞坏所有的关系，你会觉得自己甚至不像一个人。所以别动，让我把你弄好。还得多亏了你老公啊，我的芯片很快就可以量产了，到时候……"

乔维娅突然感觉脑中像炸开了一阵烟花，各种各样的情绪争先恐后地涌出来，没有逻辑，不分次序，她时而狂喜，时而痛苦，时而恐惧，时而狂妄，她感觉自己像是一个调频电台，被随机地接入不同的情绪频道。这让她觉得自己就快要分裂出许多个自己，而每个自己之间都在彼此掐架，想要弄死对方，吞噬对方。

就在她陷入绝望之时，所有的情绪都消失了，像是电台扭到了一个充满了白噪声的频段，什么也没有。

"还是得归零了重新设置才好啊。你丈夫很爱你啊，他说了，要让你少点哭，多点笑，这样你也会开心点，他也会开心点。也对，谁愿意每天对着一个哭哭啼啼的老婆呢，你说对吧……"

许多画面从乔维娅眼前一闪而过，她知道了林楠的用意，就像他们之间讨论过的，观众终究会对哭星厌倦，而想要让生意持续下去，就得不断地变化节目。她将成为一个谐星，一个以笑为生的演员，一个被操控在林楠手里的提线木偶，只要这事情一天没完，她就永远成为不了一个真正的演员。

林楠究竟是什么时候开始有了这种想法呢？乔维娅努力回忆两人相识的过程，林楠始终表现得像个不谙世事的富家子弟，只是喜欢上了自己的容颜和清纯气息，那是他真实的自我吗？还是说，一切都是他布置的一出戏，他只是在按着剧本表演，演得如此投入到位，以至于没人能够识破伪装。

而我，从头到尾只是他手里的一颗棋子。可难道我不也是在演戏吗，为了得到林楠的垂青和资源，不，甚至更早，为了从选秀节目中出位，我不也是给自己披上一层大众喜闻乐见的清纯无害的少女外壳，好得到更多的宅男投票吗？就像林楠说的，演得太久，入戏太深，把自己都给骗过去了。

"我……我好像有点不对劲……"乔维娅突然心生一计。

"嗯？哪儿不对劲，不，应该说你哪儿都不对劲……"白衣男子突兀地大笑起来，却仍然把耳朵贴了过来。

"我好像对你产生了某种……强烈的感觉……是不是你动了什么手脚……"乔维娅轻轻吐息，似乎有一条蛇在她身上游走，让她无法自遏地扭动身体。

"嗯？怎么回事？"男子犹豫间扶起乔维娅，将线缆接入她脖颈后的插口。

"你解开我的拘束，我指给你看……"

"你先别乱动，这套系统很精细的，搞坏了很难修好……"

"你快点儿，我受不了了，你究竟在搞什么鬼……"

"好、好、好，你别动，马上就好……"

突然间，所有软弱无力的感觉消失了，乔维娅趁着男子不备，一脚端在他的裆部，挣脱了脖子后的连线，带着火辣辣的疼痛，她在眩晕中逃离了工作车间。世界在她面前疯狂旋转，她摔了几跤，差点被车撞倒，路人像看着疯子一样看着她。可她却毫无感觉，没有恐惧，没有羞耻，没有痛苦。她要去告诉所有人，关于情绪调节芯片，关于林楠，关于星辉集团的一切。

可是，有谁会相信这一切呢？

她想到了媒体，曾经那么热爱自己的狗仔队们，他们一定会愿意听我的故事。

7

那个依靠长期跟踪偷拍乔维娅坐上主编位置的前狗仔队记者，从电脑屏幕前抬起一头油腻的鬈发。

“您说完了吗，乔维娅女士？”他重重地敲了下键盘。

“我保证我所说的句句属实，你们必须把这件事情公之于众，否则我不知道还会有多少人将会遭受这种非人的待遇……”

“我不知道，女士，我曾经那么热爱您的表演，您塑造的那些美妙的角色和瞬间，让我觉得这个世界上有一种与神灵相通的天赋，神灵通过您让我们感受到日常生活里所无法感受到的情感。可现在您告诉我这一切都是由芯片制造出来的，芯片比人自己更懂得如何去唤起共鸣，这让我在情感上很难接受……”

“可这一切都是真的，如果你不相信，我可以带你去工作车间……”

“这不是关键，关键是你讲述整个故事的方式。”

“什么意思？”

“您像是一台自动答录机一样，只是把事先录制好的剧本一字字地吐出来，没有任何的情绪，没有起承转合。如果这一切都是真实发生的，我很难想象您能够保持如此的平静。”

“也许是因为那枚芯片。你可以看看，就在我的脖子后面。”

“我检查过了，确实有一道伤口，可是在新闻发布会上您先生也说过，由于病情发作，您有自残的倾向，包括这一道伤口……”

“林楠是个骗子，他的心里只有钱，他的一切都是装出来的。”

“如果一个人的表演能够让另一个人感到开心，那么这份开心就是真实的。所以对于我来说，与其报道一个这种阴谋论式的科幻故事，倒不如去报道一些能够让人开心的事情，哪怕它们没有那么真实。毕竟我们的生活已经够沉重了，不是吗？”

“我明白了，你跟林楠是一伙的，你们媒体都被星辉收买了，我猜得对不对？"

"我只是作为一个曾经的抑郁症患者，真心地希望您能够恢复健康，毕竟您的作品是我排遣压力和抑郁的最有效的疗法，比什么药片都管用。如果有那么一种技术能够让所有人都能保持开心，那又有什么不对呢？"

乔维娅从椅子上起身，带着她仍然在流血的伤口，椅子在她身下发出巨大的摩擦声。

"您也许真的无法理解我们普通人的生活，大部分的时间我们心如死木，只是日复一日地重复着工作和生活，只有那么残存的几个瞬间，比如，看着您的作品的瞬间，我们才能觉得自己真实地活过。我恳求您不要剥夺我们为人的乐趣，哪怕是如此微不足道的乐趣……"

那个胖子随着起身，他似乎目光闪烁，有所隐瞒。

"乔维娅女士，您可以再休息一会儿，喝杯茶再走也不迟。"

紧闭的房门外响起了急促的脚步声，乔维娅知道自己被出卖了。她绝望地环视房间，除了窗户没有别的出路，可这里是二十一楼。

"别，乔维娅女士，这是钢化玻璃。"胖主编看穿了她的心事，不紧不慢地端起茶杯。

所有的脚步声瞬间停下，门把手开始缓慢旋转。

乔维娅脸上依然平静如水。

8

乔维娅疯了，或者说，她看起来比最疯的人还要疯。

白衣男子走出房间说，是因为在检查数据的过程中没有按程序进行，擅自热拔插导致的情感中枢紊乱。需要相当长的一段时间才能恢复正常，而且究竟能不能恢复到最初的状态，谁心里都没底。

林楠看着监控录像中另一个房间里的乔维娅，一会儿对着桌子笑，一会儿抱着花瓶哭，一脸嫌弃地吃完了特地为她准备的大餐，却又拿着根鸡骨头展开慷慨激昂的独白。

"她是我们的一块招牌，如果她不好起来，这芯片上市遥遥无期啊……"

"林老板，你当初可不是这么说的啊……"

"事情总是在发生变化，你也看到了，如果贸然上市，背后还是有很多隐患，对星辉不好，对你我也不好，你说呢？当下最紧急的就是让乔维娅恢复正常，哪怕是百分之七八十的正常，只要她能够到公众面前，到聚光灯下，去展现我们技术的强大，那就足够了。不然的话，你懂的。"

林楠的表情与语气中带着不容置疑的威严感与说服力。白衣男子知道，这是设置的芯片算法在起作用，把一个原来唯唯诺诺努力讨好别人的男孩，变成了不择手段的虎狼之人。这是他自己的选择，而自己也不过只是一颗棋子，随时可以被丢弃。

"是的，明白了，林老板。我明天会再来的。哦，对了，"临走之前，白衣男子似乎想起了什么，"乔维娅虽然是这种状态，可似乎在你面前，她还能恢复一些正常的情感控制，也许，她希望留给你一个尽量美好的形象。所以，你还是多陪陪她吧……"

林楠张开嘴，却什么也没说，只是挥了挥手。

他深深叹了口气，走进房间，换上另一副表情，正是他没有接受情感芯片之前的样子。

乔维娅抬起头，一瞬间似乎回到了昔日那个单纯而无助的女子，但只是一瞬间，她又龇牙咧嘴地对着林楠骂开，像是在驱逐什么恶魔。

"林楠，你走，我不想你看到我这个样子……"虽然情绪完全错位，可言语和思维还是理性的，这让乔维娅身上具有了一种奇异的戏剧性。

"维娅，你还记得，我们为什么要这么做吗？"

"你利用了我……"她脸上一半是哭一半是笑，但居然可以毫不违和地共存。

"不，是为了你。你的演艺生涯已经完了，结束了，死得透透的，你只能继续混着跑龙套的配角，还要忍受别人的耻笑，可你不服气，你觉得自己还能行，就凭着你这张脸，你也应该行。可你就是缺了点什么，那种东西可以让人对你产生好感，共情，如果用科学的方式来说。我用技术来挽救你，把你送上领奖台，送到万人瞩目的聚光灯下，可你还是不满足，还对我父亲下手……"

林楠夸张地背过脸去，似乎在抹眼泪。

"我，我怕你抛弃我，我一直怕……"乔维娅并没有流露出害怕或忧伤，相反是一副志得意满的胜者嘴脸，"可我知道什么都留不住你，无论是爱情，还是家庭，你关心的只有利益。"

"我……"林楠竟然一时无言以对，"可是我爱你。我想要治好你，我希望你能一直受欢迎下去，永远快乐地接受自己。"

"哈，你想的是让芯片上市，这样就有更多的乔维娅了。你爱的只有自己。"

"……"林楠沉默了片刻，似乎下定了决心般透露真相，"芯片其实只是个幌子。"

"嗯？"

"还记得我最初跟你说过的，芯片可以帮助你管理情绪吗？其实那枚小小的芯片根本没有那么强大，它只是起到传导信号的作用，真正的撒手锏，是云端的情绪管理系统。而一旦我们将芯片规模化投入市场，我们就能够掌控亿万人的情绪，想想看，这比娱乐产业要诱人和丰厚得多了。"

"你……是个魔鬼，竟然把我当成实验品……我恨你。"乔维娅露出迷醉的错位表情。

"不，我爱你。我知道，你不爱我，一直都不爱，从我认识你的那天起，我们俩就开始了一场旷日持久的偶像剧对手戏。你认为，我喜欢你表现得柔弱、无助，甚至有点天真的蠢萌，而我为了让你开心、让你满足，我便配合你出演，希望有一天能得到你的真心。但十年过去了，我知道那是通过正常人生无法做到的事情，我们俩只会越演越假，走上不归的分岔路。于是，我想到用技术去解决爱的问题。"

"哼，所以你觉得你解决了吗？"

"这比我想象中要复杂，人心总是不断地流变，我们需要更强大的计算能力，来制造出爱的感觉，来治好你。"

"我没病，我只是不爱你了。"

"你爱过吗？"

"十年，人生最好的十年，如果一个女人愿意陪你演十年的戏，难道这都不算是爱吗？"

"……维娅，我……"林楠哽咽了。

"林楠，我不想再陪你演下去了，你需要的肯定和自信，我都给过你了，我不欠你什么了。"

"别这样，维娅……"

"你让我走，或者让我死，都行，我只是不想再这样像个坏掉的木偶一样活下去……"

"我会治好你的，我会的。"

"我不信。"

"我可以保证，你永远享有专有的情绪算法和传输带宽，没人能够比得上你。"

"我不相信你，除非……"

"除非？"

"你愿意修改你的参数，一生一世只对我有爱人的情绪反应。"

林楠愕然，望向镜中的两人，微微有些扭曲的镜面反射出变形的两人，似乎像是两股潮水在流动中彼此渗透、纠结、融合。许多的往事如纷飞雪片般滑过他眼前，就像眼前这位女子表情中传递出来的信息，如此迷乱而错综复杂，难以看清辨明。

"……我愿意。"

9

这是一个风格浮夸的摄影棚置景，圆形舞台如同水晶球般反射出耀眼的 LED 特效，嘉宾和观众座位环绕着舞台层层往上，如同是一个流光溢彩的巨碗，不时有 CG 制作的全息影像从人们头顶飞过，有喷火的龙、带翅膀的鲸鱼、哥斯拉以及别的说不出来名字的虚构生物。

这里正在录制的是一档脱口秀节目《火星总动员》，主持人会不时将尖锐的问题抛向场上嘉宾，嘉宾的反应速度和表现将决定观众的投票去向，每场人们都会投出一名最佳"笑斗士"，毫无疑问这台节目的看点就在于这些互相攻击嘲讽来逗观众发笑的明星身上。

"那么如果有一天醒来，你发现你的另一半变成了一头猪，你会怎么样？"主持人把这个无趣的话题抛出来，一个全息的蓝色光球在嘉宾面前弹跳着，最终停了下来。

"我会让他剃完毛再去接孩子。"一个中年女星回答。观众爆发出轻微的笑声，光球变色，被踢到一个摇滚男星面前。

"我的第一反应是，天哪，我们要多花六倍时间逛内衣店了！"观众大笑，光球继续弹跳，现在变成粉红色。

"离婚的事情可以先缓缓了，至少猪的交配能力还是很强的。"观众爆笑，光球变成紫色，来到了最后一个嘉宾乔维娅面前。

所有的屏幕都出现她那张脸，她轻挑眉毛，似乎有某种愉快的波澜迅速荡漾开来。

"我会打开衣柜，对里面的人说，亲爱的，早餐你想吃烟熏火腿还是脆烤培根呢？"

观众们笑得停不下来，全场的灯光疯狂闪烁着，似乎都快要把摄影棚掀翻了。那个光球像是在呼吸的某种器官，随着投票数字上升膨胀变大，变换颜色，最后在乔维娅的面前炸成碎片。这时候镜头恰到好处地切换到她那精致妆容和完美五官，她开始绽放出标志性的笑脸，充满亲和力和感染力，如同某种不可见的能量波，通过卫星传递给此刻每一个在屏幕前收看节目的人。"核爆般的笑容"，所有媒体都这么形容她。

毫无疑问，乔维娅再次蝉联本场冠军，她的身价随着累积场次急速飙升，在这个令人抑郁的时代，有什么能力比让人开怀畅笑更值得买单呢？

"3、2、1……OK，cut！"

乔维娅面带闪光的微笑向所有人致意，所有人也报以热烈的掌声和欢呼。她退出聚光灯的势力范围外，遁入黑暗，丈夫林楠也鼓着掌，给她献上一束热烈的玫瑰。两人拥吻离开，给媒体记者充分捕捉镜头的时间。

车子飞驰在夜晚的街道上。

"所以你真的会那么做吗？"林楠看着前方飘浮而过的路灯，冷不防发问。

"你在说什么呢？"乔维娅微笑着扭头看他。

"如果我变成了猪，你真的会那么做吗？"

"噢，瞧你这小气鬼，那都是剧本上写好的，我只是照着演，难道效果不好吗？"乔维娅假装嘟起小嘴。

"就是效果太好了，所以会让我……你知道的，分不清你到底是真的这么想，还是在表演。"

"哈哈哈……你太可爱了……"乔维娅又施展起招牌的微笑，没有人能够抗拒这种笑，"这就是为什么我这么爱你……"

"也许是我的芯片该去维护一下了，最近感觉有点疑神疑鬼。"林楠不自在地摸了摸自己的后颈。

"你确实该去了，毕竟星辉集团这么大的压力，没有芯片，你怎么能坚持得下来？"

"你说得对，我这就预约。"

"这就对了，小乖乖，还有，关于量产芯片提前上市的事情，你是怎么跟董事会说的？"

"他们都同意了，而且觉得前途无限……"

"就像我说的，一旦让他们都体验到……"

"驱动人类的并不是理性，而是情绪。你说的都是真理，亲爱的。"

"别忘了，这一切全拜你所赐呀。"

林楠转过头看着乔维娅，露出迷惑的表情。就像是那天，他看着妻子如同充满电的机器人般恢复正常情绪变化时，眼中流露出的光。

乔维娅望向窗外，似乎也在回忆起同一个瞬间。

看清了林楠真面目的白衣男子决定与乔维娅联手，林楠果然上钩了。乔维娅不仅把自己变成了他唯一的爱人，更是情绪上的操控者。人类历经百万年的进化，心理与情感上却步履蹒跚，我们的大脑还保留着太多的后门和缺陷，只要稍微做一点手脚就能够颠覆理性。

林楠再怎么功利，还是抵挡不住内心深处对爱的渴望。

乔维娅深知这一点，从父亲身上得不到的肯定，林楠必须从人生其他的地方去补足，像是荒漠里饥渴跋涉的旅人。

事情就这么一步步顺利地进行下去了，无论是以爱的名义，还是别的什么。

跟情绪芯片的巨大潜在市场比起来，娱乐圈只不过是一个小池塘，但这个小池塘里却挤满了这么多渴望被人看见、欣赏与崇拜的鱼儿，所以它们扑打起的水花也格外活泼。这些动静掩盖住了真正的河流与海浪，一切都会变得非常、非常不一样。也许人类会因此而进入新的阶段也不一定，从管理好那些杂乱无章的情绪开始。

她摇下车窗，夜风灌进车厢，吹乱长发，所有的城市灯火似乎都在同步闪烁，像是黑暗中有一支无形的指挥棒在舞动、在摇曳。乔维娅情不自禁地在空中做了一个休止符的手势，露出了久违的发自内心的微笑。

原载《中国作家》2020 年第 6 期

【作者简介】周洁茹，江苏常州人，毕业于上海交通大学，早年在《人民文学》《收获》《花城》等发表作品，小说入选当代中国文学最新作品排行榜，曾获萌芽新人小说奖，著有《中国娃娃》《小妖的网》《我们干点什么吧》等作品。

Zhou Jieru, a native of Changzhou, Jiangsu Province, graduated from Shanghai Jiaotong University. In her early years, she published works on the magazines like *People's Literature, Harvest* and *Flower City*, etc.. Her novels have been selected into the latest works list of contemporary Chinese literature, and she won the Mengya Novel Award. She is the author of *Chinese Doll, Little demon's net, Let's Do Something*, etc..

51 区

周洁茹

说起来真的不像是真的。拉斯维加斯去往太浩湖的中途，内华达州大沙漠里，车胎爆了。

胎压直线下落的同时，我开始搜索最近的加油站。如果车速保持在70，一小时以后会到达那里，地图是这么说的。

你问问张一，珍妮花说。

我就给张一发了条微信，胎压掉到10了，而且一直往下掉的情况，有没有可能再开一个小时？

隔了好一会儿，张一回复说，奔驰没气了，还可以再开一点。我说，奔驰经常没气的吗？他说，他上网查了，奔驰没气还能再走八十公里，但是速度不要超过50。我说，哦，没事了。接下来我的脑海里果真出现了一个镜头：车彻底趴了，我跟珍妮花绝望地站在路边，漫天黄沙，热风，一团蓬草滚了过去……

这是上午九点四十五分的事情。

再往前推一推，八点钟，拉斯维加斯芝加哥酒店的停车场第四层，我跟珍妮花正在为一把不见了的梳子吵架。梳子为什么不见了？黑色的，三块九毛九 CVS 药店买的塑料大梳子，就是不见了。

七点四十五分，珍妮花出门去退房的时候我就是顺口提了一句，问下前台有没有见到我的梳子。

珍妮花说，什么梳子。

我说算了，当我什么都没说。

七点五十五分，我大包小包地到达了停车场，可是并没有见到珍妮花。为什么我大包小包的，还要拖珍妮花的箱子，因为是珍妮花退房，如果我去退房，就是珍妮花去停车场。节省时间，一个退房，一个直接去停车场放行李。

可是现在我在停车场了，珍妮花还在退房，而且车钥匙在她那儿。

过了五分钟，我给她打电话，还在退？

她在电话里冲我喊，还不是你的梳子！他们去找了！

我说，别管梳子了，直接走。

她说，他们去找了。

我说，别管了，走。

她说，他们去找了。

就这么来回了十遍。

我的头都要炸了。

过了五分钟，珍妮花来了，黑着脸。

我说，梳子不要了。

她说，他们去找了。

我说，我可后悔死了，你出门的时候，我为什么要多那么一句嘴呢？

她说，就是，明明就是你自己弄丢了。

我说，我没丢护照、没丢钱，我丢把梳子？

她说，肯定是你乱放，被他们当作不要了的东西扔了。

我说，管我要不要的，凭什么扔我东西。

她说，就是你的错，你怎么好意思怪别人。

我闭嘴。上车。

车停在通道出口，珍妮花开始打电话。

我说，你干吗？

她说，给前台打电话。

我说，为什么要给前台打电话？

她说，梳子不要了，要跟他们说一声。

我说，凭什么要跟他们说一声？

珍妮花继续打电话。没有人接电话。珍妮花又打了第二遍。

我说，打也不要在这里打，后面的车一直在嘀我们。

珍妮花说，全是你的错！

但是她终于放下了电话，把车开出了停车场。

我现在回忆一下，也许车胎就是在那个时候出的问题。只是我跟珍妮花忙着吵架，谁都没有想过看一眼车。

发现轮胎不对的时候，我们已经在沙漠里了。38，这个数字是红色的，很快引起了我们俩的注意。因为其他三个胎的数字还是绿色的，两分钟后变成了36，还是红色的，变到30的时候，路旁出现了一个加油站。这个时候是上午八点四十五分。

珍妮花把车开到了那个加油站。

加油站旁边隔了一条大路有个一元店。为什么会有个一元店？这种地方，会有人去那个一元店吗？

他们说他们也没办法。珍妮花从油站的便利店出来，跟我讲，但是他们会找个人来看一下。

多久？我说。

我怎么知道，珍妮花说。然后她开始给租车公司打电话。

我去了那个一元店。

我在那个一元店发现了口罩。但是那些口罩放在派对用品区而不是别的什么区，我犹豫了一下。

你病了吗？收银台的女的问我，你要买这么多口罩？

我没病，我说。

她看着我。

好吧。我说，我病了。

我拎着那袋派对口罩走出一元店，我们的车旁停了一辆很旧的大车，车上下来了两个人。其中一个走过来踢了踢我们的轮胎。轮胎没问题。他是这么说的。然后他们就上了自己的车，开走了。

我看着珍妮花，珍妮花看着我。

他们说没问题，珍妮花说。

我听到了。我说。

那就继续往前开？珍妮花说。

租车公司怎么说？我说。

他们问我们在哪儿。

我们在哪儿？

我怎么知道，珍妮花说。

好吧，继续往前开，我说。

我们就上了车，继续往前开。这是上午九点十五分的事情。

你买了一袋什么？珍妮花问。

口罩，我说。

一元店的口罩能有什么用？珍妮花生气地说。

要你管，我说。

这个时候胎压从 30 掉到了 20，简直是一瞬间。

我给租车公司打电话。他们果然又问，你们在哪儿？

我说你们先别管我们在哪儿，我要求你们马上给我们换个车。

电话那边说，好的，可是你们在哪儿？

我挂了电话。

珍妮花冷笑了一声。

掉到18的时候，我又打了第二遍。还是那个男的声音。

我说，又是你，是吧，还需要我报一遍客户号吗？

那个男的说，是的，还是我，你还是需要报一遍客户号。

珍妮花聚精会神地开着车，笔直的两条线的正中间，车速保持在70。

你们能不能开回拉斯维加斯？租车公司说。

不能，我说。

那你们找到一个最近的加油站。租车公司的那个男的说，看看能不能请他们做点什么。

我们刚刚经过了一个加油站。我说，他们不能够为我们做点什么。

电话那边没了声音。你还在吗？我说。

我还在，他说。

下一个再下一个加油站也不能为我们做点什么。我说，这里是沙漠。

电话那边彻底没了声音。

我开始搜索前方加油站。如果车速保持在70，一小时以后会到达那里，地图是这么说的。

你问问张一，珍妮花说。

张一是珍妮花的朋友，不是我的，我也不知道我怎么会有张一的微信，但是我马上联系了他。

张一说，你们还在开那辆小奔驰？

我说，我怎么知道我们开的什么，车是珍妮花租的，而且她签合约的时候没加我。

你开车是太吓人了。张一说，她不会把你加上的。

她就是为了省钱。我说，她倒是给她自己买了比租车费还贵两倍的保险。

你问他还能开多久！珍妮花在旁边吼。

张一马上就去网上查了。

没气了还能再开一点的，他是这么说的。

到底多少点！珍妮花继续吼。

张一说八十公里。

就是这样。上午九点四十五分，胎压 10，距离下一个油站还有一个小时，可是如果按照张一的提议，车速不要超过 50，我们距离下一个油站，我不会算了。

开到哪里算哪里！珍妮花咬牙切齿地说。

我不敢招惹她。

开到零，我就停下。她又说了一句。

我检查了一下自己的安全带。

时间好像都静止了。

路的左侧出现了一辆警车，路的右侧也出现了一辆警车，警车的前面，又是一辆警车，我从来没有见过那么多的警车。

也许车速并没有减慢，但是一切都减慢了。非常慢，非常慢。

我慢慢地，慢慢地，往右边扭过头去，一辆被警车拦下来的大货车停在路边，货车大叔和警察大叔，慢慢地，转过了他们的头，慢慢地，看着我。我扶了一扶自己的眼镜，慢慢地。

真的就像是拍电影一样，慢镜头，一镜到底。

然后我就看到了一个大房子。那儿，那儿，我赶紧说。

珍妮花说，哪儿？

我说，那儿！那儿有个房子！绿色的！

天知道为什么那么大的房子，珍妮花就是看不到。这种事情后来又发生了一次，我会在另一篇小说里来讲那一次。

十，九，八，七，六，五，四，三，二，一。

胎压到达零的那个瞬间，我们的车准确地切入了绿房子前面的停车线。

珍妮花这个时候才看到了那个房子。

我下了车，看了看那个轮胎，已经扁得像一道线了。刚才加油站的那两个男人还说没问题，他们不是眼瞎，他们就是两个乡下人！我在心里面骂了他们一百遍。

我当然不可以骂出声，如果我再提那两个人，珍妮花又会说全是我的错。

然后我看了看周围的环境。绿房子的旁边就是一个加油站，诡异的是这个加油站并不在地图上，而且它也没有名字，我觉得它真的是一个加油站是因为真的有一辆货车在那里加油，只有货车，并没有别的车。

绿房子的后面是一排粉红平房，平房周围种了一圈仙人掌，前面还立了一块大牌子，画了一只火烈鸟。

嘿，粉红色的旅馆。我对珍妮花说，快看。

珍妮花正在给租车公司打电话，一边打一边说，不就是个时钟店。

我仔细看了一下招牌，写着 Motel，M 的旁边就是那只火烈鸟，哪里像时钟店。但她这么说了，我也开始觉得这个粉红房子是时钟店。我又看了一遍火烈鸟和仙人掌，仙人掌上还有花，仙人掌花也是粉红色的。

珍妮花一边打电话一边进了绿房子。我往大路上望去，那三辆警车还停在那里。一辆停在路的对面，两辆停在路的这一边。

珍妮花出来了，举着电话，还带着一个老头，那个老头抬头望了一眼大门上面的那个编号，然后冲着珍妮花的电话喊出了那个号，然后他们又进到房子里去了。

我赶紧从车里拿我的包包，跟了过去。

车钥匙还是在珍妮花那儿，她又没锁车。

上一次没锁车是在洛杉矶，她说她实在是想吃点中国饭，我们就用地图查到一个评分还行的中国馆子，开了半个钟头，还打了两个 U 转弯，才找到那间馆子，一进门，前台正在刻胡萝卜花。珍妮花用眼神示意我，专业吧。

可是服务员非常奇怪，站在很远的厨房门口冲我们喊：几位？

两位！我回应他。

他把我们领到一个角落，马上就弹开了。

我跟珍妮花对视了一眼。我可一句话没说，要不，她又会说我有病。

酸辣汤、素炒面和麻婆豆腐。

服务员站在至少三米远的地方写单。我跟珍妮花又对视了一眼。

外面是个公园吗？我问他，灯都没有。

不是。他冷淡地答。走开了。

你有病啊？珍妮花说，为什么问他外面是不是一个公园？

我不知道我为什么要问，我说。

那你说外面为什么这么黑？我说，是个公园吗？珍妮花没理我。

服务员送来了酸辣汤。

不好意思。我举了一下手，请问一下麻婆豆腐里面有没有肉？

没有！服务员说，我们的麻婆豆腐里面绝对没有肉！

酸辣汤里有没有肉？我又举了一下手。

酸辣汤里为什么会有肉？他反问。

我们的酸辣汤里怎么可能有肉？他又来了这么一句。

珍妮花瞪了我一眼。

你们从哪儿来的？他突然问，仍然站在三米远的地方。

我们从哪儿来的要你管。珍妮花突然说。

我赶紧把手伸向酸辣汤，给珍妮花盛了一碗，同时舀了一勺米饭到她的盘子上。

你干什么？珍妮花说。

这样他们就会以为我们是这儿的人。我压低声音说，我们的米饭不在碗里，我们的米饭在盘子上面。

珍妮花没有再说我有病，她开始喝汤。

做得还是挺地道的，她说了这么一句。

是啊。我迎合她，是挺像中国菜的。

酸辣汤里有蛋花，有细笋，的确没有肉。我给自己盛了第二碗。

这个时候进来了几个本地人，他们被安排到靠门口的位置。又出现了一个服务员，现在是两个服务员了，有说有笑。我盯着他们，直到那桌上了一壶中国茶。

我刚发现他们没给我们水。我说，连冰水都没有。

吃完赶紧走。珍妮花说。

那还给小费吗？我说。

珍妮花瞪了我第二眼。

素炒面和麻婆豆腐也来了。服务员板着脸。

我翻了一下麻婆豆腐，是没有肉。

珍妮花吃炒面，不看我。但我知道她在看我。

有时候有肉，我说。你知道的。

这时候一个男人站到我们桌子的旁边，站得非常近，我放下了豆腐，看着他。

外面那辆黑色的小奔驰是你们的吧？他说。

是我们的。珍妮花说，怎么了？

车没锁，他说。

珍妮花瞬间冲了出去。

现在我和那个男人互相看着。

其实你们停下来的时候，我就注意到你们了。他说，我的车就停在你们对面。

我看着他。

发动机一直在响，你们的车。他又说，我坐在自己车里等了好一会儿，你们一直没回来，我猜你们不是去买东西很快就回来的那种，你们肯定是去吃饭了。

我看着他。

发动机一直响。他又说，我只好去摸了一下你们的车盖，是烫的。你们肯定是去吃饭了。

谢谢，我说。我不知道我还能说点什么。珍妮花还没回来。

你们肯定是来这家吃饭。他说，你们是中国人嘛。

我看着他。我说什么才好。

附近就这一间中国店，他又说。

我看着他，我觉得他有点紧张，比我还紧张。

我在门外面站了好一会儿，最后才决定进门来找你们，他说。

谢谢，我又说了一遍。我眼角的余光捕捉到珍妮花回来了。

谢谢啊！谢谢啊！珍妮花笑着。

我从来没见过珍妮花笑得这么好看。

不用谢，不用谢，那个男人说。

真是太感谢啦！珍妮花说。她可从来没跟我说过一次谢。

现在锁好了吧？我问珍妮花。我用中文问的。

珍妮花给了我一个最不容易察觉的白眼。

我们这个区很安全的。那个男人又说，没有人会偷东西。

是啊，是啊。珍妮花继续笑，车一点事没有。

那就好，那就好。那个男人转身走了。

我感觉他终于松了一口气。

多谢多谢啦！珍妮花追过去一句。然后坐了下来。我知道她在瞪我。

车没锁，你为什么不跟我讲？她翻脸很快。

我埋头吃饭，豆腐都凉了。

门口那桌更热闹了，还上了一瓶红酒。宫保鸡丁配红酒。我盯着他们，一个客人说了一句什么，两个服务员笑得都要昏过去了。

珍妮花扭头看了一眼，说，哼。

都不容易。我说，就靠小费。

你可别忘了，自己人对自己人永远是最狠的，珍妮花冷冷地说。

就是就是，我想说。我没说出来，我一句话没说，把冷豆腐吃完了。

站起来的时候，珍妮花在桌子上留了一张二十块，一张十块。

我忍不住了，水都没有的，三个菜送过来，人再没有出现过，为什么要给那么多？

那就不给这么多了？珍妮花拎起了那张十块。

算了算了。我说，还是快把那张放下吧。别太难看了。

珍妮花松开了手。

出门的时候我又看了一下前台，前台还在刻胡萝卜花，刻好了扔到一个大筐里，我从来没有见过那么多的胡萝卜花。

这就是上一次的，珍妮花没锁车。被发现了的这一次。

没被发现的呢？肯定一百次了都。

我拿了我的包，关上车门，跟了过去。

就是一个便利店，唯一和其他便利店不同的是，里面也都刷成了绿色，而且放了好几个绿色外星人雕塑。雕塑？是雕塑吗？我也不知道那是什么。有站着的，也有坐着的，甚至还有一个外星人眼镜柱子，一模一样的绿色眼镜，挂满了一个柱子。

一个人都没有。

收银台后面站着一个老头，不就是刚才那个不知道自己门牌号的老头？他看起来很不高兴，希望不会是因为珍妮花。

我没有看到珍妮花，不知道她在哪里。

一共四排货架，我转了一圈一圈，又一圈。最后拿了一包小薯片，放到收银台的上面。我不是想吃薯片，我不吃薯片，我只是想去一下洗手间。

不高兴的收银台老头扔出了一把零钱，我注意到收银台下面压了一堆各国货币，日元、韩元，竟然还有澳门币。我的钱包里面还有一个两块钱的花边硬币，我在想我要不要送给他，要不要？我又看了一眼收银台老头，老头冷漠地看着我的后面，不是我，是我的后面。我没有把那个硬币拿出来。

珍妮花也不在洗手间，我不知道她去了哪里。而且我也转了三圈了，这个便利店只有一个门。如果我就是看着珍妮花进来的，那么她肯定还在这个房子里。

洗完手，伸到烘干机下面，烘干机发出了外星人电影里才有的那种声音。叽里呱啦叽里呱啦。

我又洗了一遍，烘干机下面，外星人电影的声音。叽里。

我又洗了一遍，烘干机下面，外星人电影的声音。呱啦。

我就这么洗了三遍。三遍外星人声音。叽里呱啦叽里呱啦叽里呱啦。

出了洗手间，我看到了一个很凶的妇女的脸。在一个餐厅柜台的后面。

我之前一直以为那是一面镜子，确实不是镜子，是一个房间，一个餐厅。不仔细看，是看不出来的。

我没有办法描述我是怎么发现那个餐厅的，没有任何合理的文字可以描述。

我朝着那个看起来很凶的女服务员走去，她看着我，走近，走近，走到她的面前。

现在还有 pancake 吗？我是这么说的。我真不知道我为什么要说这么一句。

没有，她是这么答的。

薯条？

薯条有。

坐下来以后我看了一下表，十一点整。

椅子是红色的，桌布是蓝白格子的，桌布上面压了一面玻璃，玻璃好像用了几十年都没有换过，毛乎乎的。我用手指头抹了一下玻璃，在我抹的同时，服务员把餐牌放到了我的面前。

没有 pancake，她又说。

有薯饼吗？我说，我也不知道我为什么说薯饼而不是薯条。

所有的早餐都没有了，她说。

有冰激凌吗？我说，香草的。

只有巧克力的，她说。

那就巧克力吧，我说。合上了餐牌。我从来不吃巧克力。

等待的间隙我研究了一下这个餐厅。没有任何语言可以描述这个餐厅。

塑料地板，是塑料地板吗？二十世纪七十年代那种自己动手一块一块用胶贴的塑料地板？我不确定。白墙，雪白到都反光了的白墙。靠墙一张褐色长台，摆着吐司机、咖啡机、番茄酱、糖包，还有搅拌棒。一个冰柜，里面放着牛奶，瓶装可乐和芬达。芬达？我不确定。

我就举了一下手。我想再要个芬达，我说。

然后我看着服务员走去了那个冰柜，打开冰柜门，取了一瓶芬达，放到我的面前。

谢谢，我说。

不用谢，她说。

冰激凌也送来了，装在一个白色大碗里，三大勺，堆得像山。

我举起手机，给芬达和巧克力冰激凌合了一张影。再转向冰柜和长台，这个时候我发现了，长台上方的白墙贴着一张大海报，海报上画着飞碟，还有一行字——51区。

我马上打开地图，地图说这里就是51区，外星人中心。我刷新了一遍，地图还是这么说。

我马上站了起来，对着海报拍了好几张。我感觉服务员在看我的后背。我又拍了一张。

这个时候珍妮花来了。

51区！51区！我冲她喊。

她鄙夷地看了我一眼，坐到了我先前的座位，开始吃那碗冰激凌。

我说是51区哎。

她继续吃她的冰激凌，还伸手给她自己要了一杯可乐。

服务员又走去了那个冰柜，又打开冰柜门，取了一瓶可乐，放到她的面前。

我马上举着手机跳到了餐厅外面，外星人雕像，站着，拍一张，坐着，拍一张，外星人眼镜柱子，拍一张，竟然还有三排外星人T恤套头衫，我转三圈的时候并没有这三排吧？拍一张。再到房子的外面，走远一点，再走远一点，门框上竟然也画了一个外星人头，拍了一张。再走远，快走到大路上了，警车已经不在那儿了，三辆都不见了。一块巨大绿色招牌，比我看到的那块火烈鸟粉红招牌大太多了，天知道我怎么刚刚才看到。

上面就是写着：

51区，外星人中心。我拍了至少一百张。

要不要再往房子后面走一走？我想还是算了。我重新进入了绿房子，便利店里面的餐厅。

珍妮花还在吃那碗冰激凌。

租车公司说他们会给我们换个车，珍妮花说。

从哪儿？我说，电话上显示他们的客服位置在夏威夷。

也许是维加斯吧，珍妮花说。这一次她没有像往常那样用反问的句式说她不知道。

还不如开回维加斯呢。我说，从一开始胎压往下落，我们就应该开回去。我当然没有说出来，要不珍妮花肯定会咆哮。

现在她很安静地吃着冰激凌，就像我们的二十岁，那个时候她往往一句话没有，我倒是个话痨。一转眼过了四十岁，她话痨了，我经常沉默，一句话都没有。

如果是《末路狂花》里面的那两个女的，车要爆胎了，她们肯定会给车换胎，或者补一下胎，再加点气什么的，我说。这一句我可是说出来了。

什么花？珍妮花说。

我闭嘴，我们肯定是一起看的这个片子，二十年前，她竟然忘了。

我有一件索尔玛那样的白衬衫。我忍不住又说，你记得吧？我以前老穿。

珍妮花竟然微笑了一下。你现在肯定穿不下了，她说。

我闭嘴。

租车公司讲三个小时之内会到。珍妮花说，有个拖车会带着新车来，再把坏车拖走。

多少钱？

她说，我怎么知道。

你给自己买保险的时候怎么不把路险也买了？我说。

我不想跟你吵架。她说，现在这个时候。

那么是从现在开始的三个小时，还是从我们下车的那个时间开始？

有区别吗？

有啊，现在都快十二点了。

那就吃午饭好了，珍妮花说。然后她伸手，餐牌！请给我餐牌！

服务员把餐牌送了过来，我觉得她没有我第一眼看到的时候那么凶了，也许只是错觉。

没有 pancake，也没有薯饼。服务员说，有薯条。

那就一个素汉堡加薯泥，我说。

我要一个传统汉堡。珍妮花说，和薯条。

不好意思啊，我们要多坐一会儿。我对服务员说，我们的车坏了，要在这儿等拖车。

可能要等三个钟头，珍妮花补充了一句。

没问题。服务员夸张地耸她的肩，别担心，你们就在这儿等好了。

我觉得她从来就没有凶过，一切都是我的错觉。

真的要等三个小时吗？我问珍妮花，确切的三个小时？

如果他们能够在两个小时之内到就不会跟我讲三个小时了！珍妮花很凶又很快地回答我，如果他们能够两个小时就会讲两个小时！

我觉得珍妮花很有道理。

我拍了一下餐牌，服务员把它留在了桌上，深蓝色的餐牌，画着一只巨大飞碟，我拍了下来，这个餐厅就叫作 51 区。

午餐很快就来了，装在一个篮子里，厨师端来的。厨师是一个老头，不是那个收银台老头，另外一个老头，但是看起来也不太高兴的样子。

可是汉堡太好吃了，都不像是不高兴时做出来的，但是薯泥又太难吃了，一定是不高兴地做出来的。我看了一眼珍妮花，她把整个汉堡都吃了，没碰薯条。

我就把她的薯条拿了过来。

开始有人进来，一个货车司机，坐在靠窗口的位置；三个老头，一起的，坐到了最靠近冰柜的一张桌子；一个家庭，爸爸妈妈和一个女儿，坐到了我的后面。

我觉得我还能再开一点，珍妮花突然说。

去哪儿？我说。

后面的禁区。她说，我想去看看。

不要，我说。

奔驰没气了，还能开一点的。她竟然说，张一是这么说的。

不是有气没气的问题。我说，你自己也说了是禁区。

我就开到围栏边，我不进去，她说。

那有什么意思。我说，你要么就别去，要去你就进去。

珍妮花看着我，你以为我不想进去吗？

你去啊！我说。

没导航。她失意地说，地图上明明标了地名，但是不标路线，不给去。

现在轮到我哼了一声。

我可以走着去，她又说。还站了起来。

我赶紧招手叫来了服务员。请问一下我们可以去51区吗？我客气地问。

这里就是51区，她答。

我是讲沙漠里……我用手指了指墙上的海报，外星人飞碟旁边，很大的一个"禁"字，还打了个大红叉。

不要！服务员极为夸张地挑她的眉毛，我劝你们不要。

为什么不要？

沙漠有什么好看的？她说，沙漠就是沙漠。

我跟珍妮花对视了一眼。

而且我劝你们千万不要越过铁丝网。她又说，也许你是觉得没人，上下左右前后，一个人都没有，但是只要越过那道铁丝网……嘭！她说。

我真的被她的"嘭"吓了一大跳。

嘭！她说，就会有一堆兵出现在你们的眼前。

出现就出现嘛，嘭什么嘭。珍妮花后来跟我抱怨。她给我发过来她拍的那个铁丝网，角度是在网的这边，她当然没有跨过去，她也就是拍一下，发朋友圈。

在等待珍妮花从铁丝网回来的间隙，我听了一段三个老头轮流讲的笑话，说实在的，并不太好笑，但是服务员笑得前仰后合的，这一次，我真不觉得她是为了小费，她就是发自内心地笑。

那个家庭的女儿叫了跟我一样的菜，素汉堡和薯泥，她碰都没碰那堆薯泥，她也没吃她父母的薯条，她也没要可乐或者芬达，她吃完了汉堡，就坐在那里，一动不动。十二三岁的女孩，不动，也不说话。

货车司机坐在窗边，什么吃的都没要，他就是坐在那里。

拖车还没来吗？服务员问。

还没，我答。我看了看时间，已经下午一点半，按照珍妮花的计算，还得等一个半小时。即使车现在就来了，我说是即使，我俩今天都到不了太浩湖了。

那可真是太遗憾了，服务员说。

很抱歉，我们还得在这儿再坐一会儿，我不好意思地说。

没事，没事。服务员挥手，坐吧坐吧。

然后她痛骂了 TripleA。我觉得要向她解释是租车公司的拖车而不是TripleA 的，好像太麻烦了。就没解释。我也骂了一下 TripleA。

那个家庭是什么时候走的，我完全没有注意到。三个老头还在讲笑话，货车司机还坐在窗边。

珍妮花风尘仆仆地来了。我要可乐！她举手。

可乐来了，装在一个纸杯里。

珍妮花一挥衣袖，纸杯倒了，可乐翻了一地。我可真是目瞪口呆。

太抱歉了，真是太抱歉了。我冲着服务员至少说了一百个抱歉。

没事，没事。服务员拎来黄色告示牌和拖把，一边拖地，一边笑着说，我也得找点事做，不是？

我都不知道该说是还是不是了。不好意思啊，我只好又说了一遍。不好意思啊，珍妮花也说。服务员爽朗地笑，更用力地拖地。

拖过的地黏糊糊的，之前就有点黏，现在更黏了。

我换到了后面的座位，距离拖车拖新的车来还有一个小时。

我想喝可乐，珍妮花低声说。

再叫一杯，我说。

珍妮花没动。

也许她会再给你一杯。我说，不要钱。

珍妮花点头。

服务员没有再给她一杯。服务员忙别的去了。

你去外面看看拖车来了没有？珍妮花对我说。

为什么？

也许早到呢？她说，他们说拖车都是开得飞快的。

我只好出去。我一出门就看到一辆拖车开过来，果然开得飞快。我马上向它跑过去。我想的是珍妮花也太神了。可是一个女的堵到我的前面，她冲着拖车拼命摆手，我意识到那不是我们的拖车，那是她的拖车。

开得飞快的拖车飞快地装上了那个女的的车和那个女的，飞快地开走了。

我看着拖车开远，开远，不见了。

我不想回餐厅，说实在的，那个餐厅太暗了，一个通道门，连接着便利店，一个窗，好像还是钉死的。我不想回那个餐厅。

门廊一排白色长凳，我就坐到了上面。

天气真好啊，好到一切都不像是真的。

蓝天白云，什么都不干也不用想事的几分钟，一个巨大的圆满。

一个流浪汉拖着大大小小的塑料瓶走过来，停在离房子还有一点距离的地方。你好！他冲我喊。你好！我回应他。

然后他走向一个刚把车停下的男人。洗车吗，先生？流浪汉礼貌地问。

不用了，谢谢。男人礼貌地答。

流浪汉礼貌地点点头，走向加油站。

我想起来谁说的，你要是敢拒绝流浪汉擦一下你的前车窗，你的窗和你可就太危险了。那是在市中心吧？沙漠里的流浪汉看起来挺有素养的。

三个老头也出来了。在三辆大摩托车的前面，开始戴装备。戴上了帽子和太阳镜的老头，比不戴的时候帅多了。我顿时觉得他们的笑话其实也挺好笑的。

一辆车停到了摩托车的旁边，下来一个女的，短裤背心。我看了一下自己，我穿羽绒服。我不觉得热，她肯定也不觉得冷。

多好的天，女的关上了车门，说。我觉得她就是习惯性地那么一说。

是啊，今天太漂亮了！摩托老头们高高兴兴地回应她。

女的已经走上台阶了，又回头，说了一句，多棒的车！她说的一定是那辆大红色的，另两辆是银色的。

我的孩子给我买的！红摩托老头高兴地说，生日礼物！

那可真是太棒了！女的说。

红摩托老头更高兴地跨上了车，一脚，那个麻利。三辆摩托车高高兴兴地开走了。

我望着远方，远方的远方。拖车在哪儿呢？如果真是拉斯维加斯开过来，又开得飞快，应该是早就到了嘛。为什么要这么久？拖车师傅去吃午饭了？拖车师傅找不到路了？那个门牌号码报得对吗？

流浪汉又走过来，因为又来了一辆车。车上下来一家人，爸爸妈妈和一个青少年儿子。儿子一跳下车就开始上下左右地拍照。从左拍到右，从上拍到下，我把头扭到一边，可别拍到我。他的爸妈马上就进了便利店，一刻没停，那个儿子拍完上下左右，也进了便利店。我不看，也能想象到，他在店里到处拍，拍外星人眼镜，拍外星人套头衫，拍外星人海报。

珍妮花给我打电话。你在干吗？

等拖车，我在电话里说。

你进来，她说。

我不想进去，我说。

你给我进来！她在电话里吼。

我进去了。餐厅比之前更暗了，我几乎看不清楚珍妮花的脸。但是服务员确实给她重新上了一杯可乐。

你干吗要打电话给我？我说，你可以走出来叫我。

坐在这里等，她说。

为什么要坐在这里等？我说。

我一个人坐在这儿感觉不好，她竟然说。

我只好也坐下来。

珍妮花，你知道吗？我跟很多人合不来是因为我跟他们都不是一个地方来的。

你不是火星来的吗？珍妮花说。

咱俩都不是火星来的。我说，他们才是。

根本就没有地球人。我说。我特意压低了声音。

珍妮花把头凑过来，说，所以他们扎堆，我们扎不进去。

对。我说，火星人一堆，金星人一堆，哪个星的扎哪堆。

那你说咱俩是从哪个星来的？珍妮花说。

我想不起来了，我沮丧地说。

没事，没事。珍妮花说，你想起来了，再跟我说。

我是说我要在地球上我就想不起来了。我说，真的。

我只能肯定咱俩也不是一个星。我又说，但是隔得不太远。

要不你努力想一想？珍妮花凑得更近了，正好趁这个机会，咱可是在51区啊。

我努力想了一下。

我有个意识。我说，地球本来就没有人，地球就是一个关外星人的地方。

这些外星人都犯了什么罪啊，珍妮花说。

肯定不是偷东西啊，抢东西啊这些。我说，外星人不需要吃饭的。

外星人也不用买衣服和包包，珍妮花说。

对、对、对，我说。

那还能犯什么事吗？

堕落。我说，太堕落了。所以要送到地球，关起来。

能越狱吗？珍妮花说。

能。我说，不过太少了。

我也把头凑近了珍妮花，你知道老子吧。

知道。珍妮花说，孔子有问题就去问他。

老子就越狱了，我说。

那他也不把我们都带上，珍妮花说。

他顾他自己就不错了。我说，你还指着他再回来啊？他不回来了。

我们一起叹了口气。

你也别太难过。我说，反正咱们也一直在。

什么叫一直在？

就是不知道怎么生的，也没办法死的意思，我说。

你再说一遍？珍妮花说。

我是说，咱们下一辈子啊，也就是地球人类的这种说法，下一辈子，咱们是不会再碰面的了。

那就好，珍妮花说。

就是碰面也不认得。我说，你不认得我，我不认得你。

那不就好了？珍妮花说，记住也是负担。

我不想记得。她又说，我就在地球。

我不想在地球啊。我说，我也要走。

你走，你走。珍妮花说，你有本事你走。

我没本事。我又沮丧了，我什么都想不起来了。

你想起来了，你也走不了，珍妮花说。

你怎么知道的？

我告诉你啊。珍妮花说，这上面有个大网。她用手指了指天，又马上放了下来。地球就是在一个网里，她说。我的脑海里马上出现了一只篮球，装在网兜里。

你就算是想起来了吧。她说，你就想去越狱吧？有个网你越个鬼啊越。

那我是怎么想起来的？我问。

闪电啊。珍妮花说，雷暴天，你去站到一棵大树下，被劈一下兴许你就想起来了。

真的？我说。

试试嘛。珍妮花说，试试又不要钱。

你说咱们在这儿讨论，上面那个什么网会不会知道？我也用手指了指天，又马上放下来。

那当然。珍妮花不屑地哼了一声，每一个什么星人的动静，网都知道，但它太不屑管你们了，蠢到底啊你们，懒得管。

这么做的意义到底是什么？我说，无止境的折磨？

净化。珍妮花说，各人净化各人的，谁都顾不上谁。净化好了，你才可以走，批准你走你才可以走。

怎么净？我说。下一辈子我又忘了，你看上辈子我都忘得一干二净。

今天早饭吃的什么？珍妮花问。

我想了一下，没想起来。

还上辈子下辈子的。珍妮花哼了一声。

所以咱们都是废物。我说，没用的废物，一点用都没有。

也别太消沉了。珍妮花又叹了口气，还有几十年要过呢，地球人类的那种，几十年，要不你给自己定个目标，你不是喜欢老子嘛，你就定老子做你的目标好了。人要活得有点指望。

我不喜欢老子。我说，我喜欢胡歌。

也好。珍妮花说，随便你定个啥，你就定胡歌好了。

那我去看看拖车？我说。

去吧。珍妮花点头示意。

我又坐回了门廊。

服务员走了出来。拖车还没来？她问。

我摇摇头。她走下了台阶。祝你好运！她说。

然后她跳进了一辆大卡车，那辆大卡车和它的大轮胎衬得停在它旁边的小车特别小，轮胎特别扁，也不知道我们是怎么把那么小的车从旧金山开到洛杉矶，又开到拉斯维加斯再开到这个 51 区的。

再见！服务员从大卡车探出头，冲我喊。我还没有把我的再见喊出口，她和她的车就绝尘而去了。绝尘而去，再没有比这个词更好的词了。

我坐在门廊，望着尘土和车，车和尘土，尘土的后面，无限的尘土。

蓝天白云，好大好大的圆满。

原载《上海文学》2020 年第 8 期

【作者简介】李浩，1971 年生于河北，河北师范大学文学院教授，河北省作家协会副主席。出版有小说集、诗集、评论集二十余部，曾获鲁迅文学奖等。

Li Hao, born in Hebei province in 1971, is a Literature professor at Hebei Normal University and vice chairman of the Hebei Writers' Association. He has published more than 20 collections of fiction, poetry and reviews, and won the Lu Xun Literature Prize, etc..

四个飞翔的故事

李　浩

强大的虚构产生真实。

——豪尔赫·路易斯·博尔赫斯

如果没有虚构，我们将很难意识到能够让生活得以维持的自由的重要性。

——马里奥·巴尔加斯·略萨

第一个飞翔的故事

石猴子孙悟空顽劣成性，把玉帝精心安排的蟠桃宴扰得鸡犬不宁，更为可恨的是，他严重破坏了玉帝特别在意的秩序感。于是，大为恼怒的玉帝派天兵天将前去花果山捉拿石猴。其中的故事，《西游记》第六回已经讲述得非常清楚，不再赘述。

话说六路天神来至花果山，各显神威，自是那些平日里只习惯上蹿下跳的猴子们难以抵挡的。经过一日一夜的鏖战，刚刚从天宫松子酒的宿醉中醒来、恼怒异常的石猴子孙悟空冲向天神——《西游记》第六回中已有讲述，在这里也不再赘述。我要说的是，当石猴子冲至云端，二郎神杨戬迎战。

书上说，他们大战了三百回合，在这三百回合中间他们使用着力量、速度、恐吓、虚假的示弱以及各种各样的策略，然而谁也没有真正地占到上风。占到上风的天兵天将们，他们在石猴子的面前开始津津有味地屠杀，将剁下了头的鸡丢在猴子们脚下，向猴脑上浇油，向被火焰烧灼着的猴子身上撒下盐巴和孜然……拥有第三只眼的杨戬看得更为清楚，他一边和石猴子孙悟空交战一边描述，并将山前的瀑布当作银幕，最终乱了石猴子的心神。"你们实在卑鄙！"气喘吁吁的石猴子满脸恼怒，可他毫无办法。

书上说，石猴子孙悟空摇身一变，试图变作麻雀飞走，好不容易寻得机会的二郎神杨戬岂肯放过？说时迟那时快，杨戬已经变成了更快、更迅捷的白隼，有着更为锥心的利爪——就在这只白隼即将把麻雀抓住的瞬间，石猴子再次变化，他跳进深潭成了一条鱼。他将自己混在鱼群里。

白隼在空中盘旋。它用它依然具备的第三只眼观看，终于，在一千零一条青色的小鱼中找出了不同。于是，它在抖掉两根羽毛之后，便伸出了属于鱼鹰的喙。石猴子孙悟空只得再次下潜，他潜入水草，将自己化成水蛇的样貌，和水草一起在水流中来回摆荡。"呵呵"，鱼鹰发出两声属于天神的冷笑，再次腾空，水面上已经没有了它的倒影——石猴子孙悟空，或者说那条水蛇，忽然发现水草中不知何时伸出了一条灰鹤的脚，而灰鹤的长喙已经猛然地迎头击来。"不好！"石猴子发出尖叫，他蹿出水面，朝着半空中再次飞起……书上说，石猴子孙悟空变成了一只灰色的水鸟——老鸹。

接下来书上说得就不对了。二郎神杨戬没再变化是不假，他显现了原形是不假，但不同的是他放弃了战争的一般契约，召唤了帮手：一声呼啸，早在一侧的云朵里埋伏的哮天犬突然蹿出，朝着并不那么善飞的老鸨扑过去。

"你无赖！"石猴子一边冲着二郎神杨戬嘶喊一边狼狈逃窜，哮天犬的追逐让他根本来不及再做变化。"你不讲道理！"石猴子一边冲着二郎神杨戬嘶喊一边狼狈逃窜。杨戬笑嘻嘻地看着他，手里的兵刃闪着烁亮的光："要不然我们重新再打，不许别人相帮！"

"你觉得还用我再打吗？"杨戬竖起他的三尖两刃刀，截在石猴子前面，"和你这种不顾天规的猴子讲什么道义？你也配！像你，不管用怎样的手段来对付都是正确的，我是不会有半分的愧疚感的！何况，"杨戬朝着脚下的云朵吐了口唾沫，"怎么记录这件事儿，不会由猴子来完成。没什么好说的。"

石猴子再无路可逃。也是他急中生智，念动师父菩提祖师教他的最后的咒语：只见那，山峰暴烈，云朵闪避，飓风骤起，天空中突然出现了一条硕大无比的鱼。"你来咬吧，你来刺吧！"站在这条鱼的背上，二郎神杨戬用尽全部的力气向鱼的背部猛刺，可是竟然也没撬掉半片鱼鳞。

这条硕大到像山一样的鱼，游弋在空中，朝着东海的方向缓缓飞去。

"你这无赖！"二郎神杨戬狠狠地骂道。"你不讲规则！"二郎神杨戬狠狠地骂道。负责军事指挥的托塔天王和天兵天将们都闪到一旁，他们慵懒地摇着头，一副爱莫能助的样子。

……这个飞翔的故事到这里也许可以结束，但有一个相关的事件似乎也应当记下来，作为附记。当这条鱼从空中飞过的时候，一位总爱胡思乱想的书生刚从午睡中醒来，他走出房门，忽然看到外面的天空骤然变暗，仿佛一下子就进入黑夜。他抬头，正好看到那条石猴子变成的鱼，从屋顶的上空飞过。

"鹏！"他大叫起来，"不，是鲲！"他用更大的叫声更正自己，"原来我一觉把自己睡到水底下来啦！真是吓死人啊！"

自那日起，这位总爱胡思乱想的书生就坚定地认为自己生活在水底。

每隔一两个时辰，他就会将自己的衣服一一解开，检查自己是否已经长出了鱼鳞。

第二个飞翔的故事

2020 年 4 月 25 日，久未联系的诗人雷平阳在微信中给我发来一个链接，来自老历史茶馆："当年河北农民黄延秋，为何多次瞬间出现在千里之外，怎么解释？"随后，老兄告诉我说："飞行序列有新题材了。"

我将链接打开。前面先是说，"瞬间移动，一个存在于科幻片里面的概念技能"，然后对"瞬间移动"作着解释，使用的是爱因斯坦的"相对论"："物体的引力或者能量较大，从而使空间扭曲……"这样的文字我不感兴趣，我希望尽快地进入故事中。于是，我下拉鼠标。

"1977 年 7 月 27 日，正在筹备婚礼的黄延秋在家中突然消失——"

事情是这样的：那天，黄延秋家里挤满了前来贺喜的宾客，按照风俗，黄家要摆上酒席，包好饺子，而准备迎新接新的亲戚和前来帮忙的朋友都会坐下来喝上一杯喜酒，并将明日的婚礼安排再落实一下……黄延秋的脸上喜气洋洋，接受着亲戚、朋友和邻居的祝福，他跟在父亲的后面向大家鞠躬，没有一点儿异样。是的，他没有任何的异样，婚礼是早早定下来的，而他自始至终没有过半点不满意的表示。明天早上，那个叫王礼香的女人就将被村上的马车接来，成为他的妻子、老婆、女人。

"来，新郎官，陪叔叔喝一杯。"一位客人向他喊道。

"叔，我不会喝。"黄延秋涨红了脸，他向那位客人摆手拒绝，"我从来没喝过酒。"——他说的是实话，在那天之前他真的从未喝过酒，家里穷，再说那个年月。"怎么，连叔的话都不听？看你小子，胆子也太大了吧。"那位被称为"叔"的人立即拉下了脸，他肯定觉得自己特别没面子。"让你喝你就喝吧。"黄延秋的父亲拉拉他的衣襟，赔着笑脸，"喝，孩子喝。"

"就是，新郎官嘛，要有个男人样。不会喝酒怎么当男人！"

黄延秋只得端起酒来。文章中说，他盯着酒，那么郑重，仿佛他要喝下的不是酒，而是别的特别的什么。"快点，新郎官！"桌上的其他人也跟着起哄，"快点啊，新郎官，快喝！"

黄延秋将酒喝了下去。他笑着，把酒杯放在桌上。一个黄家的亲戚正准备往酒杯里倒酒，这时奇异的事发生了：刚刚还在一旁的黄延秋突然消失，有人看见他空出的位置上有一缕白光，就像纸灰上的烟。不过酒杯还在，酒杯里残存的酒还在。

——真是一件奇事，我想。不过，文章标题说黄延秋是河北农民，可在内文中，他变成了东北高村的村民……到底他是东北人，还是河北人？是在东北的"高村"，还是河北某地一个叫"东北高"的村庄？我决定继续下拉，无论这个故事是真实的，还是虚构的。

然而，就在我的手放在鼠标上的时候，电脑上的文字突然慢慢变淡，消失，由上而下——就在我愣住的那个瞬间，整版的文字都消失得无影无踪……我感觉，有一缕淡淡的白光，从消失的字迹中飞跃起来，就像是纸灰上散去的烟。

第三个飞翔的故事

她没有父亲，她的父亲早早地在战争中死去了，是不是表现得英勇，似乎也没人提及。在她四岁那年，刚刚成为部族之王的炎帝见她可怜，便收养了她，把她认作女儿。她也没有母亲，在她四岁那年她的母亲殒命于狼群。这个年幼的孩子，竟然提着一根折断的树枝追打一只受伤的老狼，要不是炎帝的队伍及时赶到，这个女孩很可能会被狼群轻易地撕碎。"打死它！打死它！"当她满身血污、气息奄奄地被炎帝从地上抱起的时候，手还在努力地伸着，眼睛里满是愤怒。

她成为炎帝的女儿，住进王庭，同时获得了一个新名字：精卫。

我要说的是多年以后的事儿。一天早晨，精卫从一个令人不安的睡梦中醒来，两个女仆早已候在门口，服侍她洗脸、梳头、穿衣，端走她用过的便盆，并把穿着两颗狼牙的项链为她戴好。"告诉小厨，我今天不想吃粟糕，也不想吃鹿肉，要他们给我炒一盘鹅心吧。我还要一碗不热的鱼羹汤，告诉他们快些。""可是……"女仆看了看精卫的脸色，只得把后面的话低声说出来："可是您昨晚说要粟糕来着，两位厨师已经忙了半宿。""我现在不想啦，又怎么样？"精卫怒气冲冲地甩掉刚穿了一半儿的靴子，"我说过了不要这双，我要穿那一双，你们的耳朵都长着，管什么用？"精卫拉长了女仆的耳朵，"快点给我拿来！""可您昨天说……"女仆用更小的声音嘟囔着，她不得不咽下了后半句。

用过餐后，兴致勃勃的精卫决定要去海边，当然这是她的临时决定，在喝着鱼羹汤的时候她记起梦里的情景，那里有巨浪和波涛，它们翻滚着向她压下来，雪白的浪花骤然地变成了狼牙。"我倒要看看，海浪里面是不是真的藏着可恨的狼！"一脸委屈的女仆试图阻拦，她询问精卫，是不是要向炎帝汇报一声？毕竟，到海边要走三天的路程，而且炎帝曾反复嘱咐过他们一定要看护好精卫，别让她磕着碰着，别让她进深山进沙漠进大海……"不用！"精卫摆摆手，"父亲忙得很，再说你们见他什么时候管过我？""那，要不要向王后汇报一下，和她打个招呼，毕竟……""够啦！"精卫拉下脸来，"才不用呢！那几个儿子已够她心烦啦！我又不是笼子里的鸟！你们谁也不用告诉，只要告诉我的车夫，告诉我的厨师和卫兵们就得啦！我们现在上路，马上！"

精卫的脾气不好，想想吧，从那么小就经历那么多的变故……没有谁敢忤逆她，她要是发起火来——女仆们飞快地收拾了行装，马夫们迅速地备好了马，卫兵们则以最快的速度整理了铠甲、擦拭了长矛，而汗流浃背的厨师们则慢了许多，尽管他们并不敢有丝毫的偷懒，可是，那么多的粟米、蔬菜，那么多的鹿肉、鱼肉、牛肉、狼肉、虎肉、羚羊肉，那么多的锅碗瓢盆以及柴草、火炉、食盐……在一阵叮叮当当的忙乱之后，他们出发了。

经过三日的旅程他们来到了海上。海风吹拂，海浪汹涌，白色的海鸥在海面上翻涌，它们如同是被打成了碎片的布。"走，我们靠近些！"

两个女仆出来阻拦："小公主啊，可不能啊，你看这么大的风，这么大的浪……"

"让开！"精卫脱下靴子，径直朝海边走去，海风忽然变小，而海浪也安静了许多。精卫踩在沙子上。翻滚的乌云在她的头上聚集。精卫朝着一大团远处的海浪跑过去。"小公主，别，不要！"女仆在岸边呼喊。"你们不用管！"

奇怪的是，不安的海浪再次变小，变得平静，只有海鸥和海燕的叫声尖锐，它们跳着奇怪的舞蹈。"小公主，不要再往里面走啦！太危险啦！"侍卫长冲着精卫的背影大喊。"不用你们管！"

海浪又一次退后，远处，它们汹涌翻滚，几乎要和压低的乌云黏在一起了。海鸥们、海燕们像离弦的箭，它们插入云层然后急速地坠落，即使离得那么远，女仆和侍卫们也能听得见这些水鸟骨头碎裂的声音。"求求你啦，小公主，千万不要向里面再走啦！海龙王已经退了三次，他绝不可能再退啦！"

"我偏要他退，我偏要他再退！看他能把我怎样！他一定知道，我是炎帝最娇惯、最纵容的女儿！哼，在梦里，我看到竟然在海浪的里面藏着狼牙！你们说，他是不是觉得我软弱可欺？难道，他不知道我最痛恨的就是狼吗？"

精卫昂着头，一步一步，朝着迎面的巨浪走过去。

……得到消息的炎帝急忙赶往海边。他见到的是女儿精卫的靴子、漂浮在水面上的尸体，以及冲至沙滩上的狼牙项链。傍晚时分。炎帝命人向龙王献祭，朝着波涛之中丢下三只羊和两张豹皮，然后在海边点燃篝火。深夜，内疚不已、悲痛不已的炎帝沉沉睡去，没多久便被一阵凉风吹醒，他发现营帐里多了一个长着赤发赤须的人，那个人自称是龙王，此处的海神。他的脚跟处一直向外滴着水。

他告诉炎帝，他可以归还炎帝的这个女儿，之所以精卫的尸体一直不腐不坏，完全是因为他的护佑。只不过……"不过什么？"炎帝焦急地询问。他向龙王致歉，因为自己平日里实在繁忙而很少关心和关注这个孩子，因此让她有些娇惯任性，不合群，他是知道的。无论她做了什么，做错了多少，他这个名义上的父亲都应当有更多的承担。"如果是供奉和祭献，您尽管开口……"

龙王摇摇头。"不，不是，不是这个意思。当海水淹没了她的时候我为了保护她就赶在死神到来之前取了她的魂魄，将她的魂魄留在了水中……你不知道，这些天，她都是怎么闹的，我怕把她还给你之后她依然不依不饶，那样我的龙宫就会永无宁日。""那，您放心，我来劝她，我告诉她不许与您为敌。""好吧。"龙王点头，"你如果能劝得住她，我会在明天把她完整地还给你。如果你劝不住，我只能……"龙王没有再说下去，而是朝着炎帝挥了挥手。

"父亲！"红着眼珠的精卫出现在炎帝的面前，"父亲，马上去调您的兵马，这个龙王实在是欺人！我们必须给他点颜色看看！"

"孩子，你不能这样……"

"父亲，难道连你也不肯帮我吗？就任凭他这样欺侮你的女儿？"

"孩子，不是，你先听我说……"

"父亲！如果你不肯帮我，我为什么要听？难道你宁可相信他，也不肯体谅我？我知道，我不是你的亲生女儿……"

炎帝和精卫不断地争执，越争执，炎帝就越感到愧疚。"孩子啊，这些年，我收养了你，却没把你带在身边，没能好好地教你，我……""父亲，我感激你，一直都是。如果你真的想多为我做点什么的话，那就发兵，我一定要报仇，要掀掉他的龙鳞！你知道，这些天他都是怎么对我的，把我关在了什么地方！"

"孩子，你知道他这样做其实是为了保护你吗？"

"我不需要这样的保护！"精卫的眼睛变得赤红，"我不会放过他的，我不会放过水里面的任何一种活着的生物！只要我活着，有一口气，我就不会放弃复仇，哪怕，哪怕……"精卫忽然扭过头去，"哪怕我重新成为孤儿！"

——你都看见了吧。赤发赤须的那个人重新出现在营帐里。我想，我们都没有办法让她改变秉性，她的固执远比石头更为坚硬。

第二日早晨，部族之王炎帝从含着悠长悲伤的睡梦中醒来。他发现，营帐的烛台上多了一颗亮晶晶的、樱桃大小的珠子。它有些软，拿在手上的时候不得不小心翼翼。炎帝叫来侍卫，把他带到存放精卫尸体的营帐中。精卫的脸上依然是那副怒容，只是比平日里苍白得多。炎帝按照昨夜梦见的那样，掰开精卫紧紧闭着的嘴、生硬咬着的牙，将那枚樱桃大小的珠子放进她的口中。

只见，刚才还在的精卫不见了。在她的衣服里面，钻出一只鲜血一样颜色的鸟。它一从里面钻出来，就尖叫着从营帐的门帘处急速地飞了出去……

第四个飞翔的故事

穿着铜制盔甲的柏勒洛丰骑着血红的天马，兴致勃勃地飞上天空，朝着小亚细亚的方向飞去。他的怀里揣着一封"死亡信函"，是阿果城的国王普罗拖斯写给吕基亚国王的——普罗拖斯把信交给柏勒洛丰的时候就已明确而郑重地告诉过他，这是一封重要的"死亡信函"："吕基亚将它打开的时候就意味着一个人要死了。朋友，让我看一眼都不忍心的朋友，这一次，我必须要麻烦你，因为无论是谁的马都不如你的飞马更快，你的珀伽索斯实在是人世间最珍贵的奇物。也许某一天，万神之王宙斯也忍不住妒忌，要将它夺走。"

珀伽索斯就是柏勒洛丰的天马，它是由戈尔贡女妖美杜莎脖颈处涌出的血而化成的。普罗拖斯国王说这些的时候，柏勒洛丰已经展开双翼，飞到了英雄珀伽索斯面前。"你说的，并非没有可能。我相信我的珀伽索斯能赢得万神之王的喜爱，谁知道呢。就像现在，我并不知道你的死亡信函里写下的是什么，但我向你承诺一定会把它送到。也许我们的分手会是永别，你就不能再送我一杯酒吗，尊敬的普罗拖斯国王？"

穿着铜制盔甲的柏勒洛丰骑着血红的天马，兴致勃勃地飞上天空，朝着小亚细亚的方向——尽管天马珀伽索斯在空中飞得极快也从不知疲倦，到达吕基亚王国的时候还是用了三天三夜。"三天三夜？"吕基亚国王几乎不敢相信，"上一次，我去阿果城，出发的时候石榴刚刚开花，而到达的时候阿果城的城堡里已有半尺厚的积雪。你竟然只用了三天三夜……"

"尊敬的吕基亚国王，我这次来是为尊敬的普罗拖斯国王充当信使，他说有一封死亡之书要我亲自交到您的手上——"

"先不用管它！"吕基亚国王转身向身侧的侍从吩咐，让他们摆上酒宴，按接待国王的规格接待柏勒洛丰，"你是普罗拖斯国王的信使，我当然不能怠慢。要不然，普罗拖斯国王会以为我们小亚细亚根本不懂礼节，这样的话我可不能让他有机会说出来。"

第二日，信使柏勒洛丰再次求见吕基亚国王，迎接他的依然是热情的、奢华的宴席。"先不用管它。你从如此遥远的地方来到我的国度，我绝不可能不顾礼节的。你安心地饮酒吧，我们的杜松子酒还是很好喝的……"

第三日、第四日，信使柏勒洛丰再次求见吕基亚国王，他使用郑重的表情向吕基亚国王陈述他带来的可不是一般的信函而是极为重要的死亡之书，看看信封上黏着的三根鹅毛就知道了，然而吕基亚国王却还是不急不忙。"年轻的却尊贵的客人，你不用着急，世界上没有什么事情会真的迫不及待，即使是一场战争，我可是见得太多啦。在我的小亚细亚，南部，有一种野牛的肉你肯定没尝过，他们今天刚刚为你送来。而在东北部，山谷下面的河流里有一种叫声像婴儿啼哭的鱼，我想你也没有吃到过，我已经派人去抓了，三两天就会送到。信，你先放在身上，等我把我们的礼仪表达清楚，让你品尝到我的领地上所有的珍馐，我自然是会向你索要的。"

……吕基亚国王好像胸有成竹，并不着急，直到第九日的晚宴之后他才想起柏勒洛丰带来的信。"是时候了。我来看看，尊敬的普罗拖斯国王到底说了些什么。"他打开信，飞快地读完。"是的，一个人要死了。"吕基亚国王的目光转向柏勒洛丰："年轻的、可爱的信使，一路上，你就没想……普罗拖斯国王究竟写了些什么？"

"没想。"柏勒洛丰恭恭敬敬地回答道，"我愿意听从国王的一切安排。"

"好吧。"吕基亚国王沉吟良久，"是有一个人……不，也许是一个怪物要死了。他派你过来，是想请你帮我的忙，他说你一定能行。"

"好吧，请你吩咐。我愿意听从国王的一切安排。"

"你知道，我们的北部，在一片雪山之间住着一只能够喷火的怪物，它叫奇麦拉，也许你在艾菲尔城和雅典都听到过它的大名。没错儿，它有狮子的头和蛇的尾巴，以及羊的身子，庞大迅捷强壮的可怕东西，吞吐着燃烧不尽的火焰，靠近它的人都必死无疑，至少有三百勇士的冤魂在它身侧化成了灰烬……从我还是孩子的时候就不断地有勇士前去冒险，现在我都老到这个样子了他们还没回来。年轻的、可爱的信使，虽然你看上去很是强壮，但我还是不放心让你去冒这个险。你如果拒绝的话……"

"没问题。我明天就去。"

傍晚时分，残阳如血，吕基亚国王盯着城墙上的余晖看了好大一会儿，然后摇摇头。"看来，他是回不来了。"

"你说谁回不来了，尊敬的国王？"吕基亚国王回头，看见柏勒洛丰骑着他的双翼天马，正缓缓地从黄昏的霞光中降落。他的手上，提着一个硕大的狮子的头。

"这，这……这么说，你杀死了它？"吕基亚国王揉揉自己的左眼，然后又用了更多的力气揉揉自己的右眼，"真不敢相信。"

第三天，吕基亚国王又将穿着铜制盔甲的柏勒洛丰迎进王宫。"你想不想知道，普罗拖斯国王信中的内容？"吕基亚国王扬了扬手。柏勒洛丰摇头："不，不想知道。我只要知道，接下来我要做什么就是了。请尊敬的国王下达命令吧。"

"他说……是我，不……你应当听说过强大的苏力米人吧，他们是提坦神的后裔，是一些身形巨大的怪物。他们已经为害多年，我的军队根本不是对手……"

"好的。我去。"

"你是不是听说过阿玛宗人……"

"好的。我去。"

……在战胜了阿玛宗人之后，吕基亚国王在王宫里宴请归来的英雄柏勒洛丰，这本来是一件极为轻松、愉快而欢乐的庆功之宴，可是，吕基亚国王却显得闷闷不乐。"尊敬的吕基亚国王，你有什么心事吗？也许，我可以帮助你来完成，你看，我已经为你完成了这么多，再难的事我也会……"

"可这件事，真的是太难了。我都不知道该怎么谈起。"吕基亚国王依旧愁眉不展。"你说。"柏勒洛丰涨红着脸，死死地盯着吕基亚国王。

"你真的，真的不想知道普罗拖斯国王在信里都写下了什么吗？是的，它是死亡之书，他要我杀死的人是你，是你柏勒洛丰，年轻可爱的信使。难道，你自己真的没有一点儿预感？"

"有，当然有。"柏勒洛丰说，"尊敬的吕基亚国王，你之所以不肯直接杀死我，是因为惧怕宙斯，他最讨厌违反主客之道将客人杀掉的人；而你也不愿意不顾及普罗拖斯国王的请求，于是，你就让我去……"

"那，你为什么不拒绝不反抗呢？是因为有愧？这么说，你真的是对安忒娜王妃做了什么……"

"不，没有。"柏勒洛丰摇摇头，"我对安忒娜王妃没做过任何事，我的愧疚来自别处。我不知道普罗拖斯国王的信中是否提到，我们是怎样熟悉起来的，我最初找他是想请国王为我洗涤罪责，因为我……杀死了自己的亲哥哥。那当然是意外，否则我也不会有这么深的愧疚感了，可是冥王却不忍给我留下半分悔过的机会，我只能眼看着过失发生，看着他落魄的灵魂在黑暗的旷野中游荡。不止一次，我在出门的时候、洗澡的时候或者追赶某个猎物的时候，会突然地看见我的哥哥，他浑身青紫，神情忧伤，要么在用芦草团堵着咽喉上的洞，要么试图用芦苇蘸水擦洗脖子上凝结的血痂。我之所以答应送这封死亡信函，之所以一次次答应你的危险要求，是因为，我也想从无边无际的愧疚和痛苦中解脱出来。所以每次出征，我都显得兴致勃勃——我是真的兴致勃勃，可我就是输不掉自己。"

"看来，你还要在这样的愧疚和痛苦里生活一段时间了。你的命运让我无能为力。"吕基亚国王说，"也许，你要和你的命运妥协，居住于奥林匹斯山的诸神也许能有办法。"

"哦，谢谢你的提醒。"已经微醺的柏勒洛丰朝着殿外打了声呼哨，血液一般鲜红的双翼天马珀伽索斯，从空中降落下来。

原载《江南》2020 年第 4 期

主持人：**王干**

王干，文学批评家，鲁迅文学奖得主，"新写实小说"倡导者。

Wang Gan is a literary critic, winner of Lu Xun Literature Prize, and an advocate of "new realistic novel".

微
小
说

推荐语

微小说作家是轻骑兵，在反映社会生活方面具有灵敏性，本季度选用了两篇饱含生活热度的作品：戴希的《柳暗花明》以抗疫为切入点透视人性，旁涉职场、情场中人的纠葛与和解，富有向内转的深度及艺术美；符浩勇的《打井记》以幽默的转折，反映了扶贫工作的难题及解决，保持着生活的形状，张弛有度。《打井记》《柳暗花明》近取当下生活素材，书写无仓促感而多见从容笔墨，作品中看得出对题材、对书写内容的沉淀，这让作为轻骑兵的微小说作家，抵达艺术堂奥。微小说被称为"平民的艺术"，大约也和微小说植根生活、能够迅疾地反映生活有关。近取当下生活，让微小说所写的内容与百姓共时共振，结成情感共同体。

微小说是小体量作品，它是精致的建构，从中可见奇见巧。何君华的《吃玻璃的少女》是一篇现代派作品，以少女吃玻璃之奇吸引读者，巧妙地隐去一桩凶杀案，以"吃玻璃的少女"这一前所未有的新奇形象，突出了爱和信任的价值。田洪波的《逆战》是一篇以熬鹰隐喻教育的小说，主人公一边以细腻的笔墨描写熬鹰，一边穿插父亲与顽童之间的对话，这一巧妙的对位，将惨烈的熬鹰过程和父亲的教育对应，一个规约的过程同时也是消磨个性和脾气的过程，奇巧之中蕴含凌厉、悲凉之气。不为奇而奇，不为巧而巧。尽管是"平民的艺术"，但与现代美学同气连枝，微小说的奇巧已出离猎奇，抵达深邃宽广之境。

刘正权的《闹人》、芦芙荭的《站岗》等作品将人性的复杂、幽微，将人情的含蓄、优美，落实在对生活肌质的描写中，呈现在细节化的动作中，体现出微小说弱化"讲述"、增强"描摹"产生的"呈现"的力量。人性、人情千百年来是相似的，人人都知道，但只有在将人性、人情的波动体现在生活细节、行为细节中时，它才能具体可感，拥有打动人的力量。《站岗》中秦大福那些下意识的行为和小动作，是接通了内心世界的，有只可意会不可言传之妙。刘正权的《闹人》则是近些年少见的佳作，人物关系错综复杂，几件事交织在一起浑然一体，还原了现场，写出了生活气息，挖到人性、人情中最柔软的部分，描述沉实有力。

此外，邢庆杰的《借款记》把高房价下的生活现实和反腐调查巧妙组接在一起，在人物愿望的达成和破灭之间营造焦点，生活细节在幽微处见人物精神。袁炳发的《励志课》、万芊的《门里门外》关注的是人如何通过提高认知水平，获得成长和自立。麦麦的《兽医瘸木》在结构上像是在致敬汪曾祺的名作《陈小手》，但它在结尾抑制高潮，没让《兽医瘸木》落入那个经典的窠臼。总之，这些作品如百花园中姿态万千的花朵，各具其美。

【作者简介】符浩勇，海南省作家协会副主席。曾在《人民文学》《当代》《天涯》等发表小说六百余篇。著有长篇小说《四英岭人家》，小说集《不懂哭你就瞎了》《你独自怎可温暖》等十八部。曾获海南省南海文艺（文学）奖、第六届全国小小说"金麻雀"奖和《小说选刊》最受读者欢迎小说奖等。

Fu Haoyong, Vice Chairman of Hainan Writers Association. He has published more than 600 novels on *People's Literature*, *DangDai Bimonthly*, and *Frontiers*. He has authored 18 novels such as *Four Yingling Family*, the novel collection *If you cannot cry, you will be blind* and *How can you Be Warm Alone*. He has won the Nanhai Literature and Art Award of Hainan Province, the 6th National Short Fiction "Golden Sparrow" Award and the *Selected Novels* Most Popular Novel Award.

打井记

符浩勇

小村坐落在山脊上，打井难，吃水更不易，四十余户人家平日煮饭、洗菜、漂衣、涮身，总要跑两里远的路，到山下小河去挑水。

老黄到村里来扶贫，他向村主任德贵说："这些年，大伙挑一趟水也难，能不能联系打口井？"村主任听罢好惊讶，摆摆手，晃晃头，说："要能挖井，还等到你说？"接着，便唠起生茧长霉的旧事：祖辈曾在村边挖井，尚不足半丈深，山下小河就眼见浊了，起初没有人在意，继续挖打时，河水日渐干涸，还无端出了两条人命——一个因井架崩塌压死，另一个去小河挑水，脚一滑，就摔到河中……后来，请了道婆梁三，说是挖井伤及了石龙，惹恼了小河神。

老黄听着摇头，据理辩论："过去是人工锄挖，如今用机器挖，钻不出水，不给钱。"村主任德贵仿佛听见最后那话，咕哝："也可试试，挑一趟水也够累的，反正，不出水不给钱！"老黄大喜过望，自荐到山下去请钻井队，次日便请来了七个精悍的后生。

钻井队的机械设备好，后生们又舍得卖力气，只用十来天，便刨去蛮石层，土层见湿了。老黄简直有点忘乎所以，他出门回家，抬头低眼，一片声夸他出息，有远见……

然而，天有不测，旦夕祸福间。一个下午时分，山洪暴发，山下小河翻起了泥沙、滚裹着草木，水位迅猛上涨，河水混浊了。

翌日，风过雨去，小河的水位迅速下落。早去挑水的回来就说，河水枯浅了，浊得像泼墨。村主任德贵听了只半信半疑，操起扁担，串起木桶，便朝山下小河走去。

村主任德贵走至河堤，一不慎，滑脚踩着烂泥，跄踉了几步，扁担木桶各散一方。他爬起时，倏地记起先前祖辈挖井时死过两人，认定还会应验，便起身空着桶回村来，直直去找老黄：

"那井不能再挖……全村人吃水就靠河，要是河水继续下落，又是泥沙草木，你说怎么办？"

老黄有理说不清，竟让人认为理虚。一时间，村主任挑水摔到河中的事经他的婆娘传出，便风生水起。

老的捻着胡须说："其实，挑一趟水那么两里远，几十年大伙不是都在挑，嫌什么路远……"年壮者许多人都附和这话。老黄的父亲骂他："你懒得挑水，怕走远路，可不能挖什么井，坑人！"

老黄的老伴说："老黄，这回你得听我的，别再逞能去瞎折腾了。在村里地疏人生，你拗不过村主任的，据说他已让人去填井了。"说着，两眼就红起来。

老黄又急又恨，村主任冻结了打井的专款，钻井队要挟赔偿损失，差点引起斗殴。老黄也百般阻劝，钻井队才下山去了。

终于，他在无奈的迷惘中，计上心来……次日，老黄孤零零一人下山去了。

下午斜阳时分，老黄又领着钻井队七个精悍的后生回来了。德贵村主任在村口见着，却不吭声，因为他看到老黄后边还跟来了山里扬名的道婆梁三。那年镇上来人在村中征粮，开始没有多少户人家肯应征，待到来人请来道婆梁三，在村里只巡了一圈，没几天，征粮的事便顺当了。

道婆梁三来了，村里人是不敢怠慢的。到了镇邪赶妖时辰，村里人聚到井架边去，只见梁三摆出香案，穿上道服，燃神香，点鬼烛，吟天咒，烧地符，生杀一只下蛋的老母鸡，以血冲酒，洒在井坑里，放着一碗米饭，燃响一串鞭炮，就走了。

村里人眼看着小井重新开挖，却没有再出言异议。因为在井架边，道婆安放了符，是乱说乱嚷不得的。有见着的说，那碗米饭，被一只刚发情的狗叼去吃，不出一刻，就七窍流血了。

井继续挖深，钻穿了蛮石层，便出了个清汪汪的大泉眼，更可喜的是山下的小河未见枯浅，还依旧清悠悠，不断流。老的说那道婆梁三的符咒好灵验，居然镇着了石龙，镇住了河神。年壮的说，还是打井好，挑水不再走两里路了。

钻井队领了工程款出山前，不知哪个说了声，说那道婆梁三是老黄出主意让人扮装的。好在村里人死不相信就过去了。

德贵村主任好一阵感激老黄，逢人就说，老黄是石山村的大恩人。老黄只是摇头苦笑。

原载《金融文坛》2020 年第 6 期

【作者简介】邢庆杰，1970 年 5 月生于山东禹城，山东德州市文联专业作家，在《人民文学》《中国作家》《北京文学》等小说作品二百余万字，有作品被《小说选刊》《中华文学选刊》等选载，已出版小说集二十三部。中国作家协会会员，山东省作家协会第二批、第五批签约作家，德州市作家协会主席。

Xing Qingjie, born in Yucheng, Shandong Province in May 1970, is a professional writer of Dezhou Literature Federation. He has published more than 2 million words of novels on *People's Literature, Chinese Writers, Beijing Literature* and other newspapers and periodicals. His works have been included in *Selected Novels, Florilegium*, etc.. He has published 23 novel collections. Now he is a member of China Writers Association, second and fifth signed writers of Shandong Writers Association, and chairman of Dezhou Writers Association.

借款记

邢庆杰

电视上正演着抗日剧，老郝却无心观看。开着电视，只是他打发寂寞的惯用办法。多年前，妻子因病去世后，儿子先是在省城上大学，读研，后来又在省城当了大学老师，他一直一个人过日子。每天回来，他第一时间打开电视，让屋里有了响声，然后再动手做饭。今晚他无心弄饭，一根接一根地抽着烟，烟灰缸里的烟头已经满了。

手机响了，竟然是初中同学崔仁义打来的。他们虽是老同学，但因社会地位悬殊，平时很少联系。崔仁义很热情地问他在不在家，说有点儿事和他商量。

老郝初中毕业后就接班进化肥厂当了工人。崔仁义却一路读到大学，分配到了行政单位，多年前就当上了县水利局局长。他们住在一个小区，虽然一个住独体别墅，一个住两室一厅，但平日里还是免不了碰面。开始，老郝见了他总是热情地打招呼，但崔仁义每次都是板着脸点点头，一丝笑模样也没有。老郝知道，人家这是刻意和他保持距离，以后就尽量躲着他。

当下，老郝的儿子在省城找了女朋友，买房子成为迫在眉睫的大事。他已经跑了好几趟省城，和儿子以及未来的儿媳一块看了多处楼盘，无奈，都贵得远远超出他的承担能力。最后，他们只得在郊县定了一套八十多平方米的，也要一百二十多万元。他收入有限，虽然一直省吃俭用，却仅存有七万多元。为了凑足三十万元首付，他几乎借遍了所有能借到钱的人。就在昨天，他给初中同学赵云借钱时，赵云还提过让他找找崔仁义。

……多年以前，儿子考上大学，老郝却连学费也拿不出来。妻子的病早把家底掏空了。他拉下脸，四处筹借，也只凑了不到一半，只好硬着头皮走进了崔仁义的家门。崔仁义对他还算客气，给他沏了茶，敬了烟，但一说到借钱，脸上就愁云密布，说了一大堆经济拮据的理由，最后，拿出了二百元钱，说算是孩子考上大学的份子钱，不用还了。那一刻，老郝恨不得找个地洞钻进去……后来，厂里知道了他的情况，发动全厂职工给他捐款，才让他迈过了那道坎……

崔仁义进门时，老郝已经将一只盖杯洗得干干净净，沏好了一杯茶。

崔仁义坐下后，问了问老郝的近况。老郝照实"汇报"了，也有意无意地说了给儿子买房的事儿。崔仁义这才说明来意，他从赵云那儿已经知道老郝正四处借钱。

崔仁义问，你需要多少钱？

老郝说，首付三十万元，我已经凑了二十万元，还差……

崔仁义霸气地打断他说，咱交全款，这个钱我借给你，这些年我们一家省吃俭用的，攒了些钱……

一番话，惊得老郝如在云里，如在梦中，一时竟然失语了，傻了般看着崔仁义。

崔仁义接着说，当然，我也是有条件的，这件事，只能天知地知你知我知，就连你交全款的事儿，也不能跟任何人提起……

老郝赶紧说，这个保证没问题，问题是借你这么多钱，我什么时候还得清呀？

崔仁义笑道，你贷银行的钱就不还了？你儿子儿媳都是大学老师，等几年他们评上高级职称，两个人一年就是三四十万元，这点钱算什么？

老郝心下顿时释然，人家是算好了，他有这个偿还能力才肯借的。不过，这毕竟是个天大的人情，他对崔仁义千恩万谢。

崔仁义出去了一趟，回来时扛着一个破旧的编织袋子，他反手关上门，将袋子往地上一扔说，你点点，这是一百万元。

临走，崔仁义把老郝打的借条撕得粉碎，有些生气地说，你在厂里是多年的优秀党员，谁能信不过你？

第二天，老郝先把这笔钱存到了自己的银行卡上，又转给了儿子。

几天后，老郝听到一个惊人的消息：崔仁义被县纪委留置了，工作人员搜遍了他的几套房子，却没有发现值钱的东西和现金……

老郝把自己关在屋子里，不断地抽烟，抽完了整整一包烟后，打通了儿子的电话。

儿子，房款交上了吗？

还没呢，这几天太忙，没顾得上。

把钱转回来吧，要快。

打完电话，老郝像卸下了一个沉重的包袱，把自己重重地摔在了床上。

原载《天池·小小说》2020年第7期

【作者简介】万芊，中国作家协会会员，文学创作一级。小说散见于《萌芽》《雨花》《百花园》《上海文学》，部分作品被《小说选刊》《小小说选刊》《微型小说选刊》选载。出版《最后的航班》《铁哥们》《上海亲眷》等小说集多部。曾获江苏省作家协会第三届紫金山文学奖短篇小说奖。

Wan Qian, member of Chinese Writers Association, literary creation level 1. His novels were scattered in *Meng Ya, Yu Hua, Bai Hua Yuan, Shanghai Literature,* and some of his works were included in *Selected Novels, Journal of Short Stories*, and *Election of Short Short Stories*. He has published *The Last Flight, Friends, Shanghai Relatives* and other collections of novels. He won the Short Story Prize of the third Purple Mountain Literature Prize of Jiangsu Writers Association.

门里门外

万芊

阿戚已经第二回走进这门，他耷拉着脑袋，神情有点沮丧。他有点怨自己运气不佳，明明已经跑出好几百米了，却没想到被几个便衣看出了破绽。也该他倒霉，货在他身上，再藏再掖，也总是破绽百出。

警车开进了大铁门，他被送进了小铁门。他习惯性地摸出了随身所有的私人物品：香烟、打火机、手机、零钱、皮带、鞋带。他没有身份证，民警问了两次，他都摇着脑袋。民警递过来一件印着编号的褪了色的橘黄色马甲，那熟悉的编码让他突然激灵着打了个寒战：214。冥冥之中也该他倒霉，就连随机发的马甲也一直跟他作对。上回是214。方言"2"，读作"你"。故所有的人都唤他"你要死"，这回竟然又是"你要死"，晕呀！

两名警察，一前一后，脸色威严。一名警察先打开走廊上的铁门，等他穿过，另一名警察又"哐当"一声把铁门锁上。

他走进一条长长的走廊，他认得，上回也是从这里进来，从这里出去的。走廊上一共是六道铁门，一道比一道沉重，他熟悉。他又被送入第六道铁门后第三间，然而铁门内所有的脸都已变了，没有一个他熟悉的。铁门内，七人，都端坐着。他不敢正面看人家的脸，只是小心地瞧着人家的腿，猜测各人的年龄、身份。

入夜，他大气不敢喘一声，小心躺着。迷迷糊糊中入梦，竟然梦到一次又一次猖狂逃窜，又一次次深陷绝境。他想惊呼同伙，又怕被外人发现，故惶恐中如丧家之犬一般。

突然，他被人狠狠地踹了一脚，他痛醒，左边一脸横肉的家伙，又踹了他一脚，几乎把他的腿踹断。横肉家伙压着喉咙发飙："臭小子，睡觉再不安稳，我卸了你的大腿。"

右边有人轻轻地说："干吗？人家还是孩子，跟一个小孩子过不去，啥能耐？！"

左边横肉家伙，"哼"了一声，不再发飙。

第二日一早，阿戚醒来时见右边的男子瞧着他，便心生感激地叫了声"大爷"！那男子"扑哧"一声笑出声来，轻声嗔怒，说："小傻瓜，啥眼神？！"

阿戚仔细瞧，只见那男子一头乱蓬蓬的头发，夹杂着好些白发，可能才四十来岁的样子。阿戚忙改口："大叔！"

铁门里的作息时间和活动，都有严格的规定，阿戚自然不敢乱说乱动，稍不小心，就会受到严厉的处罚。只有到了每天非常短暂的自由活动时间，阿戚才与大叔说几句话。

大叔问，阿戚说。

阿戚告诉大叔，爹娘在他很小的时候就离婚了，他先是随娘，但娘后来有了新的男人，没心思管他，他就随了外公。十六岁时，他开始逃学闯社会。这些年，他结交了一些社会上的朋友，混日子。但他也有自己的底线，只偷不抢，只抽烟酗酒不吸毒。两次进铁门，都怪自己运气不好，出去后，想去烧烧高香。

大叔，其实是个很睿智的人，他怎么进的铁门，阿戚无从知道，而大叔讲的话，却句句在理。

大叔说："你还年轻，人生的路还很长很长，你千万不能自暴自弃。你这次犯事进来，不是你的运气不好，俗话说，常在河边走，哪能不湿鞋？铁门里的时间是难熬的。你出去后，千万不要再犯事了。离那些狐朋狗友远些，好好学门手艺，养活自己。"

三个月后，阿戚走出了铁门，重新呼吸到了铁门外的新鲜空气，深感大叔的话句句在理。他离开了原来的那些混混朋友。他打听好久，觉得有一种手艺适合他，就是电焊。在所有的手艺中，电焊工比较难学，又比较辛苦，会电焊的人不是很多，工钱也相对要高些。他找到一家私人门窗加工厂。厂长让他试几天，看他手脚勤快，便收他学艺。

阿戚第三回走进这门，神情有些紧张。特别是过例行的安检时，他的心竟然"怦怦"乱跳起来。

两名警官，一前一后，脸色和善，不时轻声与厂长交谈着。阿戚推着工具车紧随其后，生怕一不小心被卡在哪道铁门里。

他走进那条长长的走廊，长廊的门在他身后"哐当"一声合上，他先是一个寒战，继而慢慢放松。走廊上六道铁门，他们将一道道维护和加固。他在过道里忙碌着，过道一旁的铁门后仍有人端坐着。他在忙碌中瞄了一下里面人的脸。只见一张张脸都是那么木然。

在那扇熟悉的铁门里，阿戚一眼见到了那张熟悉的脸，一头乱蓬蓬的头发，夹杂着好些白发。大叔仍在，却像一尊没有表情的蜡像。阿戚想跟大叔递个眼神，但大叔神情木然，根本没有感觉到他的存在。

阿戚有意把干活时的声响弄得大一些，但他的一切最终是徒劳的。

三天的活儿结束了，负责的警官夸了阿戚的手艺。

阿戚再也憋不住了，惴惴不安地问："报告警官，我干活时看见我的一位老乡在铁门里，我能不能给他送些东西？"

警官"扑哧"一声笑了，拍着阿戚的肩和善地说："当然可以，啥时送来都可。大门口登记时，说我同意的就可以了。"

阿戚向警官鞠了个躬，泪水噙在眼眶里，似乎一不小心就要掉下来。送东西只是一个借口，其实，他要让指点他的大叔知道，他现在完全可以自食其力了。

原载《小说月刊》2020年第7期

【作者简介】袁炳发，黑龙江省作家协会主席团委员，在《中国作家》《十月》《北京文学》《大家》《作家》等发表小说数百篇，部分作品被《小说选刊》《小说月报》《中华文学选刊》转载。有小小说作品被选入美国、日本、俄罗斯等国大学教材及杂志。曾获黑龙江省文艺奖、小小说金麻雀奖。

Yuan Bingfa is a presidium member of Heilongjiang Writers Association. He has published hundreds of novels on *Chinese Writers, October, Beijing Literature, Great Masters,* and *Writers,* and some of his works have been reprinted by *Selected Novels, Fiction Monthly, Florilegium*. Some novels have been selected into university textbooks and magazines in the United States, Japan, Russia and other countries. He has won the Heilongjiang Provincial Literature and Art Award and the Golden Sparrow Award for short stories.

励志课

袁炳发

天已经黑了。

老孔下班回到家，撂下公文包，媳妇就把饭菜端上来了。老孔看着盘子里的鱼，脸色立马变了，媳妇赶紧低下头不敢吱声。

老孔神色严肃地端起盘子，倒进厨房的脏水桶里，然后把几个孩子叫到跟前，严厉地说，这鱼不能吃！

鱼是单位同事彪子送来的，他和老孔一个科室，双职工，一个孩子，生活条件不错，他是想帮老孔一把。开始的时候老孔也没多想，觉得彪子有一颗善心，同事之间相互帮助那也是应该的，在这种心理的驱使下，业务上老孔也没少帮助彪子。

两人的关系越来越好，彪子隔三岔五地总带一些东西去孔家；孔家的几个孩子对彪子也特别亲切。如果赶上礼拜天，彪子便留在孔家吃饭。

可渐渐地，老孔发现了问题。他的几个孩子对彪子的帮助有了依赖心理，要是彪子几天不来，他们都很期待，好像接受一个人的帮助成了理所当然的事情。

那天夜里，老孔的眼前不断晃动着几个孩子的身影，他们期待的眼神，让老孔内心惶恐不已。

月光隔着窗子进入屋里，仿佛在打老孔脸上的巴掌，他怎么也睡不着了。

第二天，老孔把自己的想法直接对彪子讲了，他告诉彪子以后别再帮他了，他现在的家庭状况虽说不好，可还能生活下去。

彪子认为老孔这是小题大做，纯粹是吃饱撑的。就连老孔的媳妇也不以为然。

后来彪子再送东西的时候，便背着老孔，几个孩子和老孔的媳妇也背着老孔。可时间长了，老孔还是知道了，这让老孔内心十分苦恼。

彪子对老孔说："我们是朋友，难道帮助不是应该吗？"

老孔觉得跟彪子是解释不清了，他为了躲避这种帮助，后来干脆从北市区搬到南市区，从北到南几十里地，来回一趟挺麻烦的。彪子知道老孔是在躲避自己，自然很生气。他认为老孔那些所谓冠冕堂皇的理由，说到底还是没有瞧得起他这个朋友。就这样，他们的关系也渐渐疏远了。

老孔的媳妇没有工作，就老孔自己挣钱，随着几个孩子长大，陆续上学，老孔家的生活比以前更困难了。

但无论生活怎么艰难，老孔的脸上始终带着笑容，他觉得人活着最重要的是心情，上帝绝对不会因为冬天寒冷，而让春天提前来临。

距离孔家居住的南直路有一个很大的斜坡，一到礼拜天老孔便带着几个孩子在斜坡上帮助过往的畜力车辆推车，一天下来挣的钱足够一周买菜的了。小儿子只有八岁，推车的时候小脸憋得通红，可是他跟在父亲和哥姐后面从不退缩。

时间长了，老孔的精神意志自然感染了孩子们。他们很努力，后来都相继考上了国内知名度很高的大学。

老孔也因为工作突出被提拔当上了科长。这时候的彪子早已经调到另一家单位，因为能力不够，一直还是个小科员。老孔几次打电话给彪子要和他聚聚，可都被彪子拒绝了。

想不到的是时隔不久，老孔所在单位招人，而彪子的儿子刚从一个不怎么样的大学毕业，彪子想让儿子去自己原来的单位，只好去找老孔。

老孔说："你过去没少帮我，可这事儿我没法儿帮你，要想进咱们单位，只有参加考试！"

彪子当时就急了，说："要参加考试，我找你干啥？"

说完这句话，彪子也不听老孔解释，转身走了。

后来彪子的儿子参加考试，在第一轮笔试便被淘汰了。老孔虽然觉得自己没有错，可心里很不是滋味儿。

那天，老孔亲自登门去谢罪，彪子连一杯茶都没倒。他一脸不悦地低着头，好像根本不认识老孔一样。

老孔说："没能帮上你的忙，是我对不起你，但我必须跟你说真话，把孩子交给我吧！"

彪子神色迷茫地看着老孔没说话。

老孔接着又说："在我心里，你一直都是我最好的朋友，你的孩子也是我的孩子！"

转年，在老孔的辅导下，彪子的孩子如愿地考进一家政府的大机关。

彪子十分惭愧，他终于明白了老孔当年为什么拒绝他的帮助了。

原载《海燕》2020 年第 7 期

【作者简介】芦芙荭，中国作家协会会员，陕西文学院签约作家，陕西省百名优秀中青年作家艺术家资助计划入选者。作品散见于《北京文学》《青年文学》《小说选刊》等刊。出版有小说集《一条叫毛毛的狗》等多部。曾获中国小小说金麻雀奖、《小说选刊》最受读者欢迎小说奖等。

Lu Fuhong, member of the China Writers Association, has signed with the Shaanxi Institute of Arts. One hundred outstanding Young and middle-aged Writers and Artists of Shaanxi Province. His works are scattered in journals like *Beijing Literature, Youth Literature*, and *Selected Novels*, etc.. He has published a fiction collection *A Dog Called Mao Mao* and other books. He has won the Golden Sparrow Award for Chinese fiction and the Most Popular Novel Award by *Selected Novels*.

站　岗

芦芙荭

　　秦大福住在麻城郊区，说是郊区，也只是和麻城隔着一条河。

　　河叫麻河，桥自然就叫麻河桥。这座桥就像是条扁担，一头挑着的是乡村，一头挑着的是城市。一水之隔，风景却是大不一样。就跟那时的家庭结构一样，父亲是城市户口，吃的是商品粮，而母亲却是农村户口，吃的是农业粮。我们麻城人把这样的家庭叫"一头沉"。

　　麻河桥也是一头沉的。沉的是南边是乡村。

　　晚上，南端的人站在桥头，就能看见桥北边城市的灯火辉煌，能听见城市的声音，能感受到城市的呼吸，感受到城市的脉动。可他们只能隔桥相望。只有到了白天，他们骑着自行车从桥上走过去，去帮这个城市建高楼，帮这个城市里的人清扫街道，他们甚至可以到高档写字楼里去送水，才算融入这个城市。可一到了晚上，他们就不得不还原他们的身份。他们只能住到桥的另一头去。

秦大福，每天早上都会骑着他的那辆二八自行车，随其他人一块到桥北边去"站岗"。桥北的桥墩下有个劳务市场，麻城人把去劳务市场揽零活叫"站岗"。他们的自行车或摩托车上都挂着自制牌子，上面写着他们的手艺，比如修水电、捅下水道，再比如砌墙粉墙等。他们一天的收入全凭早上这"站岗"等来的机会。其实，到这里揽活，也是碰运气。平时，他们三三两两地聚在一起，要么抽烟谝闲传，东家长西家短地扯，要么一副扑克牌，挖坑，打三代，赌资五毛一块的，全是消磨时间。有揽客来了，好似鸟群里丢下一块石头，他们一哄而散，丢下牌抓起地上的零钱，也不管是揽什么活儿的，一拥而上。

秦大福坐在那里却是不急，别人揽下活儿了，需要人都会叫上他，老秦干活肯出力，又不在工钱上计较，谁要是揽下活儿了，都爱找他当帮手。可秦大福也有要求，干完活儿就得把工钱结了。他觉得钱放在自己的兜里安全。秦大福早先有个老婆，后来得病死了，也没给他留下一儿半女，日子是一个人过。一个人的日子，吃饱穿暖，再有点结余就很够了。他把每天的钱分成三份，一份留着存起来，以防不时之需。有时候，揽工的人也会管饭，那么这吃饭省下来的钱，也都划转到存款里面。另一份是吃喝开销，千里做官，为的吃穿。秦大福做的是体力活儿，这吃是不能亏待自己的。秦大福喜欢吃面食，特别是手擀面。手擀面从揉面、醒面、擀面到煮面都是做面人手上的功夫，也很讲究，面与水的比例，揉面人手上的力道，还有醒面时间的长短，全凭的是经验。麻城西背街有一家小面馆，专门卖的是手擀面。面馆的门脸很小，老板娘擀的面却很筋道，特别是饭馆自制的油泼辣子，往面上一浇，那面的味道一下子就提起来了。

秦大福每天干完了活儿，无论距离有多远，他都会绕到那家面馆吃一碗那里的手擀面。要是中午吃饭的人不多，老板娘会拍一根黄瓜，用蒜泥调味，再浇上油泼辣子。或是一盘豆芽拌面筋，也得浇上油泼辣子。秦大福那酒喝得就特别有味。吱吱的，好像要把老板娘仅存的那点风韵都喝下去。临走时，秦大福去付饭钱，他会把饭钱和今天卷成一个卷的全部收入的另三分之一——并扔进老板娘的钱盒里。

老板娘平时是不化妆的，过上几天，秦大福去吃饭，见老板娘化了妆，就不喝酒了，一碗面磨磨唧唧地吃到客人全走光了。

麻城的好多人都知道，秦大福挣的另一份钱，都塞到这饭馆老板娘的黑尻子了。意思是说，这钱花得不明不白，填进了一个无底洞。可这世上的钱，有几个花得明白的？老板娘一个人要做生意，还带着两个上小学的孩子，也是不容易。一个小面馆，要养活两个孩子，里外是不够的。再说了，这日子就跟这面一样，光有面没有那油泼辣子调味，味道是不一样的。

这样的日子过了有三年，还是三年多，秦大福有点记不太清了。记忆力就是这样，坏日子刻骨铭心，幸福的日子都是一晃而过。

有一天，秦大福干完活儿依旧去面馆吃饭，见一个修着平头的男人在饭馆里帮忙。秦大福一下子心里明白了，老板娘的男人回来了。为了求证，他拿目光去看老板娘，可老板娘从他进门，自始至终都低着头。吃完面，秦大福依旧去结账，他依旧把那天收入的三分之一——并放进了老板娘的钱盒里。不过，这一次，那钱不再蜷缩着，而是在钱盒里伸直了身子。

之后，秦大福每天收了工照旧去面馆里吃面。那个修平头的男人有时候在面馆里，有时候没在。得空时，老板娘把眼神探过来，那眼神像是一条蛇，时不时地吐一下信子。进门时，秦大福就发现老板娘是化了妆的，而且那妆化得特别醒目。秦大福只低头吃他的面，呼呼噜噜的，似乎要把那装面的碗也呼噜进嘴里。吃完饭，他照旧将饭钱和收入的三分之一放进老板娘的钱盒里。

秦大福走出面馆时，天已黑，秦大福走向面馆旁边的自行车停放点。那里停放着一排自行车。秦大福突然就飞起一脚向那排自行车踹去，那些自行车一辆接着一辆倒了下去，发出哗啦啦一片响。

他抬头看天，一轮圆月正在天空中慢慢升起。

原载《百花园》2020年7期

【作者简介】田洪波，中国作家协会会员，发表小小说等作品百余万字，部分作品被《小说选刊》《传奇传记文学选刊》《杂文选刊》《青年博览》等选载，另有多篇作品被选为全国中高考模拟和阅读试题。出版有《请叫我麦子》等小小说集6部。曾获第七届小小说金麻雀奖。

Tian Hongbo, member of China Writers Association, has published more than one million words of short stories and other works, some of which have been selected for the *Selection Novels, Legend Biography Literary Journal Selection, Za Wen Xuan Kan, Qing Nian Bo Lan*, etc.. In addition, many of his works have been selected for the national High school and College entrance examination simulation and reading tests. He has published *Please call me wheat* and other 6 short stories collection, and won the seventh Golden Sparrow Award for fiction.

逆　战

田洪波

　　鹰是黄鹰，脾性很烈的那种。大狗围鹰时，用的是爷爷留下的鹰网。有一段时间，曾有人到山上收缴过，大狗是猎人后代，本能地把网藏起来了。

　　大狗觊觎在山间盘旋的黄鹰有一阵儿了，几夜失眠后，大狗翻出了鹰网，让人捎回新鲜的羊羔肉。鹰开始对诱饵不屑一顾，可最终还是一个俯冲旋进了大狗设置的机关。

　　大狗咧开满嘴黄牙，得意地笑。他把一双手套递向鹰，鹰再次中计，用利爪猛袭，大狗将早就准备好的"鹰紧子"迅速套在鹰的头上，直至它的双腿脚腕处。然后，大狗将鹰拴在木杆上，点亮两百瓦的灯泡，搬过一条凳子，相距两尺远，点燃烟锅里的蛤蟆烟，"吧嗒吧嗒"有滋有味地吸，同时，将一双小眼睛向鹰投去，拉开了熬鹰架势。这才发现，鹰是一只刚成年的鹰，嘴尖锐弯曲，披一袭铁灰色毛羽，带有利钩的趾爪苍劲有力，不停地抓挠，嘴中发出阵阵悲愤的唳啸。

大狗沉住气，一抹微笑挂在脸上。这时，他听到院里的响动，眼睛的余光瞥见二娃放学回来了。隔着窗户，大狗命二娃到另一间偏厦去，不准随便进来。二娃好奇地探过头，看见鹰，吃惊得嘴巴张得很大。大狗发现二娃脸上全是泥点子，很生气地质问二娃，你又贪玩了？不知道作业还没写？不知深浅由着性子来，啥时能有出息？啥时能考出好成绩？飞出这大山去，给爹争下脸面？二娃赔笑，兴奋点依然在鹰身上。爹，你抓它有什么用啊？抓它可是犯法的，鹰是一级保护动物。大狗瞪眼，用你管老子？犯法？给老子抓狐狸、捉兔子是鹰的本能，碍着谁了？饭菜在锅里热着呢，快去吃。从明天起，你买东西吃，钱在枕头底下放着呢，省点儿花。

这一夜，人鹰对峙着目光。鹰眼皮打架，恹恹欲睡，大狗滚烫的烟袋锅便敲在木杵上，吓得鹰一激灵，睡意全消。

熬鹰至第二天黄昏，鹰的眼里布满血丝，烦躁不安。大狗却没事人一样，继续"吧嗒"他的蛤蟆烟，事实上他早把觉睡足了。二娃这时汗涔涔地回来了。二娃靠近窗户，悄声说，爹，给我买篮球吧。大狗脸黑下来，又到操场疯去了？篮球个屁啊，我看你像个篮球！你现在必须给我好好学习，别老想那些不务正业的事，听见没有？二娃叹息一声，回偏厦去了。

又是一个难熬的夜，大狗烟抽得没味了，开始站着。鹰欲闭眼，大狗猛一敲烟锅，并且频率不断加快，鹰闭一下他敲一下。鹰怒视大狗，大狗也毫不示弱地迎视。鹰在木杵上摇摇晃晃，大狗学它的样子也摇晃，嘴角有笑，烟锅频敲。有一段时间，鹰似乎积攒起全部力量，把一双眼睛瞪得溜圆，长久怒视大狗。大狗下意识放出一个屁，没敢笑，勇敢迎视。时间一分一秒过去，谁也不眨一下，大狗感觉眼里渐渐有泪要涌出来，憋回去了，继续咬牙挺着，终于等到鹰颓丧地先败下阵来。

中午时，二娃气喘吁吁地回来了，小声问大狗，学校组织灾区捐款，捐多少？大狗有些恼怒，捐什么捐，没那闲钱！二娃不甘心，同学们都很积极，说别人也为我们捐过。大狗没好气，那是有人乐意。二娃还不死心，就少捐点儿？我有自己的零花钱。大狗粗声地说，你的零花钱也是我给的，不自量力。告诉你，敢捐一分钱，打断你的腿！二娃眼里有泪，默默站了一会儿，泪水就爬下了脸颊，没敢继续待下去，一步三回头的样子朝山下走去。大狗从鼻子里哼了一声。这时，他看到鹰闭了眼睛，"啪"的一声把烟锅敲在木杵上，鹰没什么反应，他又重重敲了三下。这下鹰睁开眼了，似乎刚从梦境中醒来，诧异地看大狗，好半天才缓过神儿来。

第三个黄昏来临，二娃回家放下书包悄悄往外跑，被大狗警惕的余光瞄到了，质问二娃干什么去？半天二娃才胆怯地说，小冬他们拔河比赛呢，我也想玩一会儿。大狗眉毛上挑，不知上进的东西！滚回来！二娃这次哭出了声，他似乎听到小伙伴们的喊声，想起身又不敢，后来索性捡起一块石头，狠命向远处砸去。大狗勃然大怒，想跟老子要横？今天你出去试试，不扒一层皮，算你小子能耐！二娃最后抽噎着回屋了。

翌日早晨，鹰的眼神空洞茫然，嘴上结满黑硬的血痂，一袭漆黑闪亮的鹰翎散乱，像披了一件衰败的衣裳。大狗知道，鹰的烈性已经耗尽，接下来要驯鹰了。他眼睛血红，却得意地晃起了头，带鹰出门时朝偏厦瞥一眼，又望望温顺的鹰。小兔崽子，连鹰都熬得服，不信让你小子戗毛戗刺儿，想干啥就干啥？

原载《北方文学》2020 年 9 期

【作者简介】戴希，世界华文微型小说研究会副秘书长。作品入选《新中国六十年文学大系》《新中国七十年微小说精选》《中外经典微型小说大系》等选本。

Dai Xi is Deputy Secretary General of the World Society for Chinese Miniature Fiction. Her works have been widely selected into the *New China Literature of Sixty Years, New China Miniature Fiction Election of Seventy Years, Chinese and Foreign Classic Miniature Novels*, etc..

柳暗花明

戴　希

　　湖北新冠肺炎疫情严峻，铁柔也加入了驰援武汉的医疗队。

　　医疗队出征时，铁柔的老父亲铁谷黄还神志不清，正在她所在医院的神经内科二病区住院治疗。

　　铁谷黄年近古稀，是患脑梗第二次住院，因病情严重，又要做介入手术。

　　没人想到铁柔交代好老母亲，又花钱请了个护工之后，从大年初一开始，铁柔就三番五次向院党委递交请战书，主动要求驰援湖北，抗击新冠肺炎疫情。

　　院党委并不知晓铁柔的父亲已病重住院，又架不住铁柔一而再，再而三的请战，才同意铁柔加入驰援医疗队出征。

　　可没有不透风的墙。铁柔出征的故事很快在医院里传开了。被铁柔的英雄事迹深深感动，医院辞退铁柔请好的护工，从院领导到医护人员都纷纷主动加入义务照料铁柔父亲的行列。

　　呼吸内科一病区护士唐小曼更是把铁谷黄视为自己的亲生父亲，一有空就直奔病房，给老人喂食、端茶递水，帮老人翻身、擦身换被，为老人洗衣、倒屎倒尿……不仅自己悉心照料，还动员老公黄灿灿挤出时间为铁谷黄服务。夫妻俩满腔热情、尽心竭力、无微不至，把老人关照得妥妥帖帖。很快，唐小曼又请示院党委，并说服同事们，让他们小两口全盘接过照料铁谷黄的义务。

当老人清醒之时，问起女儿铁柔怎么不在他身边侍候。为了不让他担心女儿，老伴儿和唐小曼都告诉他，说铁柔已临时受命，去外地进修深造。唐小曼还事先与老公和医护人员约定，众口一词，让老人安心治疗、尽快康复。

春来春去，转眼就是夏天，火热的盛夏。出色完成战"疫"任务的驰援医疗队凯旋，铁柔也满脸喜悦、平安归来。

看到父亲已康复出院，得知住院期间，除了母亲，主要是唐小曼和黄灿灿夫妇始终忙里偷闲，精心守护父亲，和父亲相处得亲如一家，铁柔先是蒙了，继而感动得落泪。

父亲有难，任何人出手相助都能理解。可唐小曼之举却像自己此次出征，绝对是逆行啊！说白了，铁柔不敢相信眼前的事实。

想当初，铁柔和唐小曼同在胸外科二病区当护士，那时两人互帮互助、无话不谈，还真像一对亲姐妹。

可后来，铁柔和黄灿灿相恋，没过多久，黄灿灿就与铁柔分手，投入唐小曼的怀抱。唐小曼和黄灿灿如胶似漆，转眼就走进婚姻的殿堂，成了情深意笃的夫妻。

铁柔总是想，她和唐小曼关系这么好，唐小曼真不该勾引她的男朋友，真不该夺她所爱。

而唐小曼却认为，强扭的瓜不甜，捆绑不成夫妻。黄灿灿既然不爱铁柔了，铁柔单相思还有什么意义？

当然，唐小曼也恨铁柔。胸外科二病区护士长位置空缺之后，唐小曼是护士长的极佳人选，二病区医护人员呼声高，自己向院党委汇报争取过，也把想法如实地告诉了铁柔。哪料铁柔表面上鱼不动水不跳的，最后还是她坐上了护士长的宝座。铁柔未使暗劲与自己争夺才怪！

铁柔则觉得，护士长由谁担任，一要看二病区医护人员真心向谁，二要看院党委更器重谁。她这个护士长又不是自己要来的！

两人的心里一有隔阂，关系就渐行渐远。之后，唐小曼向院里申请调到呼吸内科一病区工作，她们从此井水不犯河水，即使偶尔相遇，也形同陌路。

而现在，人往低处走，水往高处流了，这是怎么回事？铁柔太想解开个中之谜，于是主动约请唐小曼，傍晚结伴去柳叶湖边散心。

"非常感谢你不计前嫌，我爸病重住院期间，你关照他比关照亲生父亲还好！"两人并肩漫步于金柳拂岸的柳叶湖边，铁柔十分感激地说，"可是小曼，我真没想到你会出手相助。能告诉我，为什么会这样吗？"

唐小曼微微一笑，说："老实说，有段时间，我误以为你是个自私自利之人。就说这护士长一职吧，我一直认定是你在院领导那儿使了我的绊子，从我手里抢过去的。没想到这次武汉的疫情如此严峻，驰援武汉那么苦、那么累、那么危险，你都义无反顾、多次请战，我感觉你是心中有善、胸怀大爱之人，对你的敬意立马油然而生。受此启发，我又悄悄去了解了情况，院领导告诉我，你根本没争护士长一职，不仅如此，你还以适当的方式直接力荐过我。所以……"

"原来是这样，"铁柔也浅浅一笑，"我曾以为，是你在黄灿灿面前说我的坏话，戳我的脊梁骨，使下三烂的手段，才把黄灿灿从我手中抢走的。后经多方打听，知道是黄灿灿真的爱上你了，才不顾一切地追求你。爱是双方的情愿，你又何错之有？正想找个机会和你沟通沟通，可新冠肺炎疫情突然暴发了……"

"柳暗花明，现在好了！"唐小曼感叹。

这时她们几乎同时转身，相互对视，两人的眼里都柔情似水，一如清澈的柳叶湖，湖光耀金，湖面上漾起粼粼的潋滟。

原载《啄木鸟》2020年第5期

【作者简介】刘正权,1970年出生,中国作家协会会员,作品先后被《小说选刊》《台湾文学选刊》转载,出版作品集十五部,中篇小说《单开伙》被收入《中国文学年鉴 2019 卷》,有小说翻译到国外。小小说多次获奖,并被设计成中考及全国各省市中学语文模拟试题,现居湖北钟祥。

Liu Zhengquan, born in 1970, is a member of China Writers Association. His works have been reprinted in the *Selected Novels* and *Taiwan Literature Selected Journals*, and his 15 collections have been published. His novella *Dan Kai Huo* has been included in *The Yearbook of Chinese Literature Volume 2019*, and some novels have been translated abroad. His short stories have been prized frequently and some of them have been designed into the national high school entrance examination and the middle school Language simulation test. Now he lives in Zhongxiang, Hubei.

闹 人

刘正权

秦嫂把汤匙吹了吹,说喂药得这么喂,喂水呢,才能像你那么喂!

陈海木不服气,都是往喉咙里灌的东西,哪那么多穷讲究!

秦嫂看出他心里的不服,把药碗晃悠一下,免得有沉渣,眉眼上纹丝不动,别小看对病人的陪护,讲究多着呢。

大实话,整个医院陪护中,秦嫂的讲究要多富裕有多富裕。

故意闹腾人不是?

陈海木脸上有了颜色,我自己的娘,当我不晓得怎么伺候?

话是这么说,娘之前躺在床上,压根儿没吃他喂的一口药,那张脸,义无反顾朝着墙壁,要不是秦嫂过来,呵呵。

娘向来对他是无条件顺从的啊。

才一晚上，就变了个人。肯定是秦嫂背后闹腾了的，都说医院陪护鬼气大，还真是。

陈海木碰了软钉子，但他不怕，血浓于水呢，你秦嫂怎么都是外人。

秦嫂倒是很不见外，说就这么喂，你娘准保把药喝得一滴不剩。

你呢？陈海木一怔，一句话差点脱口而出，我出钱雇你，你倒安排上我了。

我隔壁病房还有点事没交代完！秦嫂很理直气壮地出了病房。

陈海木找不到合适理由反驳，本来，秦嫂在隔壁病房照顾的那个半岁的孩子，今天才出院，是他昨晚强求秦嫂照顾娘的。

秦嫂这是跟他玩仁至义尽呢。

陈海木很想看看秦嫂玩的是什么花样的仁至义尽法，没准是去收人家不方便带走的营养品吧。

在医院，很多亲朋好友带来的营养品，完全派不上用场，病人饮食上得遵医嘱。

娘偏偏这会儿张大了嘴巴，等着他给喂药。

喂水要急，喂药要缓！秦嫂的话在耳边响起。

娘的病，需补水，急一点没问题，喂药，则得缓一点，让药物充分在体内挥发。缘于这个"充分"，娘把药喝得像燕窝汤，居然品咂得出了声，津津有味了都。

陈海木很是不解，良药苦口，光闻一闻药味，他胃里都泛着酸水。

娘总算把药吃完了，是的，陈海木觉得用"吃"这个字比较符合娘的行为，她连漱口水都吞进喉咙了。

当那是刷锅汤啊。

陈海木的爹过世得早，娘一人拉扯他长大，因为穷，刷锅汤从没浪费过。

把习惯延续到吃药上，陈海木有点愠怒，娘真是天生的穷命。

请陪护，不就为让娘享受一把富贵人生？

陪护？对了，秦嫂呢？这个交代还真像模像样啊！陈海木看着因为药力发作睡眼蒙眬的娘，悄悄起身，到隔壁病房去见识秦嫂所谓的仁至义尽。

场景如出一辙，秦嫂把汤匙吹了吹，说喂药得这么喂，喂水呢，才能像你那么喂！

怎么喂？一个年轻爸爸用眼神询问秦嫂。

喂药要急，喂水要缓！秦嫂慢条斯理地说出这八个字。

说反了吧，陈海木的话很突兀地响起，记得你跟我说是喂水要急，喂药要缓的！

年轻人闻声转头，秦嫂不转头，孩子小，喂水缓慢可以让他干裂的喉咙得到滋润，哪个孩子病了不是哭得撕心裂肺、口干舌燥的？喂药不一样，药苦，你要喂缓了，他咂摸出滋味会给吐出来，起码得糟蹋一半。

嗯嗯，喂急了，等他咂摸出苦味，药已经下了喉咙。年轻人点头附和称是。

就是这个理！秦嫂说孩子名字，得耐烦，再闹人的孩子，都有顺毛摸的时候。

年轻人笑，他怎么闹人，都是我的命根子，能不耐烦？

秦嫂说，晓得就好，那我就交代到这儿了，有事你再问我。

年轻人有没有事问秦嫂，陈海木管不着，眼下他有事问秦嫂，我娘这把年纪，什么苦没吃过，干吗给她喂药要缓，娘嘴里得多苦。

傻孩子，秦嫂摇头，你娘是苦在嘴里，甜在心中。

啥意思？

啥意思你自个儿想想，要不是你娘病了，你一个月有几天在你娘眼跟前晃？

陈海木在脑子里狠狠地过滤了一下，还真是，一个月他最多才在娘跟前晃悠一次，那是给娘送生活费的时候。

你娘不缺吃穿，她有一碗刷锅水都能活命的！秦嫂冲那个年轻人努努嘴，你也看见了，父母对儿女的爱，总认为是顺水顺流，顺理成章；

儿女对父母的孝，却认为是倒流回流，感天动地。你觉得一个月一次就仁至义尽了？那是你娘呢。

果不其然，明明已经睡着的娘和护士的对话，从病房里传了出来，大妈，您真有福气，儿子给您请了陪护，还亲自给您喂药。

那是，我儿子啊，喂药可讲究了，一口一口吹了喂的。

一口一口，吹了喂的！陈海木眼里一涩，娘当年一口一口吹了稀饭往自己嘴里喂的情形，清晰再现在眼前。

他的脑海里，一直缺这个片源的。

再现的情景中，儿时的陈海木是那么闹人，娘端着稀饭如老母鸡一般挓挲着翅膀，一步一步追赶着、呵护着步履蹒跚的陈海木，每喂上一口稀饭，娘的嘴角都能绽放出一片笑容。

原载《天池·小小说》2020年第8期

【作者简介】何君华，1987 年出生，湖北黄冈人，现居内蒙古科尔沁，作品散见于《小说选刊》《小说月报》等，著有小说集《呼日勒的自行车》《阿莱夫与牧羊犬巴图》《河的第三条岸》等。曾获冰心儿童文学新作奖、小推车奖提名（美国）、青年文学奖（中国香港）、《小小说选刊》全国小小说佳作奖。

He Junhua, born at the end of 1987, is a native of Huanggang, Hubei province. He now lives in Khorchin,Inner Mongolia. With his works scattered in the *Selected Novels* and *Fiction Monthly*, etc., he is also the author of the novel collection such as *Huzhler's Bicycle, Alev* and *Batu, A Shepherd dog*, and *The Third Bank of the River*. He has won Bing Xin Award for Children's New Literature, and was nominated by Wheelbarrow Prize (USA), Youth Literature Prize (Hong Kong, China), and National Fine Fiction Prize by *Election of Short Short Stories*.

吃玻璃的少女

何君华

王佳是从什么时候开始吃玻璃的，现在王志已经想不起来了。唯一可以肯定的是，那是李燕出走之后的事。

李燕是王志的前妻，准确地说，应该是妻子。因为从法律上，他们俩的婚姻关系并没有解除。十五年前，在一次再寻常不过的吵架过后，李燕突然选择了离家出走，从此音讯全无，生不见人，死不见尸。

似乎就是从那个时候开始，女儿王佳毫无预兆地吃起了玻璃。

这当然是一件骇人听闻的事。将大量无色透明的有机玻璃大把大把塞进嘴里，就像塞进绿色无污染的有机蔬菜一样，这还不够恐怖吗？

那时王佳刚刚上小学，六岁。因为不期而至的这个令人惊恐的癖好，王志不得不坚持每天中午给王佳送饭。这里说的饭，当然指的是玻璃，那种无色透明的有机玻璃，整块的或是碎片都行。

本来，王佳所在的学校是提供免费午餐的。但王志找了一个借口，说王佳有严重的食物过敏症，只能吃家里专门为她做的食物，吃别的则会导致全身通红瘙痒难耐，严重的话甚至会危及生命。学校尽管对王志的话将信将疑，但仍然批准了他的申请——少一个学生吃饭当然是好事。

每天中午，王志都风雨无阻地把女儿从教室叫出来，找一个僻静无人的角落，让她单独享用她的午餐。

王佳专注地啃食那些嘎嘣作响的有机玻璃，简直让人误以为那是世间最难得的美味。

王志当然带女儿看过医生，可是全城的医生都毫无办法。无论是消化内科医生，还是胃肠科医生，甚至神经内科和心理精神科医生，所有能够找到的医院和诊所，王志都找遍了。可是毫无结果，人们不能找到治愈王佳的任何办法，甚至无法为王佳吃玻璃却从未造成身体伤害提供一个合理的解释。

起初，医生们当然根本不相信王志对女儿"病情"的单方面描述，认为那纯属虚构，属于一种非现实题材的小说艺术，为此医生们甚至要求王佳当众表演吃玻璃"绝技"。直到王佳当真在众人面前大嚼玻璃碎片时，人们才摊开双臂，目瞪口呆。

医生们搬出从日本和德国进口的胃镜、肠镜，极其仔细地观察王佳的消化系统，发觉王佳的胃的确能够像消化一棵白菜一样消化一块有机玻璃。除了啧啧称奇之外，医生们无法表达别的观点。医生们甚至想过要把这样一个奇特的病例写成论文，但一想到那些高高在上的核心期刊根本不会发表这样荒诞无稽的"虚构"作品便只好作罢。

王志向周遭所有人隐瞒了女儿吃玻璃而且只吃玻璃的事实。但王佳一天天大起来，马上她就要去上大学，将来还要谈恋爱，还要嫁人，怎么办？总有一天，王佳吃玻璃的事会公之于众，人们如何接受这个吃玻璃的少女？

王志痛苦不已，但毫无办法。想到如果李燕一直不出现，他就不得不一直独自将王佳抚养下去，他就头疼欲裂。他不止一次劝过女儿，是不是可以尝试改变她的癖好，哪怕仅仅是在人前假装可以吃别的也行，可她根本不理。

终于，王志忍无可忍地咆哮："王佳，你就不能为我考虑考虑吗？我是你爸！"

王佳这么多年来第一次对爸爸表现出恐惧的表情。她像一只因受伤而落单的麋鹿一样惊恐地说："难道你想像对妈妈一样，也把我摁在窗玻璃上吗？"

那一刻，王志终于明白了王佳这么多年来只吃玻璃的原因，原来是对他将李燕摁在窗玻璃上殴打的蓄意报复。

那一天，爸爸将妈妈的嘴和脸久久地摁在窗玻璃上，让年幼的王佳误以为玻璃是世间最难得的美味，爸爸要十分耐心地让妈妈吃个够。而妈妈也确实不止一次托梦给她，反反复复只有一句话："玻璃真好吃！"

黑夜无边。王志有些透不过来气，他赶忙打开窗。这时他看见了多年未见的李燕，她变成了一个由无数玻璃碎片组成的透明玻璃人，正眼神空洞地看着他。

原载《草原》2020 年第 6 期

【作者简介】麦麦，女，中国微型小说学会会员，海南省作协会员。作品散见于《椰城》《教师报》《海南日报》等报刊，曾有作品被《小小说选刊》选载，已出版文学作品集两部。

Mai Mai (female), member of Chinese Miniature Novel Society, member of Hainan Writers Association. Her works have scattered on many newspapers like *Coconut City, Teacher'Daily, Hainan Daily*, etc.. Some of her works have been included by *Election of Short Short Stories*, with two collections of literary works have been published.

兽医瘸木

麦　麦

1970 年的夏天，我因为一场大病，认识了兽医瘸木，但那时候他的脚还没瘸。

那年夏天，天气很闷热。接连下了好几天的大暴雨，连队里的电工房漏水了。

我是一名电工。我烧热了一盆沥青，爬上房顶准备刷补堵漏。不料，盆里的沥青倒了，一下子扣在我的左腿上。

漆黑滚烫的沥青就像好多条毒蛇叮咬我的左腿。我只觉得钻心的痛！惨叫声穿透了那个夏天。

工友把我送到连队的卫生所，卫生所条件很差，医生只是简单地给我涂抹了一些药。那几天，我昼夜难睡，大腿的烫伤除了疼痛，还腐烂流脓。我去卫生所换药，给我治病的医生建议，再不好的话就去团队医院看，但我知道团队医院离这里还有一百多公里，就是想去也不容易啊！

有个叫老木的兽医给我检查了伤口，说，我来治，这种伤除了外敷，还要打针，内外一起治。

我很迷惑，你，你能行吗？

不相信我？他笑了说，我能治兽，也就是说能医人。

望着上嘴唇还长着浓密绒毛的老木，只能是死马当活马医，认命了。

老木给我打针，举起大针管时，我全身起鸡皮疙瘩，神经绷得老紧。眼前老是晃着他给大种马缝合伤口的情景。再看印着"兽"字样的药瓶子，他真的是把我当禽兽来治了。

老木却蛮有信心地说，别紧张，人与兽一样能治，药量少点就行！

大头针往我胳膊上一扎，老木轻轻推着针管，药液慢慢流进我血管里，我感到周身发热。好几天，老木都给我打针。三天后，我的腿开始好转，血脓化掉了，也不那么疼了。再过半把月，伤口结痂，慢慢愈合，腿上慢慢长出了新皮。

老木给我治好病的消息在我们连队里炸开了，大家啧啧称奇，说兽医也能治人。老木的名气一下子传开，找他治病的老乡很多。猪病了，牛要生崽，羊不吃草，都会有人来找。不管白天黑夜，刮风下雨，他都会答应人家，骑着马嗒嗒嗒就过去了。

我和老木也成了最好的朋友，我经常去找他。有时看到他正忙着给马治病，就悄悄走过去站了一会儿，他都没发现。但他一见我，就马上嚷嚷，小刘，胳膊痒，帮我抓一下呗！我多给他抓几下，他会满足地嘿嘿傻笑，说是活得比马还舒服，有人侍候哩。

老木其实不老，年龄跟我们差不多，都是下乡的知青，只是他又黑又瘦，显得老相。有一次，我看见老木给一匹马做手术，缝补屁股上的伤口。那只大种马被绑在马桩上，屁股上裂开了血淋淋的一条巴掌大的伤口，看起来令人心疼。他先是用药处理伤口，然后拿起钳子，钳子夹着大缝针，用力地扎入马肉里，一针一针地缝合伤口，就像缝合大麻袋一样，很熟稔。马可能是痛吧，臀部不停地颤抖，马尾巴一甩，从老木的脸上一扫而过，痛得他直叫妈！

后来老木的脚跛，事出于他去为连队队长的老婆接生。

那天傍晚，霞光还没全消退，一抹艳丽的彩霞很耀眼。吃过晚饭，我就去找老木，刚进院子，迎面撞见一位神色张皇的中年男子，脸色苍白，气喘如牛，结结巴巴地说，媳妇……她……她生了……听了半天我们才明白他的意思，原来是他的媳妇难产，孩子生不出来大出血，他是连队队长，来找木医生的。

我愣住了，我和老木都是光棍，就是连女人我们都少见，更别说碰女人了。我盯着老木看，只见他的脸涨得老红，比喝醉酒还瘆人。

"救人要紧，我还是先去看看吧！"老木转身就进屋，出来拿了药箱，还换了一件干净的白衬衫，不停催促老乡，走，赶紧走！

听着马匹嗒嗒嗒地跑远，我的心也悬了起来：老木能不能接生呢？那不是开玩笑的，是两条人命呢！

夜晚，我辗转反侧，一直等着他回来的消息。公鸡阵阵鸣叫，天越来越亮。待不住了，跑去路边等他。路边除了芦苇荡漾，就是那棵老槐树的叶子在飘动，连个鬼影子都没。

我不知道自己是怎么睡下的，到中午时分才醒来，日头都斜了，该吃午饭了，老乡已放工，三五成群结伴回来，就是不见老木的影子。

"不会出事了吧？"一种不祥的预感袭上我的心头，一会儿想老木被人捆绑揍得鼻青脸肿，一会儿想他被人扔下水，沉入河底，连尸首都不见天日。

老木你还没碰过女人呢，这辈子你是不是受屈了！我这一想，泪水就流了出来，最后忍不住埋头号啕大哭。

"谁死了呢？哭得这么惨！"是老木回来了，我没等老木下马，我硬把他拽下来。

"哎哟！我的妈呀！"老木龇牙咧嘴，嘴上的绒毛歪一边，嚷叫着，"我的脚跛跟了！"

"咋了？"

"接生完回来路上，一高兴，不慎从马上摔了下来。"老木说的时候却眉开眼笑。

后来，瘸木未能治好自己的脚；再后来，他走路总是一瘸一拐的。老乡都叫他瘸木医生，他也不恼，叫多了，反而接受了。直到现在，我们都一直这么叫着。

那年，兽医瘸木才二十一岁。

原载《辽河》2020 年第 2 期

主持人：古耜

古耜，文学批评家、散文家。

Gu Si, literary critic and essayist.

散文

推荐语

本辑推出的六篇散文不但内容充实，而且各有特色。阎晶明的《故乡绍兴的影迹》，是作家以《野草》为考察对象的长篇随笔《抖落思想的尘埃》的一节。该文集中梳理《野草》与鲁迅、绍兴的关系，其绵密的考辨、深入的思索，以及质朴生动的娓娓道来，充分显示了作家试图在现代语境中激活传统治学方法的积极努力。吴学昭的《一封无法投递的信》，以书信的形式和遗嘱执行人的身份，向逝去的挚友杨绛致敬。文中满载深情的告白，不仅详尽展示了杨绛和钱锺书留下的珍贵的文物和文化遗产，而且很自然地突显了两位文苑巨擘一生朴素节俭却无私助力文化教育，奖掖学界新人的高风亮节。贾平凹的《蛙事》等短章三篇，一如既往地映现出作家特有的才情与天性，一支生花妙笔无论写景状物，抑或省思联想，都是信马由缰，随物赋形，以至生趣满满，引人入胜。李修文的《偷路入故乡》以"故乡"为文眼，在古往今来的巨大时空中出入腾挪，其诗性饱满的笔墨，不仅活现了古人思乡之切、之苦、之难，而且又揭示了现代人意欲返乡的另一种羁绊。刘琼的《采菊东篱下》重在钩沉历史，传播知识，而这种钩沉与传播，偏偏有灵性、有情趣，加之作家文心舒展，笔墨自由，所以别成一种可观之象。同以上诸位相比，已经发表了若干作品的王雪茜，也许还算文坛的"后浪"，只是一篇《去远方》却尽显行文的精致与老到，那简约传神的场景，那清新别致的感触，以及那信手拈来的插笔、闲笔，在"有我"与"无我"的辉映中，交织成一轴魅力独异的画卷，足以让人置身"远方"，流连忘返。

【作者简介】阎晶明，中国作家协会副主席。长期从事中国现当代文学研究与评论，兼事散文随笔创作。已出版的鲁迅研究著作有《鲁迅还在》《鲁迅与陈西滢》《须仰视才见——从五四到鲁迅》等，同时选编有《鲁迅演讲集》《鲁迅箴言新编》等。

Yan Jingming is vice-chairman of the China Writers Association. He has been engaged in the study and criticism of modern and contemporary Chinese literature for a long time, and also engaged in the creation of prose essays. His research works include *Lu Xun Is still alive, Lu Xun and Chen Xiying, You Have to Look up to see Him —— From May 4th to Lu Xun*, etc.. Meanwhile, he has also edited a Collection of Lu Xun's Speeches and a New Edition of Lu Xun's Proverbs.

故乡绍兴的影迹

阎晶明

考证《野草》的本事，就地域而言，还有另外一个现实世界，这就是"故乡"，说是绍兴也无不可。当然，全部《野草》的正文里没有出现"绍兴"二字，也没有鲁迅小说里常用的"鲁镇"，有的是大到"江南"，小到"山阴道"的指代。但无论如何，《野草》里时而会闪现鲁迅生于斯长于斯的故乡的存在。

从写景来说，《雪》是其中最集中的一篇了，《雪》写了三个不同地域的景象，围绕的意象就是雪，开头第一句"暖国的雨向来没有变过冰冷的坚硬的灿烂的雪花"，这里的暖国所指何处？《鲁迅全集》的注释说："暖国，指我国南方气候温暖的地区。"我以为这个注释略显含混，因为接下来鲁迅所讲的是"江南的雪，可是滋润美艳之至了"，可见暖国并不等同于江南，应该是比江南更南的地方，比如许广平的家乡广东。鲁迅在 1935 年 3 月的《漫谈"漫画"》（《且介亭杂文二集》）中就说过："所以漫画虽然有夸张，却还是要诚实。'燕山雪花大如席'，是夸张，但燕山究竟有雪花，就含着一点诚实在里面，使我们立刻知道燕山原来有这么冷。如果说'广州雪花大如席'，那可就变成笑话了。"鲁迅心目中的暖国，应该就是指广东，即岭南地区。

我又想起 1926 年 9 月 20 日，也就是鲁迅刚刚离开北京南下厦门任教后。这一天在致许广平的信中，谈到初到后的感受，说："因为是闽南了，所以称我们为北人，我被称为北人，这回是第一次。"可见鲁迅对北方、南方、暖国之差异还是很敏感的。鲁迅还写过《北人与南人》（《花边文学》）这样的文章。他也时常会在文章书信里探讨同类问题："由我看来，大约北人爽直，而失之粗，南人文雅，而失之伪。"（"致萧军萧红"，350313）。

强调这一点，对理解《雪》并非无益。《雪》虽然寥寥不足千字，但涵盖的却是整个中国。如果说写"暖国的雨"用的是杂文笔法，对"朔方的雪花"用的是诗性抒发，那笔墨最多的"江南的雪"则是纯正的散文。"江南的雪，可是滋润美艳之至了"，在这个定位之下，我们读到的是一系列的写实，"雪野中有血红的宝珠山茶，白中隐青的单瓣梅花，深黄的馨口的腊梅花——"。这是鲁迅随意的想象，还是实有的记忆呢？周作人在《鲁迅小说里的人物》中谈道：鲁迅对自己的故乡一向没有表示过深的怀念，但是唯一对地方气候和风物不无留恋之意。这样的例子即使在虚构的小说里也可以读到。如《在酒楼上》里，吕纬甫在小酒馆里坐下来眺望窗外的"废园"所见："这园大概是不属于酒家的，我先前也曾眺望过许多回，有时也在雪天里。但现在从惯于北方的眼睛看来，却很值得惊异了：几株老梅竟斗雪开着满树的繁花，仿佛毫不以深冬为意；倒塌的亭子边还有一株山茶树，从暗绿的密叶里显出十几朵红花来，赫赫的在雪中明得如火，愤怒而且傲慢，如蔑视游人的甘心于远行。我这时又忽地想到这里积雪的滋润，著物不去，晶莹有光，不比朔雪的粉一般干，大风一吹，便飞得满空如烟雾……"这样的描写极近于《雪》，都是亲见的写实，而非想象式虚构。周作人也曾提供了证据说："看者在这里便在称颂南方的风土，那棵山茶花更显明的是故家书房里的故物，这在每年春天总要开得满树通红，配着旁边的罗汉松和桂花树，更显得院子里满是花和叶子，毫无寒冻的气味了。"从小说里的"滋润"到散文诗里的"滋润美艳之至"，"江南的雪"在鲁迅眼里已经给了很准确的定位。

可以想象，没有次年写下的《雪》，鲁迅对江南和北方的雪景之比较，也就停留于《在酒楼上》了，《野草》的写作为他打开了一个更加广大的世界，即使一般的风景也有了更多重的意义。《雪》是一篇对雪景做反转式描写的文章。"朔方的雪花"，原来具有战士一般的风采，它的自由、放飞，它的洋洋洒洒，它的无边的飞扬以及它的粗暴、它的狂野，让"江南的雪"的"滋润美艳之至"降为第二等的景观，就像一个泼辣的娘子军面对一个小家碧玉一样，夺走了绝大多数风采。

再回到本事。以鲁迅对江南雪景的反复描写，以周作人的旁证文字，可以说，《雪》里的描写主体正是鲁迅对记忆中的故乡的冬景的记录。在这个意义上讲，《雪》的纪实性极为真切。《雪》的反转在最后。看惯了北方的眼睛开始对"朔方的雪花"赞美。这正与鲁迅当时的心境，与整部《野草》的精神指向相吻合。《在酒楼上》还是"飞得满空如烟雾"，到《雪》里就成了"使太空旋转，而且升腾地闪烁"。故乡的雪景固然美不胜收，然而"朔方的雪花"更见品格。是的，"那是孤独的雪，是死掉的雨，是雨的精魂"。

在写作时间上比《雪》晚一周时间，也就是1925年1月24日写成的《风筝》，同样是北京与故乡的交融呈现，都是把关于故乡的叙述包裹在对异乡的简洁描写中。《风筝》从开始描写北京冬季的天空，直接切入对故乡"春二月"的怀念。天空中"有一二风筝浮动"，便让人想到故乡的"风筝时节"，自然妥帖。北京和故乡始终融为一体。"四面都还是严冬的肃杀，而久经诀别的故乡的久经逝去的春天，却就在这天空中荡漾了"。对儿时的回忆，现实的无可把握的悲哀，也一样交织在内心。
《雪》的主体是对"江南的雪"的叙述，它的叙述法是鲁迅最擅长的笔法，即类型化、概述性与精微细节的结合，我们可以看到《雪》里没有具体的人物，"孩子们""几个孩子""谁的父亲"，鲁迅是用这种类型概述的方式，描写塑雪罗汉的情景。

《风筝》就不同了，这是见人见事的叙述，是让读者强烈感受到来自鲁迅少年时代，发生在故乡的真实故事。最真实的是故事的核心人物："我的小兄弟。""他那时大概十岁内外罢，多病，瘦得不堪，然而最喜欢风筝。"

这是小兄弟的基本样貌，这个小兄弟按实讲就是周建人，且在基本面上也符合少年时周建人的特征。最写实的是小兄弟的风筝故事，要说这是个简单的故事，是可以忽略或留下美好记忆的寻常故事，真正的一波三折不是故事本身，而是故事产生的无法磨灭的精神记忆。"我"当年一怒之下踩扁、毁坏的小兄弟正在制作的风筝，中年之后悟到这是扼杀儿童天性的错误，"我"想补过，送他风筝。然而他也"早已有了胡子"，"我"想讨他的宽恕，以为他会说"我可是毫不怪你呵"，哪知真正的结局却是，兄弟对故事本身并无记忆，毫无怨恨，宽恕是一种不存在的虚无。这才是真正的悲哀和沉重的缘由。

关于"小兄弟"周建人儿时是否酷爱风筝，尤其是否自己偷偷制作并被自己的大哥怒而毁坏，这小小的故事几乎是一个无法对证的悬案。中年后的鲁迅与周作人失和，诱人追寻少年鲁迅与儿时周建人是否有过这么一场冲突和暂时的"失和"。

要说周建人少年时喜欢放风筝并非虚构，他自己晚年的记述里有过描述。那是谈到自己的祖父出狱回到绍兴家中的情形：

> 我祖父回家的时节，正当放鹞的好辰光，我对放鹞发生浓厚兴趣，也早糊好不少个，想拿出去放，不知祖父会怎么说，但还是硬着头皮拿出去，正好祖父在桂花明堂里撞见，他说阿松你放鹞去，我答应了一声，他拿起我的风筝，看我做的风筝

特别精巧，都装上风轮（也叫风盘），正面中有倒三角形的线，叫抖线，这样的风筝不会在空中翻跟头的。

他问我：是你自己糊的吗？

我说：是的。

一面担心他会不会责备我贪玩，不务正业。不料他却大大的赞扬起来，说糊的好，又说你身体瘦弱多病，放鹞好，在空地上空跑起来，对身体有好处。我年轻时候会戏棍，多年不戏了，什么时候戏给你看。

我听他不仅不反对，而且还赞扬鼓励，高兴极了，玩的更起劲。

（《鲁迅故家的败落》，第175页）

这段对话客观上回应了鲁迅《风筝》里的多处描述。一是直接说出了自己少年时喜欢放风筝这一事实，二是在情态上专门描写了自己内心的不安，以及担心祖父认为这是贪玩和不务正业的表现，结果却得到了首肯。

不知道为什么周建人这里没有提到自己的大哥，而只写到自己担心祖父会有"贪玩""不务正业"的担心。如果这种担心有事实前因的话，很可能就是之前受过长兄的训斥，留下了心理阴影，而在祖父这里却得到了正名。

《风筝》里说"我"的小兄弟多病，瘦得不堪，最喜欢风筝，与周建人自述中祖父的说法如出一辙。不过在放风筝上却从祖父那里得到了支持。我以为周建人上述自述，有对位回应《风筝》的意思。周建人晚年也曾谈到过涉《风筝》话题，说："鲁迅有时候会把一件事特别强调起来，或者故意说着玩儿，例如他写的关于反对他的兄弟糊风筝和放风筝的文章，就是这样，实际上他没有那么反对得厉害，他自己的确不放风筝，可是并不严厉反对别人放风筝，这是写关于鲁迅的事情的作者应当知道的。"周作人对此也有记述，他说过："他不爱放风筝，这到底是事实，因为我的记忆里只有他在百草园里捉蟋蟀，摘覆盆子，但是记不起有什么风筝。"说到《风筝》，周作人认为："作者原意重在自己谴责，而这些折毁风筝等事乃属于诗的部分，是创造出来的，事实上他对于儿童与游戏并不是那么不了解，虽然松寿（周建人）喜爱风筝，而他不爱风筝也是事实。"（周作人《鲁迅的青少年时代》）两个兄弟如此记述童年的故事，直把《风筝》里的核心情节指向乌有。

文章里的"我"怀着执念，祈求原谅，结果却是根本不存在的虚无。压抑了这么多年的负罪感本身却是不存在的，这实在是比得不到原谅更加悲哀，甚至还有点儿讽刺的意味。我以为，这里却有必要区分鲁迅与"我"的身份，即我们不可以把作品里的"我"与鲁迅完全等同。《野草》的一大特征，正是对于个体"我"的自由想象与诗性设定，或许，《风筝》里的负疚感、负罪感，直至赎罪无果的荒谬与悲哀，是鲁迅《风筝》寻求复杂化的结果，这种创作构思或许有生活里的影子，或者就是作者的想象。作者受某种理念，某个阅读过的故事的触动，产生了幻想、联想，假定性地想象一个故事的另一种走向，进而产生心灵上的冲击，一种对后果的另类假设，并恰好与之正在思考的精神问题相契合，他就有可能改造和创造一种情境，改编甚至编织一个故事来表达自己的心绪和思考。这完全符合文学创作的规律和方法，探讨本事的有无，并不会影响读者对《风筝》的理解，本事有无的纠缠正是说明文学创作的复杂性。

《风筝》借助了一个颇有真实感的童年故事来讲述，这一来自童年记忆的出发点，会使表达的主题更显真切、更加痛彻和难以释怀。这正是《野草》的复杂性所在，尽管二弟、三弟否认故事的雏形，却也许并非完全杜撰，周建人和其祖父的对话就是证明。

故乡的云已飘散在异乡的天空。眼前，肃杀的冬景与记忆中故乡的春天无端地幻化为一体，让"我"产生莫名的、强烈的悲哀。1843 年 9 月，马克思在致阿尔诺德·卢格的信中说过这样的话："人类要使自己的罪过得到宽恕，就只有说明这些罪过的真相。"作家认识到一种并不都属于自己的"罪过"，并希望通过某种方式去描写、表现，包括寻求宽恕。

他于是先有这样的理念，然后去创造一个故事或改变一个故事的走向，使之变成可以得到宽恕的理由。问题是这一真相的揭示并没有使负罪感得到宽恕和释然，反而由于其子虚乌有，陷入更加复杂且无解的困境当中。如今已无须去辩论故事的有无，因为作为文学素材，它已经很好地发挥了作用，达到了想要的效果。

这个或许并不存在，或者要简单得多的故事，由请求原谅的亲情表达，到宽恕无由从而陷入彻底困境的故事，是鲁迅综合了少年时期在故乡生活的片段，使之浸泡于中年之后苦心孤诣酿造的灵魂"苦酒"中。

《雪》里的"故乡"由"江南"替代，现实中的"江南的雪"是美的，心灵中却更倾心于"朔方的雪花"。《风筝》里，故乡春天的天空却因内心的眷恋幻化、飘移，融会到北方肃杀的冬天里了，心境变得更加复杂，更添悲凉，然而比这更复杂、更悲凉的，是发生在少年时期的"故乡"的故事。

真正写出心目中故乡之美的美文，是《好的故事》。它其实不是故事，它在形式上同《雪》《风筝》一样，是一种"封套式"的结构，即在一个与中心描写形成反向对比的情境中，让处于叙事中心的故事在色彩上变得更加抢眼，更因为这种"封套"的存在，使中心情节的内涵更显复杂。《好的故事》同样采取了封套式结构，"我"坐在椅子上看书，却进入了梦境，在短暂的梦游后，又从中醒来。"好的故事"就是这一梦游片段的经历。

《好的故事》里的故乡不是抽象的故乡，也不是泛化的江南，它是具体的，有地理方位的。"我"仿佛记得曾坐着小船经过山阴道，山阴道就是位于绍兴县城西南一带的风景优美的地方。《鲁迅全集》的注释借用《世说新语·言语》的说法："王子敬云：从山阴道上行，山川自相映发，使人应接不暇。"中国古代诗人陆游、袁宏道等都有诗句赞美这里。《好的故事》赞美了这里美不胜收的景观，"我"在梦里乘着小船，山阴道的两边花草树木，茅屋塔寺，农夫村妇，日光闪烁——由于一切都在水中荡漾，鲁迅对这一切美景的描写可谓繁复乱眼，而他始终坚持用一个意象来表达这种美景的动感和笑容，这就是倒映在水中的景物如何随着水面的涟漪时聚时散。时而伸长，时而碎散，这美景是如此迷人却又不定。"我"就要凝视它们，结果却是从梦中惊醒，梦中的美景即刻消散，不复重现，如浮云，如泡影，不可捕捉。

鲁迅作品中的故乡元素，从地理环境到人物，从动植物到美食衣着，俯拾皆是，即如《野草》也不例外。如《好的故事》里写到的乌桕树，据绍兴研究者介绍，"乌桕树在绍兴水乡最常见，它在河两岸，秋天叶子泛红，结下的果子可榨油"，"乌桕树和其他景物构成山阴道美丽的图画"。（傅建祥《鲁迅作品的乡土背景》）

除去环境背景，《野草》还有方言俚语的引入。最典型的如《秋夜》里的"鬼䀹眼"，据称就是一个典型的绍兴方言词汇。且"鬼"在绍兴话里呼 jù（去声），也有说应是平声。《绍兴方言词典》又在解释"老鬼"时认为"鬼"应呼 zhū（平声），而另一词"鬼公"中，"鬼"应呼 zhǔ（上声）。《秋夜》里有两处用到"鬼䀹眼"这个词。一处是描写枣树枝干"直刺着奇怪而高的天空，使天空闪闪的鬼䀹眼"。又说"鬼䀹眼的天空越加非常之蓝，不安了，仿佛想离去人间"，又有两处用"䀹"来表示星星的闪烁。这种地方语式的词汇，并非是一种文字修饰，而是因为更能精准地表达语义，故反复地、灵活地运用着。谢德铣的《鲁迅作品的方言》认为，《秋夜》里的"红惨惨"也是方言，形容"小红花"因天冷而被冻得颜色惨淡的样子。而《死后》里的"毛毵毵"，《复仇》里的"钉杀"，《雪》里的"呵着"，也都被视为是绍兴方言。其中谢著还认为，"钉杀"在绍兴方言里还有"注定、肯定和不可改变"的意思。这一释义对我们理解《野草》里"钉杀"的含义也是一种启发。的确，汉译的《圣经》里用的是"钉"而非"钉杀"。

《野草》还有一些专有名词，也体现了绍兴地方色彩。如《好的故事》里的"一丈红"其实就是蜀葵，"夏云头"则是指"夏天的云块"。《一觉》的结尾写道："烟篆在不动的空气中上升，如几片小小夏云，徐徐幻出难以指名的形象。"《秋夜》里的"小青蝇"就是青头苍蝇。据考证，《野草》里还有绍兴谚语，如《复仇》里的"蚂蚁要扛鲞头"。据《绍兴方言》（杨葳等编著），这一谚语被记为"蚂蚁扛得起鳌头"。"要扛"和"扛得起"还是有区别的。以《复仇》里路人纷纷去当看客的样态，这里的"要扛"应是"要去扛"之意，也就是去做不可能之事，并非等同于"人多力量大"的意思。有的方言或口语，还有一定时代色彩，如《好的故事》里的"石油也不是老牌"，"老牌"在当时就是专指"美孚石油"。

作为五四新文学的旗手，现代性是鲁迅创作最突出的特征，《野草》是从主题内容到艺术形式的全面现代性，是让同时代人难以完全理解，让后世者众说纷纭的艺术探索之作。然而，即使是这样，一部作品集里却闪现着地方民俗、方言俚语、故乡风情，这是一种不由自主的流露，也是一种创作上的自觉。比起《呐喊》《彷徨》，比起《朝花夕拾》，《野草》似乎在艺术上更加超拔，在意蕴上更加抽象。不过，这并不是我们可以忽略故乡风物、民俗和方言的理由。

原载《当代》2020 年第 3 期

【作者简介】吴学昭，女，生于北京，长于上海，燕京大学毕业。曾任《中国儿童》主编、《中国少年报》副秘书长；新华社、人民日报驻外记者；人民日报国际评论员。主要著作有《听杨绛谈往事》《吴宓诗话》《吴宓诗集》《吴宓书信集》《吴宓与陈寅恪（增订本）》等。

Wu Xuezhao (female), was born in Beijing and grew up in Shanghai. She has graduated from *Yenching University*. She was the chief editor of *Chinese Children* and deputy secretary general of *Chinese Teenagers News*, overseas correspondents of Xinhua News Agency and People's Daily, the international Commentator of People's Daily. Her major works include Listening to *Yang Jiang Talk about The Past, Wu Mi's Collection of Poems, Wu Mi's Collection of Letters, Wu Mi and Chen Yinke (an expanded edition)*, etc..

一封无法投递的信

吴学昭

杨绛姐：

您好！

时光飞驰，不觉您已走了五年了，您和钱先生、钱瑗都挺好吧，非常想念。

一直想给您写信，汇报一下我们对您遗物处理的情况，苦于没有邮址，无法投寄。谨试借您一向喜读的《笔会》的一角刊出，但愿您能见着，也让关心您的读者得知一些信息。

在您浴火重生的第五天，也就是 2016 年 6 月 1 日，我和您的另一位遗嘱执行人周晓红，还有您母校清华大学党委书记陈旭（她真不愧是您所称的"知心娘家人"，各方面给予我们大力支持）派来的两位精力充沛的年轻助手：清华大学教育基金会的池净和清华大学校长办公室的刘立新，进驻您南沙沟的寓所，按照您的嘱咐，清点处理您的遗物。这以前，自您 2016 年元月底住院，家里一切都由阿姨小吴夫妇在料理。

我们从小吴那里接收了您的存折、存单，按您的遗嘱悉数捐赠给了清华大学教育基金会"好读书奖学金基金"。其后所收单位发给的丧葬费、抚恤费等，也一并捐赠"好读书奖学金基金"。

考虑到您家三十年不曾装修，门窗老旧，珍贵文物留置无人看守的家中，安全没有保障，我们尽量抓紧时间，加快清点处理，有时一天工作十二小时。幸得中国国家博物馆收藏二部和清华大学档案馆、图书馆同志的积极配合，不辞辛劳，与我们一起挑灯夜战，及时将被清点过的珍贵文物和重要的书籍、文稿、资料，接连运送回馆，保证了对您所捐赠遗物的妥善收藏。

您于 2014 年 8 月已当面交付国家博物馆一批家藏的名人字画、册页、遗墨、手迹、碑帖等珍贵文物。据国家博物馆邀请的专家们鉴定，您所捐赠的这批文物，如张之洞手书的诗稿等，刘鹗、钱基博题跋的《大观帖》，清末学者邹安跋的《急就章》拓片等，具有极高的史料价值、文化价值及艺术价值。国家博物馆这次收藏的珍贵文物有：你们使用的印章；你们读过的书籍，常用的汉语及英、法、德、意、西等语种的字典、辞典，包括那部长达两千六百六十二页、满布钱先生批注的韦氏第三版《国际英语大辞典》；您的作品手稿，包括您在"文革"中失而复得的《堂吉诃德》中译文手稿；你们的读书笔记、记事本、零墨散笺、诗词手迹；你们所获得的奖章、证书，从西班牙国王颁发给您的"智慧国王阿方索十世勋章"到亚洲华文作家文艺基金会颁发给钱先生的奖牌；你们珍存的父辈纪念书物，钱基博老先生的《复堂师友书札精华》，杨荫杭老先生 1909 年留学美国宾州大学法学院的学生证，以及先辈的行状墓铭、文献笺疏、函札手稿，等等。

此外，国家博物馆还收藏了不少你们的相片、衣物、文具、生活用品和各种证件，或许备于今后得以展示你们生活的方方面面：钱先生常穿的蓝色中式外衣、棕色中式棉袄；您为钱先生亲手编织的毛衣，曾被钱先生称为"慈母手中线"而舍不得捐出者；您爱穿并亲手缝补的蓝格衬衫；您常站在五斗橱前，为亲友通关起卦的那副牙牌；钱先生的眼镜，用过的纸墨笔砚、图章印泥；您的针线盒、笔袋、老花镜、放大镜；您为钱先生理发用的剪刀、推子……还有你们的名片，以及从居民身份证、选民证、干部退休证、老年优待证、南沙沟小区出入证，直到居民死亡证等的各种证件。你们的粮食供应证本里，夹有你们在国家困难时期节省剩余的粮票、面票、米票。

以上诸件，统装入你们1938年从巴黎带回的那只欧式老旧木箱中，由国博同志一并运送回馆收藏。他们叹说：这些遗物，看似普通，意义非凡。我们在帮助收拾你们的这些遗物时，联想起它们背后的种种故事，也常常思绪万千，不胜感慨。

记得您说过："钱锺书因没有一个藏书的家，所以往往把读完的书随手送人。书室内留下的，是舍不得送，或还没有送，或还未读完的。有的书上留有钱锺书的批语，或铅笔划痕。有用得破烂的字典辞典，多半上有添补。有部分是我的，有部分是钱瑗的。"实际家中存书亦尚有上千册之多，我们除将其上有钱先生批语的部分书籍交清华档案馆保藏外，其余的全部交给了您的"最爱"——清华图书馆收藏。

捐赠清华档案馆的，除了您生前指定的珍贵文物，还有您的许多部作品手稿、改稿；钱先生的旧作修订本；你们的旧作校改本、复印件；所收存的中外文学评论及各种有关报刊、文学资料；所留存的全部相册及照片；您未及或不舍毁弃的友人来书和众多读者来信，包括石阳小朋友和他的几个同学送您的一本他们自制的小书，还有赵再斯小朋友为您画的那张您喜欢的"会笑的猫"……

您起居室的所有家具，包括大小书桌上的文具，书橱上的照片、摆件，全部交由清华图书馆同志拉回。他们假老图书馆的一室，按照原来式样恢复摆设，就像你们的书房兼客厅完完整整地搬到了清华。您的日本小友、

《我们仁》的日译者樱庭弓子女士，2018年访问清华，踏入该室，蓦地感觉似到了您南沙沟的家，心上酸楚。

您卧室的家具亦由清华拉回处置。电器等居家用具赠与小吴夫妇使用。

您在起居室大书桌的中间抽屉里，留给我许多小纸条（大概是您住院前不久，随时想起写下的），我读后均已照办。您贴有标记的所收贵重礼品，如吴仪同志为您祝寿的心形玉石，温家宝同志送您的象征"我们仁"的三株小榕树盆景，铁凝送的燕窝，李文俊、张玉芬送的小玉佛手等，我们都一一退还。陈希同志送您的那只玻璃猪，您很喜欢，称之"聪明猪"的，您生前已自己送还了。您所拟赠友人《杨绛文集》，我们已全部送达。您让退回的通数较多的友人来书，本地的，我们派人登门奉还；外地的，交快递送达。有的附上一两件您使用过的旧物，如一支发箍、一方丝巾、一杆毛笔、一把小剪子等，留作纪念。周毅希望得到您晚年进餐使用的饭巾（围嘴），我们就将您常用的那方深红色饭巾洗净熨平，附上您围此饭巾进餐的照片，寄给了她。

我们清理遗物期间，有您至亲好友登楼来访，我们都由他们自己择取一些衣物，留为纪念。出版社所送样书，留给清华图书馆一两套，其余全部捐赠贫困地区的学校、图书馆。

附带提一下，我们的清理工作虽然紧张，也不乏乐趣。我们偶发见钱先生飞舞在小纸片上的明港（干校）打油诗："平伯世昌与何生，赛梦红楼作主人。济济一堂三宝玉，不知谁贾谁复甄……"不禁大乐赞赏。您的字本已娟秀工整，可您总嫌自己字丑。清理中喜见您长年累月积攒的一摞摞日习毛笔书写的大字，钱先生加评的红色单圈、双圈或杠杠。又见钱瑗1981年9月23日写于片纸上的数语：

> 上午人民文学出版社人送来《围城》样书。中午吃饭时，
> Pop说，一有人来，"功课"没来得及做，下午得补。Mom说
> 那你今天就不做算了。Pop说：不行，我的学问就是从做功课

中来。（钱瑗注："功课"指练字，看自己的旧笔记，看新书，看字典，etc.）Pop 说，现在每天看几页旧笔记（瑗注：一天中文，一天外文。）联系新看到的东西，常有所新发现。这就能保持自己不断有所进步。

读到这些，我们怎能不感受教益！

您留给我的钱先生《管锥编》原稿中的一节：《全上古三代文》卷一〇宋玉《高唐赋》，即二十世纪七十年代中华书局《管锥编》责任编辑周振甫审阅时，"恐滋物议"，命钱先生删去者；而钱先生"以所考论颇能穷源发覆，未忍抛掷，录存备万一他年拾遗补阙焉"。我已将钱先生手稿复印交三联书店有关负责同志，请在《管锥编》再版时，补入此一节文。

您留赠我的那九册由钱先生精心遴选、您工楷抄写的《全唐诗录》，所选三百零五位众所周知的诗坛大家和向颇少见的小众诗人的诗作共一千八百六十三首，体现了钱先生对唐代诗歌的精深研究、独特的鉴赏眼光和选诗标准。我对出版钱先生此部巨作的建议，曾得您首肯，故于2017 年郑重托付您也熟识的人民文学出版社副总编辑周绚隆同志董理，组织该社古典文学编辑部的力量认真考订整理编辑出版。近闻经过他们三年努力，这部具有无上价值的大书，可能于年内面世。相信你们听到这个消息也会感到高兴。

清理工作结束，我们与中国国家博物馆和清华大学经过友好协商，分别签订了捐赠协议，根据您的旨意，就所捐赠遗物的保管、使用等项作了周详约定。

您寓所各室腾空后，我和晓红致函国务院机关事务管理局领导，拟将你们所遗房屋按当年以成本价购进的原价退回国管局，所得款项捐赠清华大学教育基金会"好读书奖学金基金"。没想到国管局领导的回复竟是：感佩杨绛先生高风亮节、无私奉献的崇高品格，愿尽最大努力支持杨绛先生的公益善举，准许出售杨绛先生名下住房，所得款项全部捐给清华大学教育基金会"好读书奖学金基金"。我们十分感激国管局领导为支持善举做出的破例准许，遂将此事委托清华全权办理。

你们虽已先后离去，作品仍长销不衰。"好读书奖学金基金"总数金额，现为人民币六千六百一十八万元；自 2001 年"好读书奖学金"设立以来，受奖学生一千四百四十六名。我们曾与陈旭书记相商，希望"好读书奖学金"更多向家境清寒的好读书子弟倾斜，得到她的支持，决定今后除在本校更多向家境清寒的子弟倾斜外，也向清华对口支援的青海大学的家境清寒、好读书的学生颁发奖学金。

您走后这些年，陆续有单位和个人来要求授权改编钱先生的《围城》，拍摄电影、电视剧，创作连环漫画等；也有要求改编您的《洗澡》《洗澡之后》的。我们均以你们二位所留遗言相告："钱锺书、杨绛作品（翻译作品除外）除已改编为影视作品或已授权改编者外，今后不再授权改编成影视作品或其他艺术形式。"婉辞谢绝授权。

最后，祝你们仁在天上一切顺心如意！

晓红附笔问候

学昭敬上

2020 年 5 月

原载《文汇报》2020 年 5 月 18 日

【作者简介】贾平凹，中国作家协会副主席，陕西省作家协会主席。著有《浮躁》《废都》《秦腔》《古炉》《带灯》《老生》《极花》《山本》《暂坐》等长篇作品近二十部，另发表大量中短篇小说和散文随笔作品，有《贾平凹文集》二十四卷行世。

Jia Pingwa is the vice-chairman of the Chinese Writers Association (CWA) and chairman of the Writers Association of Shaanxi Province. He has published nearly 20 full-length works, such as *Fickleness*, *The Abandoned Capital*, *Qin Qiang*, *Ancient Furnace*, *Dai Deng*, *Lao Sheng*, *Ji Hua*, *Shan Ben* and *Temporary Sitting*. He has also published a large number of short stories and essays, and 24 volumes of *Jia Pingwa Anthology*.

蛙事（外二篇）

贾平凹

蛙　事

世上万物都分阴阳，蛙就属于阳，它来自水里。先是在小河或池塘中，那浮着的一片黏糊糊的东西内有了些黑点，黑点长大了，生出个尾巴，便跟着鱼游。它以为它也是鱼，游着游着，有一天把尾巴游掉了，从水里爬上岸来。

有两种动物对自己的出身疑惑不已，一种是蝴蝶，本是在地上爬的，怎么竟飞到空中？一种是蛙，为什么可以在湖河里又可以在陆地上？蝴蝶不吭声地，一生都在寻访着哪一朵花是它的前世，而蛙只是惊叫：哇！

哇！哇！它的叫声就成了它的名字。

蛙是人从来没有豢养过却与人不即不离的动物，它和燕子一样古老。但燕子是报春的，在人家的门楣上和屋梁上处之超然。蛙永远在水畔和田野，关注着吃，吃成了大肚子，再就是繁殖。

蛙的眼睛间距很宽，似乎有的还长在前额，有的就长在了额的两侧，大而圆，不闭合。它刚出生时的惊叹，后来可能是看到了湖河或陆地的许多秽事与不祥，惊叹遂为质问，进而抒发，便日夜蛙声不歇。愈是质问，愈是抒发，生出了怒气和志气，脖子下就有了大的气囊。春秋时越王勾践为吴所败，被释放的路上，见一蛙，下车恭拜，说："彼亦有气者？！"立下雪耻志向，修德治兵，最终成了春秋五霸之一。

谐音是中国民间的一种独特思维，把蝙蝠能联系到福，把有鱼能联系到有余，甚至在那么多的刺绣、剪纸、石刻、绘图上，女娲的造像就是只蛙。我的名字里有个凹字，我也谐音呀，就喜欢蛙，于是家里收藏了各种各样的石蛙、水蛙、陶蛙、玉蛙和瓷蛙。在收藏越来越多的时候，我发觉我的胳膊腿细起来，肚腹日渐硕大。我戏谑自己也成一只蛙了，一只会写作的蛙。

或许蛙的叫声是多了些，这叫声使有些人听着舒坦，也让有些人听了胆寒。毛泽东写过蛙诗："独坐池塘如虎踞，树荫底下养精神。春来我一开了口，哪个虫儿敢作声。"但蛙也有不叫的时候，它若不叫，这个世界才是空旷和恐惧。我在广西的乡下见过用蛙防贼的事，是把蛙盛在带孔的土罐里，置于院子四角，夜里在蛙鸣中主人安睡，而突然没了叫声，主人赶紧出来查看，果然有贼已潜入院。

虽然有青蛙王子的童话，但更有"癞蛤蟆想吃天鹅肉"的笑话，蛙确实样子丑陋，暴睛阔嘴，且短胳膊短腿的，走路还是跳着，一跳一拃远，一跳一拃远。但我终于读到一本古书，上面写着蟾蜍、癞蛤蟆都是蛙的别名，还写着嫦娥的名字原来叫恒我，说："昔者，恒我窃毋死之药于西王母，服之以奔月。将往，而枚占于有黄。有黄占之曰：吉。翩翩归妹，独将西行。逢天晦芒，毋惊毋恐，后且大昌。恒我遂托身于月，是为蟾蜍。"

啊哈，蛙是由美人变的，它是长生，它是黑夜中的月亮。

贺州见闻

一

从桂林往贺州去，一路都是山。这山很奇怪，有断无续，散乱着全是些锥形，高倒不高，人却绝对上不去。山还能长成这样？想着是上天把一张耙翻过来的吧，满是了耙齿。

据说这里曾经是山与海争斗之地，厮杀得乌烟瘴气，至今人们还习惯多吃姜蒜，而现在作为特产的黄蜡石，可能也是那时凝固的血。后来，海要淹没山的时候，海气竭而死，山也只残存了峰头。

高速路就在这样的山中穿行，偶尔到一处了，山突然就躲闪开来，阔地上便有了楼房屋舍，少的就是村镇，多的则为县城了。而躲开的山远远蹲着，好像是栽了桩要围篱笆，也好像是狗在守护。

我还纠结着那场山与海的战争：多大的海呀就死了，水原来也是一粒一粒的，水死成了沙子？！

二

贺州有许多古镇，我去了黄姚。黄姚是在一个山弯里，河流又在镇子中。水在曲处有桥，桥头桥尾有树。桥都很质朴，巨型的石板相互以石榫接连了平卧在水面，树却枝股向四面八方的空中张扬，且从根到梢挂满了菟丝女萝，在风里似乎还要飞起来。桥前树后都是人家，街巷便高低错落，弯转迂回，从任何一处过去也能游遍全镇，而走错一个岔口了，却是半天不得回来。

街巷里货栈店铺很多，门面都有小造型，或挂了幌旗，或吊上灯笼，布置了真花和假花，甚至一根麻绳拴了硬纸片儿就在门环上："只做你爱吃的味道"，"女人不可百日无糖"，"老地方今夜有梦"，"我有酒，你有故事吗？"老板或许是文艺青年，招揽着小情小调的顾客，觉得有些花哨和轻浮，想想这也是时代风尚，便浅浅地笑了。

但那挑着担子叫卖的油茶，用竹签扎着吃的菜酿，以及小摊上的山稔子、黄荆子、野百合、五指毛桃，使你知道了这里的特产和特色。更有街巷里的黑石路，千人万人走过了，已经漆明油亮，傍晚时还闪动着光辉，它是一直在明示着镇子上千年的历史。

我在那里故意滑了一跤，用手去抚摩像皮肤一样细腻的路石，我知道，路石也同时复印了我的身影。

三

在乡下人家院里，见墙边放着数个带孔的陶罐，陶罐里养着蛙，问其缘故，回答是：防贼的。先是不解，蓦地明白，拍手叫好。一般防贼都是养狗，狗多是在打盹，要是有贼，它就扑着叫，而蛙平常爱说话，贼一来，却噤声了。世上好多不祥事，总有人抗议，也总有人沉默，沉默或许更预警。

四

走潇贺古道，顺脚进了一个村子。村东头是座戏台，台柱上贴了张青龙神位的纸条，摆着个香炉，村西头有间屋楼，楼檐上贴了张白虎神位的纸条，也摆着个香炉。在村巷中转悠，怪石前有香炉，古树下有香炉，碾子、酒坊、石井、磨棚都有香炉。到一户人家里，上房厢房厦屋后院到处敬的是菩萨、天师、财神、灶王，还有祖宗牌位，还有关公钟馗的画像，甚至那门上钉着个竹筒，里边插了香，在敬门神。我们一行人正感叹：诸神充满！就见一个老者走过来，面如重枣，白胡垂胸，但个头矮小，肚腹硕大，短短的两条胳膊架着前后晃动。我说：咦，这像不像土地爷？同行的人看了都说像。

五

贺州人长寿，眼见过几十位都是百岁以上，考察他们的养生秘诀，好像并没有什么，只是说早晚喝油茶，顿顿有菜酿。

这油茶不是那种茶树籽榨出的油，也不是用炒面做成的茶羹。而是把老姜和大蒜切成碎末和茶叶搅和一起在鳌子里炒，炒出了香，就用小木槌捣砸，然后起火烧锅，还要捣砸，边添水边捣砸，不停地捣砸，直到汤汁煮沸，捞去渣滓，油茶就做好了。菜酿的酿原本是一种面皮包馅的蒸煎烹煮，但这里不产面粉，就豆腐、辣角、冬瓜、鸡皮、桃子、香蕉、猪肠、萝卜、兔耳、瓜花、茄子、豆芽、韭菜，没有啥不可包上肉馅、菇馅、花生馅来酿了。

我是喝第一口油茶时，觉得味儿怪怪的，喝过一碗，满口生香，浑身出汗，竟然上了瘾，在贺州的那些日子，早晚要喝两碗。菜酿也十分对胃口，吃饱了再吃几个，每顿都鼓腹而歌。我说我回西安了也试着做油茶菜酿呀，陪我们的朋友说那不行的，这里曾经有人去了外地开专卖店，但都因味道变了失败而归。这或许是有这里气候的原因、水的原因、所产的食材原因，或许也是天意吧，只肯让贺州人独受。

那么，我说，要长寿就只能以后多来贺州了。

眼　睛

一开窗，天上正经过一架飞机。于是风在起波，云也翻滚，像演了戏，摹拟着世上所有的诡谲和荒诞。那些还亮着残光的星星，便瑟瑟不安，最后都病了，黯然坠落。

远处垭口上的塔，渐渐清晰，应该有风铃声吧，传来的却是一群乌鸦，扇着翅膀在哇叫。

高高低低的房子沿着山根参错，随地赋形，棱角崭新，这条小街的形势就有些紧张。那危石上的老松，原本如一个亭子，现在一簇簇针一样的叶子都张扬了，像是披挂了周身的箭。

家家开始生火做饭了，烟从囱里出来，一疙瘩一疙瘩的黑烟，走了魂地往外冒。

一堵墙，其实是牌楼，檐角翘得很高，一直想飞的，到底还是站着。影子在西边瘦长瘦长，后来就往回缩，缩到柱脚下了，是扔着的一件破袄，或者是卧了一只狗。

斜对面的场子边，突出来的崖角上往下流水，水硬得如一根银棍就插在那个潭窝里。有鸡在那里喝水，一个小孩趔趔趄趄也去喝水，他拿着一只碗去接，水到碗里水又跑了，怎么都接不住。

灰沓沓的雾就从山顶上流下来了，是失了脚地流，一下子跌在街的拐弯那儿，再腾起来成了白色的气，开始极快地涌过来。有人吃醉了酒，鬼一样地飘忽着，自言自语。但他在白气里仍然回到了自己家，没有走错门。

那个屋檐下吊着旗幌的门口，女人把门面板一页一页安装合拢了，便生起了小炉。一边看着湿漉漉的石板街路，一边熬药。

一个夹着皮包的人已经站在楼下的台阶上，拿着一张纸，在给店主说：这是文件，从北京到的省里，从省里到的县里，县里需要你们认真学习。店主啊啊着，在刮牙花子，抹在纸的四角，再把纸直接贴在了门上。

窗子关上了，窗子在褪色：由亮到灰，由灰到黑，全然就是夜了。拉灭了灯，灯使屋子在夜里空空荡荡。空荡里还是有着光和尘，细菌和病毒呀，用力地挥打了一下，任何痕迹都没有留下。

突然手机在桌面上嘶叫着打转儿，像是一只按住了还挣扎的知了。机屏上显示的是那个欧洲朋友的名字。

还是坐下来吧。久久地坐在镜子前，镜子里是我。

我是昨天晚上从城里来到了秦岭深处的小镇上，一整天都待在这两层楼的客栈里。我百无聊赖地在看着这儿的一切，这儿的一切会不会也在看着我呢？我知道，只有我看到了也有看我的，我才能把要看的一切看疼。

原载《美文》2020 年第 5 期

【作者简介】李修文,小说家、散文家,湖北省作家协会主席。著有长篇小说《滴泪痣》《捆绑上天堂》等;散文集《山河袈裟》《致江东父老》等。

Li Xiuwen, novelist and essayist, chairman of Hubei Writers Association. He is the author of full-length novels Tear Mole, Bound to heaven and so on; he also published prose collection Landscape Kasaka, To the Misfortune and so on.

偷路入故乡

李修文

要回去,所以我便回去了。只不过,站在故乡里往四处看,这满目所见,早就没了旧时模样。单说这明显陵吧,我记忆里的它,何曾有过此刻堂皇的一小部分?在我小的时候,冬闲时,不知道多少次跟着姑妈前来此地烧过香,我还记得,总是天还没亮,我们就到了,鱼肚白里,乌鸦被我们惊动,从荒草丛里骤然飞出,嘶鸣着冲入密林,总是将我吓得魂飞魄散。然而,这还不够,那些残缺的砖石与影壁,还有那些缺胳膊少腿的凄凉石像,一直在持续加深着我的惊恐和疑惑——既然来这里烧香,为什么连半尊菩萨像都没有见到过?显然,它连一座土地庙都算不上,但是,残存的双龙壁和琉璃琼花又历历可见,那么,这到底是一个什么样的所在?

直到好多年后,我才知道,这一处让人魂飞魄散的所在,正是明显陵,被密林覆盖的那座山丘,不是别的,而是合葬墓的坟丘,坟丘的主人,名叫朱佑杬,合葬者是其妻蒋氏,他们的儿子,便是那位著名的嘉靖皇帝朱厚熜。

明亡之际，此处曾被李自成引火焚烧，但毕竟是龙脉身世，虽说江山不断更迭，再加上又缺寺少庙，几百年下来，像我姑妈这样，将它当作祈福之所一再前去祭拜的人，却也一直不曾断绝。事实上，在我的故乡，关于嘉靖皇帝的种种传说与各种史书所载大不相同，至少，在这些传说中，朱厚熜的孝子之行几乎不胜枚举，倒是不奇怪：唯有回到故乡，人君才重新做回了人子。只是不知道，朱厚熜这位在史书中素有暴虐之名的皇帝，当他遥望纯德山的晨霭里渐次燃烧起来的香火，是否会一洒委屈和欣慰之泪呢？

> 旧邸承天迩汉江，浪花波叶泛祥光。
> 溶浮滉漾青铜湛，喜有川灵卫故乡。

——诗写成这个样子，实在也是没有办法的事，不要说嘉靖皇帝，以寻常的世家子弟论，富贵只要过了三代，一只战靴的样子，一个旧仆的样子，及至一碗粗粮、一孔土灶的样子，哪里还能记得清写得出呢？要我说，除了几个马上天子，几乎所有的皇帝写出的诗，都像是一个人写出来的，所谓王气，但凡倾注于诗，多半便是这首诗的败亡之气。作下这一首《驾渡汉江赋诗》之时，正是嘉靖十八年，此时的朱厚熜早已乾纲独断，而他却执意南返钟祥，且不惜违背礼制，在此举行了本该在京师朝廷里举行的表贺大典，说到底，因为这里是他的故乡，而富有四海仍然口口声声宣称自己别有故乡者，据我所知，唯朱厚熜一人而已。所以，这一首诗虽无甚可说，但仍有其执拗动人之处，事实上，直到临终之前，朱厚熜仍然一再思归，甚至不惜口出诳语："南一视承天，拜亲陵取药服气。此原受生之地，必奏功。"——到了此时，故乡不仅是他的病，更是他的药。一句话：要回去，我要回去。

可是，太多的人回不去，君不见，诗词丛林里，往往是走投无路的孤臣孽子写故乡最多最苦乎？唐哀帝丙寅科状元裴说，半生都在避乱苟活，最终决定返回故乡，却死在了回乡的途中。临死之前，他才刚刚作下《乱中偷路入故乡》："愁看贼火起诸烽，偷得馀程怅望中。一国半为亡国烬，数城俱作古城空。"南宋名相赵鼎，饱经靖康之变，孤忠一时无两，南渡之后，因与秦桧不合，被贬至海南，最终绝食而死，虽刚节至此，每于诗中望乡，南国之心时时惦念的，却仍是他的北国本分："何意分南北，无由问死生。永缠风树感，深动渭阳情。两姊各衰白，诸甥未老成。尘烟渺湖海，恻恻寸心惊。"然而，管它失国还是失乡，一切痛楚、眼泪和热望的深处，都站着杜甫，所以，我们便会经常见到，于那些孤臣孽子而言，故乡入梦之时，往往也是杜甫入魂入魄之时，即使沉郁豪峻如文天祥，乡思绞缠，终须集杜甫之句以成诗："天地西江远，无家问死生。凉风起天末，万里故乡情。"

这些集句诗中，尤以宋末元初的尹廷高所集之《悲故乡》为最工，也最深最切：

> 战哭多新鬼，江山云雾昏。
>
> 馀生如过鸟，故里但空村。
>
> 蜂虿终怀毒，狐狸不足论。
>
> 销魂避锋镝，作客信乾坤。

尹廷高乃浙江遂昌人氏，此地因离南宋临安行在不远，故而屡遭蒙元荼毒。荼毒最甚时，户户绝人迹，村村无人烟，而这一切，不过是杜甫所经之世在人间重临了一遍：新鬼号哭，江山黑暗，空村在目。余生只好如飞鸟一般无枝可依。再看眼前，蜂虿之毒，何曾有一日减消？豺狼当道，又有何事堪问狐狸？更何况，疾飞之箭，还要继续夺我魂魄，我的性命，也唯有苟全于天地乾坤的奔走之间。这些句子，多像是写从遂昌境内奔逃而出的人啊，之前它们容身的原诗，不是他处，正是那白刃相接和尸横遍野的遂昌县，唯有逃至此处，它们才能喘息着认清了彼此，随后，心怀着侥幸，也心怀着不管不顾，竟然结成了崭新的血肉和性命——如此遭际，简直与尹廷高自己别无二致。宋亡二十年后，他才敢小心翼翼地返回遂昌县，所以，我总是怀疑，他之所以苦心集句，那是因为，他早已将它们当成了自己。于他而言，故乡早已灰飞烟灭，此时此境，他唯一的故乡，便是杜甫。也唯有在这座故乡里，他自己和遂昌县才能得以残存，他对自己和遂昌县的凝视与哀怜才能得以残存。

所以，要是去诗中细数，不难发现那些回不去的人们多有两怕：一怕雁过；二怕过年。先说雁过，纳兰性德有词云："雁帖寒云次第飞，向南犹自怨归迟。谁能瘦马关山道，又到西风扑鬓时。"纳兰作诗，常在本该明亮雄阔处至精求细，反至拖泥带水，大雁来去，道来便好，何苦要我们跟着你去了，只看见雁贴寒云，雁阵次第，却唯独看不见故乡和你自己？虽说王国维曾言"以我观物，故物我皆着我之色彩"，但是，太执一个"我"字，也总不免叫好山水堕入了窄心肠。说起来，我还是认定了那些粗简和单刀直入的字句，类似唐人韦承庆所写："万里人南去，三春雁北飞。不知何岁月，得与尔同归？"还有，真是要命啊，不管在哪里，你都绕不过杜甫。这次也一样，当你在雁声里不知所从，他却正凝神远眺，穷乱流苦，天下周遭，全都被他写在了头顶上的雁阵里："东来万里客，乱定几年归。肠断江城雁，高高正北飞。"大雁们不会理会你，它们正在度过它们的苦役，一如你，归心好似乱麻，乱麻作茧，终致自缚，终致形单影只，而这更是无边与无救的苦役，写下它们的，还是杜甫：

> 孤雁不饮啄，飞鸣声念群。
> 谁怜一片影，相失万重云？
> 望尽似犹见，哀多如更闻。
> 野鸦无意绪，鸣噪自纷纷。

什么是一语成谶？什么是一语惊醒梦中人？这首诗便是。还有，岂止回乡？又岂止是我？这世上众生，但凡定下一个要去的地方，哪一个不是先入了那只孤雁的身，再去承接它的命？是的，你要做成一笔生意？你要拍出一部电影？或者只是想混一口饭吃？对不起，只要你有想去的地方，管他西域还是东土，那只失群之雁，便是你身体上的刺青：不饮不啄，为的是埋头苦行，而雁群好似早已消失的同伴和指望，除了你自己，谁还能看见、听见你和他们之间已经相隔了云霭万重？望断了天际，我的同伴，我的指望，我和你们也是似见非见，而我，我唯有继续哀鸣下去。因为只有如此，我才能继续欺骗我自己，我是真的也听到了你们的呼应之声——不说旁人，只说我自己，这些年，仓皇之时，这首诗便会常常浮现出来，映照我，见证我：它是苦的，却又像是喝下苦药之前抢先吞下的糖，聊以作甜蜜，渐至于底气，如此，纵算"野鸦无意绪，鸣噪自纷纷"，那又有什么大不了？须知你我踏上的这条路，原本就是一条将他乡认作故乡的路，只要不偷路回去，我们便只能和那集句的尹廷高一样，在哀鸣里得以残存，再在"相失万重云"里结成崭新的血肉和性命。

说回来，再说过年。唐人戴叔伦，夜宿石头驿，正逢除夕之夜，留下了"一年将尽夜，万里未归人"的名句，然名句一出则方寸大乱，尤其结束时的那句"愁颜与衰鬓，明日又逢春"，既坏前意之空茫自知，又有故意为整首诗强讨出路之嫌，局促之气，终究难免。同为唐人的崔涂，在戴叔伦死后一百年的僖宗朝时，常年流落在湘蜀一带，也曾写下过一首《除夜》，全诗如下："迢递三巴路，羁危万里身。乱山残雪夜，孤烛异乡人。渐与骨肉远，转于僮仆亲。那堪正飘泊，明日岁华新。"其中，"乱山残雪夜，孤烛异乡人"与"一年将尽夜，万里未归人"相比，虽同为千古名句，却不似后者尽人皆知，然其一整首诗胜在不惹是非，不作妄想，犹如老实人说的老实话，字字平易，偏又一字不能移。再细看，亲切之气从苦寒却绝不是愁苦中生长了出来。这亲切，先与人亲，再与烛亲，及至窗外的山与雪，无一物不亲，又无一物奔出来另起话头。到了最后两句，近似一阵轻声叹息，又似一声若无之苦笑，笑了长途孤旅，也笑了自己。然而到此为止，接下来，我还要抬起头来，去眺望即将到来的明天和明年，而且，去迎接它们，走进它们。

想起来，我也有过几回除夕在外过年的经历。其中一回，是困守在一座黄河边的小城里欲罢而不能。除夕那天晚上，风声不断，爆竹声也不断，置身于如此境地里，我分明感到，我的周边站着三个来自宋朝的人，一个是李觏，他说："人言落日是天涯，望极天涯不见家。已恨碧山相阻隔，碧山还被暮云遮。"另一个是杨万里，他说："小立峰头望故乡，故乡不见只苍苍。客心恨杀云遮却，不道无云即断肠。"最后一个，是个出家人师范和尚，竟也尘缘不断，他说："梦里思归问故乡，明明说与尚佯狂。白云尽处重回首，无限青山对夕阳。"

如此一来，悲怨缠身，我便横竖也睡不着了，稍后，等到爆竹声终于消失，我起了身，踱到窗前，在黑黢黢的夜幕里无所事事地向前眺望，就好像，只要眺望持续下去，我便果真能从夜幕里偷出一条回乡之路。哪知道，黄河上的冰层正在不断发出断裂之声，这断裂之声，浑似鞭子的抽打之声：它们正在用抽打来提醒和催逼着我，那条回乡之路，即刻便要从冰层和波浪里涌现出来。什么都不要再想了，赶紧地，踏上去，回家。一时之间，我的心脏竟然狂跳起来，悲怨之气也变得更加猛烈，黑暗里，我站在窗子底下，走也不是，不走也不是，简直和《诗经》的《河广》篇里写下的如出一辙：

> 谁谓河广？一苇杭之。谁谓宋远？跂予望之。
> 谁谓河广？曾不容刀。谁谓宋远？曾不崇朝。

——谁说黄河过于宽广？一只苇筏也能渡得过去。谁说宋国远不可及？跂起脚来就可以望见。谁说黄河过于宽广？实际上，它多窄啊！窄到一条小木船也容不下。所以，谁说宋国远不可及？只需要一个早晨，我便能够踏上它的土地！以上所言，当然都只是痴心妄想，可是，对于那些恨不得马上便要从四下里偷出一条回乡之路的人来说，可有一字不曾令他心惊肉跳？还是说我自己，说说另外一个在故乡之外度过的除夕的正午吧。那是在广东的一个小镇子上，与北地不同，此处气候和暖，满目里也都绿意葱茏，更没有爆竹声噼啪作响，所以，我虽有家不能回，但实话说，心底里倒也并未积下什么感触。这天中午，我在仍然还开着的一家小餐馆里吃了饭，喝了酒，一个人返回栖身的小旅馆。没想到，正在一条小巷子里走着的时候，路边的高墙之内，一家玩具厂里，竟然传来了好几个人的乡音。如此，我的身体便蓦地一震，赶紧站住，仔细去分辨，没听两句我便确信了下来，此刻，高墙之内的人正聚在一起喝酒过年，而他们满口里说出来的，正是货真价实的钟祥方言。我干脆不再离开，就站在一株木棉树底下，一句句地去听他们说话，就像是一杯杯喝下了他们倒给我的酒。

虽说那句句方言浑似杯杯烈酒，我的满身里都在游荡着醉意，可是，毕竟没有真正地醉去。说是没有醉，奇怪的是，当我不经意地一抬头，去打量眼前的这条巷子，竟然觉得，此处不是别处，它就是我的故乡：来路上的小店铺、竹林和竹林拐角处的一口池塘，还有往前走要经过的夹竹桃、榨油坊和一小片堪称碧绿的菜地，全然都是我每回刚刚踏入故乡小镇子的样子。再加上，不知道从何处传来一阵隐约的涛声，就好像丰水期的汉江正在朝我涌动过来。这样，我便舍去了高墙内的乡音，忙不迭地疾步往前走，越走，路边的房屋、树木和溪流便渐渐与我的故乡重叠在了一起。最后，当我在一座小电影院的门口站定之时，竟至于激动莫名：是的，我将南国当成了北地，我也让故乡置身在了他乡。在他乡，也是在故乡，溪流哗哗流淌，夹竹桃随风摇动，鸡鸭们闲庭信步，一切该诞生的都在诞生，一切该包藏的都得到了包藏。突然，我急切地想找到一个人来当我的见证人，也不知道怎么了，往日里并不算寥落的小电影门前，除了我之外，竟然再也没有人聚集经过。为了找到那个见证人，我急迫得几乎喊叫起来，却又生怕我的叫喊声会打破此刻的奇境。想了又想，我闭上了嘴巴，干脆从记忆里请出了一首诗，让它来做这一场勉强的见证——

马穿山径菊初黄，信马悠悠野兴长。
万壑有声含晚籁，数峰无语立斜阳。
棠梨叶落胭脂色，荞麦花开白雪香。

何事吟余忽惆怅，村桥原树似吾乡。

　　好多年过去之后，我还记得，除了这首名叫《村行》的诗，当年，在广东的刹那奇境里，我还想起过那个可怜的唐朝状元裴说，想起过他那酸楚凄惶的诗题《乱中偷路入故乡》。他之偷路，实有两意：其一是，为了回乡，他必须从贼寇们的眼皮子底下偷出一条路来；其二是，他就算踏上了那条路，为了将这条路走完，他也只能偷偷的。其实，在他的前代与后世，谁又不是像他一般鬼鬼祟祟？就说今日，只不过当年的那些贼寇现在换作了诸多妄念，这妄念，是做生意，是拍电影，是混口饭吃，要是将它们铺展出去，汽车站与航空港，圆桌会议间和 VIP 休息室，哪一处不会应声而起地横亘于前，再做让你失魂落魄的混世贼寇呢？一念及此，在离开明显陵的道路上，我不禁加快了步子，只因为，这条回乡之路，也是我偷来的，所以，我既要偷偷地走下去，也要走得更快一些。如此，我才能将更多的故乡风物搬进我的身体和记忆里，并且时刻等待着下一次奇境的降临。

　　然而，当我站在萧瑟的山冈上与明显陵最后作别，眼看着西风渐起，草木纷纷踉跄起来，却还是不自禁地想起了嘉靖皇帝朱厚熜，想起了他在嘉靖十八年的汉江上写下的另外一首诗。这首诗的最后四句是："流波若叶千叠茂，滚浪如花万里疏。谁道郢湘非胜地，放勋玄德自天予。"一如既往，它也不是什么好诗，但那最后两句，却与之前所写的"溶浮混漾青铜湛，喜有川灵卫故乡"几乎如出一辙。在他心底里，千山万壑，银波金浪，最终都要涌向和捍卫他的故乡，事实上，据《明通鉴》所载，在朱厚熜以取药服气之名再回钟祥的旨意被朝臣们拒奉之后，他仍未死心，"而意犹不怿，时时念郢中不置云"。即是说，一直到死，这一代天子，终未能偷来一条让他回家的路。

原载《天涯》2020 年第 3 期

【作者简介】刘琼，女，艺术学博士，中国作家协会小说委员会委员，供职《人民日报》社。曾获《文学报·新批评》优秀评论奖、《雨花》文学奖、《当代作家评论》优秀评论奖、中国报人散文奖等。著有《聂耳：匆匆却永恒》《通往查济的路上》等专著。

Liu Qiong (female), Doctor of art and a member of the Fiction committee of the Chinese Writers association. Now she works for the *People's Daily*. She has won the *Literary Newspaper · New Criticism* Award, *Yu Hua* Literature Prize, *Contemporary Writers Review* Award, Chinese newspaper prose Award etc.. She is the author of *Nie Er: Hasty but Eternal*, *The Road to Zha Ji* and other monographs.

采菊东篱下

刘　琼

　　一直犹豫，文章标题是不是应叫"含英咀华"？英和华都是植物界的馈赠。蔬菜是其中的先行者，是烈士，向它们致敬。还有一种植物，基本功能是审美，但偶尔也会进入杯盘，甚至被文人化，比如菊花。在中国画"四君子"图里，梅、兰、竹比较入画，就长相而言，菊花可能最不好画，很少有画家能把菊花画得有神，包括齐白石。有一次在单位附近的北京画院看齐白石特展，老爷子画中秋、虾和蟹都很精彩，配菊花，菊花没精打采，差了点意思。

　　不上相的菊花在中国人的杯盘里，特别是在中国文人的文字里，地位很特殊，相当于妙玉和探春的结合——既尊贵，也有难以道白的隐情。隐，几乎是菊花的标签。

　　"少无适俗韵，性本爱丘山。"陶渊明可以写出"采菊东篱下"，可以写出《归园田居》，可以写出《桃花源记》，有个人个性原因，也有时代潮流的推动。陶渊明生活的晋朝，被叶兆言在《南京传》里誉为文人的时代，并不是因为政治清明、经济景气，而是因为魏晋南北朝朝政更迭频繁，城头变幻大王旗，当是时也，老百姓对朝政的热情严重减退，生活美学作为审美对象格外受到关注。生活美学的创造者、掌握文化知识并有一定社会地位的士人阶层勃兴，"魏晋风度""名士风流"这些词应运而生。魏晋风度不止一种，陶渊明属于隐逸派。学而优则仕，隐逸虽然不是光明正途，但也还在儒家所谓"达则兼济天下，穷则独善其身"序列，一些文人墨客往往以此为退路和归途。朝中有人好做官，朝中无人难做官，中外古今皆是。翻看陶渊明的家世，虽不及王谢显赫，但也有光荣历史，其曾祖陶侃因有战功被封长沙郡公，祖父和父亲都曾入仕，陶家在江西浔阳算得上大族。到了陶渊明，一朝天子一朝臣，随着家族衰落，即便学富五斗，最高职位也仅是七品彭泽令。官场等级森严，职位低，就得"摧眉折腰"。陶渊明干得不舒服，俸禄也不高，公子哥的脾气上来了，遂挂印辞官，退隐山林，结庐桑落洲。

在"陶渊明"的百度词条下，有两个"第一"比较打眼。一是"文学史上第一个大量写饮酒诗的诗人"，一是"田园诗派创始人"。说到这两个"第一"，都绕不开桑落洲。桑落洲是古战场，据南宋成书的《舆地纪胜》卷三十一记载，大概位于今安徽宿松县、湖北黄梅县和江西湖口县交界处，中心位置在今安徽宿松县汇口镇归林村。"归林滩，古桑落洲也。"这是清同治十年湖北崇文书局印制出版的《长江图说》对桑落洲的记载。从三国名将周瑜练兵点将至今，长江主堤多次决、改道，桑落洲的行政归属也在不断改变，一会儿在安徽，一会儿是湖北，一会儿到江西。古今多少事，只能诗文见。长江和黄河都是中华民族的母亲河，如果从人与河流的关系看，长江沿岸特别是中下游因为一直有居住历史，留下的人文痕迹更多。比如桑落洲，方寸虽小，却汇聚了周瑜点将台、九洲八卦阵、周瑜墓、巢湖城、牧鹅林、桃花林、五柳庄、归林滩、桃花源、雷池等诸多掌故。著名的"不越雷池一步"就典出于此。

在桑落洲，最意外的是遇到牧鹅林，它矫正了我的一个知识点。文人多的地区，文化被传播的可能性就大，比如绍兴郊外的兰亭鹅池，因为实在太有名了，一直被我当作王羲之习书之处。殊不知，桑落洲的牧鹅林才是书圣得道的源头。桑落洲，旧属彭泽，王羲之的堂叔王舒是彭泽县侯，王羲之在此生活时，叔侄二人闲来无事常常登洲远眺成群结队地翔集水面的大雁。鹅是驯化的野雁。江州刺史李矩的夫人卫铄是王羲之的书法老师，在书家辈出的东晋，卫夫人以女流之身，能作为书法家名世，确有超常之处，比如主张"师法自然"。据说，卫夫人卫老师要求王羲之学书法不能光躲在书房里练帖，要走到大自然里，赏雁姿鹅态，习山水树木之韵。桑落洲的牧鹅林，据说是王羲之驯鹅的林子，也是其书法灵感之源。后来有传说说卫夫人与王羲之乃姨侄关系，是不是姨侄关系，对于书法家王羲之来说不重要。重要的是，以贵胄之身份，以王家书法之盛名，王羲之尚能青出于蓝胜于蓝并能成为一代书圣，我想大概得益于善习、勤习和多习。

桑落洲，是王羲之书法得道的地方，也是陶渊明"归园田居"，把自己缔造成田园派创始人的地方。陶渊明是个典型的宅男，彭泽也好，桑落洲也好，包括原籍宜丰，生活和工作的半径始终没有超出彭蠡湖即今鄱阳湖周边。

"结庐在人境，而无车马喧。问君何能尔？心远地自偏。采菊东篱下，悠然见南山。""心远地自偏"与"心静自然凉"是一个道理，有主观唯心主义的色彩，但恐怕也是当时当地自然环境的一种折射。东晋末年距今一千四百多年，虽然经过秦汉政治和经济休整，人口总量较诸侯争霸时期有所增益，但与今天比较，毫无疑问是小巫见大巫。人口少，人口密度自然就低，人和自然朝夕可见才有可能，也即"采菊东篱下，悠然见南山"才会成为现实。"山气日夕佳，飞鸟相与还。此中有真意，欲辨已忘言。"诗的后四句讲的都是南山美景和放松的心情。南山也即今天庐山，宋代阳枋有诗证曰："阻风桑落洲，悠然见庐山。"作为田园诗派创始人，陶渊明写田园生活，不仅意象和形象丰富独特，对于自然的描写生动贴切，而且每每都有新意。这就是他的高级。一个诗人，一个文学家，最后决定他能走多远的，是其视界和胸怀，说白了就是观察和理解事物的方式。农耕文明时代是这样，后工业文明时代也是这样，从农耕文明到后工业文明变化的不只是生存样式，还有看世界的方式。美国学者尼古拉斯·米尔佐夫在《如何观看世界》一书里写道："当印刷机发明，第一份出版物诞生时，人们不可能想象出大众文化水平提高会如何改变这个世界。两个世纪前，由于战场太大，想要看到全貌无法靠裸眼，于是精锐部队运用一些视觉化技术来想象战场的实际状况，而今天，这个技术已经转化到亿万人的视觉文化中。它令人同时感到困惑、无序、解放、焦虑。"视觉是一种文化，会演化成认识世界的方式，演化成世界观。世界观是一种选择机制，所处位置不同，出发点不同，对事物的认知也会不同，是"横看成岭侧成峰，远近高低各不同。不识庐山真面目，只缘身在此山中"。

作为隐者的陶渊明，世界在他的眼里，既是回返自然的真切，又是加了菊花滤镜的诗境。菊花因为陶渊明的缘故，被人格化，成了隐者的花，故今天还有"人淡如菊"一说。菊花是后来的事了。一千多年前的桑落洲，最有名的植物是大都督周瑜下令种植的桃林和柳林。三国时期此地属吴，都督来此安营扎寨，建巢湖城，照八卦图种桃柳二树。柳树九棵，到了陶渊明的时候，经历大水和战火摧残，剩下五棵。挂印归隐的陶渊明结庐五柳，"五柳先生"根出于此。桃树长成桃林，成了桃花源。"忽逢桃花林，夹岸数百步，中无杂树，芳草鲜美，落英缤纷，渔人甚异之，复前行，欲穷其林"。桃林如此芬芳美妙，不乏诗人的艺术想象成分，当然也应该是江岸春景的实录。长江沿岸特别是中下游，气候四季分明，春季湿润多雨，桃花盛开的季节，就产生了一个带有香艳意味的词——桃花雨。

桃，发源于中国，花看起来娇艳，树的生存能力却极强，东西南北中，各种气候条件下均可栽培。中亚和欧洲的桃树也是丝绸之路打通后引种过去的。虽然各地都有桃树，但生在山重水复的江南，还是长在一马平川的大平原，桃花的气韵和风格多少还是有差异的，有时候差异还不小。论到桃林的美，还是南方，因为有水，显得略胜一筹。

北京朝阳公园靠北的空地上有一大片桃林，是我春天必去的地方。早春三月，风吹过，落英翩跹，细弱的花片常被混淆成樱花，总以为是外来物种的入侵。北方的水土难道不应该只盛产浓烈香艳的大牡丹吗？这当然不仅是知识误区，也是文化偏见。桃，作为果实，在华北和中原的栽种历史可远追至春秋战国。春秋战国，华北和中原是中国的中心，人口密度大，随着人类对于食物的需求增多，种植业发达起来。《诗经·魏风》第三篇《园有桃》记载："园有桃，其实之肴。心之忧矣，我歌且谣。不知我者，谓我士也骄。彼人是哉，子曰何其？心之忧矣，其谁知之，盖亦勿思！园有棘，其实之食。心之忧矣，聊以行国。不知我者，谓我士也罔极。彼人是哉，子曰何其？心之忧矣，其谁知之？其谁知之，盖亦勿思！"这是一首居安思危、表达现实忧虑的诗。总体意思是提醒君王，在诸侯称霸、战火纷飞之际，魏是小国，虽然今天有吃的、有玩的，但不能小富即安，要看到潜伏的危机。桃和棘，这个时候已是可食用之果实，以此类比生活安逸富足。魏国的疆土大约在今天山西和河南一带。魏风，是魏国官方采录的民歌。《诗经》里，收了七首魏风。风的特点是"兴观群怨"，用今天的话说，就是具有现实主义和批判现实主义精神。魏风的批判现实主义色彩相对突出，小学语文课本里收录的著名批判官腐的《硕鼠》一诗也出自魏风。

阅读的有趣在于仁者见仁、智者见智，比如从《诗经》里，从《园有桃》里，可以读到人类社会的发展细节，读到人类对于食物的探索和实验，读到植物学常识。桃，汁水丰美，被广泛食用还可以理解。棘，其实是一种果肉少味道酸的小枣，口感并不好，今天北方盛产的大枣应该是它的Ｎ次升级版。大枣是冀鲁陕豫的甜，苹果、桃、梨、西瓜等也大多如此。北方水果日照时间和生长期长，糖分积累多。比如西瓜，这些年物流便捷后，北瓜南下，南方人夏天才可以经常吃到沙甜的西瓜。从前在南方，夏天买西瓜是一项技术活。母亲长得娇小，西瓜上市了，下班回来手上总要费劲地抱个瓜。切西瓜时，开瓜的瞬间，如果是清脆的声音，瓜裂了，那是运气好，不仅甜，还可能是沙瓤。但如果一刀下去切不动，还要再使点儿劲，八成不甜，甚至不熟。过去的人生活节俭，不甜和不熟的瓜也大多不扔，母亲说比白开水甜。南方燠热，东西搁不住，吃瓜都得当天买，最好是瓜蒂见青。我来北方后，夏天最开心的就是可以闭着眼睛买西瓜，而且，如果是豪爽派，可以一次买几个，堆在家里，慢慢吃。北方，南方，没有好歹，气候不同，食性不一样。哪怕是同样的西瓜，南方和北方都会有不同的吃法。

采集大自然的果实作为食物，是食物的第一阶次。在人类食物谱系里，花朵大量进入食谱，也应该是在早期阶段。当人类开始定居，农业发达起来，五谷以及果实可以大量栽培后，对于花的食用开始大幅减少。再往后，以花之名，能够进入食物的越来越少。偶尔被食用的花，基本上属于锦上添花，不仅美味，而且规格高，要求高。比如俗称黄花菜的萱草花，是北方菜谱里木樨肉的主角。在我们皖南，南瓜开花的时候，能干的主妇用面粉裹上花朵放进油锅软炸，我们叫"南瓜拖"（音），甜香鲜嫩的滋味无比难忘。这种吃法，在别处再没有见过。南瓜开花实在太美了，大概不忍心采摘，更不会用到油炸这种残酷的吃法。但对于舌尖，确是美好的记忆。

菊花和桂花也会进入食谱，比如做成各种甜点和饮料。杭州的桂花有名，直到十二月大雪纷飞，老浙大的校园里还飘着桂花的香味，这个时候，我们往往会用烫开的水冲藕粉，关键是一定要加两勺桂花。没有桂花的藕粉，杭州人是不吃的。杭州出文人，文人去的也多。文人好吃，也会吃，吃完还会写，于是这种吃法就传播开了。比如菊花，关于菊花的最早记载，据说是《礼记·月令》中有诗云"季秋之月，鞠有黄华"。"鞠"就是菊。从屈原的《离骚》开始，菊花入了餐盘，"朝饮木兰之堕露兮，夕餐秋菊之落英"。看起来很美，吃起来什么滋味？以花入菜，特别是花蕾部分，质地硬实，入味恐难。所以，桂花可以成为甜点的配料，但当不了主角。我吃过一道凉菜，是将茉莉花和鲜杏仁加盐、加芝麻油凉拌，颜色好看，青青白白，吃起来确实一般。迄今为止，还没有吃过正经拿菊花当食材主料的菜，但春天时，用菊花的嫩叶和鸭蛋做汤，是江南的一道特色菜，我们的土话叫"菊花老"（音）。鸭蛋必得油煎，切成块，然后下到汤里，菊花叶最后点进去。这道菜的主角看起来是鸭蛋，但压轴的是菊花叶，吃的是芬芳四溢的山野之香。陶渊明是菊花的知音。他采菊何为？我想无非两大为：一是作为审美对象插在花瓶里，二是作为食材下下油锅，泡泡菊花茶。东晋喝不喝菊花茶，没考证过，真不敢瞎说。以陶渊明之清淡性格，菊花似乎只合吟诗作画用。但我想，陶渊明不还有"文学史第一个大量写饮酒诗的诗人"的名号吗？诗酒不分家，何以佐酒？菊花也。这似乎才见出一些风雅。

古人的酒多是自酿的粮食酒，诗酒不分，酒即是饮料，饮酒也是一种生活方式，古人写诗是常态，酒自然也每每入诗。流传至今的名句如"葡萄美酒夜光杯，欲饮琵琶马上催""白日放歌须纵酒，青春作伴好还乡""劝君更尽一杯酒，西出阳关无故人"，都是魏晋之后的唐诗。唐之前，像陶渊明大量以"饮酒"为题，一写就是二十首，并有名诗名句传世者，一时还真想不出他人了。这二十首诗，隐逸是基本主题。"采菊东篱下"一句出自《饮酒·其五》，也是陶渊明田园诗的代表作。陶渊明之后以酒而名的诗人，毫无疑问是李白了。据诗人兼历史学家郭沫若统计，李白现存一千零五十首诗，百分之十六，即一百七十首与酒有关，如"人生得意须尽欢，莫使金樽空对月"，等等。李白爱喝酒，酒量似乎也大，是"一杯一杯复一杯"。但李白最有名的是因为醉酒溺水而亡，埋骨当涂大青山。李白是浪漫主义诗人的杰出代表，浪漫主义的特征是始终保有青春激情，这就使我们错以为李白要比杜甫年轻，要比杜甫酒量大。杜甫因为诗歌沉郁顿挫，显得年长老成。其实不然，也是郭沫若的统计，杜甫不仅比李白年轻能喝，而且一生写了三百首饮酒诗，比李白要多一百多首。杜甫饮酒诗中流传较广的是《曲江二首》。曲江，即今天西安的曲江区。杜甫生在盛唐，盛唐的曲江是当时长安城最大的名胜风景区，位于长安城南的朱雀桥东边。"一片花飞减却春，风飘万点正愁人。

且看欲尽花经眼，莫厌伤多酒入唇。江上小堂巢翡翠，苑边高冢卧麒麟。细推物理须行乐，何用浮名绊此身。"杜甫在"其一"里写到的"苑"，即唐代曲江芙蓉苑，今天的曲江新区前些年也仿造建了个大唐芙蓉园，味道似乎不太对。"朝回日日典春衣，每日江头尽醉归。酒债寻常行处有，人生七十古来稀。穿花蛱蝶深深见，点水蜻蜓款款飞。传语风光共流转，暂时相赏莫相违。"这是"其二"，比"其一"流传更广。"胜地初相引，余行得自娱。见轻吹鸟毳，随意数花须。细草称偏坐，香醪懒再酤。醉归应犯夜，可怕李金吾。"杜甫这首《陪李金吾花下饮》，被诗论家称为"婉而多讽"。诗写得好而且酒也能喝的大文豪还真不少，比如苏东坡。"父老喜云集，箪壶无空携。三日饮不散，杀尽村西鸡。"豪放派的苏东坡写饮酒，也是"三日饮不散"，一派酒鬼豪气。"三日饮不散"，其实也怪不得苏东坡。东坡是诗人，也是水利学家，一生修了三条大堤，"东坡处处筑苏堤"。最有名的是杭州苏堤。西湖长期淤塞过半，湖水干涸，湖中长满野草，严重影响了农业生产。元祐五年，苏东坡做杭州知府的第二年，动用民工二十余万，疏浚西湖，建三塔（三潭印月），修筑纵贯西湖的长堤即苏堤。其他两条苏堤，一条是其被贬颍州（今阜阳）时，在颍州疏浚西湖并筑堤；一条是被贬惠州，也疏浚西湖并修长堤。"三日饮不散"，说的是在颍州筑完长堤后与百姓同欢共饮一事。以东坡的文名和行政能力，似乎应该有更大的腾挪空间才是，但观其一生，运途颠簸，南南北北，上上下下，几乎没有停息。这个时候，苏东坡的实事求是、变通旷达的优点表现出来了，入世，也出世，交友广泛，好朋友中就有佛印和尚这样的出家人。有大隐之气的苏东坡，比较经得起折腾。

桑落洲在陶渊明笔下是田园牧歌，是桃花源。成为田园派需要硬件条件，最起码要有可以养活自己及家小的土地，有可以"结庐在人境"的基本金，有可以吟咏欣赏的风花雪月。风花雪月中，风、月和雪都要拜大自然所赐，可遇不可求。只有花是可以种植，可以主动作为。陶渊明之后的唐代诗歌鼎盛时期，菊花屡屡直接入题。"暗暗淡淡紫，融融冶冶黄。陶令篱边色，罗含宅里香。几时禁重露，实是怯残阳。愿泛金鹦鹉，升君白玉堂。"这是李商隐的《菊花》。"秋丛绕舍似陶家，遍绕篱边日渐斜。不是花中偏爱菊，此花开尽更无花。"这是元稹的《菊花》。在李商隐和元稹的诗里，陶家直接入了典。"满园花菊郁金黄，中有孤丛色似霜。还似今朝歌酒席，白头翁入少年场。"这是白居易的《重阳席上赋白菊》。"故人具鸡黍，邀我至田家。绿树村边合，青山郭外斜。开轩面场圃，把酒话桑麻。待到重阳日，还来就菊花。"这是孟浩然的《过故人庄》。在白居易和孟浩然的诗里，菊花入眼，也入了席。

北京的山大多在西边。住在东边的朝阳，二十年前，推窗可见西山。这种场景今天看来是梦境了。二十年前，单位房改前最后一次福利分房，老老少少很兴奋。依据各种标准打分、排队、领房。轮到我们，毫不犹豫地选了朝西的房子，无他，视野好，楼下有花园，抬头见西山。因为遥远的西山，夏天的西晒，冬天的西北风，都可以忍受。人人都爱西边的西山，有摄影组的同事，甚至在西窗常年架设了一台高倍专业照相机，记录西山四时晨昏变化。遗憾的是，不出三年，这个小资情调便被一座座拔地而起的高楼粉碎。绵密的楼缝间，偶或才可见到西山的倩影，还得在雾霾不来光临之时。看好莱坞科幻大片，常常能看到类似镜头：当地球部落化，视域外的空间或宇宙不再漫漫无边，找到在一个相对局外或安稳的角度，把变化放在不变的镜头下观察，原本焦虑的心境会放松一点。这是美国人解决焦虑的方式。我们是中国人，中国古人善于把自然对象化，做隐逸派，天人合一，物我两忘，忘却了，就不存在什么"三千烦恼丝"和"人间阿堵物"了。我们做不成隐逸派，建设生态文明还是要呼吁一下的。

对了，一直在想，"梅兰竹菊"四君子，为什么偏偏菊花最不入画？想来想去，大概是骨骼的问题。梅兰竹，在中国画里，都是以少胜多，以瘦胜肥，所谓"骨骼清奇"也。菊花，即便被称为淡菊，也还是草叶丰茂、花形圆满，故而比较起其他三种，较难画出神采来：画得太饱满，不像君子样；画得瘦弱，不符合实际。另外，菊花除了古人说的"黄华"外，紫色、白色、红色、绿色等，应有尽有。还有一种叫大丽菊的，我小时候养过，开出来的花瓣儿长长短短，像萝卜丝，也像狮子狗的卷毛，当然，它已经不同于"采菊东篱下"的菊花，它是洋品种，来自墨西哥。

原载《雨花》2020 年第 1 期

【作者简介】王雪茜，女，从事散文随笔写作。在《上海文学》《天涯》《鸭绿江》《文学报》《作品》《湖南文学》《雨花》《四川文学》《山东文学》《安徽文学》《西部》等数十种文学刊物发表大量读书随笔及散文，多次入选《散文选刊》和多种选本。

Wang Xuexi (female), engaged in essay writing. She has published a large number of reading essays and proses on *Shanghai Literature, Frontiers, Yalu Jiang Literature Monthly, Literary Press, Works, Hunan Literature, Yu Hua, Sichuan Literature, Shandong Literature, Anhui Literature*, and *West* and other journals. Some of her works have been selected into the San Wen Xuan Kan and various anthology for many times.

去远方

王雪茜

古道门楣

骑着马，在拉市海的茶马古道上徐行，被路两边的建筑和墙绘绊住了脚。

白族建筑迥异于北方呆板划一的红砖瓦房。简朴的凸花青砖，石灰砌成的飞檐串角，木质的瓦檐裙板和门楣花饰，影壁及围墙上各式彩画，闲坐聊天的白族阿妈，躺在墙角的老土狗，在细腻的阳光下，像一首合辙押韵的律诗排在眼前。恍惚中生出不真实感，仿佛所有建筑的律动之美，一切来自生命的喜悦都汇聚于此。

之前在大研古城住了三天，庭院深深处，遇见汉字就难免流连。天擦黑时，一家家店看过去，单是店名就惹人驻足："时光留影""常乐居""闻荷轩""留缘""听心""逸园"……大门两侧挂着写着"客栈"两字的红果灯笼，映衬着黑木牌匾上的金字，透出青石板似的古朴，总觉得店主应是看透世事、厌倦繁华，"听雨僧庐下，鬓已星星也"的老者，寻了僻静处植荷听香，追忆流年。

马入山路，窄而不平，两旁杂树交错，遮住了光线，不必刻意蒙着头巾了。墙绘消失，只有淙淙流水。偶尔会有一块写着"茶马古道"的石头立在路边，大小不一，大约是路标吧。马帮脚步踏过处，怎么也该有一家客栈，店名叫"那柯里"或"德拉姆"之类的，但一家也没有。

若是东北，长途货道上必会搭上几间"大车店"。北方开店讲究大气，店名生怕不够响亮。我家是边陲小镇，镇上店名却起得气势磅礴："国宴""国宾""东亚大酒店""凯撒皇宫"……极少有让人一见触心的店名。

五年前去广州，被住在番禺的姐姐带去吃广东传统美食九大簋，食店名叫"众人划桨"，所有装饰材料均是旧船料，饭厅是船舱模样，四五十桌食客井然有序，船舱中间设一矮台，矮台上一架钢琴，一名白衫男子慢吞吞弹着曲子，弹倦了就随意另换一曲。在几百人同时就餐的中餐馆设一架钢琴，北方人是想也不敢想的。依弗洛伊德的理论推测，北方人生活在一种无力改变的粗糙之中，就会转而爱上这种粗糙。有爱的能力与机缘，总归是幸事。

终于远远见到一座门楼，猜测是马帮驿站或交易场所的遗址。细看，又疑心是后搭的仿建。简单的木质飞檐上，挂着四个斗笠状铃铛似的物件，一块土黄色彩板横在门楣上，上面画着几个象形字，只认得"马"和"路"，两扇敞开的镂花木门上分别贴着两幅猛兽图。门楼下面拉着几线五颜六色的方形或三角形的跑马幡。若没有这些文化符号的点缀，路途该多么单调！

初为人师时去大连培训，教授照本宣科，勉强听了半小时，老师讲一千个读者有一千个哈姆雷特时，我正在看治疗贫血的菜谱，洋参甲鱼汤可以补肾健脾，治疗气阴两虚性贫血。韭菜炒青虾能调经补血，健脑益智。那老头讲到印象派时，把戴望舒讲成了徐志摩，徐志摩打着油纸伞，徘徊在悠长又悠长的雨巷。我正想着米酒蒸螃蟹的味道，菠菜猪肝汤、木耳肉片汤、桂圆肉粥、猪蹄花生大枣汤都是补血的好菜。"妆罢低声问夫婿，画眉深浅入时无？"一首干谒诗，他竟然能讲得唾沫横飞，香艳无比，我还不如在想象里挥舞刀铲，炒一盘葱炖猪蹄，或者煮一盘南瓜，桃仁墨鱼和胡萝卜炖猪肉也都是补血的佳肴啊。

果断逃课。从学院到锦辉商城，沿路有许多我喜欢的店铺。"剪爱""顶尖一族"是理发店，"望莓止渴"是卖冰激凌的，小吃店叫"食为天"，服饰店起名为"爱情密码"……彼时觉得到底是大城市，店名洋气又浪漫。

去年暑假去成都，曾刻意留心过宽窄巷子里的店名，那完全是另一番意蕴。轻轻巧巧，玲珑曼妙，宛如一首首婉约小令。"子非""荷欢""听香""点醉""滴意""九拍、"碎碟""花间"……疑心店主是日日捧读《诗经》或是被唐诗宋词浸染至灵魂，"听雨歌楼上，红烛昏罗帐"的清新女子，婉转柔美心境下猝然看见灰白砖墙上嵌着"白夜"两字，禁不住惊呼一声，它是小令中一阕虞美人。隐约知晓它隐于成都，置身小巷时竟完全忘掉了。在"白夜"酒吧门前来回逡巡，没有见到进进出出的文人雅客，壮着胆子从半开的木门斜穿进去，狭窄的门厅被一面展示板占去了大半，木板上一张张大小不一的字纸被图钉固定，细看，是一首首即兴的新诗。酾酒赋诗正合情境，自然不计较字迹，看了半天，大多潦草莫辨。杜康解忧，一时慷慨都定格在一张薄薄的纸上。午后的酒吧不存一客，只有三两店员在清扫卫生。怯怯问一句，翟永明在吗？店员头也不抬，只回，今天不在。没有巧遇到那个长着一双深潭般大眼睛的名诗人，恰留有"只在此巷中，人深不知处"的神秘，心下反倒松了一口气。

赶马的年轻人面庞黝黑，问他前路是否有客栈或者店铺之类的，他装作听不懂的样子，懒得接话，他关心的大约只是一天可以赶几趟马。

不同于宽窄巷子的整齐中矩，大研古城的小巷毫无阵法。最喜欢黄昏时无目的闲逛。转过两条胡同，便已迷路。正好不必刻意记路，只寻着看各家店前提示板上形形色色的原创。有家客栈提示板上写，"有床有房，只缺老板娘"。也有不用提示板的，比如一家服装店的墙头上伸出一片四四方方的白色麻布，上面是手写的毛笔字，"衣服都是半成品，你的体温赋予它完整"，字迹娟秀，令人浮想。

地形虽错综，但总会转到酒吧一条街，各式木板小桥被茂盛的细草覆盖，连接一座座木质老楼，杨柳俯身在潺潺流水里，玉水河上有几个伴郎打扮的小伙子蹲在桥下的青石板上放河灯，几盏莲花灯像睡着在水面上，半天也不流走。

夜晚的酒吧街藏不住热爱。有一对金花坐在河对岸"樱花屋"酒吧屋檐上探着身子晃着腿大声喊歌，真是疯狂得醉人。特意溜进去拍"樱花屋金语录"，一张张随意悬挂的白麻布上，简繁相间，中英混杂的黑体字很是惹眼。第一眼看到一句"不懂的装懂，懂的装不懂"，嗬，有些粗糙。"有些同志对艳遇有偏见，在我们看来，艳是主观的，遇才是客观和不可强求的""时间多了，就不会生活了；会生活了，时间就不多了"，符合辩证法。及至看到"一切美女都是纸老虎""人总是要醉的，但醉的意义有不同"，不禁捧腹，店主显然是"语录体"狂热爱好者。

无意中瞥见"千里走单骑"几个金字横跨在一座三四米的小木桥上，贴合心境，索性就进去喝一杯。

盼金妹（纳西族服务员）并不漂亮，看着让人安心。三个若基（纳西族小伙子）唱着一首我完全听不懂的歌，蜂拥的酒客拍手高呼"呀呀嗦"，声音震天。一名来自杭州的少女端着酒杯给其中一个刚唱完歌的小伙子敬酒，她的同伴们起哄让两人唱首情歌。两人选了《一瞬间》，配合默契，眉眼间就有些投合的味道了。

"头脑可以接受劝告，但心却不能，而爱，因为没学地理，所以不识边界"，年轻人乐于接受卡波特似的说教，少顾虑，多行动。若是这时候有人背诵一句塞林格的"莱斯特小姐，但你知道我是怎么想的吗，我觉得爱是想触碰又收回手"，一定是会惹来哄堂大笑的。

清早的古城像山村的夜一样寂静，猜墙上东巴象形字，各家门前对联看半天，都觉得意趣无穷。顺着万寿桥去普贤寺，胡同里一面低矮得几近倾圮的土墙上，褪色的白粉上"左岸一号火塘"几个粗黑大字映入眼帘，粗木篱笆门上插着门闩，一张白底写着各色象形字的布门帘拉在一边，门楣上涂了几个字"吧主云游去也"。据说，这是古城唯一留存的原始火塘酒吧，只能容纳十人席地围坐，喝吧主自酿的美酒，弹唱自创的歌曲，肆意放浪之欢何其畅快。但它实在是太不起眼了，大部分游客在它面前走一百遍也看不到它，想必是无缘罢了。

茶马古道山路并不太长，我骑着一匹无人愿选的灰色老马，脚力慢，正合我意。七扭八拐到了一山脚下，路边孤零零一家，大门紧闭。一把锁懒懒地挂在门环上。白色门楣上是三个墨色繁体字：一德门。影壁上一幅水墨画配着几个象形字，我只能认出简单的"鱼""桥""鹿""草"，一片三角梅笼住了飞檐和大半墙体，仿佛刻意要跟门外的流水隔着距离。

不同之处在对联。褪色的白底上的黑字像被汹涌的泪水洗过，只余悲伤过后的平静："守孝不知红日落，思亲常望白云飞。"横批不是想象中的"吾门素风""慈容宛在"或"厚德高品"，不过是简单平易四个字：一年之期。

一阵风吹，梨花簌落。我看着，竟呆愣了很久。

大研的桥

老桥是大研古城的眉眼。在玉水河边一个人踟蹰，最牵我眼神的，无疑是桥。

天擦黑时，从我住的木府客栈去酒吧一条街，便要踏过众桥之首"大石桥"，虽冠一"大"字，旁又立着刻有"大石桥"三字的石碑，仍旧显得局促。目测它的长度也就十米左右，宽亦不足四米。在大研古城，两三米长的老桥触目皆是，最小的无疑是水锁人家的古橡栗木跨门桥，几步之长；最古老的当数石拱桥，几百年历史。小而朴拙是这些老桥的宿命。它们无法选择自己的外形、规模，也无法选择自己的邻居和栖身的环境。

既不去仰观宇宙之大，亦不去俯察品类之盛，古镇的老桥们安于平凡的出身，不嫉妒不攀比不抱怨，它们坦然于时间之手在自己身上勾、皴、染、点、擦，深浅阴凸、润涩厚薄左右不了它们的悲欣。

而那些出身高贵的名桥就不一样了。它们为外貌纠结，是选择梁桥、拱桥、斜拉桥，还是悬索桥、高架桥、组合体系桥？是用木、用竹、用石，还是用铁、用钢、用汉白玉？当然，它们也为达到某项之最而绞尽脑汁、你追我赶。即便是取名，名桥们也绝不含糊和将就，旧金山有世界著名的悬索桥——金门大桥，伦敦有人类公认的最好看的桥——塔桥，悉尼有曾号称世界第一的单孔拱桥——海港大桥，中国香港有全球最长的行车铁路双用悬索式吊桥——青马大桥……名桥们岂能容忍岁月的刀砍斧削？稍有瑕疵便要修葺如新。它们高傲而冷酷，决不允许任何东西挡住自己的视线，它们不需要邻居和朋友，更不能容忍任何事物亲近自己，攀附自己。

酒吧街顺水延绵，几乎步步见桥，跨门桥千姿百态，多为栗木、橡木或石板，辅以独创性的装饰，或翠鸟，或鲜花，或葫芦，或水瓶，或瓶盖，或叫不出名字的小物件。共同处在于跨门桥都没有名字。古城的老桥有数百个，有名字的不多。老桥取名无定法，有的好似旧时人家随意给小孩子取的贱名，二丫、铁蛋、狗娃之类，不费斟酌，信口便来，卖鸡豌豆桥、卖鸭蛋桥、大小石桥即是此类。

"写景抒情"类的桥名也不鲜见，顺酒吧街一路逛到古城入口处，有座双石桥，它还有个颇有古风的名字，叫玉龙桥。明王世贞有诗："玉龙桥下水纵横，迭鼓回帆断续声。城头一片昆山月，多少人疑子晋笙。"玉水河边虽不见昆山月，不闻子晋笙，但"咕嗒咕嗒"的老水车和"叮叮当当"的东巴许愿铃就是古城玉龙桥最浪漫的打开方式。大石桥也有另一个富有诗意的名字——"映雪桥"。河水中自是再难见到玉龙雪山的倒影，可"眼明能展锺王帖，绝胜前人映雪看""对檐疑燕起，映雪似花飞""衔霜当路发，映雪拟寒开"……"映雪"二字天然的雅气不容小觑。

老桥们与野草、野花、苔藓们融为一体。很多个清晨，我独坐小石桥边，晚睡的古城尚未醒来，如织的游人尚未攘攘，静静看桥下苔藓的颜色，阴影干净，擦拭着石头的悲欢，它们不抬头，不看断云在地上弄出阴晴，也不看野蜂在浓草间扇动翅膀，一任水花如碎雪，从身旁一路蹦跳，仿佛轻易忘却了日常的空洞与繁复。

石桥下河水两边的青石台阶正适宜"席阶而坐"，天未亮透或暮色四合时，不乏如我一般的看桥人。曲水仍在，羽觞不可得。现代文人们难有列坐僻静处，一觞一咏，畅叙幽情的雅兴，何况茂林修竹无踪，不曾扫的花径难寻。

小时候住在下放到山村的姥姥家。溪水绵延处，鲜有像模像样的桥。自然倒塌的树木、信手搬来的落石构成了河道天然的桥梁。对小孩子来说，此岸到彼岸，永远充满了未知，充满了危险的诱惑，没人在意桥承载的故事与秘密，任由它们随流水远去、湮没、隐遁，更没人在意表面润泽的石头下面，那些默默蓬勃在石身与溪水之间匍匐卑微的藓类。

"我曾试着在自己身上寻找相同比例的明暗尺度。"总觉得，生了野草、苔藓，被野花、野蜂眷顾过的石头、墙壁与老桥们才更真实自然，也才有了呼吸和生命。它们被时光之手反复触摸，了然人世悲欢，看穿风云变幻，不畏惧，不卑微，将那些被风吹裂被雨打湿的伤痕渐渐凝成了筋骨。

我喜欢幽微老旧的事物，喜欢一切不彻底的琐细之美。我怀念那些让人舒服的苔藓，它们是桥渐渐老去的阵痛，是桥柔软而隐秘的叹息，也是桥暗夜里孤独发出的成片声响。确定中的不定，灰暗中生存的勇气和真理，足以让浅显者满足，让深刻者警醒。而人类内心深处的个人生活，如老桥一样，永远超越自身的真相。在重复机械的日常生活中麻木久了，我内心亦有柔软却布满凉意的角落，"我身上至少有两个女人的影子，一个绝望迷惘，感觉自己在沉没；另一个只想给人们带来美丽、优雅、活力"。而那种逼仄、阴暗、潮湿，甚至绝望并不遥远，它曾将我的灵魂从身体中猛拉出来，狠狠摔在地上，而我得以有机会不断杀死旧我，而后不断重生。那些无声尖叫的黑色之根变成了我的秘密，与梦想中的生活一路随行。

多年前看《魂断蓝桥》《廊桥遗梦》，并未深究导演为何将滑铁卢桥和罗斯曼桥作为男女主角一见钟情与魂断梦碎的背景，只被凄美的爱情感动得涕泪横流。细细想来，桥勾连了人内心的隐秘部分，被赋予了本同末异的象征——桥是人生的岔路口，是勇气也是磨难，是与未知的另一个世界邂逅的地方，也是另一个世界本身。在蓝桥背后，我们看到的是战争的残酷无情，是人性的幽微难测、命运的鬼魅多折。而廊桥留给我们的，是梦想的萌芽与破灭、爱情的彷徨与舍弃。桥能连接世界，也能割断世界，是过渡也是终结，它凝聚了那么多的温暖、浪漫、感伤、无奈、希望、悲欣交集与千钧一发……

桥不仅仅连接了空间和时间，也跨越了空间和时间。甚至天上与人间、今生与来世，都需借助一座桥方能抵达。"伤心桥下春波绿，曾是惊鸿照影来。"乞巧楼前双星伴月，鹊桥的对岸是重逢，是喜悦；三生石畔彼岸花开，奈何桥的那端是忘却，是重生。桥早已从一个物象变成了集诸多情感因素于一体的寄托。

在古城，很容易就走了回头路，从酒吧街转回四方街，便会看见一座有故事的桥——万子桥。古城的每座桥都有自己的脉搏，就像每朵花都有自己的香气。顺着河水远远望去，它像极了一头正在饮水的老牛。牛角无疑是桥身，桥身下近尺长的野草密密地层聚着，或旁逸斜出，或低眉垂手，或挺直腰身，恣肆又井然。春夏之际，挨挨挤挤的浓草拓延处，是层层叠叠的各色野花，从河岸两边一直延伸出去，有些花朵被挤到河水中央，本就不宽的河道倒像个天然花塘。冬至时节，桥下至桥的两端，黄发与青丝共存，仿佛真的是老桥繁衍出的万千子孙。砂岩斑驳，给这座桥平添了上百年岁月赐予的敦厚与朴拙。桥墩位于桥身正下方，上宽下窄；千万颗砂粒胶结而成的老石墩，如一张饱经沧桑的脸。

相传明代一对纳西族夫妇居住在桥边，那儿原为楸木之地，生长着成片开花不结果的楸木。正如楸木一般，这对夫妇结婚多年却无一男半女。在无后为大不孝的时代，断子意味着绝孙，没有男子就无法继承和世袭财产爵位，就无法延续一个家族的香火，血脉就得不到传承。这对夫妇便拿出毕生积蓄修桥以求积德。遥想当年，有多少孤独的人彷徨于桥上，踱步祈祷，愿慷慨积善，早得子嗣。万子桥是否圆了所求之人的梦想已不可知，只是，世易时移，情随事迁，"古人踽踽何所取，天下滔滔昔已非"，今人更重自己当下的感受，多子未必多福，况家里又没有"皇位"要继承，万子桥的原始寄托渐渐消失。跟当地人闲聊，得知纳西族人把这座桥叫"茨母筌"（楸木纳西话叫"茨母"），大石桥叫"培其筌"，卖豌豆桥叫"茨初启筌"，卖鸭蛋桥叫"阿古启筌"，世界上最古老的东巴文字自带的陌生化和神秘感竟让人觉得莫名喜欢。

前几天为查资料在微信相册里翻照片，无意中翻到我多年前拍的一组大研古城石桥照片。其中有一张拍的是一个不知名的小石桥，照片上部只露出一侧石头桥栏的灰黑色底栏，主体部分是石桥的橡木桥面，木板已色旧斑驳，板缝间陈灰如墨，唯五行字依稀可辨：我愿化身为桥，受那五百年风吹，五百年日晒，五百年雨打，只求你从桥上走过。

佛陀阿难的典故已不可考，桥却实实在在地立在那里，静默无言。

原载《滇池》2020年第6期

主持人：**李少君**

李少君，诗人、文学批评家，《诗刊》主编。

Li Shaojun, poet, literary critic, editor-in-chief of *Poetry Journal*.

诗歌

推荐语

读当代诗歌，经常惊喜又悲伤。惊喜是那么多让人眼睛一亮的诗歌，直入心灵。悲伤的是这么好的诗歌却往往传播不够广。当代诗由于个人性较强，只有知音式的细心安静阅读，心灵相击，才能有所发现。发现之后，又除非强大的推广能力，这些诗往往只在一些敏感睿智的人之间流传，当然，也许最终会广为人知。所以，这样的一座诗歌金库，需要更多的用心者来挖掘挑选。

雷平阳的《胡杨》，是关于生与死的辩证思考。胡杨在艰苦荒漠环境里存活，干枯却不死，如此循环轮回，让人感慨。看似死寂，却蕴藏生机。"沙漠中的寂静，才能称之为真理的寂静"，寂静才是世界的真理，因为在寂静中保存着生命的元素，孕育着生命的种子。如果说雷平阳的《胡杨》以叙事见长，沈苇的《为橡树而作》则别有韵味。《为橡树而作》有抒情，有叙事，还有感慨。敬文东有一大作《感叹诗学》，说得好啊，中国古典诗歌为什么魅力无限，隽永悠长，因为最后总是感叹。人生经验总结啊。古代文史哲不分家，诗歌里有抒情有身世，更有人生感悟，所以你读了就不是有一点感动而已，还有回味思考，所以我们现在还读，那些感悟一直影响教育我们，这一点沈苇的《为橡树而作》做得很好。沈苇说要开始自然写作，他在新疆时，广漠之中，面对那些植物，一定感慨万千吧，一定悟到了我们悟不到的自然秘密。

龚学敏的《蒙古马》，具有纯粹的抒情性。辽阔的草原上，一茬茬精灵生长，"万物沉寂，一个站立便是整个春天"，短短一句诗，蒙古马的美学形象就立起来了，那是春天里生机勃勃的象征。《蒙古马》在最后一句的高度凝练，可以说拯救和确定了这首诗的高度。

侯马的《转山》，看似简单的口语诗，实则很难写好。真正好的口语诗，往往有直击人心的力量，这就需要高度的凝练、智慧的含量，以及让人脑洞大开的当头一棒。口语诗有点像当代艺术中的行为艺术，要有冲击力，让人深受刺激并产生观念的飞跃，侯马这首诗做到了这一点。西娃一般也被认为是口语写作的能手，高原上的格桑花如此美丽，摇曳在人心，让看到的人不由自主地流露出微笑，洋溢着幸福感，感谢把这一切带给大家的司机，他把美和爱送给了大家。

汤养宗《报恩寺那口古钟》，写到领导空气的钟，由撷取众声喧哗的鸟鸣铸造构成，真是奇特的想象力！在诗歌中，想象力才是领导一切的，就如史蒂文斯写的那个田纳西山顶的坛子。这一次，古钟成了中心。徐俊国的《最古老的座钟》，则把山作为中心。山是一座古老的钟，这是一种价值观。利奈波德有过一句名言"像山一样思考"，其实是说要确立以自然为中心的价值观，这首诗就是如此。蒲小林的《绝顶》，也是从山的视角看，鹰是一种激情的产物，冲高逐低，静到极致，怒吼摄人心魄，鹰与山野性的搏击，在紧张的积蓄中，充满一触即发的力量感，鹰吼成为绝顶！

武汉封城后重启可以说是一个历史性事件，杨清茨的《奔跑吧，武汉》可以说全景式地呈现了重启的武汉。从户部巷开始，这首诗写得细致动人，春雷轰轰，世间一切都在开始忙碌，热气腾腾的大城市生活气息扑面而来，让人真实感受到了春天重回武汉、武汉再一次变得生机勃勃的热烈氛围。脱贫攻坚也是一个历史性事件，赵之逸的《入村访贫》一诗从一个独特的角度入手，也就是扶贫干部入村怕狗，但熟悉后相安无事，通过这个细节描述，以小见大，将扶贫干部的艰辛与脚踏实地的工作作风，以诗的方式表现了出来。外卖大叔王计兵的诗歌，曾在网上引起轰动，《赶时间的人》形象地展现了外卖大哥的风貌，"用双脚锤击／大地在这个人间不断地淬火"，颇有打击力。

安琪的《邮差柿》既传统又现代：情感很传统，但手法又有些现代。生造的"邮差柿"一词就很有现代感。邮差，这个爱的信使，一次一次地传递爱情的消息，柿子也随时间逐渐成熟，在对照辉映之中，这首诗获得了节奏感和陌生感，因而呈现出一种新的现代的抒情性。祝立根的《兰坪县掠影》很有戏剧感，霜地里偷麦种的田鼠，扛着一个个小小的月亮和幸福赶路，喜悦之心溢于诗外。

谈骁的《夜路》很有故事性，父亲自制火把走夜路，在孩子心中却是惊涛骇浪的感受，将漆黑与巨大光明进行对比，诗歌叙事节奏平缓，渲染着氛围。李唐的《下雪已成定局……》采用小说叙事手法，在不动声色的暗示中，既有一种雪即将到来的紧张，也有暴风雪到来之前的寂静。

加主布哈和刘雪风是"90后"，他们不再玩所谓的修辞和先锋派。《石磨》和《于无声处》写得朴实而深沉，有一种不多见的难得的成熟，年纪轻轻已自有风格，让人刮目相看。

【作者简介】雷平阳，男，汉族，1966 年 7 月生于云南省昭通市土城乡，1985 年毕业于昭通学院中文系。现供职于云南省文学艺术界联合会。当代诗人、散文家。自二十世纪八十年代后期开始创作诗歌与散文，迄今出版诗集和散文集二十余部。曾获鲁迅文学奖、人民文学奖、《十月》文学奖等奖项。

Lei Pingyang (male), Han Nationality, Contemporary poet and essayist. He was born in July 1966 in Tu Cheng town, Zhaotong, Yunnan Province. Graduated from the Department of Chinese Language and Literature of Zhaotong University in 1985, now he is working at Yunnan Federation of Literary and Art Circles (YFLAC). Since the late 1980s, he began to write poems and proses, and has published more than 20 collections of poem and prose. He has won the Lu Xun Literature Prize, the People's Literature Prize and *October* Literature Prize, etc..

胡 杨

雷平阳

记忆里收藏的塔克拉玛干沙漠

一片枯死的胡杨林

样子像外力撕裂之后放大了几倍的

大蠹。它们在主干和枝条统一扭结，向上盘旋

无始无终地在枯朽，在死。死亡的缰索

绷得很紧但没有拉断，裂开的豁口中

可以看见化石的籽种卡在骷髅一样的木渣之间

既是过去时，也是静止的

现在进行时。死神尚未确认其是否

降临或者升空，生之真理的衣角

由它们的根系钉牢在灰白色的沙丘。它们

以此反对人性化的哲学——如此极端的过程

人道一直没有脆弱地介入，就像对

来自流放地的遗体处以凌迟——它们更乐于接受

这样的观点：它们是指定的一群时间与沙漠

共同雇用的木偶，套用了胡杨的形象

在此公开演出一场有意让观众对号入座的

没有尽头的戏剧。因为是自然造化

因为被赋予了修行的正见

它们坚信，一种旨趣在于毁灭过客而自身

毫发无损的美学，只有经过我们之手

让我们毁灭，再退还给它们，反复循环

——沙漠中的寂静，才能称之为真理的寂静

原载《诗刊》2020 年第 7 期

【作者简介】沈苇，1965 年生于浙江湖州，大学毕业后进疆三十年，现居杭州。著有诗集《沈苇诗选》、散文集《新疆词典》、诗学随笔集《正午的诗神》等二十多部。获鲁迅文学奖、华语文学传媒大奖、《十月》文学奖、刘丽安诗歌奖等。作品被译成英、法、俄、西、日、韩等十多种文字。

Shen Wei, born in Huzhou, Zhejiang province in 1965, now settles in Hangzhou. He has been living in Xin Jiang for 30 years after graduating from university. He is the author of more than 20 literature collections including *Poetry Anthology of Shen Wei, Xinjiang Dictionary*, and *Midday Muse*, etc.. As the owner of Lu Xun Literature Prize, Chinese Literature Media Prize, *October* Literature Prize, Liu Li'an Poetry Prize, etc., his works have been translated into English, French, Russian, Spanish, Japanese, Korean and other 10 languages.

为橡树而作

沈　苇

我们吃肉、喝酒、喧闹
橡树挺拔、静立、不动

不声不响，不远不近
与我们保持恰当的距离

橡树们的晚宴？正是此刻
一抹晚霞、几朵边境彤云

下辈子，橡树仍是橡树
我们却不会变成某种植物

我们离开、隐迹、灰身
橡树转世成又一个自己

它们的绿枝和孤傲
从不捡拾人性的败叶

隐身暮晚森林公园的静
倦于清扫人类的杯盘狼藉

原载《诗刊》2020 年第 6 期

【作者简介】龚学敏，1965年5月生于四川省阿坝藏族羌族自治州九寨沟县。1987年开始发表诗作。1995年春天，沿中央红军长征路线从江西瑞金到陕西延安进行实地考察并创作长诗《长征》。已出版诗集《九寨蓝》《紫禁城》《纸葵》等。《星星》诗刊主编，四川省作家协会副主席。

Gong Xuemin was born in Jiuzhaigou County, Aba Tibetan and Qiang Autonomous Prefecture, Sichuan Province in May 1965. He published his first poem in 1987. In the spring of 1995, he made a field trip along the Route of the Long March of the Central Red Army from Ruijin, Jiangxi Province to Yan'an, Shaanxi Province and wrote a long poem *The Long March*. He has published poems such as *Jiu Zhai Blue*, *The Forbidden City* and *Paper Hollyhock*. He is the chief editor of *The Star Poetry Monthly* and vice chairman of Sichuan Writers Association.

蒙古马

龚学敏

一道夕阳的创伤。整个荒原已被点燃
草，红色鬃毛一般，奔跑到天际

天空越来越黑，像是长鬃刷过的漆
蒙古包里的灯在风中诵经
秋风再长
也长不过它点给牧人的光亮

草原返青，百灵用鸣叫擦拭蓝天

春天们奔涌而至

那些马嘶，是她们的高贵盛开的花朵

人们用长调侍奉春天，越悠扬

草原越辽阔

蒙古马背上的上苍越仁厚

把草原的锦绣跑成温暖的袍子

披在春天的人们身上

跑成烈酒，献给天地，和它们一茬茬

生长的精灵

跑成琴声，江水一样长

一个浑圆的句号

地平线上的农耕越渐式微，作为牧风者

雪原盛大，所有的风都匍匐在你用时间

植成的森林边缘

消融的必是腐朽

万物沉寂，一个站立便是整个春天

原载《诗刊》2020 年第 8 期

【作者简介】侯马，1967 年生于山西曲沃。1985 至 1989 年就读于北京师范大学中文系，出版个人诗集《他手记》《侯马诗选》《侯马的诗》等。曾获《十月》新锐人物奖、《新诗典》李白诗歌奖金奖、《北京文学》奖、《诗参考》三十周年成就奖、突围诗社新时代中国十大先锋诗歌奖。

Hou Ma was born in Quwo, Shanxi Province in 1967. From 1985 to 1989, he studied in the Department of Chinese Literature of Beijing Normal University, and published his personal poetry volumes like *His Notes*, *Selections of Houma's Poems*, and *Houma's Poems*. He has won the *October* new talent Award, Li Bai Poetry Award gold medal by *New Poetry Canon*, *Beijing Literature* Award, *Poetry Reference* 30th Anniversary Achievement Award, and Breakthrough Poetry Society new Era Top ten Chinese Avant-garde poetry Award.

转 山

侯 马

业余，他给探险家当向导
驮着他们的行囊
在地球的最高峰
爬上去，爬下来

他自己的事业
是转山
在巨峰脚下匍匐
经年累月地寻找自己

原载"诗刊社"微信公众号 7 月 29 日

【作者简介】西娃，二十世纪七十年代生于西藏，曾获骆一禾诗歌奖、《诗刊》首届中国好诗歌奖、李杜诗歌奖贡献奖，出版有长篇小说《过了天堂是上海》《情人在前》《北京把你弄哭了》及诗集《我把自己分成碎片发给你》等。部分作品被翻译成德语、印度语、英语、西班牙语、俄语等。

Xi Wa, born in Xizang Province in the 1970s, has won Luo Yihe Poetry Prize, Chinese Good Poetry Award by Poetry Journal, and the Contribution Prize of Li Du Poetry Prize. She has published long novels like *Shanghai beyond Heaven, Lover in Front, Beijing Makes You cry*, and poems such as *I Divide Myself into Pieces and Send You*. Some of her works have been translated into German, Hindi, English, Spanish, Russian, etc..

高原上的客车司机

西　娃

前面出车祸了

他跳下车

采了一朵

野花

走上车来

送给一个女乘客

再摘一朵

送给

另一女乘客

这样来来去去好多回

车上的老少女乘客
手上都有一朵
他采摘来的
格桑花

原载《诗刊》2020 年第 8 期

【作者简介】汤养宗，当代著名诗人，闽东霞浦人。出版诗集有《去人间》《制秤者说》《一个人大摆宴席：汤养宗集 1984—2015》等七部。先后获得鲁迅文学奖、福建省政府百花文艺奖、人民文学奖、中国年度最佳诗歌奖、《诗刊》年度诗歌奖、新时代诗论奖等奖项。

Tang Yangzong is a famous contemporary poet, born in Xia Pu, Fujian Province. He has published seven poetry volumes, including *Going to the World, Saying of the Scales maker* and *Collection of Tang Yangzong 1984—2015, A Banquet Held by a Single Person*. He has won the Lu Xun Literature Prize, Fujian Provincial Government Baihua Literature prize, the People's Literature Prize, Chinese Best Poetry Prize of the Year, the Poetry Prize of the *Poetry Journal*, the Poetry Theory Prize of the New Era and other awards.

报恩寺那口古钟

汤养宗

没有一种存在不是悬而未决。在报恩寺

我判断的这口古钟，是撷取众声喧哗的鸟鸣

铸造而成。春风为传送它

忘记了天下还有其他铜。天下没有

更合理的声音，可以这样

让白云有了具体的地址。树桩孤独，却又在

带领整座森林飞行。这就是

大师傅的心，而我的诗歌过于拘泥左右

永不要问，这千年古钟是以什么

力学原理挂上去的。这领导着空气的铜。

原载《诗刊》2020 年第 8 期

【作者简介】徐俊国，中国作家协会会员，首都师范大学驻校诗人，北京大学访问学者。著有诗集《鹅塘村纪事》等六部。曾获冰心散文奖、华文青年诗人奖、中国散文诗大奖等奖项。

Xu Junguo is a member of the Chinese Writers Association (CWA), a poet in residence at Capital Normal University and a visiting scholar at Peking University. He is the author of 6 books of poetry including *Goose Pond Village Chronicle*. He has won the Bing Xin Prose Award, The Chinese Young Poet Award, the Chinese Prose Poem Award and other awards.

最古老的座钟

徐俊国

不谙世事，却熟知隐逸美学
懂得农耕文明的要义
窗帘花不是植物，是
一帘幽梦。孤独得
细雨不沾衣，琴声慢

活得低沉而迷离。
终老山巅，比雾凇多一些仙气
松下临帖，从没写过"恨"字
没有过去和将来
只有此刻。总要爱点什么
山雀吃完种子，围着花草冢唱歌

一生穷得山清水秀

散发着闲云野鹤的青草味儿

这个人是我亲戚

住在山里。他以为

山是世界上最古老的座钟

原载《诗刊》2020 年第 6 期

【作者简介】蒲小林，中国作家协会会员，四川省诗歌学会副会长。著有诗集《命运的风景》《时光的背影》《十年：蒲小林诗选（中英版）》《也不是因为风》和散文集《灵魂的声音》等。作品入选多种年度选本和选集，部分作品被译成英、德、法、日、韩文介绍到欧美、澳洲及东南亚等。

Pu Xiaolin is a member of Chinese Writers Association (CWA) and vice President of Sichuan Poetry Society. His poems include *Landscape of Destiny, The Back Of Time, Ten Years: Selected Poems of Pu Xiaolin (Chinese and English edition), Nor Is it because of the Wind*, etc.. He also has prose volumes like The Voice of the Soul, etc.. Some of his works have been translated into English, German, French, Japanese, Korean and introduced to Europe, America, Australia and Southeast Asia.

绝　顶

蒲小林

山已经被压得很低了，这只鹰

还在使劲地往下压，直到满天的云

被一缕缕压落山腰，它才静了下来

随着这突如其来的静，让群山，转瞬

矮下了身子，但很快，这静就耸立起来

比鹰的翅膀，高出了很多

于是鹰再次发出了摄人心魄的怒吼

它要越过这静，扶摇直上，它要踏着

吼叫声里最陡峭的一声，最终成为绝顶

当隐约的回音从鹰的上空反弹下来

鹰这才发现，它竟然比自己的叫声

还低了很多

原载《诗刊》2020 年第 7 期

【作者简介】杨清茨，诗人、散文家、书画家，诗作、散文见于《人民日报》《光明日报》《诗刊》《北京文学》《星星》等报刊，著有诗集《玉清茨》。诗剧《示儿书》《木棉花正红》入选文化和旅游部"新中国成立七十周年"及"建党一百周年"献礼优秀音乐诗剧，已于国家话剧院首演。

Yang Qingci is a poet, essayist, calligrapher and painter. Her poems and proses scatters on the *People's Daily*, *Guangming Daily*, *Poetry Journal*, *Beijing Literature*, *The Star Poetry Monthly* and others. She also wrote the poetry collection *Yu Qing Ci*. Her *To My Children* and *Kapok is bright red* are selected as the excellent musical poetic drama by the Ministry of Culture and Tourism for the "70th Anniversary of the Founding of New China" and "Centenary of the Founding of the Communist Party of China", and have been premiered at the National Theatre of China.

奔跑吧，武汉

杨清茨

一碗、两碗、三碗、数百上千碗

户部巷香气四溢的热干面

以喧嚣重拾过往的烟火气

长江大桥晴川桥重新驮起往昔的车水马龙

晚樱将红或白的旖旎开在了白云黄鹤之上

久违的笑容是一束束破开雾霾的阳光

我曾将自己躲藏在一个冷暗的门后

但希望从未消逝于心头

爱，从来就是磨山脚下美丽风雅的梅花香

江边钟声的悠扬再次敲响倾城的花香鸟影
樱花是一江缤纷的春水在流动
快递、外卖小哥如风飞过的身影
是流淌在长江里奔流不止的血脉支流

我看见，街上的车子撒腿欢跑
地铁、火车站闪动着熙熙攘攘的人头
汉阳门码头的渡轮已铺开四月新的诗篇
江面的航笛吹绿了远山云烟
等风的船、水上的人儿慢慢靠岸

摩天轮在空中划过一道美丽的弧线
孩子亮晶晶的眼里飞出一只只羽燕
家人在身边，喜悦在眉梢闪过
幸福，就如晴空的一样广阔、高远

花草井然有序，树木吐故纳新
热情是藏于心里的火焰，
汉口街头步履匆匆，抢夺失去的时间
珞珈山上清朗的读书声
每一声鸟鸣都传递勤学苦练的希望

将一抹暖色，从天际一直染到炭火
晚霞做伴，路过的风也会羡慕人间的野餐
江畔在夜晚释放出满天的繁星
去东湖绿道骑骑车
去江汉关看看灯光秀
霓虹灯下的"漫咖啡"消融了精神过去的疼痛

疫情是一抹逐渐结疤的伤痕
万物在春光里笑着赎回尘封的记忆
春雷轰轰，世间一切都在开始忙碌
汗水在激情点燃的健身房
挥洒一场场纷飞的春雨
春天欢呼每个人甩开双臂扭动腰肢

玫瑰、百合、郁金香早已盛装打扮
从冬天跋涉到春天的嫁期
红红绿绿的欢喜捧在情人的手中
每一座青山都需要绿水相伴
每一个生活、工作在这个城市的人
那是生机盎然、繁衍不息的源泉

安心是一座无往不胜的城墙
让我们共克时艰，真诚期待
为这座古城因爱而爱
为我们站过的屋檐、许过的心愿
带着一城美丽回忆归来
从此雪消风自软，梅花合让柳条新

这是中国，这是武汉！
谢谢春光明媚时，你正好也在
经历生死，愈知珍贵
终见黎明，好久不见
我在春天里向你、向世界奔来
我在春天的一声声呼唤里，奔跑

原载《诗刊》2020 年第 6 期

【作者简介】赵之逵，鲁迅文学院八九级高级班学员，玉溪师范学院商学院客座教授，1989 年在"现代诗社团大展"中被评为"桂冠青年诗人"，1992 年出版第一部个人诗集《流动的光斑》，现受组织委派在云南省玉溪市小石桥彝族乡驻村开展脱贫攻坚工作。

Zhao Zhikui, student of advanced class 1989 of Lu Xun Academy, visiting professor of Business School of Yuxi Normal University. He was named as "young poet laureate" in the "modern poetry club exhibition" in 1989, and published his first personal poetry volume *The Flow of Light* in 1992. Now he is assigned to carry out poverty-alleviation work in Ethnic Yi village of Yu Xi city.

入村访贫

赵之逵

不远处，传来犬吠声
一听就知道，村里来了外乡人

去年初我来山乡驻村，入户扶贫
手里，总握着一根木棍
不知道：放养的狗，都不咬人

一年又八个月，如今
风见到我，不再陌生
没有村干部引路，我也能
找到每一个贫困户的门

村口那棵成年卫矛，弯着身
仿佛要替我收缩风冷
从土屋里
走出来满脸慈祥的彭家老人

趴在屋前晒太阳的大黄
见是我，一声不吭
闭上了猛然张开的眼

尾巴摇两下，算是欢迎故人

原载"诗刊社"微信公众号 2020 年 6 月 14 日

【作者简介】王计兵，男，汉族，生于1969年，江苏省邳州市人，现暂住江苏省昆山市。初中辍学后长期在外打工，作品散见于国内外期刊，因三十年来一直坚持写作而被央视新闻、江苏卫视等媒体报道。

Wang Jibing (male), Han Nationality, was born in 1969 in Pizhou city, Jiangsu Province. Now he settles in Kunshan city temporarily. After dropping out of junior high school, he has been working outside for a long time. His works are widely seen in periodicals home and abroad, and he has been reported by CCTV News, Jiangsu TV and other medias for his 30 years persistent writing.

赶时间的人

王计兵

从空气里赶出风

从风里赶出刀子

从骨头里赶出火

从火里赶出水

赶时间的人没有四季

只有一站和下一站

世界是一个地名

王庄村也是

每天我都能遇到

一个个飞奔的外卖员

用双脚锤击大地

在这个人间不断地淬火

原载中国诗歌网 2020 年 7 月 4 日

【作者简介】安琪，本名黄江嫔，1969 年 2 月生于福建漳州，出版有诗集《极地之境》《美学诊所》《万物奔腾》及随笔集《女性主义者笔记》《人间书话》等。曾获柔刚诗歌奖、《北京文学》优秀作品奖、《诗刊》社中国诗歌网"年度十佳诗人"、中国桂冠诗歌奖等。现居北京，供职于作家网。

An Qi, who formerly known as Huang Jiangpin, was born in Zhangzhou, Fujian Province in February 1969. She has published poetry anthology *The Polar Region, Aesthetic Clinic, Everything Is Flowing with joy*, and essay collections *Feminist Notes, Books on Earth* and so on. She has won Rou Gang Poetry Award, the Excellent Works Award of *Beijing Literature*, the "Top ten Poets of the Year" of the Chinese poetry website of the *Poetry Journal*, and the Poetry Laureate of China, etc.. Now she lives in Beijing and works for Writer's Network.

邮差柿

安　琪

是柿树挂起小灯笼的时候了！
是你窥探的欲望藏不住的时候了！

是你喊我出去的时候了！
是我胆怯犹豫又暗怀甜蜜的时候了！

是深秋的邮差改换绿衣的时候了！
邮差邮差，你红色的铃声不要那么快急驰过我的家门
我还没写好献给他的抒情短章。

他张挂在我家门旁的小灯笼夜夜散放羞涩的清香
柿树柿树，你树叶脱尽难道只为让我看到他的心事如此
坦荡，不带一丝遮拦？

我反复在心里说的话翻墙而过
每一句都被高大的柿树听见，每一句都催促着柿子走向
可以采摘的那刻。

原载中国诗歌网 2020 年 7 月 8 日

【作者简介】祝立根，云南腾冲人，现居昆明。出版诗集《一头黑发令我羞耻》《宿醉记》，作品入选各种选本。参加第三十二届青春诗会、首届"新浪潮"诗歌笔会、第八届《十月》诗歌笔会等。获华文青年诗人奖、云南省文学创作作品奖等。第十六届首都师范大学驻校诗人。

Zhu Ligen is a native of Tengchong, Yunnan Province, and now living in Kunming. He published anthologies *Shame on Me for my Black Hair* and *The Hangover*. He once participated in the 32nd Youth Poetry Meeting, the first "New Wave" poetry writing meeting, and the 8th *October* poetry writing meeting, etc.. He has won the Chinese Young Poet Prize, Yunnan Provincial Literary Creation Prize. He is also the 16th Resident Poet of Capital Normal University.

兰坪县掠影

祝立根

霜地里偷麦种的田鼠

不要惊动它们

卵石上的洗翅膀的灰鹭

不要惊动它们

一只蜂鸟的爱情

弹口弦的普米族姑娘，不要惊动

借一小块阳光，睡在街角的那个人

不要惊动搬家路上的蚂蚁

多余的怜悯和叹息，都是它们无法承受的

闪电与雷霆，它们那么小

那么幸福，它们

正扛着一个个小小的月亮在赶路

原载"诗刊社"微信公众号 2020 年 7 月 8 日

【作者简介】谈骁，男，1987 年生于湖北恩施，2006 年开始诗歌写作，曾参加诗刊社第三十三届青春诗会、第九届《十月》诗歌笔会，著有诗集《以你之名》《涌向平静》。曾获《长江文艺》诗歌双年奖、扬子江青年诗人奖。现居武汉，供职于长江文艺出版社，系湖北文学院第十二届、第十三届签约作家。

Tan Xiao (male), born in Enshi, Hubei Province in 1987. He began to write poem in 2006. He once participated in the 33rd Youth Poetry Conference and the 9th October Poetry Conference. He is the author of poem volumes *In Your Name* and *Rush to Peace*. He has won the Biennial prize of Poetry of *The Yangtze River literature* and Art and the Young Poet Prize of Yangtze River. Now he's living in Wuhan and working for Changjiang Literature and Art Press, and become a signed writer in the 12th and 13th term of Hubei University of Arts.

夜　路

谈　骁

父亲把杉树皮归成一束

那是最好的火把。他举着点燃的树皮

走在黑暗中，每当火焰旺盛

他就捏紧树皮，让火光暗下来

似乎漆黑的长路不需要过于明亮的照耀

一路上，父亲都在控制燃烧的幅度

他要用手中的树皮领我们走完夜路

一路上，我们说了不少话

声音很轻，脚步声也很轻

像几团面目模糊的影子

而火把始终可以自明

当它暗淡，火星仍在死灰中闪烁

当它持久地明亮，那是快到家了

父亲抖动手腕，夜风吹走死灰

再也不用俭省，再也不用把夜路

当末路一样走，火光蓬勃

把最后的路照得明亮无比

我们也通体亮堂，像从巨大的光明中走出

原载中国诗歌网微信公众号 2020 年 6 月 24 日

【作者简介】李唐，1992 年生于北京，高中写诗，大学开始小说创作。出版有小说集《我们终将被遗忘》《热带》以及长篇小说《身外之海》《月球房地产推销员》。

Li Tang was born in Beijing in 1992. He wrote poems in high school and novels in college. He has published novel collections like *We Shall Be Forgotten, Tropics*; novels *The Sea Beyond My Body* and *The Real Estate Salesman on the Moon*.

下雪已成定局……

李　唐

下雪已成定局，直到晚上
雪的气息愈加浓重。
深夜遛狗的男人停在灌木丛旁
任由那只白色小狗去嗅一截
潮湿的木头，又用舌舔舐。

新闻结束，下晚班的人
刚刚推开家门，带进一股冷气
"你身上有雪的味道……"
在家里的那人说道。不，他纠正她
雪还没有下，但下雪已成定局。

小区里，那个年轻人走进小卖铺

买烟和薯片。要下雪了——
好像这是一句暗号
彼此心照不宣。出门时，他想：
多难得啊，这样一种寂静……

原载《诗刊》2020 年第 8 期

【作者简介】加主布哈，男，1994 年生，大凉山彝族人。著有诗集《借宿》，曾获第三十六届全国大学生樱花诗赛奖、第六届徐志摩微诗歌奖、第八届中国校园双十佳诗歌奖等。作品散见于《诗刊》《星星》《青春》《草堂诗刊》《散文诗世界》等刊物。

Jia Zhubuha (male) was born in 1994, Yi nationality from Daliang Mountain. As the author of apoem collection Lodging, he has won the prize in the 36th National College Students Cherry Blossom Poetry Competition, the 6th Xu Zhimo Mini-poetry Award, the 8th China Campus Double Top Ten Poetry Award and so on. His works were published in various journals like Poetry Journal, The Star Poetry Monthly, Youth, Cottage Poetry Journal, The World of Prose poetry, etc..

石　磨

加主布哈

那台石磨已经锈得转不动了
现在，它躺在那里，不再发出拙劣的声响
不再磨出女人的叹息和粗劣的粮食
它终于把自己磨成了两块普通的石头

记忆深处，松脂灯下的祖母面容祥和
她推着石磨，石磨推着她
磨出命运阴险的笑脸

石磨是祖母的嫁妆，它推着祖母走了几十年

终于把祖母推到耄耋之际，终于
把自己磨成了两块喜欢安静的石头

原载《诗刊》2020 年第 7 期

【作者简介】刘雪风，1998 年生于安徽宿州，曾获第三十七届全国大学生樱花诗赛奖，作品散见于《诗刊》《零度》《河畔》等。

Liu Xuefeng, born in Suzhou, Anhui province in 1998, has won the prize in the 37th National College Students Cherry Blossom Poetry Competition. His works scatters on Poetry Journal, Zero Poetry, River's Edge, etc..

于无声处

刘雪风

太阳在她耳垂处升起，那个睡眼惺忪公鸡叫的早晨
枝叶习惯性飘逸，陆集交织后的寂静，再难被方向剪裁

母亲灶台生火，蒲扇轻摇，菜皮被雨水打湿在地
在水中看着我的玻璃球，满是清凉的童年少年

鳞次栉比的瓦房下，灯火温柔
窗台透露些许暖气，角落里的灰尘，从不奢望月光

细柳在烟雨中朦胧，我的脚踝被泥泞吞没
远有银白小舟缓缓驶来，鱼儿在湖中跃起，沉下

发鬓旁青蛙入梦，蝉声此起彼伏
"夜间露水湿透了晾晒的柴垛"，父亲务工回来了

原载《诗刊》2020 年第 7 期

主持人：付秀莹

付秀莹，小说家，《长篇小说选刊》主编。

Fu Xiuying is a novelist, and currently she serves as editor-in-chief of *Selected Novels* magazine.

长
篇

推荐语

本季度长篇小说创作态势活跃，成果丰硕。老一代作家依然在长篇小说领域辛勤耕耘，宝刀不老。中坚力量创作力旺盛，不断有新作问世。而更年青一代作家也开始向长篇强势发力，以富有创造力的艺术创作，关注时代新变，介入社会生活。

天地之大，众生匆匆，"暂坐"而已。在人类面临大疫的特殊语境之下，读贾平凹新作《暂坐》，令人尤为感慨万端。依然是混沌一团不可拆解的生活，而蕴藏其中的丰富复杂的时代情绪以及鲜活生动的世间百态打动人心。小说直面现实人生的同时，富有超越性和飞翔感，虚实相生，朴素大气。胡学文的《有生》篇幅宏大，容量丰富，是作者意欲为中国乡土立根、为故土乡民立命的累积多年之作。小说以作者对乡土文化的深刻洞察，对故乡大地的理解和体贴，呈现出不凡的精神质地和艺术品格。生活是艺术创作不竭的源泉。只有把艺术的根须深深扎进生活的土壤，才有可能创作出真正呼应时代主题，弘扬时代精神的文学作品。杨遥的《大地》聚焦脱贫攻坚这一中国发展进程中的大事，坚实有力，显示出青年作家记录时代、介入现实的抱负和雄心。而钟求是的《等待呼吸》续写浪漫主义篇章，展现一代人的心灵轨迹和精神历程。两部军旅作家的作品均在"八一"建军节推出，值得关注。文清丽的《光景》重新返回乡村大地，发现和捡拾失落的乡村生活细节和记忆碎片，审视和思考人性的复杂缠绕和命运的起伏多变。曾剑的《向阳而生》从家族史故事切入，为个体成长提供了有力的历史支撑和现实积淀，沉郁忧伤的笔触中难掩健朗明亮的色调，扎根大地、向阳成长成为一代人的心灵隐喻和精神象征。

总之，本季度长篇小说创作丰富多彩，精彩纷呈，显示出当下长篇小说创作的丰沛活力和蓬勃生机。

2020 年 3 季度优秀长篇小说选目

作者	作品名称	首发刊物	内容简介
贾平凹	暂坐	《当代》，2020年第3期	《暂坐》写城市，写女性，不同于以往的乡村叙事，更具现实观照与社会关切，显示出作家对时代生活的深刻理解与有力把握
胡学文	有生	《钟山》，长篇小说2020年A卷	小说以接生婆"祖奶"为叙事核心，以及由她接引到人世的各色人物群像为烘托，写故土与乡民，写乡村的根与魂，是典型的以中国风格讲述中国故事
杨遥	大地	《中国作家》，2020年第5期	小说以下乡扶贫干部的亲身经历为叙事切入点，书写中国乡村在新时代展现出的新变化、新风貌、新前景，情感饱满，细节扎实，接地气，有力量
钟求是	等待呼吸	《十月》，2020年第2期	小说围绕一对恋人在异国他乡的爱情故事，写人物在生活的旋涡里辗转挣扎，最终获得新的平静。小说曲折动人，充满对人性的思索和命运的追问
文清丽	光景	广西师范大学出版社，2020年6月	小说以女性视角书写一个女人跨越半个世纪的人生，笔法细腻，真切鲜活，以极大的叙事耐心，写出了一代女性的精神成长史
曾剑	向阳生长	北京十月文艺出版社，2020年8月	小说描述了一个来自竹林湾的少年的成长岁月和心路历程，记录了一代人的心灵成长和命运变迁，刚健阳光中温情和诗意流淌